U0939375

龙兴镇

LONG XING ZHEN

刘学安◎著

中国言实出版社

图书在版编目（CIP）数据

龙兴镇 / 刘学安著 . -- 北京 : 中国言实出版社 ,
2018.3
ISBN 978-7-5171-2695-9

Ⅰ . ①龙… Ⅱ . ①刘… Ⅲ . ①长篇小说－中国－当代
Ⅳ . ① I247.5

中国版本图书馆 CIP 数据核字（2018）第 043956 号

出 版 人：王昕朋
总 监 制：朱艳华
责任编辑：史会美
文字编辑：崔文婷
责任印制：佟贵兆
封面设计：淡晓库

出版发行 中国言实出版社
地 址：北京市朝阳区北苑路 180 号加利大厦 5 号楼 105 室
邮 编：100101
编辑部：北京市海淀区北太平庄路甲 1 号
邮 编：100088
电 话：64924853（总编室） 64924716（发行部）
网 址：www.zgyscbs.cn
E-mail：zgyscbs@263.net
经 销 新华书店
印 刷 阳谷毕升印务有限公司
版 次 2018 年 5 月第 1 版 2022 年 1 月第 2 次印刷
规 格 710 毫米 ×1000 毫米 1/16 20 印张
字 数 350 千字
定 价 49.00 元 ISBN 978-7-5171-2695-9

第一章

在办公楼的玻璃墙上，高风看到一块乌云遮住了三月的艳阳，刚从厨房走出来的他，右手掂着菜刀呆在阴影里。

他看到不远的自来水池边，一只才拔净毛的鸡，从还冒着热气的浅蓝色塑料盆里颤颤巍巍地站起来，努力站定后，就慢慢转动脖子机警地往四周看，当发现拿刀的他，腾地从水盆里跳出，还舍近求远，不跑向大门，却直奔院子西南角的院墙出水口，眨眼间就钻了出去。

高风一下子慌了，立即决定赶快翻墙。可紧挨厨房西面的是蓝色塑钢瓦车棚，无处可攀，正对大门的西墙上有一幅蓝天、白云、和平鸽、绿草地构成的文化墙，不仅溜光水滑，而且面积比大门还宽，墙前还半圆形摆放着盆栽串串红，两边是新叶婆娑顶梢已高出院墙的凤尾竹。高风无法靠近，就是能靠近，在如此紧急的情况下，没有梯子，高风上不了两米多高的墙，只能转身向东，甩开膀子，以百米冲刺的速度，奔向大门，却跟刚进门的郑校长撞了个满怀。好在郑校长比他块头大，不但没被撞倒，还抱住了他，问，你慌啥？高风答了声鸡，就挣脱跑了出去。

高风绕过门前郑校长停的极地白新宝来轿车，上了镇里向阳路拐弯往南，四十米之后，又沿着三界河北岸的生产路折而向西，上气不接下气地到了鸡跑出的地方。眼前是一块年前征了还没开发的白皮地，放眼望去，哪有鸡的半点影子？

高风又顺着墙外的界沟从南往北，再由北到南，沟里所有能藏只老鼠的草丛全找遍都没有，还不死心，再顺着河向西出了镇区，直到五里外的驿庙村越来越清晰，认为这只亡命的光腚鸡不会跑这么远才返回，到了大门前，见手里还拿着刀，一看时间快十一点，就把刀往厨房门旁一放，骑上电动车就去了市场。

傍湖镇年后开学有一个多月，镇中心校今天头一顿开伙。按说，以前没有这么晚，因为开学逢着正月十五，虽然新年的钟声渐行渐远，可新年的气氛由于二十多天假期别离还是显得格外浓，同事见面才互相道罢新年好，来开会、拿材料的各小学校长又近前逐个热乎，热乎罢，又排着日子做东。就是这样，也最多两个星期。但今年特殊，郑校长是年后才调来的，调来后每天上班有时只简单交代一下就被人请走，高风他们几个连汇报请示工作的空都没有，哪还有时间提开伙的事？索性碰面连“长”字也省了，只喊郑校。好在工作上郑校有话在先，如果不需要协调，谁负责的谁当家，该咋做就咋做，不必请示，相信你们几个一定能做得很好。说完开车就走。高风他们几个一对眼，还有什么可说的呢？没想到张旺这周一刚到单位就说，从今天开始，郑校就不会再像以前那样忙，我们可以提出开伙的事。高风知道，郑校这段时间跟张旺联系多，很多工作，都是张旺当二传手，有时两人还一起出去，自然张旺的话有可信度。所以，郑校一来，高风他们几个就一起去了他办公室。理由不说以往如何，只说单位离家远，中午来来去去耽误工作。郑校说，这个我知道，因为一直忙，没顾上，那就从明天开始吧，每人先拿一百，不够再续，说着就掏出一张百元大票给了张旺，除了高风，都跟着随。今早一到，张旺问中午吃啥？大家都说随便。张旺又问，烧公鸡行不行？见都不吱声，就拿出二百说，还没来得及排值日表，今天谁做饭？见没人接腔，就说，要不咱做个游戏，抓阄，谁抓着谁做。高风说，别抓了，我做。张旺说，高主任多劳，该买的买，不够先垫上，回来再给，我们按郑校指示下学校巡视，回来吃完饭，下午再继续。高风接了钱就去了市场，把该买的买回来，又把厨房里该打扫的打扫，该刷洗的刷洗，烧水的间隙，高风在院里杀了鸡，杀了鸡，又提刀回厨房切葱姜，切完葱姜，水开了，就烫鸡拔毛，哪想到，回屋拿刀出来开膛时鸡却跑了，你说可笑不可笑？仔细想想，真是无用透顶，他们回来肯定会把这事当笑话说出去。这样想着就到了鸡市，刚把鸡抓到手，郑校的电话就来了。问高风在哪，高风说在鸡市，他说快回。高风付罢钱提了鸡就走。

一进门，高风见张旺几个都大眼瞪小眼地瞅他，霎时像浑身落满了弯弯曲曲上上下下乱爬的毛毛虫不自在起来，是不是怨我没把饭做好呢？又不好问，就说，你们咋回来这么快？张旺手一伸，把鸡给我，你快去郑校办公室。高风把鸡递过去问，啥事？张旺说，进去就知道了。高风满心狐疑地上了二楼，推门见派出所的孙所长和王指导员在，打过招呼，刚要问郑校有啥事，见郑校左手上缠着纱布，忙又改口问郑校手咋了？郑校瞅着高风愣了愣说，你不知道？高风也一愣，又摇摇头说，不知道。孙所长说，还以为你畏罪潜逃，我正准备下通缉令呢。高风一惊，畏罪潜逃，下通缉令，我犯了啥罪？王指导说，你说呢？高风说，我没犯罪。王指导又说，你看郑校这手，缝了好几针，你咋给砍成这样？高风立刻想到大门口的相撞，就对郑校说，是不是刚才……见郑校不否定，就赶紧说，真是对不起。孙所长说，对不起就完了？王指导说，持刀伤人，又现场逃逸，是不是要罪上加罪？高风一愣，瞅郑校，郑校说，别吓唬了，再吓唬，他就当真了。转脸又问高风，你刚才跑啥呢？高风就说了鸡的事。他们听完就笑，笑完，孙所长说，虽是误伤，那也得跟我们走。高风心一颤，问孙所长，就因为这？王指导说，你说呢？高风又瞅郑校。郑校笑笑说，他们跟你闹着玩的，县里下月在咱派出所开个现场会，请你去帮半个月的忙。高风转脸看着孙所长，孙所长说，我们就是来请高主任的。高风心里一松坐下来说，我看你们还是另请别人吧，我这脑子让你们俩吓得都不转圈了。郑校说，他们还有别的事，快去吧。高风又想到郑校的手，问，手伤得到底咋样？郑校说，破点皮，过几天就好了，不用担心，抓紧去吧。孙所长站起来说，郑校也去，上午我请客。郑校伸出左手说，你看方便吗？我就不去了。孙所长说，有啥不方便的？王指导也站起说，你郑校不去能圆满吗？郑校不好再推，就说，你们先走，我安排一下。

孙所长开门出了办公室，高风和王指导相继跟上。下了楼，张旺几个还站在原地，逐个打完招呼又都看着高风。高风想，可能还是饭的事对我有意见，就说，没办法，你们看着做吧。张旺说，也就半月，眨眼的工夫，你一定要好好表现。高风说，知道了。说完，高风就觉得自己和张旺的对话有问题，可又想不出问题在哪。正想着，看见厨房门旁刀还在，就手一指对张旺说，刀在那儿，快杀鸡吧，再晚就炖不烂了。王指导见张旺说了知道仍没动，就停下说，张会计是不是想再来段“送战友踏征程”？高风听了立马想到了《驼铃》这首歌，还想到了年轻时看的电影《戴手铐的旅客》中被追捕的老公安，心里直嘀咕，是让我帮忙还是变相地拘捕？抬眼又发现郑校的车后停着孙所长才换不久的警务捷达轿车，心里又是一紧，如果真是拘捕，待遇还挺高，一般情况下可都是那辆说换没换的五菱面包“110”出警。

疑疑惑惑上了车，王指导启动后就笑，高风问他笑什么？王指导没回答，高风又看坐在身旁的孙所长，孙所长也在笑。高风又问孙所长。孙所长反问高风，你看我俩今天像干什么的？高风的心又陡地一提，难道真的是要拘留我？已调好车头踩了油门的王指导说，你看呢？两人接着哈哈大笑起来。

高风后来才蓦然醒悟，他的所有烦恼就是从这时候开始的。

孙所长在他办公室说完现场会应准备的材料和必做的展板，已到了午饭时间，就对跟前的王指导说，也别走远了，就在隔壁的仙聚酒楼吧。没等王指导说话，高风道，还是在所里食堂吧。王指导说，就不想让我们借个理由解解馋？说着，郑校和张旺进了门，高风一见，趁着郑校跟孙所长打招呼跟王指导说笑，就低声问张旺，他俩呢？张旺答，他俩在咱厨房自己解决。高风说，不好吧？张旺说，又有啥不好的？高风就把孙所长拽了出去，问孙所长想不想吃烧公鸡？孙所长说，仙聚楼做这玩意儿不咋样还挺费时间，我们干这行的可是随时待命，说不定鸡刚宰，一个电话就得出警，反正你在这得一段时间，机会有的是，就改天吧。高风笑笑说，不让他们做，我做，用不了多长时间。孙所长也笑笑，这个我知道，那也得去买。高风说，已买好，在我们单位，我一个电话，也就五分钟。孙所长说，你是不是想让你那两位同事也过来？高风又笑笑说，是。孙所长摇摇头说，不是我不给你面子，这样不好。高风收住笑问，咋又不好？孙所长说，郑校都没把他俩带过来，你让来，郑校脸往哪放？他又会咋看你？他可是才来，还不知脾性，最好今天别再让他不高兴。高风一愣说，那就别了，我主要以为今天是我做饭，饭还没做就离开了。孙所长说，事出有因，他俩也知道，就别想这么多了。抬头就喊，王指导，抓紧时间领郑校、张会计下楼。

在仙聚酒楼一号忠义厅坐定，菜上齐，服务员又送上两盒“天之蓝”，孙所长伸手要开，被郑校一把按住。郑校说，酒就别开了，你和王指导随时待命，不能喝，我不能喝，张会计一会儿得开车也不能喝，高主任饭后得忙更不能喝。孙所长说，那不行，是不是嫌酒不够你郑校的档次？郑校说，再说就更外道了。张旺说，还是听郑校的吧，高主任虽在我们单位，可他分管的工作中有一样就跟你们有联系，你们也算一个系统，就别客气了。说完，又瞅高风，高风马上会意，站起把两盒酒抓过来放在一边说，孙所长、王指导，主随客便，今天就听郑校的。

到底是公安干警，吃饭如风扫残云，尽管孙所长、王指导还不断地招呼他们仨多吃菜，高风还是感觉自己快马加鞭就是赶不上他俩的节奏。再看郑校，左手垂在桌下面，只有右手忙，拿起烧饼咬一口放下，再拿起筷子夹菜，挨着的张旺看不下去，先是让服务员拿双筷子把离得远的菜夹到郑校跟前的盘子里，后来三下五除二自己紧吃了一阵，放下自己的筷子，又拿起郑校的筷子往郑校手里的烧饼上放菜，郑校看见，抬起左胳膊就挡，我自己来我自己来，你吃你的。张旺说，我吃好了，今天你不方便，又没有外人。高风不好再吃下去，放下筷子就把自己跟前的盘子翻山过海般往郑校跟前放。孙所长也跟着忙，见菜都在郑校跟前架起了楼，就说，手下有这样的员工是不是感觉很福气？郑校笑笑说，见笑了见笑了。王指导说，哪天孙所长也给我个机会。孙所长歪头瞅着他说，你是不是说哪天也让我挨一刀？王指导摇着头看着他们仨说，都给评评理，说我冤不冤？冤不冤？郑校把最后一口烧饼放到嘴里向张旺和高风摆摆手，咽下对王指导说，我看你不冤，我要是孙所长，这就找个理由开了你。孙所长说，我不但开了他，还要让他掏这顿饭钱。转脸对王指导说，你愿不愿意将功赎罪呢？王指导站起来手一拱说，玩笑玩笑，还当真了？我这就去结账还不行吗？

王指导出了门，孙所长手机就响起来。孙所长接完腾地站起，对我们说，不好意思，得出警。然后又对高风说，高主任回家休息。高风问，下午不干活了？孙所长说，就是联合国现场会，咱也从明天开始。

从仙聚楼出来，郑校问高风，是回老家还是县城。高风考虑到郑校的伤，就说回县城。郑校说，那就快上车，我局里还有个会。

上了车，高风问郑校手还疼不疼，郑校说，不疼了。张旺开着车说，缝了六针，还能不疼？要不是我们几个回来得早，又一起把郑校送到医院，光血流得……本打算挂水消炎的，孙所长又来，就回了单位。郑校说，哪有这么严重？高风说，毕竟是刀伤，还是到县医院消消炎吧。张旺说，一定得去。郑校说，不去不去，我还有会呢。张旺说，我替你开会，高主任陪你去医院。高风说，对，张旺去开会，我陪你去医院。郑校说，去什么医院？我说没必要就没必要。高风说，还是去吧。张旺也紧跟着说，去吧去吧，把炎症消除到零，把担心降到最低。郑校说，看你俩神乎的，谁说了算？见高风和张旺愣住，郑校就又说，我说不去就不去。

车里只有行进的声音。郑校仰在靠背上开始打盹。高风也想打个盹，可就是闭不上眼，满脑子都是那只光腚鸡在跑，还有郑校的手在流血，还有自责。谁知跑着跑着、流着流着、深深地自责着没多长时间，就有一只手碰了高风一下，高风一看是张旺伸到后面来的，再向前看，医院到了，高风就打手势让张旺朝医院拐。停好车，郑校醒来，任咋劝也不愿意下车。高风说，抓紧吧，再拖延，开会的时间就到了。张旺说，您要是不去消炎，高主任能放心吗？高风接着说，要不去，我晚上连觉都睡不好。郑校说，是药三分毒，你们俩不让我吸点毒，是不是就心里难受？张旺说，您要不消炎，高主任更难受。高风说，郑校快点吧，让张旺赶紧去开会。郑校说，我的会又不是他的会，让他开什么会？张旺说，您手这个样，记录不方便不说，让其他开会的见了不好吧？郑校一愣，高风拉开车门就把郑校硬拽了下来。

到了住院部门口，郑校挣脱高风的手停住问，消个炎咋还要到这地方？你是不是想让我再住几天？高风答，我有个亲戚在外科病区当头儿，你这伤经经他，我更放心，如果需要，那就住几天。郑校说，开玩笑。高风说，受伤是外露部位，愈合得慢，不可掉以轻心。郑校又问，你就保证你亲戚在班？高风答，一定在。郑校唉一声，你看这是弄的什么事，你说那鸡跑就跑呗，你追什么？追就追呗，还没命地追。高风干笑一声说，事情出来了，该咋办就咋办。见郑校再没说啥，高风就在郑校左侧护着一起继续往里走。

其实，高风领郑校去住院部是对自己兜里的银子不信任，平常上班本就不喜欢带，一是明白自己是在乡下的清水衙门供职没必要充什么款爷，何况自己的身份就是想充也不会有人信，再说，那几个如鸡肋一样的薪水要和妻子联手打发平常流水一样的日子，也充不起。二是一直牢记“吃了不疼扔了疼”的理家箴言，你说高风这家中顶梁柱是不是要以身作则？真要带了，怕上边来人吃饭时自己把持不住喝多了人没丢银子没了，可妻子说，还是多少带点，万一用上，一星半点儿，求人的嘴确实难开，所以，高风身上一般都是百元左右，昨天估计交伙食费不够没掏，今天早饭后临上班又在家里拿了张老人头，到单位给了张旺，又凭空多花了只鸡钱，身上哪还有？可没有也不能说，进医院前，倒是想趁机会跟张旺借点，遗憾的是机会一直没趁上，只好让姨弟想办法。

高风正左挡右护地陪着郑校往前走，远远看见姨弟走过来，就招手，见没应，就喊，姨弟听见，躲开来来往往的人紧走几步到跟前，哥长哥短地亲热几句，就问高风有啥事，高风转脸向姨弟介绍郑校，姨弟赶紧跟郑校握手问候，随后，高风就说了来的原因。姨弟说，先等等，我马上就回。姨弟向郑校说了句不好意思就匆匆出了外科病区。郑校见还不知要等多长时间，就让高风在原地等，他去洗手间。高风问，您自己能解决吗？郑校说，能。

可姨弟回来，郑校还没到，高风就趁机说了郑校手上的伤，还简单介绍了伤的经过，最主要说了钱的事。姨弟说，哥，你放心。高风说，那你现在先得给我点儿，打完水，我还得送他回家，不能空手去吧？姨弟从裤兜里掏出一沓说，这是两千，够不够？不够，我再想办法。高风远远看见郑校过来了，就把钱一收说，够够，明天我给你送过来。姨弟说，哥又外道了。高风说，他来了。姨弟一转脸，就跟高风一起迎了上去。

姨弟看了伤情又重新包上对郑校说，伤口处理得很仔细，没大碍，输瓶液消消炎吧。郑校说，我感觉也没大碍，不愿来，你哥非要来让你瞧瞧，液还是不输吧。姨弟说，还是输吧，既防感染又好得快。高风没等郑校再说，就催姨弟说，抓紧开吧，天不早了。

姨弟开了处方，郑校就掏钱给高风，高风接过重新装进他兜里拿了处方就跟姨弟一起走，从药房回来，姨弟就叫了个护士跟着一起去了他的办公室，护士扎完针走后，姨弟打开电视又让人喊走了。

输完液，姨弟进来对郑校说，明天这时候再来吧，我恭候。郑校说，你看你忙的，明天说啥也不来打扰了。姨弟说，谈不上打扰，干我们这行的有句口头禅，看好为原则。郑校说，说实在的，我这段时间确实忙，今天要不是你哥非拽着来，我现在还在开会呢。姨弟说，郑校管着一个镇的教育肯定忙，可再忙该来也得抽空来。郑校说，张医师你也忙，咱长话短说，你给一句痛快话，不来光吃你开的药行不行？姨弟说，郑校真要挤不出时间，那就先吃药，要是再有啥不好的感觉就再来。说着掏出六百元递到郑校手里，高风还没弄明白咋回事，就听姨弟说，郑校长，我哥把你伤成这样，很是对不起，这是我的一点儿心意，要是看得上就收下。高风一听心里就急了，明知姨弟是为了他高风，还是暗自责怪姨弟不该这样，可姨弟把话说到这份上，高风只能瞅着郑校，郑校手一推说，谢谢张医师，心意我领了，也不是看得上看不上的事，手上破点皮本就没什么，如果这样，就是小题大做了。高风心里一松，又看姨弟，姨弟又推给郑校说，今天认识郑校很高兴，郑校要是不收，说明还没原谅我哥，更没把我当朋友。高风又看郑校，郑校又推过来说，张医师越说越严重了，再这样，我以后哪敢再到这里来？咋还好跟你哥一起共事？要知道，我跟你哥私下里是很好的兄弟，高主任你说是不是？高风连忙说是是是，当然是。高风以为姨弟不好再推让，可姨弟又推给高风，哥，既然都是好兄弟，你送郑校回家顺便替我买点礼品，哪天我再专程拜访。高风赶紧接过塞到郑校上衣兜里，又按住郑校要掏兜的右手说，收下吧收下吧，我弟实心眼，你再推辞，他又会多想了。郑校点点头说，好！我收下，来日方长，张医师请留步。

出了住院部，正好见张旺把车开过来，上了车，郑校问，开的啥会？张旺说，还是老一套，加强学校日常管理，我建议您就别操这个心了，从明天开始安心在家养着，等伤好了再上班。郑校说，又不碍事，哪能不上班？张旺说，车又不能开，来来去去也不方便，真要有急事，我就及时打您手机请示汇报，高主任你说是不是？高风急忙说，是是是，张会计说得极是。郑校说，明天我看看手的情况再说，赶紧走。张旺问去哪。郑校说先把高主任送回家。高风说，别，还是赶快让郑校回家休息。张旺说，我看郑校有伤在身就别时刻体恤我们了，还是听高主任的。郑校说，好你个张旺，不听我的是不是？张旺笑着说，问题是高主任说得很在理，最主要的是对您当前的身体有好处，斗胆一回，还请领导多多包涵。

也许是书呆子气太重，高风一般场合很少说话，唯恐一不小心把话说得呆气十足让大家扫兴，就是现在这种情况坐在车上，高风仍然让自己多听少说，并且听的时候还在想，陪着去郑校家是买东西还是给钱？要是不买行不行？要是给钱给多少合适？好在姨弟开的处方没花多少，用随身带的医保卡就解决了，给的两千还没动，是不是全拿出来呢？

主意还没想好，车就停了，张旺下车就去了后备厢拿东西，高风打开车门快速向后看了一眼，见大包小包全是营养品，肯定是张旺给郑校买的，高风就趁给郑校开车门前的刹那赶紧把两千全塞进郑校手里，小声说，我这段时间可能没空再来看您，您就接受张旺的建议在家养着吧。郑校还要推，高风往后一努嘴，就下了车。

从郑校家出来，郑校又喊住高风说，帮忙是帮忙，咱自己的工作也不能丢。高风说，那当然。郑校稍一愣又对高风说，你抽空在下面学校物色一个笔头子也能要几下的，万一你再被人请走，一些小来小去的材料也有个能替你应付的。高风说，我物色到就向您汇报。张旺接了说，还物色啥？闸口小学的辛歌就行。高风刚想转脸问张旺你咋知道辛歌行？就感觉腰眼处被捣了一下，立刻明白其中有蹊跷，肯定还跟郑校有关，就对郑校说，哪天我让辛歌拿两篇他写的让您看看。郑校说，其他学校要有更好的也选上来，咱几个人抽时间一起筛选筛选。高风答，行。张旺又问，郑校要是没有别的指示，我们就走了？郑校一挥手说，送了高主任，你把车开走吧，我反正用不上。

到了丰泽园小区5号楼下，高风招呼张旺上去吃了饭再走，张旺说，得抓紧回去下通知传达会议精神。高风说，那好，你多辛苦，今天劳驾了，改天再请你吃饭。张旺说，咱俩谁跟谁。

第二章

丰泽园里的这套房子，是高风十年前被借调到镇党委办公室时买下的。

当时，这个小区的开发商年底到镇里请客，让镇机关人员买他的房子。吃饭时，在座的都说买是想买，就是没钱。又一打听，他开发的房子在北郊，距汽车站还有四五里路，每天上班去车站，一来一回，得跑不少冤枉路，高风想，何苦呢？不少动心的也跟高风一样赶紧让自己打住，任凭一直串桌不停敬酒的开发商咋忽悠，只是埋头吃喝。开发商不想这酒白请，该上饭时像如今大街上的吐血大甩卖豪气震天地说，哪位领导要是看得起帮个忙，只要一次付清，我权作交朋友，折本卖。酒场再次有了波动。饭罢，推荐高风进党委办的镇长说，高老师买一套吧，双职工，不会犯多大难吧？高风想说虽然双职工，工资可是大半年没发了，你镇长应该比谁都清楚，但理智对高风说，这话不能说。镇长见高风犹豫，又说，要是在县城买了房，说不定哪天再被调到县里，是不是就不要为房子操心了？话说到这，肚里又装了不少酒，头脑一热的高风，就爽快地答应了。下班回到家跟妻子一说，一直因为高风被借调兴奋没退的妻子先是还说钱难凑，可经不住高风对未来美好前景不厌其烦地深情描绘，最后也就夫唱妻随起来。等花了小三万拿到这套三室二厅的钥匙，没想到年后上班只几天，房价一路飙升，到现在，不仅小区处在了县城中心，医院、学校、超市、休闲广场，还有新建的车站等一个个相继坐落在周围，房子一下增值了十多倍。有时候碰上已在县委上班的镇长还提起买这个小区房子的事，尽管高风没在镇里多长时间，也没被荣幸地调到县里，可毕竟给镇里出了力，从镇党委办出来，先在镇东南的闸口小学任了几年校长，又因工作需要去了镇教委办，也就是现在的镇中心校，高风都不住地说着万分感激他的话。还听说，那个开发商年后那个恼，差点跳了楼。

因为孩子小，高风和妻子淑贞想到都在乡下上班，本来工作就紧张，没必要天天为了上下班赶车起早贪黑瞎折腾，还费了车票钱，就没搬，租了出去。五年前，两个孩子要上中学了，才收回进行了简单装修，又把朝阳的一个厅改成了一室，这样，除了高风和淑贞逢双休进城有了专门的房间，他的两个孩子、弟弟高亮的两个，还有到县城给孩子们做饭的高风父母，全都住下。

进了门，见淑贞正在厨房忙着就吃惊，问淑贞咋来了？淑贞脸也没转就说，你咋来了？高风说，我是常客，又不是星期天，你倒稀罕，是不是明天又参加县里的教学活动？这时淑贞不但脸转过来了，身子也靠过来说，不参加活动就不能来？不是星期天，你咋把手机关了？高风一愣，赶紧掏，一看还真关了，就笑笑说，这机子还是老毛病，好自动关机。淑贞说，早就让你换一个，你就是不换，充一百元话费送的，都用了好几年了，就是扔了也值了。高风边开机边说，人家都是新的好，我偏觉得旧的好，就像媳妇，时间长，感情深，用起来也放心。才说到这，手机就嘟一声冒出个来电提示，刚看完又连着嘟了几声，仔细一看连着三个都是淑贞打来的。就问淑贞，你打我手机了？淑贞答，才想起来问？不止一个吧？高风举起三个手指晃了晃问，啥事这么急？淑贞说，快洗手吃饭，吃完再说。高风以为淑贞知道了郑校的手伤，就小声说，我处理好了。淑贞一惊，你处理好了？这么快？那高亮还打电话让你去？高风一听不对路，又看手机，还真有高亮的来电提示，就问高亮咋啦？淑贞又一惊，你还是不知道。高风又催，高亮咋啦？淑贞说，快吃饭。高风帮淑贞端了菜放到餐桌上问，爸妈呢？淑贞说，都出去了。高风又问，出去干啥？淑贞脸一正，你能不能先吃你的饭？

饭罢下了楼，见父亲迎面走过来，高风问，妈呢？父亲说，给你兄弟看家去了，你还不知道？淑贞说，高风知道，您快回去吃饭吧，给您保温在锅里了，我们这就去看看。爸应了声就上了楼，淑贞拉了高风就走，高风边走边问，我知道啥？你刚才说高亮咋啦？淑贞道，高亮没咋，高亮家住院了。高风猛一停，你是说真凤？淑贞说，你说高亮还有几个媳妇？高风说，早上我去上班，还见她在村里串门。淑贞说，她要不是闲得没事总瞎串就不会住院了。高风又问，急病？淑贞答，被尿罐家打了。高风说，她俩不是好得一个头吗？淑贞说，有一好就有一恼，不好得一个头，还打不到一块去呢，一打起来，还往死里下手，你还愣着干啥？快走。

高风路上才知道，真凤跟尿罐家就因为一句话。今天午饭后，真凤想打麻将，先是电话了大楼家和发财家，得到应诺，就起身来喊尿罐家。不是尿罐家没手机，而是两家挨着，真凤一是不想浪费一毛钱话费，二是饭后串惯了，可进门一看尿罐家还满头大汗地吃着，就说，我回家做饭就见你吃，我都吃完了，你还在吃，可真是个猪。说完，真凤马上想起膀大身宽腚大腰圆的尿罐家最忌讳说自己是猪，正想道歉，可晚了，尿罐家腾地站起，顺手就把手里的饭碗砸在了真凤的头上，接着又闪电般冲到跟前，一手薅着真凤的头发，一手照脸左右开弓，等在村小学的淑贞闻讯匆匆赶到，真凤已瘫在地上不省人事，尿罐家双手叉着腰站在跟前在不停地叫骂，说我是猪，你才是猪，是瘦得皮包骨头的死猪，我今天就看着你死，你死，我抵命。淑贞上前摇了摇真凤，见真凤一点动静都没有，就赶紧到真凤家骑电动三轮车，可钥匙没在车上，就去堂屋找，也没找到，打完110就把平车推出来，转身把大门锁好钥匙放在兜里，又把平车推到跟前，伸手想把真凤抱到车上去，可试了几次都没成功，招呼近前的大楼家和发财家帮忙，不但两人朝后退，旁边围观的也往后躲，淑贞又喊正要离开的高五，没想到越喊高五越远，淑贞就心寒，心寒高五不是拉着不足入学年龄的儿子求她帮忙的时候了，随之怒气腾地上来，我就不信不能把真风弄到车上去，又暗吸一口气，再一试，才把真风放到车上，110来了，淑贞又帮着把真风抬上110，警察让淑贞揽着，等尿罐家也上了110，110就啸叫着去了镇医院，把真风送进急救室，又把尿罐家拉走了。淑贞在真风被抢救的时候先打高风手机，里面一说关机，接着就给在徐州干建筑的高亮打。等高亮打的来到，真风也救了过来，真风断断续续说了几句原委，就直叫头疼，高亮让淑贞看着就去叫医生。医生来了说，镇医院条件有限，无法确诊头部受伤情况，建议去县中医院做CT，还说县中医院的CT机是刚换的，效果好。医生走后，高亮说，还是去县人民医院，无论新旧都能查出来，最主要是有自己人，有自己人放心不说还能少花钱。真风说，不去县人民医院，无论花多少钱都去中医院，反正钱花得再多都得尿罐家出。淑贞见两人这时候了还像在家里一样争执，就说，真要让姨弟接手，就是省了，尿罐家也会往歪处想，不如避避嫌去中医院。等中医院救护车的空隙，110警察再次到了跟前说，医药费先让高亮垫付，出院后由派出所出面交涉。因高亮来得急，身上没多少钱，淑贞就把她和高风刚到的工资全领了在中医院交了住院费。

高风和淑贞到了医院，CT检查结果已出，头内部没有损伤，只是脸上肿胀要输液。按说，打几天一般的消炎针就行了，可真风不同意，说一定要用好针好药，这回一定要治治尿罐家。高风马上想到郑校的伤，还记起了真风一次串门到学校当笑话跟淑贞讲的，淑贞晚上又告诉高风的，说高五一次路过尿罐家门口，尿罐家的狗就汪汪地追着咬，高五先是没当回事，可走过去了还追着咬，高五就烦了，故意猛地一停，然后一个急转身，猪，我宰了你！那狗吓得转身就逃，一头碰在从家里出来呵斥狗的尿罐家，尿罐家勃然大怒，一个箭步冲上去照嘴就是几个耳光，当时正值麦收，村里人大都去地里忙，只有提前收了麦在家晒着的真风在门口，真风见高五被打得满地找牙，就上前赶紧拉开，劝了尿罐家，又说高五，一点记性没有，快走吧。淑贞听后还笑着说真风，你们两家挨着，你可得注意点，千万别走了嘴。真风还说，我难道真像高五没脑子？说嘴打嘴，还真摊上了。可现在不是埋怨的时候，高风就说，又不是外姓，以往也没有什么深仇大恨，只因为一句话，还是有理也得让三分，得饶人处且饶人。淑贞也说，尿罐在南方打工多年没回家也没往家寄钱，孤儿寡母的，就凭种几亩地养两头牛也就是维持个家，真要花多了，她拿不出，就是派出所也没招，以后还得低头不见抬头见，犯不着赌这口气。真风说，这回说啥也不能便宜她。不好再劝，高风和淑贞就出了医院。

回到家，高风把真风的情况向父亲一说，父亲说，既然只是皮肉伤，你明天到派出所问问，只要尿罐家愿意拿点医药费，咱就别为难人家。淑贞说，这不是一厢情愿的事，问题是真风要往大里闹，咋劝都不听。父亲一听来了气，说，没王法了，她想咋就咋了？高风跟淑贞使了个眼色让她别再说，又劝父亲别生气，派出所要的是证据，也肯定会公正处理，您赶快休息吧，我们等孩子下灯课。

高风和淑贞洗漱完回到了自己的房间，关上门，淑贞忽然问高风，记得你刚来家时说处理好了，是啥处理好了？高风一愣，说，没啥，都是工作上的事。淑贞说，不可能吧？我咋总觉得你今天有啥事瞒着我？高风说，我啥事瞒过你？你也折腾累了，快睡吧，我等孩子。

高风在客厅打开电视设置了静音就向高亮家里打电话，只响了一下母亲就接了，一听是高风，就问高风去医院了吗？高风答，去了。母亲又问真风伤得咋样。高风又答，没大碍，过两天就能出院，别挂心了，趁早休息吧。母亲说，你看这事闹的，尿罐家才从派出所出来，她娘家娘正数落她呢。高风一听赶紧问，高亮知道尿罐家回去不？母亲答，刚才来电话，我没说。高风说，还是暂时别说。母亲说，我这还能不知道？文文、强强还没下灯课吧？高风说，没有，您快歇着吧。母亲说，等孩子回来你也早睡。高风说完行就挂了。

高风正想把手机放在茶几上，又感觉手机震动起来，以为是远在鄂尔多斯的妹妹高萍打来的。平常，隔不多长时间，高萍就打来电话，说又没钱了，让再给汇点，每次她一说，高风就狠狠地数落她，我是印钞机还是银行？不能在外混就回来，要什么假脸？高萍说，不混出名堂坚决不能回，等五月份工地一开工钱就有了，再帮我一把，哥。没办法，只好答应，高风寄钱时就对妹夫王石头有了想法，可如果不遇到了难事，谁想跟人家张嘴呢？王石头原来在徐州带一伙人搞建筑，平常总觉得跟人家干挣不了大钱，自己揽工程，一是没资本二是没可靠的关系，前几年就趁西部大开发去了鄂尔多斯，没想头一年就挣了不少，一高兴把全家都带走了，逢春节回来，不仅买了丰田，还出手大方得让高风连连咂舌，感叹自己上班这么多年，咋就连做梦都没想过高消费呢？尽管这样，高风有时还是劝他，就是钱再多也要能省就省，更不能花了今天不想明天，可石头说，钱是王八蛋，今天花完明天赚，钱越花越有，财越守越穷。高风不好再说，就私下里劝高萍偷偷攒点以防万一，高萍也不听，还劝高风换一种活法，把工作扔了跟他们去。高风当然不去，可高亮去了，也挣了不少，但由于去年投资太多，年底石头的合伙人携款跑了，石头为了发工人工资，不仅卖了车，还卖了刚装修好的房，又住回原来租的地方。屋漏偏遭连阴雨，大外甥媳妇又生了个儿子，处处都需要钱，一开始打电话，高风跟淑贞一说，淑贞就说快汇吧，可妹妹电话一多，高风就不好意思跟淑贞说了，就背地里跟从鄂尔多斯回来又到徐州跟别人干的高亮商量，高亮说钱在真凤手里，可毕竟是血脉亲情，家里最困难的时候，妹妹为了高风和高亮多上几年学，不仅提前离开学校，还先结了婚，高风弟兄俩有时就一起想办法满足高萍的要求，有次见高亮确实犯难，高风此后就再不告诉他，当然父母更不能告诉。可这次不是妹妹打来的，是高亮。高风问高亮有事吗？高亮说，尿罐家回家了。高风说，你咋知道？高亮说，是高五说的。高风心想这高五真多事，出事时那么无情，这会子又心血来潮了。可高风不能对高亮说高五的事，高风只对高亮说，派出所接手了，你管她回家不回家干啥？高亮说，强强要打的回家去揍尿罐家。高风来了气，谁告诉强强的？高亮说，他妈住院了，我能不跟他说吗？高风说，他上着学，马上就参加高考了，你难道没脑子？高亮说，反正得知道。高风不想再跟高亮说，就说你把电话给强强。强强说，大爷，有事吗？高风问，你咋没去上灯课？强强答，今天刚旬考完，只上一节灯课，出校门就接了我爸电话。高风说，我有事找你，你抓紧回来。高风关掉手机一扔，气愤地说，没一个省事的。

高风和高亮婚后都是一子一女，像传统讲的是儿女双全，好命。尽管生儿子时，高风和弟弟都未免计划外生育的处罚，甚至高风和淑贞差点为此丢了饭碗，但在农村像高风这个年龄的，谁又不是两个孩子呢？上上下下管这事的也清楚，明摆着的事，但政策是政策，好在事在人为，波波折折磕磕绊绊也平安无事地走过来了。两家四个孩子，不仅高风父母一样看待，高风和弟弟也都一样看待，所以起名时，两个女孩一个高秀，一个高丽，两个男孩一个高文，一个高武，可真风说高武不好听，叫高强，高强就高强，按村里岁数大的说，叫啥不成？文雅也罢，俗气也罢，好听也罢，不好听也罢，名字也就是个记号，只要叫着顺嘴就行，可现在人都心知肚明，如今每家孩子都少，哪个不是捧在手里怕掉含在嘴里怕化？自然起名慎之又慎，斟酌了又斟酌，思量了又思量，不仅翻字典逛网站还花高价请起名先生，可综合起来也不外乎两种情况，有的名字是生身父母的姓氏组合，更多的是蕴含着做父母的希望和寄托，所以强强中考时不听高风劝阻硬是报考了县体育中学选了散打，高风记得当时还把这事郑重地提醒弟弟和弟媳，真风说，三百六十行，行行出状元，咱这家光文状元多不行，还得有武状元，不然受人欺。高亮见高风有点生气，就说，哥，你别操这心了，咱生他了养他了，至于他以后干啥、能干成啥是他自己的事，只要他自己喜欢就让他喜欢去，咱也不能跟他一辈子。还能说啥？谁知一去学校报到，本跟县一中相距不远的体育中学暑假开学搬到了离城十多里的郊区，真要再每天走读，要穿过整个县城，真风脸刷地变了，再不说以前咋样，只说有意把她儿子推出去不想问，就找父母闹，当时高风在外地参加一个笔会，淑贞电话给高风，高风一听气不打一处来，对着淑贞就发起了火，学校是咱开的吗？咱想去哪上就能去哪吗？淑贞说，发火有啥用？得赶紧想办法，这么多年都过来了，不能孩子大了再闹得外人笑话，还尤其提醒高风，现在人可是好事不出名坏事传千里，再背地里添油加醋地鼓动，以后咱可就没好日子过了。高风一听，就不再火了，赶紧打电话到县教育局找人，几经周折，强强又回来上了一中的体育班，虽然花了不少钱，毕竟让真凤的脸又变了过来。后来一想起这事，高风就马上想到了四个孩子来县城上学的事，本来高风和淑贞打算把家搬到县城去，让自己的两个孩子去县城上，可具体一考虑，又觉得不妥，四个孩子从小都没离开过，上学又都一起来去，逢阴天下雨就在学校跟高风吃，好天好地，四个孩子下课时间往一块一碰，放学就结伴去了弟弟家或父母家。真要把弟弟两个孩子扔下，不讲弟弟和弟媳两人，就是高丽和高强，高风也不忍心，可都去了，吃饭又是个大问题，高风就找父母商量。当时父母住在村南高风结婚后的房子里，高风一说，父母就答应按高风说的办，父母去县城照顾四个孩子上学，一是四个孩子不会分开，二是免了高风和淑贞每天城里乡下来回赶的苦，三是权作父母换一种生活环境。后来高风还以此为题材写了一篇小说在一家省级刊物上发了，让高风淑贞的不少同事很是羡慕。当然这是后话。父母一同意，高风就把这事电话给弟弟，弟弟两人一合计，真凤一天晚上就对高风淑贞说，孩子去城里上，别的我帮不上，吃的米面我按月送。高风把这跟父母一说，父亲就对高风道，你出房子，你弟弟出米面，我花钱买菜，都各尽所能。哪想到，真凤只断断续续送了一年米面就再没动静，一次，高风去县局报材料正碰上父亲买面，一问，父亲才说真凤嫌家里老鼠多把收的粮食全卖了。说完见高风生气，就说，也吃不多少，犯不着生那闲气，我这两三千退休金就是存下也是花在孩子身上，为了孩子，就这样吧。高风回家没敢跟淑贞说，可后来淑贞还是知道了，知道就知道了，暗地里对高风发了几句牢骚也就过去了，父母从此在城里天天仍是早起晚睡，高风和淑贞一到周五下午就大包小包带了能相对长时间存放的菜回县城，两个双休日该洗的洗、该涮的涮、该收拾的收拾，真凤除了照看几亩责任田，还是该打麻将打麻将该串门串门，反正高亮不常在家。好在孩子都争气，特别是高秀和高丽两人都在县一中比着学，去年一起考进了南京大学，还是一个系。眼看文文和强强又要高考了，强强还这样，真得好好说说他。

强强进了门，高风问强强吃饭没有。强强说在外吃过了。高风一听又来了气，多少次告诉你别在外吃别在外吃，你咋记不住呢？强强低了头又抬起来说，不是去医院，我就来家吃了。淑贞走出来说，强强这么大个子，哪经得起饿？在外吃就在外吃了。高风说，就是出了天大的事有我们大人顶着，你和文文现在主要是学习，像你们秀秀和丽丽姐那样考取自己理想的大学，知道吗？强强说，知道。高风又说，以后就是在外吃也要往家打电话，给你们配手机不是让你们听歌上网打游戏的，知道吗？强强说，知道。淑贞给高风使眼色，高风不好再说，淑贞就让强强快洗手，再吃点，在外肯定没吃好。强强说，我现在还不饿，想先看会儿书，等文文哥来了一起吃。说完就径直去了他的房间。

早上五点半，高风和淑贞起了床，一个烧稀饭，一个到街上买包子油条，六点半打发走文文和强强上学，父亲就去给高亮真凤送饭，高风和淑贞一起去车站，刚出小区大门，王指导打来电话，问高风在哪呢，高风说在县城，王指导问，啥时候走？高风答，正在去车站的路上。王指导说，咋这么早？高风说，头一天在贵单位接受改造，能不积极点？王指导笑笑说，高主任谦虚了，这可是我们向老哥学习的好机会，请指示具体位置，我用车接你去。高风说，县城丰泽小区大门口。王指导说，请稍等。

把手机放进衣兜，高风对淑贞说，别去车站了，今天我请客。淑贞说，请什么客？我还得上班呢。高风说，请你坐车不花钱。淑贞笑笑说，是不是混得有专车了？高风说，谈不上专车，也是专车。淑贞嘴一撇，蹭一回车就值得这么激动？高风说，哪里激动了？淑贞说，不激动，咋越来越不会说话了，我听不懂你说的啥。高风说，我昨天忘了告诉你，从今天起，我在傍湖派出所帮忙半个月准备一个县里开的现场会，有可能县里镇里来回跑，不可能回驿庙了。淑贞说，不回就不回，好像我多盼你似的。高风说，你不盼我，我盼你，我是遗憾的意思。淑贞说，别穷拽词了，要千万记着问问真凤的事。高风说，你放心。正说着，王指导就到了。

上了车，王指导看了淑贞一眼问，你咋跟高主任在一起？淑贞道，我咋不能跟他在一起？王指导瞅瞅高风又问淑贞，你是不是托他办事的？淑贞答，不托他办事就不能跟他在一起了？王指导又瞅着高风嘿嘿笑，高风马上明白他的意思，就说，你可别瞎想，这是你嫂子。王指导摇摇头说，不像，肯定是那个。高风说，大清早的，你可别乱讲。王指导又说，你看我是乱讲的人吗？就算是，也有不小的年龄差距。高风说，还真让你说对了，年龄确实有差距，我小时候因身体问题上学晚，高中时又留了一级，你嫂子却是上学早，因为太聪明还跳了两级，到了大学，我们就成了同学。王指导说，你们也像艾米的《山楂树之恋》，是大哥哥看上了小妹妹，不像现在时兴姐弟恋，你不说，我还真不敢相信，你高主任能有这样的艳福吗？没等王指导再说，淑贞笑着问，王指导，是不是见过高风也带着另一个女人说这是你嫂子？王指导抬头看了后视镜一眼没肯定也没否定，说，我讲个亲身经历。淑贞说，好，那就先听听。王指导说，我一次晚上在万和超市买东西，见这个公交线上的一个客车司机带着一个漂亮女人逛超市，打了招呼就问这是谁。客车司机说是我老婆，因为经常坐他的车又玩笑惯了，我就说，上次见的咋不是这一个？那漂亮女人听了脸一寒就瞅客车司机，我一看玩笑开大了，赶紧说是闹着玩的，可那漂亮女人没理我，也没理那司机，转身就走，第二天上班一上他的车，那司机就说，你一句玩笑不要紧，她审了我大半夜。说完，一起大笑罢，淑贞问王指导，你说那漂亮女人为啥当真了呢？王指导答，那还用说，肯定那司机有前科。淑贞说，这就对了，王指导，你还没回答我刚才的问题呢？你说高风这方面是不是能耐也很大？王指导又瞅后视镜，你说呢？淑贞又歪头瞅着高风，你说呢？高风也歪着头瞅着淑贞问，你说呢？没等淑贞答，转脸又说王指导，大清早没正经，你嫂子的醋意让你撩起来了，你赶紧实话实说。王指导说，高主任别紧张，我是跟你开玩笑，嫂子也是跟你开玩笑，你要真有那事，我敢跟全世界的人说，也不敢在嫂子跟前漏一丝风声，嫂子要是知道你是那样的人，她背着人可以审死你，也不会在别人跟前问你，你还看不出来？这是嫂子十分相信你的表现，是不是嫂子？是不是高主任？淑贞说，只看见王指导出警干脆利落，没想到还伶牙俐齿，忽悠起谁来还挺讲究。王指导说，谢谢嫂子夸奖，嫂子确实与众不同，表现也是巾帼英雄。高风瞅瞅淑贞，问王指导，你们认识？王指导说，当然认识。淑贞补充说，昨天认识的。高风就想到了昨天中午饭后，孙所长要出警的事，就问王指导，昨天咱一起吃过饭，孙所长说出警，就是去驿庙？王指导说，还能去哪里？高风又说，正想到派出所问你和孙所长呢，咋处理的？王指导顿了顿说，真要是这关系，说好办也好办，说不好办，还真不好办。高风和淑贞一对眼，又问，就咱兄弟俩的关系，你就不能跟我掏个实底？王指导说，我现在确实不好说，你最好问问孙所长。话题不好再继续。

车在驿庙小学停下，淑贞招呼王指导，不下车去学校坐坐？王指导说，不了，你晚上也不会忘了审高主任吧？淑贞说，就你王指导有记性。说完嘭一声关上车门。王指导笑笑说，高主任，晚上有好戏唱。高风说，老夫老妻，有啥好戏？王指导说，床前会审，一定精彩。高风说，你就闹吧。王指导没接话，一踩油门直奔派出所。

孙所长上午在县城办事没回来，下午，高风又坐王指导的车去了县城联系设计做展牌的事。可等给派出所帮完忙，高风饭时经王指导一撩拨，下面还真有了那意思，晚上回到驿庙，把意思向放学进来的淑贞一表示，高风看出淑贞还真有迎合的意思，就三下五除二吃了饭做上床准备，可一上床，淑贞就提起了王指导的玩笑，还当真审起来。高风说，你看我是那种人吗？一个都应付不了，哪还有能力再向别人奉献？淑贞说现在男人都家活懒外活勤，你也不好说。高风说，就是全世界男人都不好说，我也好说。淑贞笑笑说，看来派出所这半个月还真改造好了。随即脸一正，我警告你，要是让我发现你在外胡乱来，我可饶不了你。高风兴趣全无，转身睡下。当然又是后话。

从飞腾广告设计公司出来已暮色苍茫，街上华灯却还没亮，下班的潮水开始涌动。王指导说，找个地方随便吃点再回家，高风说还得去医院。王指导在中医院门前把车停下说，没有特殊情况，明天还是老地方。高风一愣，什么老地方？王指导说，还在丰泽园大门接你。高风推开车门说，没这个必要。王指导说，我一个人上班多寂寞！你就不想陪着我？高风笑笑说，还是干你们这行的好，上下班都有车。王指导说，你以为这车是给我个人配的？是给出警配的，一个电话过来就得第一时间赶到现场，我们是随时待命。高风说，再随时待命也不是天天有案子。王指导说，要是天天有案子，我还能活吗？高风也说，要是天天有案子，这世界不就乱套了？方便的时候，给问问我弟弟家的事。王指导说，这个你放心，孙所长会给你个满意结果的。

高风走进病房，真凤正催高亮回家。高风问，这么晚了，让他回家做啥？真凤答，跟尿罐家要钱。高风说，派出所不是答应给要吗？高亮说，答应有什么用？听高五说，派出所今天就去了，让尿罐家来医院，尿罐家不愿意，要钱，没有。高风说，高五的话也信？高亮说，也问过妈了，妈也说有这事。高风说，毕竟没结案，还是再等等。真凤说，等什么等？高亮你这就给我打的回家要，不给就把她也揍住院。高亮说，你急啥急？孙所长不是说给协调吗？真凤说，孙所长要是能给协调出钱来，今天就带来了。高风问，孙所长来了？高亮答，来了，问问情况就走了。高风又问，也说尿罐家不给钱？高亮又答，没说，只说一定尽快处理。高风就对真凤说，孙所长又没说尿罐家不愿给，可能是尿罐家还在气头上。真凤说，她是想耍赖。高风说，要是想耍赖就能耍过去，要派出所干啥？真凤说，要是孙所长跟尿罐家有亲戚呢？高风说，要是有亲戚，孙所长就不会来了。高亮问，哥，你没给问问？高风说，问倒是问了，王指导说这案子是孙所长负责的，孙所长今天没去派出所。高亮说，要是孙所长真跟她有亲戚，就不好办了。真凤眉一竖，要是孙所长包庇亲戚，我就拼了这条命连他一起告。高风说，哪有这么巧的，还是安心养伤，争取早出院。真凤说，不处理好，我不会出院。高风说，你要真这样，尿罐家真要不给，或是没能力给，咱就得自己掏。真凤说，不给，我就上法院，没能力给，我就用她家的东西顶。高亮说，越说你越行了，要是真行，躺在这里的就不是你了。真凤眼一瞪，高亮，你什么意思？你再给我说一遍？滚！你这就给我滚出去！高风一看，同病房的都在瞅，眼珠子一会儿滚过来看真凤，一会儿又滚过去看高亮，后来又都落在高风身上，高风很生气，又不好表示出来，可又不能不表示，就说，你俩也别吵了，明天我再问问孙所长，孙所长真要犯难，咱再另想办法。

第二天到派出所，高风问孙所长，孙所长说，是不是黄真凤家里人托你打听的？高风瞅了一眼在一旁翻资料的王指导，明白王指导没跟孙所长说高风和真凤的关系，就说，不是，就顺便问问。孙所长说，没托你，就集中精力帮我们做好现场会的事，昨天局长还让抓紧呢。王指导瞅了高风一眼就出去了，高风马上意识到不说出关系，孙所长是不会告诉他高风的，不告诉他，高风再回县城，就不好面对高亮和真凤，就说，黄真凤是我弟媳妇。孙所长眼一大，你说啥？黄真凤是你弟媳妇？高风直盯着孙所长说，是。孙所长眼一收很平静地说，还没有结果。高风说，没有结果能把人放走吗？孙所长说，她在派出所答应得好好的，可一回家就变了，一个妇女带个孩子，我不能把她再带回来。高风说，不带回来，也得该拿钱的拿钱，该赔礼道歉的赔礼道歉。孙所长说，道理是这样，既然又跟你有这种关系，一切都好说，再给我点时间，我一定给你个满意答复。高风说，请孙所长多多关照。

再次问孙所长是一个星期以后，医生让真凤出院，真凤说还没处理好。医生说，这个理解，但病房床位紧张，还是让人催催。高亮又打高风手机，高风又问才进办公室的孙所长，孙所长说，刚从尿罐家来。高风问，咋说？孙所长答，尿罐家说打架不是她引起的，是黄真凤先侮辱她。高风说，不论谁引起的，把人打伤，就该拿钱给人家看。孙所长说，尿罐家说要钱没有，要命一条。高风说，既然这样，我兄弟两口子也说了，那就把尿罐家也打进医院去。孙所长愣了愣说，高主任，你应该知道，这样情节会更严重。高风说，情节还没更严重，派出所就这表现，要是你们真无能为力，我们就自己解决。孙所长说，要不这样，先让你兄弟媳妇出院，我再找找尿罐家。高风说，住在医院都没有结果，出了院能有结果吗？孙所长说，你看我不是一直在努力吗？难道高主任连我也不相信了？

高风说，当然相信你。孙所长说，那就再等一天。高风说，好。

高风出了孙所长办公室就给高亮打电话，不但说了尿罐家的态度，还说了孙所长的建议，并让他俩商量商量是不是先出院，总在医院耗着也不是个事。没等高亮回答，就听手机里真凤喊，高亮，你赶快去叫医生，我头痛死了。高风关了手机就往县城赶。

到医院，高亮刚取出又做的CT报告，高风一看没有什么症状，但又不好对真凤说，就给了刚进来的床位医生，医生说，看不出什么，那就再挂两天水观察观察。真凤说，挂吧，看好为原则，疼得像刀绞一样，钻心。

医生开了处方出门，高风借故把两人叫到一边说，这样下去，花钱是小事，再好的药都是有毒的。真凤说，不这样能有啥办法？高亮说，那就做伤情鉴定吧。高风说，都这时候了，能鉴定出什么来？高亮说，我打听过了，只要有病历就行。高风说，如果一开始能把伤拍下来就好了。高亮说，我用手机拍过了。高风问，你当时咋想起用手机拍下呢？是不是早就想到会走到这一步？高亮答，真凤当时要看她伤得啥样，我说不清，就用手机拍了给她看，没想现在还真用上了。高风说，如今也只能这样了。

孙所长到医院是三天之后，见高风也在，就问，高主任没上班？高风答，这两天有点事，请过假了。接着又问孙所长，是不是来告诉处理结果的？孙所长说，派出所接到了法医伤情鉴定，按办案程序，我是来问黄真凤有什么要求的。真凤问，把尿罐家又抓起来没有？孙所长答，根据伤情鉴定，轻微伤不能拘捕当事人，你可提出自己的要求。真凤说，一个村住着，又是挨边邻居，我也不胡搅蛮缠，更不提无理要求。孙所长说，有这种态度很好，你就直说吧。真凤说，照法定条款，一是赔礼道歉，二是赔偿医药费、护理费、误工费等一切法定的费用。孙所长问，还有吗？真凤说，抓紧让尿罐家送钱来，我家的钱都在医院花光了。孙所长说，好，我回去就办。回头又问高风，高主任今天是不是一起走？高风知道孙所长想跟他谈案子的事，就跟他下楼上了车。

出了医院，孙所长说，高主任是不是闹情绪了？高风说，闹什么情绪？不是告诉你有事吗？孙所长说，我觉得你也不会这样。高风说，我当然不会这样，是孙所长多想了。孙所长又说，不会这样，也不能再耽误了，再耽误，会期就到了。高风说，没耽误，白天虽忙点别的，晚上却坚持在家做，还抽空去了两趟飞腾广告设计公司校对展板清样。孙所长说，高主任辛苦。高风说，孙所长更辛苦。孙所长说，理解我就好，你兄弟媳妇那里还得帮着做做工作。高风说，这事派出所不拿出意见来，我帮不了，没想到很简单的一个民事纠纷处理起来竟拖了这么长时间。孙所长说，想象之中，也意料之外。高风问，孙所长啥意思？孙所长说，这种事别看简单，处理起来都不简单，没想到伤者是高主任家的人，拖了这么多天真是对不住。高风说，孙所长别客气，我也不想因为我们的关系让你有压力，更不想让你偏向我弟媳，一句话，该咋处理就咋处理。孙所长说，不瞒你说，尿罐家还要告呢。高风问，她告啥？孙所长说，告黄真风侮辱罪。高风腾地火了，那就让她告，我本来一直在劝我兄弟两口子得饶人处且饶人，她这么多天连面都不露，还倒咬一口，我这就把这事跟我兄弟说，任他两口子咋闹去吧。孙所长猛地刹住车，说，高主任可不能这样，因为我们的关系，我私下里向你透露案情就犯了错误，你再给捅出去，我饭碗那就真让你砸了。高风说，你索性给我个痛快话，调解还有没有可能，真要没可能，你也别问了，我们自己想办法。孙所长说，这已不是我说了算的事，派出所必须给伤情鉴定报告一个明确的答复。高风说，既然这样，我想听孙所长高见。孙所长说，我认为，还是咱俩都一起做工作，权作再帮我个忙。高风说，这忙我帮不了，孙所长要是不去单位了，我就去车站。孙所长说，那好吧，再等等。说完开车就走，一路上再没提这事。高风开始怀疑孙所长的能力。

第三章

高风做完派出所现场会的材料四月已过半，二十号逢周末又去北京参加了一个文学峰会，下了火车回到驿庙小学已是周一早晨，匆匆吃了饭，拿了替换的内衣就去了傍湖镇，先在别致造型理发店剪了个圆顺头，又去碧浪浴池痛快洗了个热水澡，进了单位大门已快到点名时间。院内阳光明媚花红叶绿，文化墙前的盆栽花改成了草坪，葱翠欲滴的草坪与文化墙连成一体，更显视野开阔春意盎然。

高风放好电动车，同事们陆续进来。张旺说，头也给剃了？高风说剃了。负责教研的马超说，这段时间感觉如何？高风答还行。负责办公室的吴劲没说话，点了点头算是招呼。郑校一进门就说，高主任回来了？高风说，回来了，郑校手好了没有？郑校说，好了好了，你还放在心上？高风说能不放在心上吗？郑校说，别当心事了。然后一挥手又说，都去会议室，咱说点事。

上二楼时，张旺喊住高风，高风又折回来，问张旺啥事，张旺说，把你办公室门打开。高风打开办公室门，张旺随手关上，从手提包里拿出两篇辛歌的文章，又掏出四百多块一条的苏烟说，这是辛歌让我给你的。高风立刻想起郑校让找个写材料教师的事，本打算今天上班后给辛歌联系，没想到张旺竟然都做到了这程度，心里抵触像宣纸上凭空溅上了墨、水塘里突然被扔了块土坷垃，继而火苗在周身乱蹿一样，你张旺也太把自己当回事，可本周第一天上班，又半个月没来单位，高风不想让别人不愉快，更不想因此让自己不痛快，就看辛歌的文章，似曾相识，以为又是网上下载，如今不少教师为评职称把别人的文章拿过来改头换面参加评奖或是花钱发表成风，高风一想起这事就格外生气，厌恶又起，等翻到最后见两篇后面都有在《留城教育》的发表年月，高风又猛然想起，这两篇是去年辛歌请高风修改推荐给县教育局的，当时看到时，尽管也知是网上下载的，可辛歌是用了心的，文稿是从不同的篇章中移花接木东拼西凑的，因为技术不尽如人意，过渡的句段明显地驴唇不对马嘴，好在两篇的题目不但语法上没毛病，还跟当时教育教学有贴近之处，又考虑他人年轻，要是全盘否定，他心理上可能承受不了，兴许以后就是再写了也不会让他高风见到，本来自己的职责就是为人做嫁衣，高风便在说出文章毛病的同时也留了下来，花了一番大功夫把文章改好后，又把辛歌叫来让他看，他红着脸说，我的文章差不多只剩原来的题目了，真是太谢谢高主任。高风说，这两篇给你推荐上去，以后可得下功夫，千万别再做这种信手拈来的事。没想到县里给发表后，今天又成了辛歌的能力证明来到了高风手上，明摆着，高风要是否定，既是对辛歌的否定，也是对自己的否定，更是对县教育局刊物权威的否定，要是自己的文章，否定自己就是进步，可现在性质不同了，再说了，张旺敢这样做，肯定不是跟郑校商量好了，就是郑校已向张旺表明了态度，到高风这里也只是个形式上的过渡，说白了，就是给高风个脸，高风要真不要这脸，坚决不走这形式，辛歌照样进来，如果是这样，高风就猪八戒照镜子里外不是人了，以后咋在一起工作？融洽的同事关系、和谐的工作氛围又如何形成？于是就赶紧捂住要蹿出的火苗，对一直盯着高风连眼也不眨的张旺说，辛歌的文章，我这就给郑校，可烟你得还给他，我又不吸，咱也不兴这个。张旺说，他有这个心，你就别拒了，真要不收，万一郑校看不上他，他会怨你没尽力举荐他。高风说，真要收了，郑校要是看不上他，他一样会怨我的，与其让他怨我收了东西不办事，不如让我落个干干净净的怨。张旺说，不是我说你，你这死脑筋啥时候能活络呢？别说你不收，就是你不推荐，郑校还会以其他方式让他进来，你又何必呢？快收起来，还得抓紧上楼开会。高风说，你会吸，你拿去吧。张旺说，他也给了我一条，我都收下了，你要不收是不是就不好了？高风问，辛歌跟郑校啥关系？张旺答，辛歌的母亲是郑校远房的表姑。高风说，他们是亲戚，咱更不该这样，要是郑校知道了，郑校会咋看咱？张旺说，辛歌要是连这点素质都没有，他以后咋跟我们一起工作？如今这事，谁不先期投资，谁又能达到预期的目的？谁过河拆桥吃水忘了挖井的人，就是暂时得到满足，以后又能好到哪里去？再说，他们这种亲戚，不是郑校来这，能算亲戚吗？高风说，毕竟能连上。张旺又说，若这样，四海之内，五百年前都一家，因欲望所趋，为名利所至，咱还是别想这么多。

在会议室坐定，郑校接过辛歌的文章翻了一遍说，不错。然后传给张旺，张旺翻了翻又传给马超、吴劲，看完都说好。郑校说，既然大家都说好，那今天的会先把这事定下来。高风说，这是辛歌的教育论文，是不是再看看他的公文写作能力？张旺用腿碰了高风一下，可能是用力大了点，整个会议桌都动了，郑校往下一看，见会议桌不再动，就对高风说，写的论文都能发表，公文写作能力肯定不差。转脸又对大家说，是这样，高主任经常给人家去帮忙，又都是推不掉的事，咱没理由拒人家，只好再找个能给高主任打下手的，如果大家没意见，我建议明天就让辛歌来中心校上班，他代的课让学校想办法安排。张旺问，辛歌在哪办公？郑校说，当然要跟高主任一个办公室，高主任平常还要多给辛歌指导呢。高风说，互相学习吧。郑校脸一正说，那可不是互相学习，辛歌年轻，不要让他以为进了中心校就不知道自己是谁了，以后一定不能让他翘尾巴，一定要对他严要求，咱们工作是工作，但也要为傍湖教育发展做好传帮带。马超笑着说，恭喜高主任，郑校给你配小秘了，只可惜不是女的。张旺说，虽说不是女的，可辛歌相貌堂堂，按现在的话说是帅哥靓仔，看着也是一道难得的风景，马主任要眼馋，今天就摆个场，让高风把辛歌送给你。马超说，我可不能夺人之爱，还是让他好好享用吧，你张旺要是眼馋，干脆让郑校给你配个女的，啥都能解决。大家笑完，马超又说，只是享用时别太激动，太激动了容易上火。张旺说，马主任上火经验肯定相当丰富，只是不知道，马主任是啥时候一见风景就激动的？吴劲说，别管他啥时候激动的，就让他激动去，只要你别跟着瞎激动。瞅了高风一眼，吴劲又说，今天也是奇了怪了，郑校给高主任配秘书，高主任不激动，你们俩激动啥？高风笑笑说，就是的，我激动还说得过去，你们俩激动啥？马超说，还用说？又有了一个新同事，能不激动吗？不信，等着瞧，过不了几天，高主任也会激动的。郑校说，别闹了，咱说第二个事，第二个是闸口小学附属幼儿园迎接市里优质园验收的事，这也是今年咱镇教育的重点工程，闸口小学是高主任的老根据地，又是蹲点学校，这段时间，要在处理好手头工作的同时抽空多跑跑。郑校见高风点点头，又说，其他各位除做好分管工作，也要严阵以待把闸口迎验工作当重点，还是那句话，咱们虽有分工，可每项工作都需要大家共同努力，众人拾柴火焰高，众人划桨开大船，是不是？各位如果没有别的事就散会吧，高主任立刻联系辛歌，马上让他到办公室来。

高风跟辛歌打过电话就下楼进了自己办公室，刚坐下，门就开了，张旺和马超抬进来一张办公桌。高风笑着对张旺说，效率够高的。马超说，效率不高能行吗？高主任要明白现在是信息时代，连一日千里都不行了，是光速，啪一下，就三十万公里了。张旺说，再快能赶上你一马当先吗？马超说，惭愧，驽马十驾不如开弓一箭。张旺说，弓箭早就落伍了，现在都核导弹了。马超又说，脱了草鞋换皮鞋，再换也是鞋，弓箭经过尖端科技一武装，摇身一变是导弹，确实今非昔比，让人刮目相看。张旺说，别穷拽词了，抓紧给高主任参谋参谋放哪合适吧。高风问，张会计的意见呢？张旺说，当然让他跟高主任对桌，这样方便请教。马超说，高主任咋还不明白？就是让你后撤，辛歌跟上来。张旺转脸对马超说，净说不着边际的话，一边去。马超说，看看，用不着了就嫌碍事了，如今这世道啊！转身走了出去。高风一看，真要对桌放，自己的办公桌还真得往后拉，就二话不说拉着桌子往后撤，又帮着张旺把辛歌的桌子靠上。张旺拍了拍手，打了打身上土说，先这样吧。说到这，见辛歌上二楼，又说，我上去看看。

张旺出了门，高风的手机又响起《荷塘月色》来，见是县教育局办公室主任刘慎行打来的，就赶紧按接听键，刘主任好，请指示。刘主任说，高主任好，回单位了？高风说是。刘主任又说，哪天给你压压惊。高风不解，问，压什么惊？刘主任说，都知道了，别瞒了，你说你有什么解决不了的？你咋能向郑校动刀子呢？他刚到你们那里主持工作，影响多不好。高风血陡地上涌，你听谁说的？刘主任说，是谁说的，你就别问了，你说是不是有这事？高风又高了声问，到底听谁说的？刘主任也高了声说，你高风咋是这态度？要不是咱私人关系好，我还懒得跟你说，你要再这样，我就不说了。高风就小了声说，到底是谁这么不是东西？刘主任说，按说这话我不该对你说，可谁让咱是哥们呢？你想还有谁？我不说你也应该清楚吧？高风又有点急了，可不好再高声，就说，刘主任，就凭咱俩的关系，你是不是应该告诉我？刘主任说，你知道了可不能再出问题。高风说，这素质我还是有的，你就快说吧。刘主任说，张旺半个月前替郑校开会说的，我点名，他说郑校让你砍了一刀在医院缝了六针不能来了。高风一听肺简直要炸了，可还得控制着，就说，他咋能这样说呢？刘主任说，若要人不知，除非己莫为，既然有这事，就别怕人家说。高风说，事情不是他说的那样！刘主任说，你说是哪样？郑校的手是不是你手里的刀弄伤的？是不是缝了六针？你是不是在派出所半个月？第二天你们镇各小学校长都去看望郑校了，郑校在家养了十天伤，我告诉你，并不是背地里凭咱俩私人关系向你学舌，而是警告你以后别再做这没脑子的事，局里领导可都很欣赏你的文采。高风说，刘主任，我可冤大了。刘主任说，有什么冤哪天跟我说，别再惹事，我这得去开会，挂了。

高风立刻想到了张旺、马超等怪怪的表情和模棱两可的话，但毕竟是一面之词，高风强压怒火决定作进一步证实，就想起了西口小学朱校长，西口小学虽是张旺负责的，可高风和朱校长在驿庙联中时就是很好的同事，尽管朱校长在联中撤掉后留在了驿庙小学当主任，后又在驿庙小学撤并到西口小学时当了校长，由于高风和淑贞住在驿庙教学点，淑贞又具体负责教学点，朱校长来驿庙查看或是去镇里开会回来，高风又经常把他邀到家里喝两杯，一句话，也是能掏心窝子的朋友。手机接通后，还没等高风问，他就说，高主任出来了。高风一听火又腾地起来，什么出来了？你啥意思？朱校长愣了愣说，对不起高主任，半个月没见了，开个玩笑。高风说，开什么玩笑？我问你点事，你可要照实说。朱校长说，我保证，你问吧。高风问，郑校手伤，你去看他没有？朱校长答，去了。高风又问，谁下的通知？朱校长道，张旺下的。高风又紧跟一句问，他咋说？朱校长答，张旺说你把郑校砍伤了，随即就让派出所拘留了，学校这段时间一直怕县里来突然检查，一直没敢离开，更没敢去你家问，你也真是，平常也没见你发过火，你咋就把郑校伤成那样？高风就一五一十地说了经过，朱校长听完说，原来是这样，这就是张旺的不对了，他刚还打电话告诉我说，你出来了，还让派出所给剃了光头，头发刚长出一点点。高风听了好气又好笑，就说，我今早刚从北京赶来，回来洗澡前剪的。朱校长叹了口气说，平时也没听说你得罪张旺，他咋这样对你？高风说，他要这样，我又有啥法子？下边教师有知道的吗？朱校长说，如果夏淑贞知道，镇里就没有不知道的了。高风听了没想到出奇的平静下来，说，好吧，你先忙，哪天咱们再聊。朱校长说，千万别跟张旺闹，我抽空跟其他几个校长通通气，想办法给你消除影响。

高风又跟闸口小学的秦玲校长联系，秦玲说，高主任好，一直在忙，没敢跟你联系，还行吧？高风说，好着呢。秦玲道，怪不得刚才张旺打电话说你又理了个圆顺头，要是没有好心情谁又理发呢？高风说，他告诉你的应该是我被剃了光头吧？秦玲说，高主任要是还有别的指示，就请指示吧，这事不说了行不行？高风就问，幼儿园验收准备得咋样了？秦玲说，都快忙死了，就盼着高主任来了。高风说，镇中心校刚开过会，郑校指令我忙完手头的活就去看看。秦玲说，你可得快点来。

放下手机正想着如何处理，张旺开门进来说，高主任，郑校喊你。高风盯着张旺不应也不动。张旺见高风不动，又说一遍，高风仍盯着他。张旺挠挠头偎过来小声说，辛歌来中心校的决定是板上钉钉子了，你就是满心不情愿现在后悔也不能更改，唯一的就是找个借口别让他跟你一个办公室。高风怒火再次腾起，右手啪地一拍桌子，霍地站起说，简直是胡闹！说完把张旺往旁边一拉，见马超、吴劲都从各自的办公室出来瞅着高风，高风谁也不看就出门上了楼。

辛歌见高风进来，急忙起身说，高主任好。高风赶紧平息心头怒火，笑笑说，辛老师好，以后就在一起工作了，别客气，快请坐吧。郑校也让高风坐下说，高主任，辛歌就交给你了，你要毫不保留地指导他，千万别再留一手。高风又笑笑说，我现在回答得再好也不算数，郑校以后问辛歌，辛歌的话最有力。高风想起张旺的可恶，又说，我相信辛老师不会说假话。辛老师也笑笑说，高主任早就开始毫不保留地指导我了。郑校点点头又对辛歌说，咱中国有句老话，师傅领进门，修行靠个人，你也要多多努力。辛歌又起身说，一定遵照郑校指示。郑校一挥手，你跟高主任去认认办公桌然后回去上课，到学校不要声张，一定要站好今天最后一班岗。辛歌就看高风，高风说，门开着，你去看吧，新桌子是你的，我再跟郑校说点事。

辛歌一出门，高风又不想说了，就对郑校说，你先忙吧，我还是先去办公室，要是辛歌觉得他的办公桌放得不合适，再帮他调调。郑校说，那好，局里十点半有个会，我得抓紧赶。

高风下了楼，从窗户朝里一看，张旺正跟辛歌悄悄说着啥，见高风进门，就挠了下头皮侧身挤了出去。高风问辛歌，你要觉得你的办公桌这样放得不合适可以再调调。辛歌吞吞吐吐地说，高，高主任，我，我眼睛近……近……近视，桌子这……这样放，我坐下背光，想……想……想放到前面窗……窗……窗户下。高风说行，伸手就把窗台下的盆架、饮水机挪到了东墙，又和辛歌一起把桌子抬了过去。高风又问，这样可以了吧？辛歌说，谢谢高主任，我回去上课了。高风说，等等。随手把桌上的烟拿起来问，这是不是你让张旺会计给我的？辛歌答，是。高风往他怀里一放说，拿回去，我不兴这个。辛歌说，这是我的心意。高风说，你来这里是凭自己的本事，我又没帮你啥。辛歌说，要不是您推荐，我也不能来这里。高风笑笑说，我推荐，镇中心校全体人员不表态，你也来不了，还是拿回去。辛歌说，我买都买了，就收下吧。高风脸一寒，你要不拿走，我就送到郑校那里去，要是郑校知道你年纪轻轻就来这一套，一生气，你再回去就难看了。辛歌随手用报纸一包说，高主任的情我以后再报。说完就走了出去。

按排定的值日表，午饭是吴劲做的，因为郑校不在，不到十一点半就开了饭，饭时，吴劲照年后养成的习惯仍要喝一杯，可今天喝的不是郑校招待喝剩的没有商标的内部专用酒白棍张良醉，是一瓶在厨房好几天的五十二度四百五十毫升黑兰陵王，高风看到酒，脑中立马冒出了李白赞兰陵酒的诗，知道这是酒厂年后新开发才上市不久的高档酒，随后就想起了前些日龙兴镇水街经过提档升级开发后的重新开放剪彩，想起了以尽地主之谊为借口的东口小学校长的邀请，想起了快艇览胜、酒足饭饱起座后，微醉的张旺用黑塑料袋提回来的就是这瓶，当时张旺见郑校去了厕所，就指着剩下的一瓶说，你冯校长胆好大，学校经费这样紧张，这好几百一瓶的酒你也敢用，这瓶没收了，说完见冯校长笑笑说，朋友送的，账面上不会让你见到报销的，要是喜欢，哪天给你们送两箱去。本以为酒后所言不必当真，第二天才上班，冯校长还真给送了两箱来，吴劲快中午时从县里开会回来见了说，这以后就不愁没酒喝了，哪想到话还没完，张旺抱了就放到郑校要出门的车上，厨房里也就只剩下这一瓶。吴劲打开平均分到四个一次性塑料杯里，见对面坐着的高风没伸手，就递过去，又见高风摆摆手说胆囊不舒服，就自己喝了。饭罢，按往常，张旺回了镇供销社家属院午休，高风他们三人各回到办公室也不会闲着，马超网上斗地主，每当三连胜，就会激动得跑到高风办公室欢呼，吴劲每天这时候必到中国教育考试网、淮海省教育考试院和腾讯网逛，重点梳理高考信息，每有新动向或发现新上传的理科资料必定欣喜地下载，然后进行编辑、打印下来，如果下午没有紧急事，就会跟高风、马超说一声，匆匆坐车回到县二中附近的自租房等下灯课回来的儿子，再不，就借着酒劲把门反锁，往办公桌上一躺就呼噜起来。高风要是不午休，会到文友的博客里逛逛，可今天心里气一直没消，无心上网，出了厨房门就跟两人说去派出所办点事。马超笑笑说，还没在那待够？高风说，没够，哪天谁再给我宣传宣传又二进宫了。马超一愣，你这么快就知道了？高风说，你们不是早就知道了吗？还一个锅里吃了这么长时间的饭，也不及时向我透透风，真是白在一起这么多年了。马超说，清者自清，浊者自浊，凭空污人清白搬弄是非者自有天理，何必寻那个烦恼？高风说，不身在其中，哪知其中的滋味？高风见吴劲已鼾声如雷，就到车棚牵车，马超又追出来说，下午在中心小学举行全镇公开课活动，你不去？高风说，你给辛歌说一下，让他该拍照的拍照，该采写的采写，回来我把关。马超回了办公室，高风从车棚里牵出车才发现车座上有鸡屎，咋就我车上有呢？瞅瞅院里没有鸡的影子，可能是北面政府家属院谁家喂的跑了来又走了，就用兜里的卫生纸擦净出了门。

到了派出所，王指导说，是不是又来帮忙的？高风说是，孙所长呢？王指导又说，外出办案还没回来，估计还得几天。高风就回了驿庙小学的家，见门锁着，就打淑贞电话，淑贞说在去中心小学的路上，高风就开门睡了。

醒来已是晚上放学时间，见淑贞一脸严肃地走进来，高风说，回来了？淑贞一抬头，腾地发了火，谁让你剪的头？高风愕然，就说，值得发火吗？淑贞说，怎么不值得？是不是派出所给你剃的？高风也火了，你听谁说的？淑贞说，我下午去中心小学听课，那个周虹说的。周虹是张旺媳妇，高风牙一咬，张旺，看我明天到单位不宰了你。淑贞见高风发了狠，有些害怕，就问咋回事，高风详详细细把来龙去脉讲完，淑贞长叹一声说，这个张旺算把你毁了，你得想办法把这事告诉郑校，他最知情。高风说，上午就想告诉他，话到嘴边，又罢了。淑贞手一戳高风的额头，你个窝囊废，你明天必须跟郑校说，不然现在就给郑校打电话。高风说，就这么急？淑贞说，气死我了，哪有这样的？你打不打？你不打我打。

高风掏出手机，没想郑校电话到了，郑校说，闸口幼儿园验收日子定在六一前，你跟秦玲打个电话说一声，明天再辛苦跑一趟，发现问题及时告诉我。高风说完好，见淑贞给他使眼色，意思是让他说张旺，高风正犹豫不决，郑校的话又传过来，高主任上午要跟我说啥事？是不是当时有啥顾虑不好说？高风说，哪有啥顾虑。郑校说，那就现在说，听张旺说，你对辛歌调过来有情绪，我可是为了你的工作才这样的，你得往好的方面理解。高风高了声，郑校，你不提张旺我还不生气，你一提，我恨不得明天宰了他。郑校问，咋回事，是不是你们闹意见了？淑贞又给他使眼色，高风就问，郑校，伤了你的手，我一直觉得很对不起。郑校说，看看，又来了，我早就告诉你，别往心里放别往心里放，你咋还搁在心里呢？高风说，我想问郑校，自从你来，咱俩闹过意见吗？郑校说，没有，一直很好。高风又问，你的手是我有意砍的吗？郑校说，不是，你听谁这样说的？高风又问，我去派出所是帮忙做材料还是被拘留？郑校说，是帮忙做材料，谁说是拘留你？高风说，也出奇了，这半个月，咱教育系统没一个给我打电话的，今天电话出奇多，无论县里还是镇里都一个意思，说因为咱俩闹矛盾，我用刀把你砍了。郑校声音也高了，太不像话，这是谁造的谣？高风说，你问问张旺吧，他最清楚。郑校说，真是太不像话了。高风说，他不但往外乱讲，他媳妇也逢人就瞎说。郑校问，他媳妇也跟着瞎说？高风说，这段时间，我忙得连头都没来得及理，天眼看热起来了，为了梳洗方便，今早上班前就理了个圆顺头，张旺见了立即就给下边学校校长挨个打电话，说我的头是派出所给剃的，到现在才长出来一点点。郑校问，他媳妇咋知道的？高风答，张旺午饭后回家休息了，周虹下午就在镇里组织的公开课活动前说开了，去参加活动的教师都知道。郑校问，你和张旺没闹意见吧？高风说，没有。郑校说，这事我知道了，我明天到单位一定狠狠批评张旺，让他向你赔礼道歉，也一定找机会在县里和镇里说明真相给你消除影响，你就别生气了。高风说，有郑校这句话，我还生什么气？如果郑校有难度，我自己解决，真是太让人寒心了。郑校说，你放一百个心吧。

第二天早饭罢，高风直接去了闸口幼儿园，快中午的时候，秦玲刚要安排饭，吴劲就打来电话，让高风和秦玲一起去仙聚楼。两人匆匆赶到，见张旺灰着脸在酒桌前窜来窜去，没理他。郑校见高风进来招呼他在跟前坐定后说，我来傍湖已两个月，跟大家处得都很愉快，在座各位工作都很卖力，这是我郑杰的福气，我很荣幸能来到傍湖镇跟大家共事，万分感激各位对我工作的支持，再者，高主任为派出所现场会帮了半个月忙非常辛苦，辛歌因为工作需要调进镇中心校，也请各位今后多多配合他的工作，今天就此把镇中心校全体人员和各校校长都叫过来聚聚，希望大家都要尽兴。

三杯过后，郑校说，这段时间，关于我手上的伤，个别同志不顾本人身份把不符合事实的话在镇里甚至县里传得沸沸扬扬，给我镇教育带来了极坏的影响，严重损坏了高风主任和我的声誉，尽管高风主任知道后顾全大局没站出来表示什么，可我不能坐视不管，任凭肇事者继续为非作歹乱说一气，在整个事件的过程中，张旺主任最了解其中真相，现请张旺主任给大家说说事情的经过。张旺把前前后后讲完，郑校说，这就是真相，并不是个别人讲的，高主任跟我工作上有分歧用刀把我砍了，他被派出所拘留了半个月，更可笑的是昨天还传派出所给高主任剃了光头到现在才长出一点点，以后谁要再颠倒黑白歪曲事实，我就叫他搬起石头砸自己的脚，谁败坏了别人的声誉，我就叫他名誉扫地，要是情节再严重的话，别怪我郑杰不客气，该上哪呆着就上哪呆着去，更不能把工作中的是是非非往家里带，甚至让家里人不负责任地四处张扬。郑校扫视一周又说，该说的我都说了，谁要不长记性，你就大着胆子试试，下面请张旺主任倒酒，每人两个，先从高主任开始，我收底。高风见郑校仍一脸严肃，也明白郑校用意，就没再推让。高风心里十分感激郑校能说到做到，但影响并没因此结束。

第四章

真风又输了两天液，就让高亮回徐州干活去了。

因为案子还没处理，高风又通过姨弟从中协调，真风仍在医院住着，医院每天只收点床位费，高风父亲续交了两千元住院费。又过了两天，周五下午高风和淑贞去县城，顺道先去医院看她，同室的病友说，真风只是晚上在这睡，连饭也不在这吃了。高风打电话问父亲，父亲有气无力地说，不让送了，她回来吃，吃完，孩子走她也走。高风又问，她去哪了？父亲说，不知道。淑贞又打真风手机，问真风在哪，真风说，总在医院太闷，现在百货商场溜达，有事吗？淑贞说，没事，别再溜达远了，到吃饭时间抓紧回来，我给你送医院去。真风说，别送了，我回家跟孩子一块吃。

高风和淑贞出了医院，淑贞说，你还得抓紧催，两个孩子快高考了，再这样下去，咱耗不起。高风就打孙所长手机，孙所长说下周一回来。淑贞说，实在不行，你就到法院问问，看通过法院能不能快点解决。高风说，还是下周看情况吧。

回到家，没想到真风正跟父亲吵架。真风见他俩进来戛然而止转身就走，淑贞放下自己随身带的包就追。高风问父亲原因，系着围裙又回厨房的父亲说，不知道因为啥。高风又问，不因为啥，她跟您吵啥？父亲说，我正在洗菜，她进来就说我嫌她吃闲饭了，我问她谁说你吃闲饭了？她说不嫌她吃闲饭告什么状，我又问谁又告你的状了？向谁告状？告啥状？你们就进来了，她就走了。淑贞进来，高风问，真风呢。淑贞答回医院了。高风又问，问她为啥吵架了吗？淑贞说，问了，不说。高风说，真奇了怪了，她再在医院还真住成神经病了。父亲说，赶快找找人，把事情了结让她回家，再这样，我忙就忙了，你妈一个人在家能吃好吗？淑贞说，妈在家您放心吧，饭都是跟我一块在学校吃。父亲又说，听你妈说了，可这也不是长法，还得想办法抓紧让她出院，强强这两天一吃饭就跟她吵。高风问，强强吵什么？父亲说，可能是因为这。高风又问，因为啥？父亲说，还是不说吧。淑贞解了父亲的围裙说，爸，您歇着，我来做。父亲说，你别沾手了，饭好了，再做个菜就齐了。淑贞说，菜我做吧。父亲就坐到了高风跟前又说，抓紧想办法。高风又问，到底因为啥？父亲说，这两天，两个孩子一放学到家，她也到家，孩子上学走，她也走，强强就说她，我们吃完饭上学去，你在医院又不打针吃药了，你出去这么早干啥，你就不能帮爷爷收拾收拾？我见她眼一瞪，就赶紧阻止强强说，你妈没出院，说明身体还没恢复好，你妈来这里吃饭，就是不想让爷爷送，再就是想见见你，别不识好歹，快上学去，可再吃饭还因为这吵，我不好再说啥，只嚷强强，文文也跟着说强强不对，还说，毕竟婶婶没出院，毕竟婶婶因为案子的事心里烦，婶婶每天能来家跟我们一起吃饭就很不容易，她听了就说强强，可能是小时候喂奶抱错了，养了个白眼狼，强强说，你要不说，我还正想问爷爷奶奶呢，我小时候是不是从医院垃圾箱里捡来的？咋碰上了你这样个妈？我又赶紧阻止强强，强强碗一推就去学校，她也筷子一扔出了门，是不是强强给他爸打了电话？是不是高亮接了电话也说她啥了？高风掏出手机给高亮打，问他这几天往家里打电话没有？高亮说，天天加班能累死，哪有闲空往家打电话？高风又问，强强给你打电话没有？高亮答，没有，是不是真风又出啥事了？高风说，哪有啥事？忙你的吧，听说你这几天没给家里联系，就想知道你在外忙得啥样。高亮说，哥，我很好，真风的事，你还得再催催。高风说，别操这心了，我正催着呢，孙所长外出办案了，下周就回来，你放心吧。挂了电话，高风安慰父亲，别往心里放，可能是真风在医院住烦了。父亲说，就是烦了，也不该跟我吵，吵就吵，也不该这样说。淑贞说，真风那性子咱家里人谁不知道？心里要是忽然蹦出个啥，连弯也不打就从嘴里说出来了，说了就说了，说过就忘了，权当文文强强惹您生气，就别计较了，像您说的，现在再大的事都不是事，最大的事是两个孩子高考这件头等大事，您可不能说过就忘了。高风也说，大局当前，咱可不能功亏一篑。父亲站起身说，孩子快放学了。淑贞说，我去给真风送饭。

没多大工夫，淑贞把饭带了回来，高风问：没吃？淑贞答，吃过了。高风又问，在哪吃过了？淑贞又答，病房的人说她根本没回去，打她手机，她说吃过了，也没说在哪就挂了，我以为还在生气，就等，临床的见我一会儿看手机，一会儿又到病房门外望望，就说，别等了，她哪天晚上都是九点多才回来，你说我还等什么？父亲把电饭锅端过来说，咱先吃，吃完，你俩再给她送去，顺便看看她回来没有，如果可能，也劝劝她没事别总在外面转悠，如今社会上闲散人员多，又人生地不熟，真要有个好歹，咋跟亮亮交代，不就更苦了你妈了？高风说，如今社会治安比以前好多了，哪有你说的这么严重？父亲说，要是不严重，电视上咋总隔三差五地说这里伤人了那里遭劫了？我还听说，如今的不法分子干起坏事来，不是单枪匹马，而是成群结伙，有组织有计划有预谋有策略，还高科技装备，要是下乡，一晚上能连着洗劫好几个村子。高风说，那毕竟是少数。父亲说，少数都让人心惊肉跳坐立不安，你是不是希望不法分子再多些？真要进了咱村，就是咱家没啥可偷的，一惊一吓，你妈也受不了，她心脏可是有点小毛病。淑贞用眼神制止了又要说话的高风，转脸道，爸，你好长时间没回家了，明天回家看看妈吧。父亲顿了顿说，好。

周六早饭后，高风和淑贞又开始了清扫，难得休息一天的文文强强也没再贪睡，中午饭时，淑贞给真风打电话让她回来，她说吃了，淑贞说，吃了你也来，我有事跟你说。真风说，电话里说不行吗？淑贞又说，抓紧来，不是一句两句的事。

门一响，淑贞就给文文强强使眼色，两人赶紧去开门，一个亲热地叫着婶婶，一个甜滋滋地喊着妈，然后一人一只胳膊拉到饭桌前坐下，又去厨房端菜。

饭菜上齐，真风看了满满一桌子菜瞅着淑贞说，啥日子，做这么多？淑贞说，流水一样的好日子。真风问，流水一样的好日子？是不是还有谁没到吧？文文答，婶婶，都到齐了。真风问强强，你爷爷呢？强强答，回家看奶奶了，今天专给你做的。真风又瞅着淑贞说，专给我做的？淑贞说，在医院这么多天了，热一口冷一口也没吃好，就算给你补补，快吃吧。

饭罢，真风问淑贞，你不说有事吗？淑贞说有事。真风说，有事你就说。两个孩子趁机帮高风一起把桌子收拾完就各自回了屋。淑贞说，你如果不想在医院住，就来这住。真风说，事情还没了，不能出院。淑贞说，床位不退。真风说，多不方便，还是在医院吧。转脸又问高风，又去派出所问了吗？高风答，负责这案子的孙所长去外地办案了，回来就给解决。真风说，别是他跟尿罐家有亲戚故意躲着不办吧？高风说，派出所必须给伤情鉴定一个说法，就是有亲戚关系，他也不敢胡来。真风说，他这样拖，谁能说他不是胡来呢？高风说，谁又能证明他是胡来呢？真风说，我在中心广场听人说，这种事还是找律师经法院，大哥有没有认识的律师？高风说，有倒是有，已多年没联系，不知还在不在县城。真风说，那就赶快联系联系，人家说，越是熟悉的越好。淑贞也催高风说，叫什么名字？高风答，叫牛洪，高中同学，法律专业毕业后本是分在县法院的，可只在里面两年就停薪留职，在县法院对过开起了律师事务所。淑贞又说，要是有他的号就问问。高风在手机里找到打过去，还真通了，那边却传来一个女人声音，你好，请问哪位？高风以为是牛洪聘的工作人员，甚至还以为是牛夫人，就答，牛洪的同学高风，请问牛律师在吗？那边却说，打错了。说完就挂了。高风摇摇头，真凤站起身说，还是去看看，兴许能见到，比打电话还说得清。高风瞅淑贞，淑贞也说，那就去看看。高风说，还是等派出所处理结果出来，真要达不到咱的要求，咱再找他。真凤说，反正闲着也没事，还是去吧。说完就瞅淑贞。淑贞说，不妨去咨询一下，心里也有个数。

本以为周末律师事务所不会开门，可打的到法院门口，附近的律师事务所都人来人往，高风领着径直走进牛洪的事务所一问，一个精瘦的中年人说不认识。高风说，他原来就在这开的。那中年人说，我都在这开两年了。真凤说，可以问问打官司的事吗？那中年人又说，本所免费咨询，请问，什么案子？真凤就讲了经过，那律师又说，这官司好打，如果委托我，百分之百胜诉。真凤眼睛一亮，先交多少律师费？那人又说，本律师不先收费，打不赢也不收费。淑贞问，是不是还要等派出所的处理结果出来？那人一挥手，只要我现在接手这案子，你们只等结果，按国家规定从赔偿费中提成。真凤问，按多少提？那人说，提成有上线和底线，我从中提的比底线还低百分之十。真凤又问，百分之十是多少？那人答，百分之十就是百分之十，说白了，就你们这案子，我根本没打算提成，我是气愤那个派出所不作为出于同情你们才这样的，等打完官司，只要给我在办案过程中的一切花费就行。淑贞问，要是请您接手，办完这个案子，您能花多少？那人说，花不了多少。淑贞说，要是结案时，您要的比赔偿的还多，我们不是白请您了？那人又说，其中一切花销都有正式票据，也根本不会出现你担心的那个情况，要是都这样，谁还相信我们？你要知道，律师是为受害者主持正义第一，象征性收费第二。真凤接过说道，那电视上，咋说吃了原告吃被告呢？那人一愣，高风和淑贞也一愣，高风赶紧笑笑说，她并不是说你，只是说一种现象。那人也笑笑说，你们的心情我理解，如果委托我接，我保证让你们满意，如果你们怕这怕那没有诚意，那就请便。高风又笑笑说，她心直口快，请别介意，我们再考虑考虑，等考虑好了再来。那人站起身说，时间越长越不好办，如果信得过，请尽早来。出了门，真风还想回头，淑贞拽了她一下说，咱多问几家，看是不是说的都一样。

一连问了好几家，像似约好的，说的都大同小异，真风说，要是这样，电视上咋还说官司难打呢？是不是都像你写小说那样，故意瞎编了引人看？淑贞瞅高风一眼，高风本想说，小说跟现在的电视剧一样，也可以说都是瞎编，可不是凭空瞎编，它是生活的一种艺术再现，只要能吸引住人，就是瞎编的快乐，可一想说了也是白说，就干脆说，对，就是瞎编了给人看的。真风说，大哥别生气，我是说，这些律师事务所是不是都像街上卖狗皮膏药的那样有意说官司好打，等你进了他设的套，他就会牵着你的鼻子走，等你越陷越深，就是后悔找他打官司了也管不住自己，反正只要他让你掏多少，你就掏多少。高风说，不能说没有这种可能。高风想到了牛洪高中当班长时的公平公正疾恶如仇，又说，也有好律师。真风说，那就再多跑几家，说不定能碰上一个。三人就又问了几家，还是说得那个好听，简直让你认为见到他就是见到了上帝、见到了救世主、见到了铁面无私的黑脸包公，这官司非他不能打赢。可越说得好，高风越是不信，就有了离开的意思。在路边等车时，真风说，白耽误大半天。淑贞说，咋是白耽误呢？该问的咱也问了，该说的咱也说了，不仅明白了咱这案子的性质，还知道了你大哥那个律师同学的手机号，真需要打官司，咱就让你大哥找他同学。真风又问高风，你那同学是不是也像这些律师？高风答，人还不错，是不是像这些人，多年不见了，何况现在人都在变，我不敢保证，再说了，就是这些人中，你也不能一杠子打死，他们真要一个官司也打不好，哪还有什么信誉？没有信誉，咋又在这继续？不能继续，房子租金咋付？生活下去又靠啥？真风说，骗不了我们，也不能说骗不了别人，也可能人家说的是真的，还是现在跟你那同学联系联系，看能不能用这号联系上。淑贞也说，就打一个吧。高风就打了一个，一听声音，高风笑了，还真是牛洪，问他在哪，他说在徐州发展。高风说，了不得，都发展到省城去了。牛洪说，马马虎虎。高风说，还这么谦虚。牛洪说，我们啥关系，用得着谦虚吗？老同学有事吗？高风说，没有，刚打听到你的号，就联系了，试试能不能联系上。牛洪说，很对不起老同学，来徐州换的，有空来徐州，我请你吃饭。高风说，到徐州找你，你不请我吃饭，我要是自己到街上的小摊上吃冷面，你心里舒服？牛洪说，哪能让你去吃冷面？你来了，咱就去星级大酒店。高风笑笑说，越说你越牛了。牛洪说，不好意思，待会儿我打给你，我正跟一个原告谈官司。高风说，那快挂了吧，不打搅了。

淑贞问，是他？高风说是。真风说，是他，你为啥不说说我的案子？高风一听，烦就上心了，可毕竟是弟媳妇，不好表现出来，就说，人家正为接的官司忙着，咱真需要打官司，再联系也不晚。转身对淑贞说，你俩先回去吧，我到市场买点菜。高风走了几步，回头看，淑贞还在看他，他一摆手就拐了弯。

这是县城东郊的一个自由贸易市场，在丰泽园小区后面，也不知从何时起，每天下午四五点中，从微山岛，还有附近乡下来的菜农赶到这里，在路边找个地方，就摆开了地摊，这一带下晚班的都喜欢来这里，不仅菜新鲜，还啥都比超市便宜。可高风来回逛遍都没看到想买的，就买了只烤鸭往家走。已烧好稀饭的淑贞见是烤鸭，赶紧喊文文强强吃饭。两人应声开门过来，高风就问，没出去玩玩？文文说，上学天天来来去去，街上啥没见过？强强说，我们看了会儿电视，也没意思，就看书了。高风平常最喜欢听孩子们说这话，就笑笑说，看来，我这烤鸭买对了。两个孩子就笑。笑完，高风问强强，你妈呢？强强一愣，就听淑贞说，强强妈没回来，直接去了医院，还说也不来吃晚饭了。见强强脸突然阴下来，高风就说，强强快吃吧，在医院住着，也不是随便想去哪就去哪的。强强问高风，派出所给处理了吗？高风说，负责这事的人去外地办案了，过两天回来就给办，现在是你妈还没恢复好，你想，要是不恢复好就出院，她一人在乡下，你在这上学能放心吗？强强说，奶奶年纪大，一人在家，我更不放心，文文哥也说他不放心。淑贞说，奶奶每天都跟我在一块吃饭，只是晚上在你家。文文说，要是奶奶晚上……高风脸一正，文文又多话。强强说，哥说的也是我和爷爷最担心的。淑贞说，你们爷爷奶奶都定期体检，不会有事的，都安心上你们的学吧。

收拾好锅碗，高风和淑贞到中心广场转转，临出门，高风让文文强强也去，两人都不愿意。可高风两人在广场跳集体舞的地方看到了真凤，真凤在最后面，显然是学跳，尽管肢体显得生硬，可学得很认真。唯恐让她看见，两人急忙躲开，远远地绕了过去。

绕过去，高风对淑贞说，你早就说跟着学，都是光打雷不下雨，到现在也没付诸行动，还不如她，不声不响就跳上了。淑贞说，我要是在医院天天闷着，也早就这样了，她是来让自己放松的。高风说，一家人天天都能忙得没喘气的空，她可真会找放松。淑贞在灯亮里站住瞅着高风说，有你当大伯哥这样说话的吗？看来我以后就是想跳也跳不成了。高风听了也觉得不该说真凤，可淑贞跳舞却是高风一直鼓动又一直没能鼓动起来的，记得一开始鼓动她，她说跳舞的都是些吃饱了撑得没事干的，有这时间还不如多睡会儿，你觉得好，你就跟着跳。高风说，我可不想天天扎在女人堆里，让人以为是有别的想法。淑贞说，天天霓虹闪烁美女如云万花丛中一帅男可是以前皇帝的日子，你看她们一个个的穿戴，看着平常，其实很时尚，该露的露，该显的显，一扬胳膊一抬腿走光的地方更多，多勾人？瞅了高风一眼，见高风不吱声又说，你现在别看嘴上说自己不想，说不定心里早就痒痒了。高风说，你不识好歹也罢了还倒打一耙。淑贞又说，那你为啥不停地劝我？就是想等把我忽悠进去了，你好趁着也跟进去浑水摸鱼，说不定还真能碰上个天仙一样的。高风不好再鼓动。后来见她总在跳舞的跟前看一会儿，还时不时跟着模仿两下子，就又鼓动，谁知高风一鼓动，她不仅不模仿了还拽着高风离开，再鼓动，她说等不忙了再跳，后又说等孩子都考走了再跳，如今孩子快高考了，是不是她要借故提前放弃先前的约定呢？就问，咋又跳不成了？淑贞又说，你兄弟媳妇跳，你都说这说那，要是我，你到时还不知说我啥呢。

因为孩子这星期不上学，高风和淑贞在广场多转悠了几圈，回到家，孩子房里都亮着灯。秀秀丽丽在时，文文强强是在一个房间的，两人考走后，就让他俩一人一间，起初两人还恋恋不舍，有时候星期不上学，不仅跑一个屋睡，还睡在一个被窝里。高风一看都晚上十点多了，就让两人抓紧睡，没听到应声，就轻轻推开门，两人都抱着书在床上睡着了，一看这情景，高风就想起自己的高中生活，心里是无限的欣慰，可一看文文抱着的书，是《南音》，欣慰霎时没了，再看强强怀里的，《坏蛋是怎样炼成的》。如雷轰顶，随即就感觉肺都要炸了，可理智告诉高风，非常时期，不能随便发火，又何况天这么晚了，就出去，把刚洗完脚准备上床的淑贞拽了出来，一个一个让她看，她看后，把手指往嘴边一放，然后往外一摆手，就拉着高风出来又把高风推进他们的房间。

高风摇着头说，没想到，确实没想到。淑贞说，有啥想不到的？高风说，以前，两人从没晚上看过书，特别是星期天，一天到晚总是睡，还总觉睡不足，自从上了高三，两人都加了紧，还太阳从西边出来一样晚上有了看书的习惯，有时候比这更晚，还有时候都下半夜了，高风去卫生间，他们的灯还亮着，以为真听了高风的话，像秀秀丽丽那样互相比着学，就催他们快休息，没想到是明修栈道暗度陈仓，挂着羊头卖起了狗肉，完了，完了。淑贞说，什么完了完了？就凭这就一棍子打死？高风说，这不是最好的证明吗？淑贞说，天大的事明天再说，还亏你教了这么多年书，当了这么多年学校领导，真不知你天天都在干啥，快睡吧。

高风哪里还睡得着？一夜翻来覆去总觉得不舒服，天一亮就起了床，一个个悄悄推开文文强强的门，没想到两人都在背对门的桌上看书，以为又是在看昨晚发现的书，轻轻走近文文，是英语，再轻轻退出进了强强的屋，强强是语文，是不是听到了高风起床的响动才换的？关好强强的门，淑贞一脸怒气地站在客厅里，见高风出来，又一把拉着高风进了他们的房间，关严门，淑贞问，是不是在继续昨晚的书？高风摇摇头。淑贞说，你是杞人忧天，想得严重了。高风说，都显山露水了，还不严重？淑贞说，孩子是我看着长大的，我了解孩子。高风眼一瞪，不是我看着长大的？我就不了解他们？淑贞说，你哪能不了解？天天这里忙那里忙，忙得天晚了该睡觉了才知道还有个家，喝得烂醉进了家倒头就睡，醒来又走了。高风说，我就没在家好好过过？淑贞说，哪能没在家好好过过？我都记着呢，在家的时候一天到晚坐在电脑前，不是打理你的博客，就是写你的小说，我都成守活寡了。高风说，你又扯远了，现在说的是孩子，孩子出现了与高考背道而驰的严重现象。淑贞说，别总是严重严重的，也许孩子们只是偶尔让自己放松一下。高风说，还偶尔放松一下，书都看了大半本，还是偶尔？尤其是文文，看的是新生代美女作家笛安的小说“龙城三部曲”最后一部，肯定不光前两部《西决》《东霓》都看了，还一定看过《告别天堂》《芙蓉如面柳如眉》。淑贞说，照这样说来，文文就是笛安的粉丝。高风说，也有可能。淑贞说，再由此推论下去，文文也读过笛安父母李锐蒋韵的书。高风说，也不能说没有可能。淑贞又说，依你的逻辑，文文也早读过韩寒、郭敬明的作品。高风说，难道不能说可能吗？淑贞嘴一撇，然后问，你读过这些书吗？高风答，读过。淑贞又问，你读了，耽误工作了吗？有谁说你不务正业吗？高风答，没有。淑贞说，现在孩子读了，你咋能以这种逻辑认为孩子会耽误了学习呢？高风说，如今非常时期也不能不这样警惕。淑贞脸一正，你这是想当然，用想当然教育孩子，是不可取的。高风也严肃起来，我也早就警告你，别事事护着孩子，护就是溺，溺就是害，如今家庭妇女不懂也就算了，你当了这么多年教师难道也不懂吗？你咋不听呢？淑贞说，不是我不懂，也不是我不听，是你不懂现在的高中生。高风说，你懂？淑贞说，那当然，自从秀秀丽丽上高中，我就开始关注高中教学，研究高中学生心理，要不是你，我现在哪会委屈在这教学点里？我的意见是，权当不知道，再观察一段时间。高风问，这再观察的一段时间是多长？是几天？还是一个月？要是一个月，真要不是你说的偶尔，高考还有让我们期待的结果吗？咱俩又不能天天在这里观察，光做饭的事就天天够爸操心的了，难道再让他替我们观察？我们必须有所表示。淑贞说，有所表示也行，但要讲策略，别适得其反，弄巧成拙。

高风和淑贞从运河师专毕业回来就在驿庙初级中学做语文教师，因为不想长久待在这个乡村旮旯的学校，先是把目标定在镇中学，结婚后两人通过自学考试拿到了南京师范大学汉语言文学本科毕业证，由于淑贞英语成绩出色还获得了学士学位，而当时本科文凭已在同事中渐渐普遍起来，要想先人一步，很明显，要么在教学中格外突出，要么另辟蹊径曲径通幽。显然，教学突出的从成绩上表现出来，而成绩来自于各种抽考、统考，可每每考试评比，同事们又或明或暗大显神通，其中的猫腻又不情愿去做，就想在教学上下大力气，更让人打掉牙往肚里咽的是平时累死累活真不如人家临时见机行事效果好，于是在尽力做好本职工作的同时，高风把业余精力用到了写作上，因为写作在镇里有了点名气，被借调到镇党委办公室写材料，淑贞考虑到高风可能的发展前途，就把所有的家务揽到了自己身上，还拿到了高中教师资格证，等高风在闸口小学主持工作，淑贞却在驿庙初中撤并到镇中学时要求留在了驿庙小学。为此，那段时间，高风很为淑贞惋惜，淑贞却说，能留在小学里也不错，既能随时了解秀秀丽丽的学习，又能照顾在学前班的文文强强，还能以双职工的理由继续住在学校里，省得上班天天来回赶。高风说，你不想要你的事业了？淑贞说，谁说我不要事业了？只是我现在不想伟大了，只想平凡，能把我分内的平凡事做好，也是为国家作了贡献，你能说这不是伟大吗？你能说这不是事业吗？

早饭后，文文强强又像往常一样回自己的屋，被高风叫住。文文问，爸有事吗？高风说，没有。强强说，没有，我们就回屋吧。高风说，就不能陪我坐一会儿？强强瞅瞅文文就重新坐下，文文也坐下后，高风说，学校学习这么紧，好不容易星期天也不休息休息，不累吗？文文说，还能不累？可累也得坚持到底。高风说，就不能想办法自我调节一下？文文说，要是不调节更累。高风问，都用了啥法子？文文说，法子多了。高风笑笑问，能不能细说说，我也借鉴借鉴。文文也笑笑说，爸又跟我们玩谦虚了。高风说，不妨就跟我说说。文文说，也就是用手机听听歌上上网聊聊天。高风问，还有吗？强强说，看看课外书。高风以为逮住了时机，就赶紧问，都看的啥书？强强笑笑说，我这段时间正看《坏蛋是怎样炼成的》。高风问，为啥要看这种书？强强答，现在跟我们差不多大的都在看，书摊上又到处都是，就有了好奇心。高风说，就不怕里面的东西对你产生不好的影响？强强说，再好的东西吃多了都有毒，再孬的东西只要合理地涉及吸收也会有益处，书也是一样，就看你如何对待。高风问，你是如何对待的？强强说，我像秀秀丽丽姐说的那样，辩证地读，辩证地理解，辩证地思考，辩证地吸收利用。高风一惊，你是说秀秀丽丽也看这样的书？强强说，文文也在看。高风又转脸问文文，你也在看？强强说，文文哥比我看得还多，我看的这本就是他看过的。高风又一惊，又问文文，你现在在看啥书？文文说，我在看《南音》，是从你书橱里拿的。高风见淑贞瞅着自己点头偷笑，没理她，又问，前两部看没看？文文说，笛安的书我都看了，她爸妈的书我也看了。强强说，文文哥说了，等考上大学，除学好专业课，就集中精力学笛安，像您一样写小说。淑贞又在孩子背后远远地竖起大拇指向高风笑，高风仍没理她，就对两人说，看这些书与看课本要区别对待，更要弄清哪轻哪重。文文强强齐声说，那当然。淑贞走过来，一手扶着一个孩子的肩膀瞅着高风说，我相信文文强强心里是有数的。高风腾地站起，从裤兜里掏出设置振动的手机，一看号就进了他和淑贞的房间，关门的时候，听到淑贞对两个孩子说，都回屋吧。

电话是镇副书记郭栋打来的，让高风从周一起帮着镇里准备龙兴广场竣工典礼的材料和展板。高风问，跟郑校说了没有？郭书记说，没。高风说，最好跟他说一声，闸口小学幼儿园验收时间快到了，又安排我负责，恐怕抽不开身。郭书记说，我这就给他打电话，让他把验收的事安排别人。

挂了电话，淑贞问，谁打来的。高风答，郭书记，让帮着准备龙兴广场竣工开放典礼材料。淑贞说，又得半个月？高风说，也许吧，典礼定在五月十八，又够忙一阵了。淑贞说，真凤的事咋办？高风说，抽空把这事给郭书记说说，说不定他能给催催。淑贞道，那更好，一定要记着抓紧，时间一拖长，真凤再不出院，她家里的责任田咋办？高风说，还有两个孩子，虽然说得不错，可毕竟年龄小，真要收不住心，后悔也来不及了。淑贞又道，他俩要是真收不住，你就是跟着也没用。高风说，过两天，我就办五月份的月票，下个月，我天天来回跑，当然不会说是有意来监督他们的。淑贞说，要办就办吧，反正也就这一个月了，反正我也守活寡惯了。高风笑笑说，等孩子都考走了，我天天陪你。淑贞说，这话我都听得耳朵里起膙子了。高风又说，面包会有的，许诺的事也一定会兑现的。淑贞说，我不要许诺，我只想真正拥有。高风把门从内锁上，转身把淑贞压在床上说，好，这就让你实实在在地拥有。淑贞把高风推到一边说，孩子在，别胡闹，今天还有好多衣服都没洗。

第五章

上班时间，每天早晨六点半到七点五十这一时间段从县城发往各乡镇的班车都格外拥挤。前几年是乡镇机关在县城买房的多，这两年是涨了工资让其他行业羡慕的乡下教师搬到县城的多，特别是双职工的年轻人，打着不能让孩子输在起跑线上的旗号，其实是骨子里向往城里生活，尽管工资低，尽管房价越来越高，也得想办法交首付，即使再筹不到装修的钱住进毛坯房，也得赶紧往城里搬，哪管从此后，每日里早起晚睡城里乡下严寒酷暑风雨兼程，更省不了月月还贷还得搭上往返车票钱。县汽车站紧紧抓住这一相对稳定长久的乘车族实行人性化服务，七点前，每十分钟一趟，照顾赶早点名的教师，七点后每十五分钟一趟，方便镇机关和其他事业单位的工作人员，八点后再恢复到以前的半小时一趟。每逢周一，没有特殊情况，夏淑贞早上五点就起床，熬稀饭的电饭煲接通电源就去买早点，回来见公公已熬好稀饭，就赶紧叫孩子穿衣洗漱，然后给孩子和自己盛碗晾着，接着就自己梳洗，孩子吃完上学走，她也赶紧去车站，要是脚下稍有松懈，就赶不上必须赶的那趟车，赶不上迟到了，学校就从绩效工资中扣点名费，真要被扣了，别说这一天，就是整个一周都心里不痛快，尽管心里明明知道被扣的也没几个钱。

今天不同以往，公公早饭后才从乡下来，淑贞定的手机闹钟一响就腾地坐起。高风因为头天晚上给一个中篇小说结尾刚睡下，迷糊中知道淑贞起了，就不好意思再继续睡。淑贞见高风起，就把高风按下，可等她一出房间，高风也下了床，淑贞做饭，高风出外买早点。打发两个孩子出了门，淑贞也急忙拿了包去车站，见高风也跟着出来，就拦下，意思是让高风再睡会儿。镇中心校跟政府机关单位一样作息实行早九晚五，就是赶七点五十的一班车，最起码还能多睡一小时。高风恐怕睡过了头，就到超市买午饭的菜，回来见父亲已到，丢下买的东西就去赶车。还没到车站，开往傍湖镇的车就出了站，紧赶几步招手上去就瞅空位，座位上人已满，高风只好站着，有几个跟前的让座，高风当然不能坐，还感觉全车的人都把目光聚到他身上，迎着目光转着圈一个个点头笑笑，见车上大都是沿途乡镇机关的，虽然有的叫不上名字，基本上也都认识，可笑罢却见他们的目光仍没收回，还上上下下地看他，有的收回了，又跟邻座的叽叽咕咕，然后再看他。高风这时开始感觉有点不自在，既而如芒刺背，但又说不出为啥，是不是这个月高风在刊物上发的两篇小说让他们在网上知道了？不可能。如今文学在农村，就像流浪者在大街上，他们是不会关心这事的。可高风也不是贼，更不是哪位美女领了一群闺蜜来帮着相看的白马王子。高风就问望湖镇办公室的小王，你总瞅我干啥？小王名腾，见高风问他，就说，我看你的头剃得好，在哪剃的？像似约好的，车上的人全都哈哈大笑起来。高风问小王，我这头剃得很难看吗？小王说，圆顺，很好看，不是才剃的吧？高风说，也没几天。小王说，我咋看着有半个多月了？高风见大家的目光又齐刷刷地射过来，脑子蓦然轰的一声，就想到了张旺，可高风不能说，因为小王是从傍湖调走的，在傍湖时，他和高风都在党委办，关系很好，还时不时开个玩笑。高风就笑着问小王，我看你对我挺关注的。小王说，那当然，咱俩啥关系？曾经的同事，多年的朋友，你说我不关注你关注谁？高风说，这大清早的，又春暖花开，我咋听你话里有西北风冷气飕飕？小王说，高哥，对不起，我这人性子直，心里有啥也藏不住，更不会拐着弯说，不然，跟咱一起在办公室的，都几年了，连借调的你都混得不错了，我托人换了地方还一直在办公室打杂。高风说，你想说啥就说出来，别绕圈子。小王说，要不是这段时间你在派出所打电话不方便，我早就说你了。高风又问，我在派出所咋啦？打个电话有啥不方便的？你想说我啥？小王旁边的就说小王，你也不看看啥场合就说。小王说，没事，我跟高哥铁着呢，现在不铁的谁还说心里话？是不是高哥？高风说，是是是，有啥你就说。那人还是不让，这大清早的，你可不能哪壶不开提哪壶。小王说，说了也没啥，反正这车上的都认识，也都知道。高风问，我做啥了都知道？那人又阻止小王说，还是别让高哥心里再添堵。高风说，没事，让小王说吧，不说，我这心里一天都堵得慌。小王说，今天咱当着高哥面说说，还能证实一下传的是不是真的。转脸又对高风说，一开始听张旺在车上说，不但我不相信，车上了解你的都不相信，为此，我还打电话问孙所长，问他你在不在派出所，孙所长好像在开会，说了声在就挂了，我当时就是不信也得信了。高风又问，啥事你就说吧，我都快沉不住气了。那人又捣了小王一把，还脸一正说，你这人咋这样？这不是让高哥难看吗？小王说，听别人说的毕竟是一面之词，高哥说了就是真相。高风说，小王，你快说，再卖关子，我可跟你急了。小王说，你跟郑校有啥大不了的？犯得着动刀子吗？还让派出所拘留了半个月。高风听了哈哈大笑起来，笑得眼泪也出来了，一车人都怔住了，小王慌得站起，扶住高风说，高哥，你没事吧？高风把小王按在座位上说，我没事。小王说，高哥没事就好，不说也罢。高风笑着瞅了一圈，见又都在看他，高风就说，多亏小王兄弟好心提起，不然大家还要一直误会下去。高风就说了整个过程，本以为说完大家会像高风一样大笑，可都把眼睛睁大瞅着高风，只有车行进的声音。

突然小王腾地站起，这个张旺太不像话。高风又按下小王说，关于这事，郑校上周已在全镇校长会上批评了张旺，张旺也道了歉，就算过去了，不提了。随后，高风手一拱说，谢谢各位关注，谢谢大家给了我一个澄清事实的机会。

小王先下车后，又打高风手机，说了对不起，又问高风跟张旺是不是有仇，高风说没有，一直关系都不错。小王又问，既然你们领导批评了他，他张旺为啥还要说你？高风答，这人嘴碎，说高兴了，还会添油加醋地即兴发挥。

跟小王说了再见，高风脑子里都是挥不去的张旺。

屈指算算，张旺当教师也有二十多年。上班之初，在家排行最小的张旺高考落榜那年本该暑假开学顶替到了退休年龄的父亲，可县里对教育系统退下来的人员子女改变了照顾政策，不再让退休教师子女顶替，而是让教师子女参加县里考试，考试合格的参加统一培训后再进学校，不合格的就安排到其他事业单位。这样，照上面的意思说，不仅进一步提升了教师素质，还拓宽了教师子女的就业渠道。当时张旺一听说这个变化很高兴，在一次晚饭时便把这高兴表现了出来，没想到他父亲不同意，执意让他做教师，并严厉地警告他，要是不好好复习迎接考试，就把名额让给他已定下对象还没出嫁的二姐。张旺只好全力以赴。可全力以赴，张旺的成绩不仅没能考到县里规定的分数还差点垫了底，这让当了多年小学校长的父亲不但觉得很没面子，还很生气。可再生气也得想办法，毕竟是自己唯一的儿子，毕竟关系到儿子一辈子的前程，毕竟错过了这次机会不可能再有，他一直想从他开始让教师这一职业在他的家庭中代代相传下去，他必须想尽一切办法让张旺这个不争气的儿子按照自己划定的路线走下去。再说了，就是以后张旺在学校表现再不好，凭他在全镇教师中的人缘，张旺也混得过去，真要混不下去，就是到了别的行业人生地不熟又没有背景更不好混，想来想去还是让张旺当教师好。

说来也巧得很，张旺进驿庙小学，高风和淑贞被分配到驿庙联中，本来是不认识的，可一墙之隔，上下班又经常碰面不说，时不时两个学校还聚餐，聚得多了也就熟了。而真正了解张旺还是后来的事。

按照学校的安排，张旺教一年级语文，他知道后满心不情愿：一是觉得刚上学的小孩子蛤蟆嘴难掰；二是认为教一年级的应该都是女老师，即使学校没有女老师，也得是年纪大的，自己年纪轻轻一进校就让带一年级，别人会咋想？肯定说自己没本事；三是明白自己学的拼音早就忘得差不多了，县里上岗培训拼音时，也没想到学校会让他教一年级，不但没重视还扯个理由出外逛起了大街，当然搞不清凭记忆保留的发音是不是对，更别说课堂上能不能张开口。可他不知道是父亲的意思，放学一回到家就跟父亲说了自己的想法，意思是让父亲跟他的老部下说一说调一调，父亲不同意，还让张旺一定把课上好，不会拼音可以跟他学。没办法，张旺只好硬着头皮上阵。

俗话说，车到山前必有路。上第一节课前，他做了充分的准备，他先是想到了父亲，上小学时，拼音就是跟父亲学的，而且父亲直到退休都是教一年级语文，但一想到父亲的固执就来气，又想到了同事，可初来乍到，贸然地请教，他的本事就显山露水了，以后谁还能看得起他？可不请教，又咋能完成自己的教学任务呢？他必须给学校一个交代，给自己一个交代，给学生家长一个交代。正在他左右为难时，他又拿起了学校给他的班级学生名单，当看到上面的几个留级生时，蓦然眼前一亮，像疲惫不堪的沙漠跋涉者看到了绿洲，突遭围困者发现了逃生通道，溺水的旱鸭子抓住了救命的稻草，可留级生是因为成绩差才留级的，依靠他们能行吗？于是发亮的眼睛又像遭遇了突然断电暗了下来，后又打听到学校里的学前班也教过拼音，心中就有了数，就安慰起自己来，自己又不是一个不会，三个臭皮匠还赶个诸葛亮呢，那就蹚水试着来吧。上课铃一响，他走进教室，就在黑板上写了ɑ、o、e，写完就问，同学们，谁认得？下面的都争相举手，后面的恐怕被看不见还站起身把手举得更高，有的还站到了凳子上，他就让手举得最高的一个先读，读完，又叫起几个，然后问，他们几个谁读得最好？同学们一起答，秦玲，他又说，让秦玲同学领我们读几遍行不行？同学们又一起答，行。一个月下来，拼音便在不知不觉中学完了。后来张旺才知道，秦玲家不在驿庙，是在姥姥家上学，她那个村的学校嫌她不到入学年龄，没收。尽管当时张旺还多次跟校长说班里学生太多，最好再分个班，却从没提出秦玲不是在施教区上学，还年龄不够。

如果不是张旺一次在两个学校的年轻教师晚上喝闲酒时说出来，高风当然不知道，一知道，就把这事记下了，过后还饶有兴趣地给刚结婚的妻子当笑话讲过，淑贞听了，不仅没笑，还严肃地告诫高风别再跟其他人讲，高风马上领会，可淑贞随后的话却让高风铭心刻骨。淑贞说，鱼有鱼路，虾有虾道，还真难为他了。高风听了便严肃起来，如此糊弄学生，你还夸他。淑贞说，换了你，你会这样吗？高风说，换了我，自己不学会，就不上课堂。淑贞又说，从师德的角度讲，你这是认真，从生活的角度讲，你是书呆子认死理，可张旺是智慧，智慧你懂吗？不仅工作上需要，生活中更需要。

如果说这件事让高风渐渐认识了张旺，后来的事却让高风和张旺走得更近。按当时上面的规定，小学教师必须具备中师文凭，初中教师必须有大专文化，张旺听说高风两口子准备参加汉语言文学专业本科段的自学考试，他也放弃了拿证容易且直接入学的中师函授和通过成人高考取得大专学历进修资格的途径，要跟高风一起参加自学考试，还在一天下午放学后提了酒菜走进高风家，说了自己的想法，又说他的来意，他想在一起去报名时跟高风两口子排一块，而且排在他们俩中间。用意很明显，可高风不好说破，只说一起去报名可以，至于能不能排一起，不是我们哪一个能决定了的。张旺说，我现在想知道的，你们两口子是不是给我这个机会，能不能允许我有这个荣幸。高风和淑贞互相瞅了一眼，虽然心里很抵触，可还是没有理由明确反对，但心里仍存侥幸，他张旺能有多大能耐让县招办听他的呢？没想到的是，他们每次考试都像他说的一样，成绩一出来，不但他次次跟高风两人一样通过考试，有时候分数比高风和淑贞的都高，又没有竞争，何况每次一起考试张旺都争着买车票掏饭钱，高风两人也就不好意思说破他。每次回到家，高风就对淑贞说，就成人之美吧。淑贞也说，帮人帮到底。不到三年，高风两口子都拿到了本科毕业证，张旺也拿到了，鬼才知道，张旺是如何通过高风和淑贞免考的专科段的课程的。拿到本科毕业证的结果，高风和淑贞提前评上了中教一级教师职称，张旺不仅因小学教师中鲜有的学历拿到了小学高级教师的资格证，还在全镇教师一片哗然声中进了镇教委办，娶了当时镇文教助理的女儿周虹。从此，高风跟张旺就有了非同一般的关系。高风被借调到镇党委办，张旺说是他极力让老丈人推荐的，高风到闸口小学当校长，张旺说是他让老丈人力排众议的，高风进镇教委办与他成为真正的同事，张旺说，高风啊，你不知道，我上上下下帮你说了多少好话，替你扫荡了多少障碍，为你按下了多少竞争对手。高风当时正沉浸在自己的成功里，尽管知道自己取得的一切都是自己努力的结果，但像参加自学考试不好拒绝张旺那样，也没否认张旺的表功，相反，高风还想，就是你张旺为我出了力，你也是在努力补偿欠我高风的情，任你咋说去吧。而世上多少事，就是因为不争和放任，许多真相被掩盖起来，与事实背道而驰的说法却像感冒一样肆意蔓延、流行，而风传的假象还最容易让人相信。高风真有点怀疑，那些载入史册的是不是都是事情的原貌？是不是会被当时掌握话语权的人歪曲了事实背离了本来面目？张旺目的何在呢？

在驿庙小学下了车，淑贞正在上课，高风从窗口向教室里扬扬手就骑着电动车去了单位。

放下电动车，张旺已从二楼下来，一脸严肃地目视着前方与高风擦肩而过。高风理解，可一想到车上的小王，高风又怒从胆边生，再转脸，张旺已走向厨房，按值日表，中午是他做饭。理智告诉高风，不能跟过去，跟过去今天就有好戏唱，跟过去这一周就没了好心情，跟过去就显出了高风的不对，毕竟郑校已处理过，毕竟跟他是同事，毕竟今天是周一。

辛歌已先到，办公室已收拾得整整齐齐亮亮堂堂，跟他打了招呼，高风的心情就开始好转，可高风又警告自己，辛歌不是你高风的秘书，是你高风今后的同事，在一起办公的这间屋子应该是你们两人以后共同维护的空间，你不能做甩手掌柜。

辛歌见高风坐下，他也回到自己的办公桌前，刚坐下，郑校就推门进来。郑校扫视了一圈，问辛歌，谁让你这样放的桌子？辛歌我我我还没我出来，郑校又说，房间本来就这么小，你这么一放，要是来了人连个站的空都没了，挪回去，这就挪，马上。辛歌就站起收拾桌子。高风不能再不开口，就说，郑校，辛歌眼睛近视，这样有利于工作。郑校说，最有利于工作的是对面能看到，有事好商量，年纪轻轻，又初来乍到，就给人个后背看，什么态度？立即挪！高风又说，郑校，是我让他这样的。郑校一挥手，那也不行，更不能这样惯他。转脸又说辛歌，你要时刻明白，现在这一个月是考察你的时间，表现不好，别说暑假后，现在就回你的学校，马上，立即。高风不好再说，赶紧帮着辛歌挪桌子。郑校开了门说，挪好抓紧上楼开会。透过门缝和玻璃墙打开通气的窗扇，高风看到厨房门前，张旺已停下正择菠菜的手，支着耳朵听这屋里的动静。

这周例会，郑校重点说了闸口幼儿园迎验的事，说完问高风，郭书记给你打电话没有？高风说，打了，我没同意。郑校问，具体咋说？高风答，我说正负责闸口幼儿园验收，验收在即，抽不出时间。郑校说，龙兴广场庆典，镇里大事，咱再忙也得去。回头又看张旺，张主任这段时间就多跑跑闸口吧。张旺说，月底了，我正整理报账单。郑校说，验收是大事，账单晚上抽时间。高风说，郑校，我有个建议。郑校问，啥建议？高风答，镇里这会儿肯定也在开例会，每次时间都长，我不如趁这个间隙和辛歌一块去一趟闸口，让辛歌熟悉熟悉，再向秦校长交代交代，以后就让辛歌常去，发现问题及时汇报，张会计这几天整账确实走不开。张旺说，再走不开，我也能去闸口，自己分内的活就是累死也值。高风不好再说，再说就会有火药味，见马超、吴劲迅速看他一眼又都瞅着郑校，就硬压住自己。郑校瞅着张旺顿了顿说，工作不分彼此，也不分里外，我安排了，都是应该做的，再重申一遍，高主任去外单位帮忙不是揽私活，都是经过我的允许作为友好使者去的，谁要是有他的本事，只要有单位请，我也让你去，但工作要以大局为重，有意见就跟我说，再发现夹枪带棒，或是不分场合不问青红皂白说三道四，对不起，你就另行高就。随后又说，闸口幼儿园迎验工作就按高主任的建议做，辛歌这就到我办公室拿车钥匙，抓紧跟高主任去闸口幼儿园，马主任、吴主任本周做好期中考试，张主任到我办公室。

出门沿着向阳路往南过了三界河上的向阳桥进入新镇区，就是傍湖镇人说的傍湖天堂。傍湖镇原来只有一条通湖路，东抵微山湖，西去可接徐沛路，南穿铜山区北部诸镇进入徐州，北过沛县直指济宁，各式店铺分列两旁，民宅则在店铺后，南向三界河逼近，北向日本鬼子进驻傍湖村时开挖的护城河外延展，二十世纪九十年代，镇政府拆除平房建起三层办公楼，又在办公楼西新开了一条向阳路，通湖路改名快乐大道，派出所与镇政府隔向阳路并排，镇政府对过是供销社后来改成的惠客隆超市，再南是中心小学校、中心幼儿园，派出所西邻是仙聚酒楼，对过是邮局、卫生院、镇政府家属院、镇教委办等依次向南。傍湖镇原来的城镇建设规划全在河北，目的是向县城靠拢，可三界河南岸的龙兴村在新农村建设上捷足先登，不仅成了傍湖镇的亮点，还在县里、省里出了名，随着徐济沿湖快速通道建成启用，紧傍快速通道的龙兴村新农村建设无论规模和名气顺风扬波越来越大，傍湖镇审时度势，不仅要打造留城县域龙头中心大镇，还要构建快速通道沿线一流的滨湖生态镇、产业集聚镇、商贸旅游和地域文化名镇，便抓住县里发展转型机遇及时调整，在快速通道和向阳路中间位置，开辟贯北穿南的龙兴路，在三界河南修铺与快乐大道等距的运河大道，然后以三界河为横轴，龙兴路为纵轴，依照“东靠西扩南连北改”思路，以既定目标，对镇区框架重新建构，分期实施全镇村庄整体集聚，首先实施老镇区改造有难度，向运河和快速通道靠拢和西扩涉及征地不易操作，于是第一期就是向南，在运河大道北侧，龙兴路和向阳路中心位置建傍湖镇政府新办公楼，开挖地基时发现明末清初刻有龙兴村三字的石碑一块，经省权威专家考证办公楼下为原龙兴村旧址，综合各方建议，办公楼建成，就把楼前路南的龙兴村鱼塘拓宽改造成龙兴池，龙兴池南用龙兴村拆迁的垃圾堆起了龙兴山，龙兴山按照设计初具规模后，又在山东挖了黄山湖，黄山湖向南直抵正在工程收尾的龙兴广场尽头的龙兴新村北路，湖的南半部建起了水上游乐场，北半部是观赏型红荷花，花丛中间建荷花亭，亭与缓缓的龙兴山东坡，用曲曲折折的回廊相连接，接洽处有刘邦曾在此饮马的饮马珠泉，湖的最北端依着龙兴山以弧形遥遥环抱办公楼与龙兴池连接起来，又把这一带水域统称为龙兴池，连接点又建九米宽、拱形半圆的汉白玉兴汉桥，拱顶左边的栏杆上刻有“刘邦张良相会处”，桥面上下全部以台阶构成。随兴拾级而上，碧水青山香荷还有欢歌笑语扑面而来。站在桥上，既可遥想汉朝帝业兴盛的历史，又可欣欣然左右观景，赏心悦目，畅想未来。置身其中，你哪里会想到，当初的傍湖只是运河边上一个没有多少户人家杂聚的小渔村，更让你想不到的是，原村东南角一个早上五点开始八点左右结束的夜猫子集，经过多少次斗转星移，如今也早已成了镇区西北部名闻三县的大农贸市场。

车拐向运河大道，宽展的街道两旁新植的法桐一字儿摆开，新放的绿叶已伸开宽厚的手掌蓬勃如荫，像一把把绿伞，伞下的绿化带整齐的冬青和龙柏间隔排列的方阵平面上，各种颜色的花竞相开放，庆祝开业或彰显经营特色理念的条幅从高高的门面楼上扯下来，各家的店铺门上写真招牌或大或小沿街排开，门前有的拱门高悬，有的已搭好舞台，即将开场的歌舞联欢，不是周年庆典，就是连锁店开业，或是新产品上市宣传，特别是作为全镇行政中心的镇政府新办公楼，楼前翠色镶嵌的一池清塘里碧波荡漾，对岸的龙兴山赫然耸起独秀的峰尖，周围已有人结伴流连。过了镇政府新办公楼不远就上了龙兴路，再拐向南，车就奔向了闸口村。辛歌说，这广场真够气派的，比县城的中心广场还好。高风说，地处运河的中部，位居咱县的龙头，又是快速通道上市里指定的中心大镇，能不气派吗？辛歌又问，好端端的一片开阔地，鱼塘改造就改造了，为啥还堆起了山？高风说，如今城建景区都时兴有山有水有花有草，更讲究层次布局。辛歌说，钱都撒在这上面，还不如多给老百姓一点，再不就把咱该涨的工资给涨上去。高风说，涨工资不是哪个县说了算的，再说了，财政收了纳税人的钱，真分到老百姓头上也分不了多少，就是分得再多，一花也就没了，可用在这公益事业上，既聚集了人气，又呈现地方文化特色，改善区域环境，子孙万代都受益。辛歌摇摇头说，真让人搞不懂。高风说，你慢慢就懂了。

车过广场继续向南，辛歌突然又问，您咋知道这么多？高风说，你出身干部家庭，一定知道得比我还多。辛歌说，此一时彼一时，那都是过去时，现在我是老百姓。高风说，谁又不是老百姓？要是在“文化大革命”时期，你可是根正苗红的革命后代。辛歌说，您经常跟领导打交道都成香饽饽了，还这样说。高风说，啥香饽饽？为人做嫁衣劳心费力，你以后就知道了。辛歌说，我又不跟他们接触，哪能知道？高风说，你现在是从咱全镇教师中百里挑一出来的笔杆子，以后跟镇里甚至县里领导接触的机会有的是。辛歌说，有您在，哪又显着我了？别人不清楚，你难道还不知我那点水有多浅？高风说，长江后浪推前浪，未来是你们年轻人的。辛歌说，还得请高主任以后多多指教。高风说，最主要的是自己努力。

从闸口幼儿园回来向郑校汇报完，郑校说，郭书记刚又打来电话，你快去镇里吧。高风告辞下楼，又见电动车车把上有鸡屎，而且在制动把上，才凝固的酱黑色鸡屎拉出一道线直扯到脚踏板上。瞅瞅别的车，别的车上没有，再瞅瞅停车棚旁边，张旺正背着高风烫鸡毛。高风忽地气又上来，可很快就控制住自己，从兜里掏备用的卫生纸。出来送高风的辛歌见高风没掏出来，赶紧回办公室拿了，先用卫生纸擦了又用抹布擦。

跟郭书记见了面，孙所长的电话就来了，孙所长说还在外地，让再等几天，高风说，你要是高升了，这案子是不是就悬着了？本想再说可以让其他人代理，可电话挂了。高风嘭地把手机往郭书记桌上一扔，真不像话。郭书记一愣，高风赶紧收起手机说对不起，郭书记问，谁打来的？高风说是孙所长，又接着说了真凤的事，郭书记听后说，很简单的民事纠纷咋就拖了这么长时间？还没见过孙所长这样，可能确实难处理，你就再等等。高风说，确实不能再等了，再等我就烦死了。郭书记问，有这么严重？高风又说了来镇里时接到的妻子电话，妻子让他请半天假，中午抓紧回家打药。郭书记问打啥药，高风说麦地出现了纹枯病和白粉病。郭书记又问，你还种地？高风说是兄弟家的，兄弟不在家，弟媳又在医院住着，我不帮他谁帮他？眼看所有的农活都出来了，真要不给抓紧解决，我就是有分身术也忙不过来。郭书记说，看来还真是个事，等孙所长回来，我催催他。高风说，还真想请郭书记给问一问，恐怕你忙，没好意思张嘴，要是真能帮着办利索，我请你吃饭。郭书记笑笑说，你帮镇里这么多，我还欠着你的情呢，哪天一定给你催催。高风说，谢谢高书记。刚说完，孙所长的电话又来了，说，不好意思，手机没电了，再等几天吧。郭书记接过高风的手机说，是孙所长吗？高主任弟媳的事得抓紧，你出差了，就让王指导办，好，明天这时候让王指导来镇里告诉我处理结果。

第六章

高风打完麦地的药回到学校住处，天已上了黑影，见母亲正帮着淑贞做晚饭，就拿着替换的衣服去了村里浴池。

高风洗澡时碰上了高五，高五悄悄告诉他，派出所的车又去了尿罐家。高风问，知不知道去干啥的？高五答，不知道，没多大会儿就把尿罐家带走了，又带来了，来来回回有好几趟。高风又问，尿罐家现在回来没有？高五又答，学生快放学了才送回来。高风再问，是不是尿罐家又跟别人打架了？高五说，没有，可能还是真凤的事。高风猛然想起上午郭书记跟孙所长的通话，就赶紧三下五除二洗完回了家，到家一看设置了振动的手机上有好几个未接来电，都是王指导打来的，就回拨，电话一通，还没等高风问好，王指导就兴师问起罪来，高主任忙什么呢，咋连电话都不接了？高风说，很对不起，去麦田打药了，刚回来。王指导说，你咋还种着地？高风说，你们再不给处理，我还要接着种下去。王指导说，没法处理了，黄真凤联系不上了。高风一惊，黄真凤联系不上了？王指导说，我今天一下午都在联系黄真凤，电话没人接，又打你的，你也不接，你让我咋办？高风问，是不是她的案子有进展了？王指导说，只能见了黄真凤才能说。高风说，可不可以给我透透？王指导说，今天接了孙所长指示，我又去了尿罐家，开始尿罐家嘴真硬，后来就不硬了，又回家拿了存款折取了钱交给了我。高风问多少？王指导说，五千，她说家里就这些了，还同意明天去医院道歉，你跟你兄弟商量商量，看这样处理行不行？高风说，还是王指导办事爽快。还是王指导办事爽快。王指导说，命令都下了，我能不爽快吗？高风笑笑说，谁又给你下命令了？王指导说，没想到你把案子的事告诉了郭书记。高风说，碰巧了，接孙所长电话，正好在郭书记办公室。王指导说，你知道郭书记跟县公安局一把啥关系吗？高风说，不知道。王指导说，上下铺战友。高风说，我跟县长还有关系呢，再拖，我就向县长告你们。王指导说，你跟县长还有关系？啥关系？高风说，铁杆文友。王指导啊了一声，真的吗？高风说，这哪能是真的呢？可真要让县长知道了，是不是比郭书记还厉害？王指导说，那当然，所以孙所长打电话让我抓紧办，你说我还敢拖吗？高风说，本来就不应该拖这么长时间。王指导说，这不应该怨我吧？高风说，就是以前不怨你，现在你也脱不了干系，等这事办利索了，我请你吃饭。王指导说，办利索是我的职责，有这个必要吗？高风说，就不能在一块坐坐了？王指导说，当然能，还是抓紧问问你家兄弟两口子。高风说，一定尽快给你回话。王指导说，千万千万，夜长梦多。高风说，好。

高风放下手机对围过来的母亲和淑贞说，到底是当官的说话管用。母亲问，是不是给解决了？高风说了郭书记，说了高五，又说了王指导，就让淑贞快和真凤联系，可没人接，高风又打父亲的手机，父亲说，真凤在吃饭。高风说你把手机给她。真凤说，大哥，有啥事？高风说，你的手机呢？真凤说，手机没电了，充电器在医院。高风说，一下午都没电？真凤说，从咱上次去的那家律师事务所出来才发现。高风问，你又去那做啥？真凤说，我不能再等了，我要告尿罐家。高风说，派出所给你打一下午电话了，都联系不上你。真凤问，是不是给处理好了？高风把王指导说的又重复给她，问，你跟高亮说说，看这样行不行？真凤说，说什么说，我都不同意，跟他说什么？一定要全额医药费，还有生活费、误工费、营养费、陪护费，一个都不能少。高风说，尿罐家所有的钱都拿出来了。真凤说，她可以卖东西，卖不够，就去借，借不着，就去贷，贷不了，就去抢，抢不着，拿命换，不管她用啥法，必须全额赔付，我要让她倾家荡产，我要让她付出血的代价。

淑贞夺过手机说，真凤，还是见好就收吧。真凤说，不行，我咽不下这口气。淑贞说，毕竟是连墙邻居，再说了，能到这地步，你大哥还是从中托了不少人的，万一再弄僵了，连这个结果都没有了。真凤说，我就去告她，连派出所一起告。淑贞说，真凤，就听我一句劝，要是明天派出所带着尿罐家去医院，就先按派出所说的办，也别再跟尿罐家吵，毕竟人家服了软道了歉，强强、文文眼看要高考了，再拖下去，孩子能安心学习吗？俗话说，“君子报仇十年不晚”，你说呢？真凤说，那好吧。淑贞说，你打电话让高亮兄弟回来。真凤说，我自己就办了，让他回来做啥？淑贞说，没有陪护的家属在能行吗？真凤说，我这就给他打电话，让他明天起早来。淑贞又叮嘱说，你可千万别再离开医院。真凤说，知道了。

高风给王指导回完电话，母亲说，总算有了眉目，要是再拖下去，在医院钱赔着不说，万一再没有结果，真凤可不是个省油的灯。高风说，再不是个省油的灯也得讲理。母亲说，她要是知道啥是个理，太阳也从西边出来了。淑贞说，凡事应该从不同的角度看，她要是不在医院坚持，能有今天这个结果吗？天不早了，咱还是快吃饭。

高风第二天晚上下班回到驿庙，淑贞说，真凤来电话了，派出所没人去医院。高风一惊，派出所没人去医院？淑贞说，是，你再问问王指导啥原因。高风打王指导手机，关机。高风又打郭书记的，郭书记回了个短信在县委开会。高风啪地把手机扔到电脑桌上，真奇了怪了，说得好好的，咋说变就变了呢？屁大点儿事，这派出所办起来咋就这么难呢？

吃过晚饭，高风又打王指导手机，还是关机。高风再打郭书记的，郭书记又是一个短信还在开会。高风又一连几次打王指导的，关机关机还是关机。高风在QQ上查了查，王指导没上线，孙所长却在线，高风就沉着气问孙所长晚上好，可孙所长不但没有回还下了线。高风啪地关了电源。又拿起手机打王指导的，仍是关机。正要打郭书记的，郭书记却来了电话，问高风有啥事，高风说王指导打电话没有。郭书记说，打了，说孙所长回来了，正在处理，一有结果马上告知。高风又打孙所长的，一连打了几次，都在通话中。高风又打王指导的，一听对方已关机，就又打孙所长的，一听正在通话中，又打王指导的，如此反反复复到晚上十二点，王指导关机也罢了，可孙所长还是正在通话中。淑贞一觉醒来，见高风还在打手机，就说，别打了，明天再说。高风不甘心，仍是反复打，直到手机没电了才罢休。

天刚明，高亮打来电话，问回不回徐州，高风又气不打一处来，不回，你俩好好在医院等我电话。尽管双眼又酸又木，高风再也睡不下，索性起了床，洗漱完匆匆吃了早饭，高风就直奔派出所。派出所大门内锁着，高风又去镇党委办，没想到在镇党委办公室的通讯录上发现了王指导的另一个手机号，就迅速抓起电话打起来，只响了两声，就传来王指导的声音，你好，我是王明达，请领导指示。高风说，王明达同志早上好！我是高风，可否说一下黄真凤案子的处理结果？王指导说，高哥，对不起，请问孙所长吧，他回来了，又把案子接了过去。说完就挂了。高风出了办公室，又用手机打王指导的这个号，王指导问，高哥你现在在哪？高风说，在郭书记办公室，郭书记在会议室点名，能否把具体情况说一说？王指导说，按事先定的时间，昨天尿罐家也按时到了派出所，可她一见我就要起泼来，说立即把五千元还给她，不还，就一头碰死在派出所，说完就往墙上撞，幸好刚点过名，人没走散拉住了。我问她，说得好好的，咋又变卦了，她说我没文明执法，是刑讯逼供，就是还了钱，还要告我，我一指办公室里的监控说，你别乱说，整个过程这个都有记录，不信回放一遍你看，她说看就看，看完，她不再说什么刑讯逼供，直喊她冤枉，一定要把钱要回去，说着又往墙上撞，正好说歹劝着，孙所长来了，把我叫到他办公室问了经过，就说把钱先还给尿罐家，我不同意，还说处理结果你已知道，孙所长生气了，说我不懂规矩，破坏了办案纪律，我据理力争，孙所长才说他把案子接过去，不让我负责了，我问他钱咋办，他说先放我这，正好接了县局电话有个紧急会议，我就关机回了县城，按郭书记安排，我按时给郭书记回了电话，能说的，我都说了，你再问孙所长吧，不过请放心，没有充分的理由，五千元钱，我是不会交给任何人的。

高风又打孙所长手机，孙所长仍在通话中，高风就到党委办公室抄了孙所长的另一个号，用郭书记办公室的电话打，只响了一声就通了，孙所长说，郭书记早上好，我是孙明正，请指示。高风说，我是高风，想问一下黄真凤案子如何处理的。孙所长说，原来是高主任，黄真凤案子正在处理中，一有结果马上告知，正在开车，接电话不方便，回头再说可以吗？高风说，好，还请孙所长多费心。

高风又接着打王指导手机，王指导问，高哥是不是还有事？高风说，我刚才跟孙所长通了话。王指导又问，他咋说？高风答，孙所长说他开车不方便接电话。王指导说，估计他马上就到，你可现在来问他。高风说，他这人咋这样冷？王指导说，军人出身，都这样，别计较，只要能达到目的就行了。高风说，话都问不出来，哪还有啥目的可达到？王指导说，也不是急躁的事。高风说，还不急躁，都这么长时间了，真要是惊天大案，那不拖得更长？王指导说，要是惊天大案，你不催也有人替你催，越是这种不疼不痒鸡毛蒜皮的小案子越能拖。高风说，听他口气，不是这案子大小的问题，他可能有啥隐情绊着。王指导说，这个就不知道了，要是没别的事，就有空再聊吧，行不行？

郭书记点完名回来，见高风一脸心事坐着出神，问高风是不是还在为弟媳的事发愁？高风说总是悬着不解决能不愁吗？郭书记说，跟孙所长联系没有？高风说，联系也没用，总是拿不相干的话岔开。郭书记说，你可再问问王指导已处理到啥程度。高风说，王指导接手后很快就有了结果，没想到孙所长一回来，尿罐家又不同意了，真不知孙所长搞的啥名堂。郭书记说，不管他搞啥名堂，他一定会给我答复的，抓紧带相机走，回来我再打电话催他。高风问又去哪？郭书记说，再在镇里选几个有特色的地方抓些镜头充实展板。

在镇里转了一圈，又乘船过了运河去了深湖区，中午在水上人家吃过饭，就近在龙兴水街又拍了一阵才上岸，返回时，郭书记接了个电话，接完对高风说，孙所长停职了。高风一惊，为啥？郭书记说，昨晚值班巡夜在闸口小学警务室喝完酒打麻将，让县里查岗的碰上了。高风说，早晨上班时我还跟他联系呢。郭书记说，因为都是熟人，县里查岗带队的只玩笑一样说了几句就离开了，没想到今天上班后，龚局长查看报来的头天晚上的巡视记录时发现孙所长开的这辆车的卫星定位，很长时间都在闸口小学警务室，就问负责县域南片查岗的，查岗的不好隐瞒，就当笑话说了，龚局长听完说了声这个孙明正可能不想干了，谁知刚说完，又得到报告，闸口幼儿园新到的五十万没拆箱的仪器玩具被盗，脸一变，啪的一声把正看的记录拍在了办公桌上，对查岗的说，立即让人把孙明正给我叫过来。孙所长到了龚局长办公室，龚局长问打麻将的还有谁，孙所长说，还有闸口小学警务室的值班民警、傍湖镇中心校的张旺。龚局长问，还有一个呢？孙所长说，还有望湖派出所的周所长。龚局长问，他去干什么？孙所长答，他的一个亲戚犯了点事，让我帮帮忙。才说完，去闸口小学取监控记录的也到了，龚局长看完，见闸口幼儿园的监控被射向天空的时间正是孙所长他们打麻将的时间，又安排人叫周所长，于是在随后召开的县公安局班子会上，对孙所长和周所长进行了停职处理，中午饭前已通报全县各派出所。高风问，孙所长停职了，傍湖派出所现在谁负责？郭书记说，现在是王指导主持工作，你弟媳的事可以直接找他，我到镇里再给他打个电话。

下班回到家，高风给王指导打电话说，恭喜王所长高升。王指导说，有啥可恭喜的？只是主持工作，责任倒是更大了。高风说，这也值得恭喜啊，你给个时间，我招呼几个不错的给你贺贺。王指导说，谢谢高哥，你弟媳案子的事我记着呢。高风说，还得请王所长多费心。王指导说，咱俩谁跟谁，还要客气吗？高风说，那就不客气，案子的事要是能抓紧，还请兄弟抓紧。王指导说，也请高哥不要期望值太高，我争取给你一个最满意的答复，行不行？高风说，兄弟看着办吧，我恭候王所长斡旋的消息。王指导说，高哥别给我戴高帽了，说句实话，要不是孙明正出了问题，你弟媳这案子还不知拖到啥时候，甚至说就一直这样拖下去，没有处理的可能。高风问为啥？王指导问，你认识闸口小学的周虹吗？高风答，认识。王指导又问，你知道跟孙明正同时停职的周优跟周虹啥关系吗？高风答，不知道。王指导又说，两人是亲姐弟俩，尿罐家是周优媳妇叔伯姊妹，直接地说，周优媳妇称尿罐家姐。高风说，你知道周虹是谁吗？王指导说，不就是我刚才说的吗？高风说，她还是张旺的媳妇。王指导说，还是张旺的媳妇？怪不得昨晚出事他们在一起，世界真小。高风说，确实小。

晚饭罢，淑贞看完徐州经济生活频道播放的电视连续剧《怪医文三块》走到电脑旁，像往常一样问高风睡不睡觉，高风头也没抬边继续整理修饰白天拍的照片，边问她今晚看到了哪，淑贞说，文三块跟车菊花今晚结婚了，随后又问了高风一声到底睡不睡，还用手拉了高风一下，高风瞅了她一眼，就关了电脑跟她一起洗漱上床。

事毕，高风跟淑贞说了孙所长的事，还说了孙所长为啥迟迟不处理真凤的案子，淑贞听了说，孙所长跟《怪医文三块》里的警察署长于世勋差不多，面上好，就是不干正事，背地里还啥事都做，他这下场是罪有应得。高风说，咱不管这么多，只要真凤的案子能尽快处理就行。淑贞问，王指导咋说？高风答，王指导说尽最大努力让咱满意，又是新官上任，我想不会再有意外。淑贞又问，张旺和值班民警咋处理的？高风说，我听说后打了秦校长手机，她说，民警是招聘的已辞退，张旺让郑校狠狠地批了一顿。淑贞说，这个张旺，没想到现在变成这样，真凤的事，他肯定在背后没少起横劲。高风说，凡事都有个度，就让他作吧，头不在南墙上碰个血烂是不回头的。淑贞说，你还不知道，还是不说吧，抓紧睡觉。说完把身转了过去。高风又扳转过来说，你这人，咋嘴里半截肚里半截的？淑贞又转过去说，说了不够生气的，快睡吧。高风又把她扳平，翻身上去说，不说也行，再来一次。淑贞身子一挺手一拽把高风掀下来说，你饶了我吧。高风又重新上去，右手按住她双手，左手就下去了。淑贞挣扎了几下没用，就说，你停了手，我说。高风不信，就说，你说完，我再下来。淑贞脸一变，你到底下不下？不好再强求，高风就下来了，央求道，哄我上床了，又让我睡不着，是不是太残酷了？淑贞刚绷紧的脸霎时灿烂了一下，随即又严肃起来说，我说了，你可别生气。高风说，你看我有多少气生，别卖关子了，快说吧。

淑贞说，昨天上午，我正上着课，张旺和马超突然推门进来，张旺说，夏老师耽误一下，我们要做个测验，你先回办公室。我到办公室，见郑校、吴劲，还有朱校长和许主任都在，都一脸严肃，我打了招呼就回到自己的办公桌批改学生作业，边改边猜测他们是来干啥的。也就三四本作业的工夫，张旺和马超回来了，还把曹兵带了来。我一见曹兵就愣了，就听张旺说，郑校，查出来了，就是他，他叫曹兵。郑校向曹兵招招手说，曹兵同学过来，我问你几句话可以吗？曹兵走到郑校跟前，行了个队礼说，领导好！放下手，又说，请问吧。郑校说，你在期中考试中参加语文考试没有？我听了又一愣，迅速回忆，就听曹兵吞吞吐吐地说，没有。我腾地站起，被马超用眼神制止。又听郑校问，你没参加考试，为啥有你的考卷？曹兵瞅着我说，我……我……我不知道。郑校看了我一眼，我如坠迷雾之中。郑校又转脸问曹兵，你为啥没参加考试？曹兵向我翻了下眼皮，没说话。郑校问我，夏老师，曹兵为啥没参加语文考试？我说，考二年级语文那天早上，我安排好学生就去闸口小学监考了，并没有学生请假，特别是曹兵，我还安排他考完试放学回家一定把教室门锁好，至于那天曹兵在我走后参没参加考试，许主任应该知道。许主任瞅了张旺一眼说，当时，我是总校和教学点两头跑，记不清有没有缺考的，可我们的要求是全员参考。张旺说，你们也是全员参考，可通过监考教师举报，曹兵是让人替考的，我和马主任已查出替考人是曹兵上三年级的哥哥曹军。郑校问我，夏老师知不知道这事？我说不知道。郑校对许主任说，把曹军叫过来。许主任把曹军领到郑校跟前，郑校问，曹军同学，你替你弟弟考试没有？曹军说，替了。郑校问，谁让你替的？曹军指着我说，夏老师。我听了本以为自己会发火，没想到当时的我出奇的镇静，问曹军，当时学校规定不考试的学生不准进校，你是从哪进来的？谁又让你进来的？曹军说，你让我进来的。我说，既然是我让你进来的，你现在背诵一下试卷里要求按课文填空的那一段。曹军一愣，说，我……我……我……见他说不出来了，我又问曹兵，你知道考的哪一段吗？曹兵说，知道。我又问，你能背下来吗？曹兵说，能。就接着背了下来。我又转脸问曹军，你不会背，咋全做对了？曹军低下了头，不再说话，我又问曹兵，我让你哥哥替你考试了吗？曹兵哇的一声哭起来，说，没有，是我自己考的。我又紧问一句，是你自己考的，你刚才为啥说没参加考试？曹兵说，是我姨让我说的。我又问，你姨是谁？曹兵说，是周虹。我又紧跟一句问，你姨为啥让你这样说？曹兵说，我姨答应让我姨夫给办贫困生能得到上面发的钱。我转脸又问张旺，张会计，你当时是我们学校领考的，能不能告诉我是谁监考的我们班？没等张旺答，曹兵又说，是我姨和另一个男老师。我笑笑说，张会计能不能告诉我周虹是谁？张旺说，夏老师别激动，曹兵是你教的学生当然怕你，不敢说实话，可以再问问曹军。我又问曹军，你知道你姨在哪上班吗？曹军说，闸口小学。我又问，你知道你姨夫叫啥名字吗？曹军说，叫张旺。我又紧跟一句，你认识这位张会计吗？曹军说，他就是我姨夫。我又问郑校，郑校长，现在驿庙小学二年级班里没老师上课，我可不可以回教室去？郑校说，请夏老师上课去吧。下了课，郑校又把我叫到一边说，今天是个误会，请夏老师别生气。我说，事情搞清楚我就放心了，哪还有啥气生？高风经常对我说，新来的郑校长别看年轻最能明辨是非，今天看来果然是真的。郑校说，真是对不起，我刚知道你和高主任的关系，都不是外人，我看这事就到此为止，还请夏老师以大局为重，不要再告诉高主任。我说，张会计也是为了端正咱镇考风考纪，说白了，就是好心做了件不稳妥的事，也请郑校长别再为难他，毕竟一起工作是缘分，同事间是不是应该珍惜这种缘分呢？郑校说，没想到夏老师如此宽宏大度，这可是高主任的福气呢，真是羡慕高主任。我笑笑说，要是今天不是误会，郑校是不是会说，高主任咋找了个素质这么低的媳妇？郑校也笑笑说，嫂子开玩笑了。

高风听完，也竟然出奇的平静，淑贞猛然欠起身问高风，你咋啦？高风说，我没咋。淑贞说，咋不说话？高风说，我有啥可说的呢？淑贞说，要是以前，你早就蹦起来了。高风说，我就是立马拿着刀冲进张旺家的门，难道还真把他杀了？看来张旺两口子是真的跟咱较上劲了。

第七章

高风远远看见镇中心校大门敞开着，院里有只红公鸡在闲庭信步。这是不是那只在我电动车上拉屎的鸡呢？是不是又等着在我车上再来一次呢？

高风进了大门，这只公鸡不但没躲走，似强盗入侵了它的领地闯进了它的地盘，陡然转身，抖擞起全身的羽毛，展开翅膀像才离地的飞机直冲向高风。高风躲闪不及，立即把头偏向一边，鸡就从高风脖子上擦了过去。不敢怠慢，赶紧放下电动车，刚一回头，鸡早已调头又咯咯咯地伸着尖尖的嘴向高风的眼直啄过来，容不得多想，又快速躲开。高风愤怒了。如此猖狂，那还了得？我今天非把你宰了炖了不可。高风顺手抄起门旁的一把大扫帚向鸡发起了反攻。鸡更是暴跳如雷，忽而腾空如鹰俯冲高风面门，忽而落地如鼠直取高风裆部，忽而避过扫帚旁击高风肋下，忽而闪到身后偷袭高风脖颈，好在高风练了多年太极闪转腾挪相对迅速并没让鸡得逞，可让他没想到的是无意中剑指一伸，只手舞起的扫帚就成了剑，撩劈云抹、点刺拦扫，得心应手不说，还呼呼生风，平常咋就没发现呢？禁不住喜上心头，可一想自己被只鸡一而再再而三地欺侮，又想到了可恶的张旺，立刻恼羞成怒，随之手上的力气大了起来，动作快了起来，院里的动静也响了起来。这鸡见敌不过，在又一次躲过高风进步反刺又准备进行反身回劈的瞬间，蜻蜓点水一样咯咯咯飞过排放的电动车，从西墙的那个出水口逃走了。高风仍不甘心，举着扫帚正想重新演绎上次追赶那只被他准备开膛的鸡，二楼的窗户哗啦啦打开了好几扇，郑校问，高主任，你在做什么？高风赶紧刹住，说，我在追赶一只鸡。郑校问，哪来的鸡？你追鸡干啥，是不是嘴又馋了？高风说，不知哪来的一只公鸡，我刚进门就叨起我来。马超说，是不是那只被你褪了毛的鸡又涅槃报仇来了？高风一愣，马上又说，要真是这样，我还真得把它逮回来炖了，把咱们的那顿馋找回来。马超说，高主任的功夫我们是见识过的，就怕逮不住。高风问，为啥？马超说，本来是家养的，现在变成了野鸡，心里还有了仇恨的种子，我看高主任还是再忍忍。吴劲说，高主任快上来，咱不能跟鸡一样，是不是张会计？高风见张旺也向外伸着头却没吱声。郑校说，快上来，咱继续开会。

高风进了会议室，郑校问，镇里忙完了？高风答，完了。郑校又问，不是得到五月十八吗？高风又答，我五一假一直在镇里加班，把该做的都做差不多了，有改动的等镇班子商定后抽个晚上就行了，我不能总在那耗着，咱这边确实太忙了。郑校说，辛歌已在闸口小学坚守好多天了，验收的日子也定下了，没有意外，就是五月二十，可很多要做的都还没做好，我们正商量咋办。高风说，是不是都具体定下了？郑校说，还真没安排你。高风笑笑说，看来郑校这回又照顾我了，可我也不能闲着，我就做好后勤保障吧。郑校说，后勤还是张会计的，你现在回来了，就把马主任替下来，负责把验收的材料仔细看一遍，验收材料很重要，必须认真对待，到时让辛歌也跟着你，让他趁机会学学。转脸又对马超、吴劲说，你们俩这段时间把主要精力就用在闸口幼儿园的常规教学上，做个计划坚持天天到班级，一定要班班到，一定要紧紧盯住，决不能放松。吴劲说，办公室没人，来了人咋办？郑校说，你手机不是跟办公室电话绑定吗？有人来肯定电话联系，真要联系你，你就具体情况具体对待，不是迫不得已不要回办公室。然后又收回目光说，如果没有意见，大家就按刚才的安排做，今天都把手头的工作处理一下，从明天开始全部到闸口办公，但要记住，在闸口幼儿园只吃工作餐，中午不能喝酒，下午放学没有非要加班的事，不得在那停留，更不能闲着没事借口到任何学校去。

高风听了，马上想到闸口幼儿园被盗的事，就看见张旺把头低下，眼却上翻着左右看，跟他目光相碰时，张旺不动了，他也不动，也只两三秒钟，觉得没意思，就赶紧把目光收回来，可收回时却见马超、吴劲的眼都瞅着他，高风一怔，所有的人又都在高风一怔的时候离了座，高风也赶紧起身，下楼了还在纳闷，郑校说不准没事借口到任何学校去，我又没有这毛病，都瞅我干啥?

高风回到办公室，马超走过来，给了几篇教育教学论文，说是下边学校报上来的，让高风帮着推荐给《留城教育》，还说真要能给发表了，一定让这些等着评职称用的老师请客。高风说，推荐是我的责任，就是不能发表，我也要感谢你和各位老师这么支持我的工作。马超说，高主任越来越客气了。高风说，是不是我越来越好笑了？马超说，谁又说你好笑了？高风说，我不好笑，刚才散会前都瞅我干啥？是不是我趁下班时间偷偷地像猫一样四处乱窜让你们发现了？马超笑笑说，不是你乱窜，是人家乱窜着给你下套，你浑然不觉也就罢了，还在不该瞅的时候偏深情地望着人家，你透明的玻璃心啥时候能用窗纱遮掩一下呢？高风自然会意，笑笑，没再接话。

马超回办公室没几分钟，高风见郑校喊张旺一起开车出了门，接着又见马超、吴劲一起骑着电动车出了门，就打开电脑在信箱里看各校发来的教育教学活动信息，选了几条，文字上作了修饰就发给了县教育局教育简报编辑室，又没几分钟，秦玲推门进来，问高风，院里咋就你一个人？高风说，院里不光我一个人吧？秦玲说，哪还有？高风笑笑说，最起码应该是两个吧？秦玲也笑笑说，高主任真幽默。然后收住笑问，郑校来了没有？高风说，开完会刚和张旺一起出去了。秦玲又问，去哪了？高风说，不知道。秦玲说，我进来时见马主任和吴主任一起顺着向阳路往北走了，去干啥的？高风说，可能是去北口小学检查业务，马主任临走时说这一轮检查只剩这一个学校了，查完，我们明天全部到你们幼儿园办公。秦玲说，有你们去坐镇，我的日子就好过了。高风说，是不是又碰上难事了？秦玲说，有口难言呢，真不想干这个校长了。高风说，哪能一碰上难事就撂挑子？世上无难事，只要肯登攀，没有过不去的火焰山，你只要坚持这一学期，一切OK。秦玲说，话是这样说，可做起来确实难呢。高风说，越是难，越能得到锻炼，要是不难，谁都能领好，还能显出你的能力吗？秦玲说，我能有啥能力？就是有也不想显，现在只想跟从前一样安安稳稳代自己的课，要是能离开闸口小学，我就面朝大海春暖花开，从此做个幸福的人，喂马劈柴周游世界。高风说，这不是你的理想，这是你消极地逃避，毛主席说，越是艰险越向前，无限风光在险峰，越是这样，你越要坚持下去，不然，那些给你使绊的更会笑话你，也正合他们的意，再说了，临阵退却也不是你的风格嘛。秦玲说，什么风格不风格的？谁想当就让谁当去吧，我反正不想干了。高风说，你要不干，我都不赞成，当然，我说的也不算，要不，你就找郑校辞职去吧。秦玲说，我一跟郑校说，他就说我是诉苦，就批评我，可我不把工作中的苦诉出来，你们就不知道我现在的艰难处境，不知道我现在的艰难处境，我就得不到你们的支持和帮助，我的工作就无法继续，如今，我都懒得跟他说了，我只想马上从闸口小学消失。

秦玲原是闸口小学的语文教师，高风到闸口小学当校长时，她从运河师专毕业刚上一年班，由于当时全县生源越来越少，教师超编就渐渐明显起来，县里又考虑到教师工资发放是个难题，就对教师实行扎口管理，只退不进，后来发现这样下去教师梯队会出现青黄不接，又实行退二补一，尽管如此，学校教师老龄化现象仍十分严重，学校很多活动很难开展，但有些活动又不得不做，做吧，中老年教师只是应付，又很难达到预期效果，更多的时候，简直是花钱费力瞎折腾，所以，高风到闸口后就格外注意青年教师，先是发现秦玲课上得好，后来又知道她热爱写作，不仅撰写的教育教学论文在县、市获过不少奖，业余即兴的心情散文和诗歌也在县报上发过，还写得一手好字，相貌又格外亮眼，镇里每组织教学活动，高风就把她推出来，先是镇里公开课、移植课、示范课，后来就到县里参加优质课大赛，每次凯旋归来，马超都高兴得向高风竖起大拇指，高风说，光竖大拇指不行，应该好好培养这棵好苗子。马超说，竖大拇指不仅是肯定你这个伯乐为咱镇教育相了个确实难得的好人才，更是告诉你要再接再厉，让她更上一层楼。高风说，那就在人事上对她考虑考虑。马超说，这个当然，但也不能太急，你先在学校里适当安排安排，但不能让她有骄傲的苗头。于是，高风就在征得校领导班子同意后，在一次全体教师会上宣布了秦玲的团支部书记和少先大队辅导员的任命。会后没一个星期，镇团委下文要隆重举行“五四”文艺联欢，让各校准备文艺节目，秦玲把文件让高风看后问咋办，高风说，这是你的工作，该咋办就咋办，学校全力支持你。秦玲莞尔一笑，要的就是这话，说完转身就走，于是高风又发现了秦玲有着其他教师无人能比的组织领导才能。高风调到镇中心校后，就与马超一起极力向当时的一把领导推荐，秦玲就任了闸口小学的教导主任。工作虽然更忙了，没想到她还有雅兴，除了隔段时间拿篇教育教学论文让高风给推荐到县以上报刊发表，还有二十行上下的短诗和千字左右的散文，后来县作协再组织采风活动，高风趁她不忙时也把她带去，一而再再而三，私下里就把高风称老同学了，再不就是文友。文友就不解释了，可这老同学称得有些奇怪，就问她，她说，我们可都是运河师专毕业的，不能这样称呼吗？高风猛然记起来，偏又说，中间可隔着十多年的代沟呢。她说，那也是一个学校的同学嘛，是不是高主任不想让我高攀呢？高风笑笑说，哪里的话，高兴都来不及。再后来，秦玲一次叫高风老同学，就让张旺听见了，张旺听了一愣，然后问秦玲，小秦，你叫高主任啥？秦玲脑子转得也快，就说，我叫高主任。张旺笑笑说，不是吧，我咋听着是老同学？秦玲也笑笑说，张主任听错了。张旺说，没错，你就叫高主任老同学。随后又说，不对吧，隔着一大截呢，夏淑贞老师才是高主任的老同学。秦玲脸一红又一正，张主任，你可还是我老师呢，你看你还有个老师样吗？张旺笑笑说，也就是教了你一年语文课，算不上，咱们现在是同事，同事开个玩笑那有啥？秦玲说，谁跟你是同事？高攀不上，你是领导，领导说话不能太随便。张旺仍笑笑说，我是实话实说，更是因疑设问，就是措辞不当，你是不是也要看在我这个做领导的面子上，给我个明白的解释呢？高风赶紧说，我和秦主任都是运河师专毕业的，难道不是一个学校的同学吗？张旺又笑笑说，我刚才听着那喊老同学的亲昵劲儿以为是夏老师呢。高风啪地拍了一下张旺说，你这人，一样的话从你嘴里出来咋就变味了呢？秦玲又红着脸接道，蹦出来的不仅臭不可闻，嘴里还没有一颗是象牙。张旺仍是笑着说，我咋感觉像是中了金庸武侠小说里的风流鸳鸯剑呢？不得了，我还是赶紧撤吧，别让人看着多余，还误了人家的好事。说完就走了，高风笑笑没再说，秦玲追上一句说，张主任没正形，哪天一定向周老师告你的状去。张旺骑的电动车猛一停说，告去吧，可别说高风跟你是老同学，要是那样，高风就惨了。秦玲说，张主任不好了。张主任赶紧转脸向前，见没有啥危险，就转过来问，咋啦？秦玲说，你的后轮圈压带了。张旺赶紧下车，见后轮好好的，就说，要是车带烂了，我回家就说是你坐我的车压的。秦玲说，赶快回家美言去吧，明天我抽个空再来镇中心校看看你还能不能走路。张旺说，这跟走路有啥关系？秦玲说，膝盖跪了一夜地板，谁能相信你还能走路？张旺说，没想到小秦还有这能耐，哪天也让我享受享受。秦玲说，好，我这就打周老师的手机，让她给你在地板上垫块搓衣板，让你好好享受。高风恐张旺再说别的，赶紧催张旺，快走吧，别胡吣了。张旺就一溜烟骑车跑了。此后只要秦玲来中心校谈工作的事，如果只有马超等几个，张旺也拿老同学的事开玩笑，因为都是熟人，有个年轻人在跟前说说笑笑确实让人精神，就都在一旁笑着听秦玲唇枪舌剑以牙还牙，到底张旺没有年轻人开放，直到张旺败下阵来，又一起说张旺没正经为止。如此说说笑笑又是两度春秋，今年冬去又春来，闸口小学校长刘萌因允许学校门卫家属在传达室开小饭桌，致使六年级一名女学生食物中毒被撤职，就按照县教育局指示，让秦玲顶了上去主持学校的全面工作。尽管年近五十的张志成副校长全力配合，秦玲没到一个月还是瘦得走了形。

高风对秦玲说，即使工作难度再大，也不能说从闸口小学消失。秦玲问，为啥？高风答，消失就意味着是逃兵，真要做了逃兵，无论你以后在咱镇哪个学校都不会有好心情。秦玲说，那我就辞了工作到外地去。高风说，那也会成为你一辈子都躲不开丢不掉的阴影。秦玲说，看来，我只能从地球上消失。高风说，县里、镇里领导都在看着你，也都知道你工作有难度，这是考验你的时候，你别无选择，只能背水一战，千万不能让大家失望，更不能让自己失望。秦玲一时无话，后来就说了学校最近的一些事。

高风万没想到最近缠绕秦玲的烦心事能跟周虹有关，还有张旺。自新年开学秦玲主持闸口小学全面工作，秦玲说一直没看到过周虹的好脸，本来两人明里暗里姐妹相称得很亲热，也很让周围的同事羡慕，像春暖花开的朗朗晴天突然一夜倒春寒，周虹眨眼之间让她感到冷气嗖嗖寒光四射，起初，不明就里的秦玲越是满面春风地亲昵靠近越是感觉冷气直往骨头缝里戳，校长，还有六年级一班的班主任和语文教学集于一身的秦玲以为周虹在家里跟张旺闹了矛盾就没往别的地方想，可后来的变故让秦玲简直不敢相信以前周虹会跟她那样亲如姐妹。开学的时候，不少班级说教室门因为钥匙丢了锁就砸了，秦玲让学校会计全换了新锁，等学生稳下来教学步入正轨，秦玲在一次全年级巡视时发现只有周虹那个班的门是旧锁，又忽然想起最先提出换锁的就是周虹，再一想班主任把学校给班里配的水桶、扫帚之类的日常用品偷偷拿回家多年来一直是常事，十块八块的东西犯不着得罪同事，全作变相搞点小福利了，便没放在心上，又过了几天，周虹又说买的门锁坏了，让再买，秦玲又让会计买了交到周虹手里，一周后，秦玲晨读巡视再次发现周虹那班门上的锁还是原来那把旧锁就生气了，可一看周虹爱理不理的样就没问，过了一周，天气转暖，见周虹不仅在办公室还在课堂上绣起了十字绣，就再也存不住气，但也没直接进教室阻止，先是回办公室看了课程总表见周虹正上的是节语文课，就叫了正批改思品作业的张副校长一起从后窗看了周虹的表现，下课后，秦玲把周虹叫进校长室，说了上课绣十字绣的事，没想到周虹说，学生写字闲着也是闲着。秦玲问，这上午第一节课还没上几分钟就让学生写字？周虹说，我上课让学生做什么是我根据课堂教学设计安排的，你是不是管得太宽了？秦玲说，上课绣十字绣也是根据你课堂教学设计的？周虹说，我即兴发挥，你看着咋处理吧。张副校长说，学校早就说过不准在学校织毛衣缝这绣那，更别说在课堂上。周虹说，学校还规定人群里不能伸出张驴脸呢，我咋看到一头不识时务的老驴在我跟前不但充大还打嚏喷呢？张副校长脸陡一变，你什么意思？周虹说，我意思是警告个别自以为是的要摆正自己的位置，掂准自己的斤两，别一直是个摆设还以为中流砥柱呢。张副校长说，我一直知道我是干什么的，你也要清楚你自己，本职工作不好好干，还乱说一气，太不像话。周虹说，那就把我辞退。张副校长说，辞退不辞退要看你的态度。周虹冷笑一声，你没这个权力吧？要知道你这副校长还是张旺费了牛鼻子的力气才给你弄成的，让人知道，你这可是过河拆桥翻身忘本吃水忘了挖井的人。张副校长说，我咋有了现在的职位，我心里最清楚，你也不要往自己脸上贴金充好人，我不领你这情，你也别太嚣张。周虹说，这还是轻的，有种到镇中心校、到县教育局告去！你敢吗？我知道你没当成校长心里纠结，可以理解，可不能把纠结变成恼怒使在我身上跟我过不去是不是？你就是现在把我的饭碗子砸了也李双双死外头彻底没有当一把的希望了，我看你这辈子还是就这样吧。秦玲说，你这态度，就是张旺会计知道也不赞成，你应该在学校为张旺会计、为你自己树好教师的形象。周虹说，我听说，你只是主持全面工作，还没正式宣布任命决定吧？要知道宣布之前上边是要来民主考核的，我是有说话权的。秦玲说，这个我知道，到时候，我得到得不到任命是我的事，既然现在让我主持闸口小学的全面工作，你上课绣十字绣我就得管，可听不听是你的事。周虹说，我从工作到现在，还没人这样跟我说话，你以为你是谁？别自我感觉良好，屁，姑奶奶不吃你们这一套。说完转身就走。秦玲停了停说，看在张旺的面子上，我们忍下了，没想到只消停了几天，周虹又在教室绣起来，上面突然检查又不打招呼，还好没到闸口小学来，万一被逮住……秦玲气愤地说，我这校长当不成就当不成了，她周虹的后果会是什么呢？学校是任她想干啥就干啥的地方吗？很明显，再单独劝周虹不可能，秦玲在又一次发现周虹在上课时做十字绣后，带着学校的数码相机进了周虹的教室，推开门啪啪就拍起来，拍得正聚精会神穿针引线的周虹一愣，在周虹愣怔的时候，秦玲转身就走，她却没事一样照绣不误。

秦玲从随身带的包里拿出相机，问高风，高主任，你说我咋办？高风看完照片，又想到周虹对淑贞的栽赃，张旺跟自己的是是非非，简直肺都气炸了，可理智告诉高风，不能表现出来，就问秦玲，你打算咋办？秦玲说，我想把照片印出来，先让张旺看，他要不给解决，我就找郑校长，郑校长再不问，我就到县教育局反映。高风摇摇头说，你这样做，那就把你自己彻底毁了。秦玲说，别说这校长不干了，就是工作不让我干了，我也要出这一口气。高风说，你这样做，不但出不了这口气，还会心里窝下更大的气。秦玲问，难道就这么复杂吗？高风说，是。秦玲问，那下一步咋办呢？高风说，把这事放下，权当没发生。秦玲说，要是真被县里检查的发现咋办？高风说，安排好门卫，上面来人及时在第一时间报告。秦玲说，学校其他教师都跟着她学咋办？高风说，就是有也是个别，你回去抽个机会开个全体教师会，把学校规章制度重新申明，并做好会议记录和学校日志，只要再发现类似问题，能单独说服的说服，不能说服的也不要声扬出去激化矛盾，要忍气吞声平平安安度过这一学期，只要任命到手，再重整旗鼓为时不晚。秦玲说，这样学生不给毁了？高风说，镇中心校正在全方位加大教学质量监控力度，并与绩效工资全面挂钩，真要到时成绩出来垫了底，绩效工资比人家少了很多，你不说，她自己自会有想法，你要相信，以前那种事事论资排辈吃大锅饭搞平均主义的做法会渐渐行不通了，我们几个人也一起暗暗下了决心，在镇中心校一天，就要把傍湖的教育尽力做好，当然具体实施起来还得靠你们这些当校长的大力支持，更需要你这样德才兼备的年轻人全力以赴。秦玲说，那好吧，就按你说的做。高风说，不是按我说的做，要结合我的建议合理去做，学校的很多事，往往就是这样，针尖对麦芒解决不了的，换个思路就能曲径通幽，当然，我说的也不可能全对，你校的事，就是让我做起来也不可能比你做得好，但遇事沉住气摸着石头过河具体情况具体对待还是要记住的。秦玲笑笑说，高主任工作方法我是早就领教过的，今后一定跟着高主任好好学。高风说，工作上，我们都不谦虚，教师这一职业是讲良心的职业，可这一职业也跟其他职业一样，会出现这样那样的问题，要学会面对，敢于担当，该出手时就出手，该坦诚的就坦诚，世上没有后悔药，但有千金难买回头看。秦玲收回笑，严肃地说，谢谢高主任，我知道了。

可秦玲还没有要走的迹象，高风就问，你要是还有啥问题就再说。秦玲迟疑了一下问，年后镇中心校报销的款都下来没有？高风答，都是月月报月月清，难道你们学校的还没领？秦玲说，就开学那一个月领了，这几个月都没见，问张旺，他说还没到，我说其他学校咋就都领了，他说其他学校报得及时，我说我们报得也不晚，他又说反正比其他学校晚，每月报的总额是一定的，报晚了就排不上，我说这月排不上下个月难道也排不上吗？他说领导没签字也没办法，我就又问了郑校，郑校说所有报上来的他都签了，结果这几个月不但会计的工资都填进去了，张副校长的填进去了，我的也填进去了，你也知道，学校没钱的日子是真难过。高风说，你可以再找找张旺。秦玲说，他总不给面见，一看见我就说有事，转脸就走，打手机又不接，我要是跟郑校直说，他又说我打他的小报告。高风说，你不跟郑校直接说明原因，万一该用钱时你拿不出来，郑校又咋看你呢？你还是先想法找张旺问问，我也抽机会打听打听他究竟为啥这个样。

正说着，门开了，探进来张旺的头，张旺一愣说，高主任，今天你做饭，菜买好放在厨房了。然后门就关上了。

秦玲霍地站起来说，我这就去问问他。高风说，也好，但话要想着说。

高风出了办公室，看见厨房门前有只公鸡在吃地上撒的米，以为是张旺买的，可转而一想不对，既然是中午吃的就不该再喂，也不该解开了腿任它满院跑，疑惑着再仔细看，觉得这鸡眼熟，正想着在哪见过，这鸡听到脚步声猛一抬头就奓起了毛，立马醒悟这就是那冤家，下意识瞅了一眼自己的电动车，这次鸡屎不在车把上，而是在座子上，且满座上都是，立马大怒，顺手抄起大扫帚就冲过去，可那鸡不躲也不惧，等高风冲到跟前，扬起扫帚来了个力劈华山，可扫帚还没落下，它就翅膀一开伸直的脖子剑一样奔高风抡起扫帚的右手而来，高风赶紧用四十二式太极剑中的左虚步撩变躲为攻，见鸡跳开在右，高风又接着来了个右弓步撩再次攻取，鸡又跳开在左，但这次由于高风撩起的扫帚扫着了鸡的翅膀，鸡跳开得并不利索，还没等它站稳，高风又立即变剑为扇，用起了太极功夫扇中的灵猫捕蝶招式，也许高风动作快了点，第一捕就把鸡扑在了扫帚下，但要直接去扫帚下把鸡捉住不大可能，因为高风感觉鸡在扫帚下挣扎，于是高风又运足力气来了第二捕，没想到在高风抬起扫帚的一瞬间，鸡腾空而起先是上了墙，又窜上厨房的屋脊，接着咯咯咯就没影了。高风提着扫帚正恨得不行，大门前却响起马超、吴劲的叫好声。高风说，好啥好？马超说，高主任功夫了得。高风说，还了得呢，都让这鸡欺侮好几次了，本想这次解了心头恨，补了上次欠你们的馋，结果又让它跑了。马超说，我看还是留着好，一次次看你跟它斗智斗勇比吃了它还解馋过瘾。吴劲说，我看别解馋了，还是先解决肚饥问题吧，高主任饭做好没有？高风说，刚出办公室门，就跟这鸡干上了，先忍忍，马上动手。

饭菜做好，高风出了厨房门正要喊吃饭，见秦玲一脸肃穆地从张旺办公室出来，就知道两人没谈出结果，就一边向随后走出来的张旺招手，一边招呼秦玲别走，可秦玲说郑校刚打了电话，县里检查的马上到闸口小学，还是以后再陪各位领导吧。说完就走。高风又叫马超吴劲，接着又问张旺，郑校是不是还回来吃饭？张旺说，不用问，肯定是在外面吃。高风说，要是一会儿来了呢？张旺说，要是来，郑校早就给我打电话了，不打，一是不回来，二是不想让我们跟着。高风一愣，不好再接话，就说，那咱就不等了。

饭罢，张旺照例说回家睡觉，高风三个这次没紧跟着离开厨房，而是围坐着说起话来。先是说起这次业务检查，马超说，总体上不容乐观。高风问咋个不容乐观？马超说，虽说现在教师课务重，最起码备课容易吧？镇里集中备好印出来每人一份，只让你再根据自己的教学实际在本课时教案里用红色笔画画、圈圈自己的教学重点，在空白处增加些自己认为要补充的内容，这有啥难的？可就是有的教师连画一下都懒得画，一问，他就说我认为教案上安排的都很好、都很适合我本人的课堂教学实际，没有啥可圈可画可添可补的，而那些画的圈的添补的简直就是为了应付检查，随手乱来，真要追究，他又有一百个理由等着你。高风说，你就让他说说他的一百个理由，看他哪一个理由符合《教师职业道德行为规范》，不符合的就让他停课对照整改，啥时整改好了啥时进课堂。马超说，作业批改更让人气，虽说大部分教师都能及时批改，可不少教师的批改都出现错误，比如说写字作业，我以为这些教师批改时根本没看作业本，而是跟同事说笑着随兴让笔在作业本上画对号批等第，耐心点的个个字都打对号，没耐心的一行打一个，甚至有的一次作业打一个，可偏偏出现这样的情况，有些评定为优的，错字没改出来就罢了，还偏把这次作业中唯一的一个对号打在了这字的下面，你说气人不气人？还有学生作文，有的根本不读，前面写了评定等第，后面随意写上语句较通顺、书写较认真之类的套话再标明批改日期了事，有的虽说整篇读了也按要求改了，可前半部分改得细，后半部分就马虎了，或者说根本没改，直接在后面写个阅字，最可笑的是今天上午查北口小学五年级数学教师范新声的作业批改，作业是确实按时改了，可次次批改的作业都有错，最要命的是有一次作业中的一道题填三和六的最小公倍数是几，结果填六的全打错了，填三的都打对了，而且填三的还不在少数，就问他三和六的最小公倍数是几，他却不回答，以为都是熟人，总是笑着说我这还能不知道这还能不知道，就是不说是几，更严重的是从他批改的学生作业里还发现他教学的解题方法是根据以前的旧教材，这说明他上课前根本没看变了的新教材，怪不得他教学的班次次在全镇教学质量监控时垫底。吴劲说，英语和其他几科的教学更不好，问题更多，还有教学仪器的运用也是一个不容忽略的大问题，以前没有就算了，现在上面给学校配了这么多，却都让尘封闲置，只有上面专项检查了才拿出来，这不能不说是最大的浪费。高风说，所以，你们两个要想办法。吴劲说，我们啥法都想了，可还是这样，全镇就这么多教师，又都熟，真要撕开脸，他要是真跟你对顶，你又能咋着？马超说，确实，现在教师工资低，但也不能总拿工资低说事吧？你难道就不扪心自问一下，你不负责任的教学态度，你让人不敢恭维的教学成绩，对得起自己的这些工资吗？现在建筑工地上跟着瓦匠供灰的工资都比教师高，是真的，可你出人家那力气了吗？要是真羡慕人家，为啥不扔下现在的工作去跳槽呢？吴劲说，看来还得跟郑校说说，让他给想想办法。高风说，你看他天天忙得连单位都顾不上来，跟他说也是白说，再说了，他也说过，谁的工作谁负责，明摆着是当甩手掌柜，真要跟他说了，他会反过来问你咋做的，真要这样，你可是两头都没落下好了。马超说，要是下边的校长都像西口小学的朱校长那样，你批改作业学生错的没发现，一次给你指出，二次也给你指出，你还不改正，那好，第三次，我就不指给你看了，我拿给学生家长看，看你丢人不丢人。高风说，说白了，这就是方法，说雅了，这就是风格，我们工作，不但要想法把自己的工作做好，还要形成自己的风格。吴劲说，就像你写文章，拿起来一看就知是你写的。高风说，更像人的字，往那一摆，大家都知道是谁写的，如果我们都像西口的朱校长那样对待教师，人家一定说是朱校长的那一套，如果我们也有自己的特色和风格，只要一出手，要是下面教师说这是镇中心校老马的一套，那是老吴的一套，我们的工作就会好做多了。吴劲说，看来，我们还真得下功夫像高主任要求的那样去做。高风笑笑说，不是我要求，是目前我们镇的情况让我们必须去这样做，我们都是本镇人，当官的可以流水地换，可我们走不了，发展我们镇的教育，唯一能指望的是我们自己，我们不能让咱镇的教育毁在我们手里，更不能让镇里的老百姓说，你看镇中心校的几个人，全镇教育搞成这样，也不知他们天天都干的啥。高风顿了顿又说，当然一个镇的教育单凭我们几个是不行的，可我们只要努力做好了自己的，合起来就是不小的成绩。接着高风又说了秦玲面临的困境，说了周虹的无理取闹，说了张旺在报销款上对秦玲的做法。马超说，我们都听说了，可没办法，张旺现在红得发紫了，红得张狂了。吴劲说，再红也得收敛点，再张狂也不能这样。高风问，秦玲和周虹两人以前好好的，咋秦玲一主持全面工作，她就翻脸了呢？马超说，还有你和张旺，一直都很好，为啥这年后一开学就变了呢？吴劲道，这还用说吗？咱中国人就是这样，平常在一起喝凉水都可以，真要见身边的谁碗里冒起了热气，甚至说有了油花或香味，心里就开始不舒服了，于是一有机会就开始想着点子让人家不好过了。马超说，不可能这么简单，肯定里面有蹊跷。吴劲说，又能有啥蹊跷呢？高风说，不管有啥蹊跷，工作就是工作，明知道自己能力做不了，别人做了又碍不着你什么，你说你起什么横劲呢？马超说，要是世界上没有这样的人，天天还有新闻吗？吴劲说，说这些又有啥用呢？光凭咱仨又能管得了谁呢？高风说，管不了，咱也不能听之任之，咱们在尽量做好自己工作的同时，尽量让损害减到最低，秦玲是我们共同发现培养起来的，我们就尽力帮秦玲平稳度过这一学期吧。马超说，我看，下午咱也别待在办公室了，提前进驻闸口小学先来个业务检查回马枪，推门听课，讲得好的，就算了，讲得不好的，就备课作业一起查。吴劲站起来说，好。马超又瞅着高风说，如果高主任下午没别的事，也给我们去助阵。高风说，这样做好吗？马超问，又有啥不好的？高风说，上午县里检查，下午镇里又去，把全校师生搞得紧张不好吧？马超说，就是让他们时刻有种紧迫感，别闲着没事胡乱来。高风说，要是我们推门进了周虹的教室，她会咋想？马超说，她爱咋想就咋想，反正我们是工作。高风说，她要是把我们走近她的课堂与秦玲跟她的矛盾联系起来，两人的矛盾会更大，真要没分寸地再闹起来，比如查她的备课，她也像秦玲查她的备课那样，把备课本撕碎了扔在我们脸上，给我们难看不说，又把秦玲给害了。见两人不说话，高风又说，我们要是真见了她在课堂上绣十字绣，再跟我们叫起阵来，影响就更大了。马超说，还反了她，她要敢跟我们叫阵，你们怕得罪人，我不怕，我就反映给郑校，正好让郑校知道张旺夫人到底是怎样的素质。高风说，得罪她倒没啥，问题是呈现在全镇教师面前的不仅是以正压邪，还有镇中心校的领导窝里斗。吴劲说，他两口子不一直旁若无人地这样干着吗？你高主任啥都好，就一点，啥事都前思思后想想，要知道，很多机会就在你前思后想的时候，黄花菜都凉了。马超说，别以为你的分工与教研、科研无关，如果我们不同舟共济尽快加大力度提高全体教师的整体素质，你的快乐教育，那就真成乌托邦了。高风站起来笑笑说，我就你说的那素质？吴劲说，光说又有什么用？要看行动。

还没出门，张旺开着郑校的车进来了，张旺瞅瞅大家没说话，郑校问我们去哪呢，马超说去闸口小学检查业务。郑校说，不是查过了吗？还是去闸口幼儿园吧。

领导的话就是命令，去闸口幼儿园的路上，马超说，反正咱这段日子一直在闸口，就是今天不查她，哪天咱也抽个空好好查查她。吴劲跟着响应，高风脑子又开起了小差，想的却不是秦玲的事。

高风自进了镇中心校，除了现在负责的，还有教育科研，并兼着像语数一样必考的英语、科学、信息技术和综合实践等称之为小四门的教研工作，每当开展教学专项业务活动，都是马超和他一起下去，确实忙不开，再把负责办公室的张旺和会计吴劲拽上。在教育科研方面，高风根据县里要求和镇里实际，面向科研兴校目标，立足于向科研要质量、向科研要名师、向科研要名校的理念，提出了研好课堂、研实课题、研出成果的口号，围绕本镇快乐教育研究课题，认真履行研究、指导、管理、服务的职责，努力建构有序、高效、充满生机活力的教育科研运行机制，真正把科研兴校、科研强师、科研惠生具体到课堂教学当中，真正为学生减轻课业负担，真正让学生快乐学习快乐成长，为此还成立了镇教育科学研究室和各校领导小组，制定了快乐教育研究学期、年度和中长远期规划，开办了快乐教育沙龙，教学之余，定期组织各校教育科研组长和主持本校快乐教育课题的教师聚会，介绍本校快乐教育研究进展，指出快乐教育研究中遇到的问题，分享快乐教育研究的成果，畅谈快乐教育的美好前景，没多少时间，全镇各小学就形成了“人人有课题、人人研课题”的良好氛围，不仅县教育局在傍湖镇召开了全县教育科研大会，县教育科学研究所还多次来这里开展县市级课题立项、开题、结题和送课、说课、评课等教科研专题培训活动，高风的快乐教育研究论文更是频频在县以上教育科研机构举行的各项征文活动中获奖、在编辑的刊物中发表，那时候，高风像一夜暴富的乡村大佬引得全镇教师街谈巷议分外注目，像演艺界又陡然升起的一个新星在全县声名鹊起赞不绝口，像电视《好声音》中脱颖而出一夜走红的歌坛新秀得到全县各宣传媒体的多次光顾。

按照高风的理解，快乐教育具体到学校教育上就是快乐教学快乐学习，不仅减轻学生的课业负担，还要减轻教师的课务负担，让任课教师从以往花样迭出的备课形式、堆积如山的作业批改和名目繁多数不胜数的各种记录中解脱出来，让全体教师在集中精力搞好课堂教学设计、多种形式提高课堂教学效果的一次次成功中，不断快乐享受自己教学的精彩和教育的真谛，真正让全体教师实现从职业型教育到事业型教育的转变，让学生真正享受快乐教育，并在快乐中得到挑战，在快乐中得到激励，在快乐中编织、实现、发展梦想，在快乐中得到全面发展，进而实现学生养成教育和终身教育的全方位多层次高质量纵深性推进。但好景不长，县教育局换了领导，原来实施的科研兴教长远战略又转回到立竿见影的提高升学率教育。郑校便在这个时候来到了傍湖，并给镇中心校全体成员重新分工，张旺担任了会计，小四门转到了吴劲身上，教育科研成了马超的兼职，风光不再的高风又把搁置的小说创作拾掇起来，但依然没有放弃快乐教育的研究，不仅申报立项了省级课题，还在不同场合建议马超吴劲别放弃教育科研，别仅仅让教育科研停留在上级下发的文件里，停留在应付上报的材料里，虽然在他的影响下，三人不断加大了教学管理力度，以尽力消除因实施教育科研时带来的责任心不强的教师消极备课、敷衍作业批改的负面影响，尽管其间张旺多次在郑校面前故意放大教育科研的诟病，把高风的快乐教育以玩笑的形式说成是教育的乌托邦，高风就此曾全力反击，马超、吴劲也帮着据理力争，以求得到郑校的认同，可郑校说，只要为了傍湖教育的发展，我不反对任何形式的教育尝试，但必须让我看到一个能随时说得过去的结果。很明显，郑校要的结果就是在县里以不排名次形式公布的各种教学质量测试的分数，他的所谓的说得过去就是隐性排名能名列前茅甚至第一的婉转暗示。因此马超吴劲从此再没对教育科研表现出多大的兴趣，高风也只好明里收弓藏箭，暗里以其他形式磨刀霍霍强筋壮骨，期待着凤凰再次涅槃的机会，于是又想到镇中心校院里的那只鸡，特别是今天厨房门前喂鸡的米，又是何人所为？目的又是何在呢？

第八章

到闸口小学刚放下车，手机就响起来，高风一看是王所长的，就走到学校警务室的后墙接起来，王所长好，请指示。王所长笑笑说，我还真想指示高主任，可哪里有这个荣幸呢？高风说，能跟王所长共事，那可是天大的福气呢。王所长说，高主任别开我玩笑了，还是听我向您汇报吧。高风不敢再乱扯，就一本正经地说，兄弟，啥事？你说。王所长说，你弟媳案子的事。高风问，是不是解决好了？王所长说，我又派人去了尿罐家一趟，尿罐家又借了三千，确实再拿不出了，还答应去医院赔礼道歉，可你弟媳不同意，非要全额赔付，我们研究了一下，根据案子情节和尿罐家实际情况，这有难度，高哥是不是再想办法做一下你弟媳的工作？高风说，好吧，我试试。

高风跟王所长说了再见，就想这事咋做，本想让高亮劝劝，可马上否定了，就跟淑贞打了电话，让淑贞放了晚学去县城劝劝真凤，淑贞答应后，高风又给高亮打电话，让高亮晚上也从徐州赶到县中医院，高亮问高风去不去县城，高风说看情况，就挂了。

到了放晚学时间，高风跟马超他们说了声得抓紧回县城先走一步，就骑了电动车出了校门，在接学生的电动车间左躲右让好不容易才出了闸口村，张志成的电话就来了，说，高主任抓紧回来，秦校长有急事商量。高风说，啥事这么急？张志成说，幼儿园验收的事，有几个必须今天定明天办。高风说，跟他们几个商量就行了。张志成说，这验收主要你负责，你不在不好吧？再说，马主任他们都答应了。高风不好再走，就打淑贞手机问在哪呢。淑贞说，在等车。高风说，都放学这么长时间了，你咋还没坐上车？淑贞答，放学时的那班，人太多没挤上，就去村里超市买了几斤鲜菠菜，才多大工夫？车又过去了。高风说，那还等啥？哪还有？淑贞说，我等等看有没有到乡下送人回去的出租车。高风说，那就等吧。才把手机装起来，又赶紧掏出打王所长的，问王所长在哪呢？王所长说，刚出镇，是不是想跟着去县城？高风说，我有事不能去，你嫂子去，你到驿庙学校顺便把她带上。王所长说，很是荣幸。高风又打淑贞手机，淑贞说，行，我就在学校门口等他。

晚上跟着秦玲、张志成在湖边的一个酒馆吃了饭才到家，淑贞的电话就来了，淑贞说，真凤同意了。高风说，好，高亮到没到？淑贞说，刚吃过饭，也同意。高风说，那好，跟高亮说，明天别回徐州了，等派出所去人解决完再走。淑贞说，行。高风又说，再安排安排两个孩子，快高考了，多注意休息。淑贞说，我知道了，你喝点水早休息吧，听你说话，今晚肯定又喝了不少酒。高风说，没事，挂了吧。

高风又给王所长打电话，可王所长先是正在通话中，后又没人接，再打，还是没人接。高风就睡了，醒来，见天已大亮，一看手机有两个未接来电，全是王所长的，就赶紧回过去，这次王所长接得很快，王所长说，对不起，高哥，昨晚跟局领导在一块说点事，不方便接，请原谅。高风说，客气啥？在哪？王所长说，跟嫂子正在回镇的路上，听嫂子说，真凤两口子同意。高风说，就按你说的办吧。王所长说，谢谢高哥支持我的工作，我回到所里就安排人去医院把这事办了。高风说，谢谢兄弟。王所长说，你咋又客气了？刚才我跟嫂子说了，以后要是去县城或用车，就打我手机，只要我没公差，就当哥嫂的专职司机。高风说，再次感谢兄弟。王所长说，又客气了是不？既然称兄弟，你就别客气，一客气，你说还是兄弟吗？

洗漱完，淑贞推门进来，说，到底比公交车方便。高风说，还比公交车舒服呢。淑贞说，那当然。高风说，哪天咱也买一辆。淑贞手一伸，你把车钱拿给我看看？高风说，不是都在你手里吗？淑贞说，啥都靠这两个死工资，要花钱的事还一个挨一个，你就好意思？就是以后不吃不喝也不花能买得起，你又能养得起吗？就是能养得起，你会开吗？高风说，你也太经不住诱惑了，只蹭了一个来回就把我全部颠覆了？就以为我没有这能力？淑贞说，我当然相信你有这能力，你要没这能力，我能蹭上王所长的车吗？高风说，所以说，这世界上，只要想，面包会有，一切也皆有可能。淑贞说，你看你多能经得住诱惑，一说你行，你以为比谁都行，还不知自己是谁了，早知这样，咱结婚时，我也像现在赶时髦的美眉靓女，跟你要一辆。高风说，我一直遗憾你那时为啥没要呢？要是要了，我就是砸锅卖铁不够，卖血攒钱也得给你买回来，要是当时买了，你不是早就坐上专车了？淑贞说，你说我当时咋就没要呢？高风说，就是的，你当时咋就不要呢？淑贞说，你好好想想。高风说，我真得抽空好好想想。淑贞说，我期待着你能早日想清楚，更盼望着你有车的这一天早点能到来。高风说，我这人别的本事没有，只知道，这辈子，上天派我来，就是让我尽力满足你，只要你想，指日可待。淑贞笑笑说，看来，我这辈子跟了你，还真对了。高风说，那还用说？不仅是天生一对郎才女貌情投意合，还幸福美满龙凤呈祥山高水长。淑贞收住笑，嘴一撇说，你也别太自信。高风说，我不仅自信还有深切感受。淑贞说，那你就继续好好感受，我去上班点名，看你晚上回来能不能给我开辆车来。高风说，你就放心等着吧，只要你今天还想坐专车去县城，我保证满足你。

淑贞出了门，高风就开始打高亮手机，对高亮说，派出所的人马上就到，你和真凤准备一下，到时听派出所的，让干啥就干啥，千万别再出岔子。高亮答，行。高风又说，派出所人走了，就办出院手续，办完，让真凤在县城待两天再回。高亮说，行。

去闸口的路上，高风心里格外高兴，路上遇见熟人不光摁喇叭还打招呼，没有熟人，高风就唱，先是哼哼，哼着哼着就唱出声来，先是唱《一剪梅》，接着就唱《九九那个艳阳天》，再接着就唱《我们走在大路上》《走进新时代》，反正是想到啥就唱啥。这样唱着唱着，不一会儿就到了闸口小学。放下电动车，高亮的电话也到了，说，派出所的人走了。高风问，都办好了？高亮说，钱也给了，尿罐家也道歉了。高风说，那就接着按我说的继续做。高亮说，好。可手机里接着传来乒乒乓乓的声音。高风以为是真凤在收拾出院的东西，没多想就挂了。

可中午正在闸口小学吃饭，文文突然打来了电话，说婶婶正跟爷爷吵架。高风问，你叔呢？文文答，没见我叔。高风明白，肯定是办完出院手续又让真凤撵着去徐州了，就又问，你婶为啥又跟你爷爷吵架？文文又答，不知道为啥，只听婶婶说全家没一个为他撑腰的，爸，你是不是没帮婶婶把案子处理好？高风说，处理好了。文文问，处理好了，婶婶咋还发牢骚？高风问，发啥牢骚？文文答，说住了这么长时间的院，赔的连在医药的花销都不够。高风说，赔多赔少不是我们想多少是多少，而是派出所根据案情按规定协调的。文文说，爸，我知道了，可现在强强又跟婶婶吵了。高风说，你把手机给强强。手机传来开门的声音后，紧接着就传来强强的声音，要不是大爷托人，你连这些都别想得到，自己天天闲得无聊没事找事，要摊我，一个也不给你。真凤说，你个没良心的，养大你了是不？手机那边挂了。高风刚要打，文文又打了过来，说话的是强强，强强说，大爷，找我有事吗？高风说，强强，好孩子，别跟你妈吵，她这段时间住院心里烦，你和文文要是吃完了饭，就抓紧上学去，马上要高考了，一定要集中精力，一定要注意休息。强强说，行，大爷，我这就跟文文哥一起走。高风又说，给你妈道个歉。高风又打真凤的手机，等手机说无人接听后，高风又打，通了还是没有说话声，高风知道真凤还在气头上，就说，别生气了，要怨都怨我，可你也要知道，事情能到这地步已经很不容易了，里面又没有咱自己的人，要不是派出所换了领导，还会给拖下去，两个孩子都快高考了，咱不能因小失大。真风说，大嫂昨晚都跟我讲明白了，我就是气不过。高风说，就是气不过也不该跟爸吵，爸这么大年纪了，天天早起晚睡照顾两个孩子上学，咱要体谅他。真风说，大哥，别说了，我知道了。高风又给爸打电话，说，爸，别生气，真风说两句就让她说两句。爸说，我不生气，你忙你的吧。

下班回到家，淑贞说，真风回来了。高风一惊，回来了？不是说好的过两天再回来吗？淑贞说，回来就回来吧，也别顾忌这么多了，要是她真在县城过几天，爸会更累，说不定还要吵架。高风说，能吵啥架？就你多想。淑贞说，不是我说，看她到家的脸色，兴许就是吵了架来的。高风又一惊，瞅着淑贞没再说话。淑贞反问起高风来，你瞅着我干啥？高风说，咱妈呢？淑贞说，真风一回来，妈就去县城了。高风问，到县城没有？淑贞答，正想打电话问问，你就来了，来了又问这问那，哪得空了？高风就拿出手机拨爸的号，正好是妈接的，妈说，到了。高风又问爸呢？妈说，你爸在床上躺着，高风又一惊，爸又哪里不舒服？妈说，这个真风，真不懂事。高风看了一眼站在一旁的淑贞说，妈，我知道了。说完就挂了。高风把手机装好，见淑贞在看高风，高风问，你不做饭，看着我干啥？淑贞问，妈刚才说了啥？见高风不回答，淑贞又问，妈还说了啥？高风说，没说啥。淑贞紧逼一句，没说啥？没说啥你咋挂这么快？高风答，这段时间天天在一起，啥话没说？这刚走又有啥好说的？我饿了。淑贞又问，真没说啥？高风胸一挺，真没说啥，不信你打过去问问。淑贞还真的掏出自己的手机，高风就慌了，就一把夺过说，没说啥就没说啥，打啥打？我饿了，要打，做好饭再打。淑贞说，饿了自己做去，我又不是伺候你的老妈子。高风说，你是我老婆。淑贞说，知道我是你老婆，就不该瞒我。高风说，瞒你啥了？淑贞说，这一吵，以后就别想安生了。高风说，越说你越神了，我们哪里对不起她？她凭啥要让咱都不安生呢？淑贞说，明摆着，她是故意的，就是找个理由把给的八千元全留下。高风说，留下就留下，谁又没跟她要。淑贞说，那不行。高风又一惊，你咋又不行了？淑贞说，她住院，我先给她付了六千元的住院押金，她应该还给我。高风说，爸还付了呢。淑贞说，那可不一样，爸付的，她可以不给，我付的是不是应该还给我？高风说，她不是刚出院吗？你放心，我保证，她一定会还你的。淑贞说，你也别保证，她跟爸吵，不仅想赖掉爸的，还要把我的也赖掉。高风说，她把钱看得再重，也得有这点脑子。淑贞说，那咱就等着瞧。高风说，等着瞧就等着瞧。

刚睡下，小妹高萍又打来电话，问高风睡了没有，高风说刚躺下，有事吗？小妹说，我们又竞标成功了一个五百万的大工程。高风问，要垫资吗？小妹说，不要，分期给。高风问，是你们自己包的，还是又跟人家合伙？小妹说，自己包的。高风又问，可靠吗？小妹说，绝对可靠。高风说，那你们就好好干吧。小妹说，能不能再给筹两万？头批钱下来就给你打过去。高风说，还没付款，你们慌的啥？小妹说，人家要求这就开工，料可以赊，工人生活费得先维持着吧？高风说，那好吧，我明天想想办法。小妹又说，大哥，你一定再帮我这一次。高风说，知道了，快休息吧。

才挂了电话，淑贞问是高萍吧？高风答是。淑贞说又是要钱吗？高风说是。淑贞说，不能在那混就赶紧回来，回家好孬还有几亩地种，最起码吃喝不愁吧？高风说，人一辈子要是光为了吃喝还有啥意思？淑贞说，人一辈子不是光为了吃喝延续生命，你说是为了啥？高风说，是为了生活更美好。淑贞说，世界上有这样光张嘴给人家要，就生活更美好的吗？高风说，小妹现在不是暂时周转困难吗？又不是不还你。淑贞手一伸，你拿给我看看？镇信用社的那笔贷款你是不是已帮她续贷两次了？是不是我们连利息都替她还着呢？高风说，要是有钱，咱还替她费这些劲吗？淑贞说，就这样下去，我们省省俭俭的两个工资都贴给她也不够，要是文文今年再考上个花钱多的学校，我看你到哪里弄钱去。高风说，车到山前必有路，水到渠头自拐弯。淑贞说，不事先想着，到时候上哪抓去？高风说，现在要是啥都事先想着就别活了。淑贞说，原来你也学会过一天是一天了？高风说，不这样，天天就只有愁了。淑贞说，还真没听说算着过日子就是愁着过的呢。高风说，你要是想以后，别说秀秀，光文文就够我们愁的。淑贞说，文文多听话的孩子，哪样要你愁了？高风说，别的不说，单说结婚这一项，就是按现在的标准，你说你愁不愁？淑贞说，人家咋着咱咋着，有啥好愁的？高风说，一套房子得几十万甚至上百万吧？咱俩从现在起把工资全存着，存到他结婚，又能买几个平方呢？淑贞说，你不是还有稿费吗？高风笑笑说，你看我那稿费多惊人，说白了，就是人家闲着没事打麻将咱不会，换个玩法而已。淑贞也笑着说，说不定玩着玩着就玩出了一部《红楼梦》，或者是老天开眼，也像莫言一样得了诺贝尔文学奖，那奖金是不是挺可观？高风说，你不见报上讲吗？那点奖金，莫言想在北京买套房子都不够。淑贞说，咱文文又没说在北京买房。高风说，万一他考上了北京的学校毕业后又在北京工作呢？还有结婚时女方按风俗要的这钱那钱，就是按咱这规矩，光过大礼现在都六万向着八万奔了，还听说有的给钱都百元大票按斤称，还必须是三斤三两，我到现在都不知道这三斤三两能是多少钱。淑贞说，三斤三两如今也过时了，时兴万紫千红一片绿了。高风问，啥万紫千红一片绿？淑贞答，紫，五元的，红，百元的，绿，五十的，你仔细算算是多少。高风一愣，随即哎哟一声，我的个天，这么多。淑贞说，还不算带的礼品，说不定到咱文文那时候水涨船高又兴了别的花样，就更多了。高风说，所以说你要是想着是不是天天只有愁了？所以就别想。淑贞说，所以从现在起咱要有准备，能准备多少，到时候就少犯多少的难。高风说，我当然知道这道理，可也不能看着小妹一家现在就吃不上喝不上吧？淑贞说，我也不是说不帮她，你也看看她家这几年，说她一分不挣不现实，挣一个花俩不说，一劝她有时想着没有时，她却说挣钱就是为了花的，花得越多越能挣，孩子又都让她惯得花钱如流水，你说你能赔得起吗？你说你把手头的俩钱都帮她了，咱文文以后咋办呢？高风说，也不能把眼光向着以后。淑贞说，不向着以后还能向着以前？高风说，人家不也常说吗？儿孙自有儿孙福，兴许咱文文到时候也能像马超大哥的孩子，考了博士出了国还找了个家里有钱的对象，岳父不光给买房买车，结婚时再给几十万上百万的存折当陪嫁，你说咱还愁啥愁？咱索性就抱着个平常心，遇着啥事办啥事，到了哪山唱哪歌。淑贞说，你以为有个儿媳妇还都像我当时那么傻？一分彩礼也没向你要，人跟了你，工资也给了你，我劝你还是面对现实，从现在做起，别光做赚便宜的大梦了。高风说，不是一家人不进一家门，保证咱儿子比我更有福。淑贞说，当然咱儿子比你更有福，可你也得考虑到，万一找了个像高五大哥儿子那样的媳妇，咱文文可就苦了，咱再不给他准备点，文文不是更苦了？高风问，高大哥的儿子不是很好吗？都在县五中上班，工资也不低。淑贞说，你还不知道，前几天，我碰见高五家大嫂，我夸她养了个好儿子啥都不用操心了，你说她说啥？高风问，她说啥？淑贞答，她说她也以为儿子结了婚上了班不会再让她操心，可自从生了孩子，她儿子总隔三差五地跟家里要钱，一问才知道，儿媳妇自上班，工资卡都在娘家爹手里，娘家爹说，孩子出息了，挣了钱首先要帮家里，再说了，姊妹四个又是老大，供上学的债还没还清，你把工资卡拿走了，我用啥还？这才知道，所有花销都是儿子一人的工资顶着，可儿子才上班工资不高，虽说买房家里给操办了首付，每月的还贷都是从儿子工资里扣，学校又大，人情礼节的开销也大，偏偏生了孩子奶水又不足，你说她儿子一个人的钱能够吗？高风说，那他娘家爹也太不懂道理。淑贞说，现在啥是理？公说公有理，婆说婆有理，所以，咱没有能力悬壶济世，就该认着自己的理把自己的日子往好里过。高风说，那也不能眼睁睁看着小妹为难吧？又说了，真要这工程让甲方看出来没有承接的能力不让干了，她还能挣钱吗？不挣钱，她让我给贷的款又用啥还？淑贞说，这月的工资还没到，真风的又不能要，爸那俩工资都花在了孩子身上，你明天还是想想别的办法吧。高风说，还能有啥办法呢？淑贞说，你看着办吧，但你得给我记着，别再打我的算盘，我平常口里省的那俩钱是备着应急的，你真要弄不着，抓紧给高萍说一声，让她另想办法。高风说，电话打到我这里，说明她已没有了别的办法。淑贞说，那你就当圣旨去办吧。高风说，不办能行吗？哥是妹的根据地呢。淑贞说，咱先说好，想办法是想办法，真要瞒着我用不该用的办法，别怪我用那篇小说里那个女人的办法对待你。高风笑笑说，跟我离婚是不是？你舍得吗？淑贞说，惹急了我，我啥都舍得。

一夜难眠，早上起来，高风冷不丁冒出尿罐爹去年春节贴在大门上的一副对联：日难过月难过春节难过，吃无门喝无门借钱无门。暗自笑笑，高风简单填了填肚子就上班去了。一路上想的都是去哪弄到两万块。到了闸口小学，秦玲见高风面带愁容，就向跟前的张志成一使眼色，张志成就笑着问高风又有啥不开心的事。高风说没啥不开心的事，刚到的马超说，高主任天天都这样，像似有满腹的心事。放下电动车，马超又瞅着高风说，高主任现在是曹操《短歌行》里的忧呢？还是“先天下之忧而忧”中的忧呢？吴劲走过来说，高主任忙里偷闲，说不定又在构思他的小说呢。辛歌站在对面笑着没吱声。高风笑笑说，天天忙的哪还有闲心构思小说？我生性这样，也没有什么忧，就是有，也是庸人自扰。

说笑罢，按事先安排各就各位，好在辛歌跟高风在一起，案头具体工作不等高风说就动手做了，高风便趁去厕所的机会打电话，本想给农行的一个同学打，可镇里分行因经营不善亏损太多被县里撤掉，同学便去了县里，可区区两万，高风不想向他张嘴，就给邮政储蓄的负责人打，接电话的说，找个做生意或种养大户来主贷，你用工资卡担保就行了，高风哪里去找个愿意给他做主贷的呢？又给信用社一个喝过酒的信贷员打，信贷员说，你担保的贷款还没还上，不能贷。高风放下电话又愁起来，小便完了还站在原地不动，感觉有人进来，猛一回头，见是张志成，互相点了头，志成问高风又在想啥呢？高风说没想啥。志成说，我看不像没想啥，方便的话给我说说，看我能不能有机会替你把想的办成了。高风笑笑说，张校长说笑了，我们的关系不该这样客气吧？志成也笑笑说，我们的关系也不该让我不知道吧？高风就说了小妹借钱的事。志成说，虽说不多，可真要让干我们这行的哪一个一把掏出来也不是容易事。高风说，可外面又没有别的朋友，所以就愁上了。志成说，你可以找张旺问问，学校的钱都在他手里攥着，周转一下应该可以。高风摇摇头说，咱私事还是别占公字。志成说，要不就贷私人的，虽说利息高点，可既不要请客送礼找主贷，还拿钱快。高风一听，是个办法，就让志成给找人联系联系，越快越好。两人出了厕所，志成摸出手机就打，手机才放下，没想到闸口小学王沛会计过来了，两人低声说了几句，王会计又打了个电话，向志成一点头，志成对高风说，高主任要是急，我们这就带你去。高风问，还需要啥证件吗？志成一摆手，你跟着去就行了。高风说，我再考虑考虑。

午饭时小妹又来电话催，尽管找到了有钱的主，高风还是有点生气，就说，我是开银行还是家里专给你准备着？小妹说，这不是急用吗？高风说，再急也等我操办到。小妹说，我电话的意思就是想问问有眉目没有，要是没有，我再另想办法。高风说，你再另想办法吧。说完就挂了。小妹又打过来，高风没接，小妹又打，高风还是没接，小妹就不打了，可发来了一条短信，说，哥，再难也得给想办法，不然今年这工程又泡汤了。高风回复说，泡汤就泡汤，不行就回来。小妹又回复说，混成这样，哪还有脸回家？高风说，死要面子活受罪，人家一辈子都在家守着，也没见哪个说没脸的。刚发过去，小妹的电话又来了，高风不好再不接，按了接听键就瞪着眼说，打电话不花钱吗？小妹说，打电话还能不花钱？高风说，要是平常省省电话费，十万也不用愁，说你多少次，有钱的时候想着没钱的难，你就是不听，这下知道急着用钱又没有的滋味了吧？小妹说，哥，一打电话你就嚷我，我又不是不知道，你又不知道在外边的情况，有时候确实连一分也不想花，可逼到跟前，就是借钱也得花，我手机快没电了，抓紧再给我想想办法吧。高风说，你不是另想办法吗？小妹说，我要是能想到办法还麻烦你吗？你不常说哥是妹的根据地吗？高风不好再大声大气地说话，就小下声来说，我正想着，钱一到手，马上打给你，挂了吧。

秦玲远远地看见高风发愣，就又让张志成走过来，志成见高风一脸肃穆，就问，跟谁打电话，还这么不高兴？高风说，小妹又来催了。志成说，那就别犹豫了，这就抓紧去。高风说，能行吗？志成说，咋不行？离下午上课还有个把小时呢。高风说，那就快去快回。

高风跟辛歌说了声，就跟着张志成和王沛一起出了校门。三人来到闸口村东头一个很平常的砖墙门楼前停下车，高风惊奇地问，就这？志成答，就这，你以为是高墙大院？说完就上前拍门，才拍完第二下，门开了条缝，探出个白头，一双眼珠机警地往外扫，扫到张志成，立马热情起来，张校长好。志成笑笑说，钱大爷好。钱大爷应着好好好拉开门说，请进吧。说完转身往屋里走。高风一看这个穿着再平常不过的钱大爷又迟疑了，就拉住前面的张志成，志成不停步，反拽了高风就走，王沛也在后边推。没想到院子真不小，但除了靠东墙种了片农村老式双人床大的苏州青外，再没见有啥特别之处，疑疑惑惑进了如今已不多见的青砖瓦屋，不是墙角放着做农活用的铁锨抓钩之类的工具，就是墙上挂着旧铁丝麻绳布条啥的，只有一样让高风上了心，进门右面墙上挂着个剑套，露出的剑穗子静静地垂着，剑套中间兜里插着把红色功夫扇，扇子下还竖着一根油光滑溜的白柳条棍，很明显是健身用的，可这跟是不是有钱没有多少必然联系。也许是高风在剑套上停留的时间长了点，钱大爷瞅着高风问，这就是高主任吧？高风赶紧收回目光说，钱老好，我是高风，打扰您老了。钱大爷说，久闻大名，今大驾光临，敝屋生辉，老朽荣幸之至。高风笑笑说，钱老说笑了。志成说，高主任别客气了，快坐吧。高风在一张小板凳上刚坐定，钱大爷开门见山地说，多少？志成说，两万。钱大爷又问，多长？志成瞅了高风一眼说，一年吧。钱大爷又把手一伸，我看看。高风一愣，不知他要看啥，就瞅志成，志成又瞅王沛，王沛就从兜里拿出工资卡、身份证还有复印件一把交给钱大爷，钱大爷看完起身走进东间，出来拿出两张A4纸大小的表格，王沛接过填好，志成签了名，又让高风签，高风看了看，见主贷是王沛，担保是张志成，不知自己在哪签，就手捏着白塑料筒黑色中性笔瞅志成，志成指了指他的名后面，高风签完，志成看了看给了钱大爷，钱大爷又拿出红印泥，挨个让按了手印，又看了看，就站起来进了东间，出来把两匝钱给了王沛，王沛接了就要装起来，钱大爷拦住说，过过数。王沛说，不用了。钱大爷说，还是数数吧。志成说，就数数吧。王沛数完说，正好。钱大爷就说，正好就行，不是外人，别的话我就不说了。志成说，钱大爷放心吧，等幼儿园验收完，我请您和高主任喝两杯。钱大爷笑笑说，你们公家人，都忙，酒就免了，有空就送我一本高主任的书就行了。志成说，书当然要送，酒也得喝，到时候，你们俩再切磋切磋太极拳剑，让我们也开开眼界。钱大爷又笑笑说，没想到高主任也喜欢太极，哪天趁高主任有时间一定前去讨教讨教。高风也笑笑说，钱老谦虚了，要是论起来，我得拜您师傅呢，还不知您愿不愿意收我这个徒弟。志成也笑着说，都别谦虚了。转脸对钱大爷说，谢谢钱大爷，今天学校事多，就不再打扰了，改天见吧。说完就起了身，钱大爷说，那就不留了，需要帮忙就尽管来。

出了门上了车，高风问志成，咋让王沛当主贷？志成说，不让他主贷，你也行，可这么急，你除了身份证，还有啥在身边？一来一去，时间不是又耽误过去了？高风回头又对王沛说，请放心，到期我一定按时还上。王沛说，高主任也别放心上，您在闸口时，对我们的好，我们都记着呢，这点小事，我们能有机会，很是荣幸。钱的事不好再说，高风就问起钱大爷，志成说，别看他相貌平常，其实很有钱。高风问，他哪里有这么多钱？志成说，你在这时间短，不知道，别看他头发全白了，其实年龄也就六十刚出头。高风说，是吗？有钱人可都是看着年轻的，别是个守财奴吧？志成说，不了解的以为他是守财奴，其实他有自己的想法，你知道他年轻时是干啥的吗？高风摇摇头，志成说，他年轻时也喜欢写作，还在《徐州日报》上发过好几篇诗歌散文，因为这就娶了他也热爱文学的同学，结婚后正好也分了地，两人除了种好自己的责任田之外就在家读书写文章，可等孩子一生下来，凭种地就不好打发生活了，除了零星得个三块两块的稿费，又没别的收入，日子就过到人后去了，偏又封建思想严重，生了俩闺女不甘心，就想再要个儿子，没想到一下来了两个，雅兴就不敢再继续，钱大爷就开始拾破烂卖，后又收破烂，再接着就在望湖镇开起了破烂收购站，没想到一直被别人看不起的营生渐渐让人羡慕起来，钱大爷就在周边各镇开起了连锁店，那钱简直是疯了一样往他家跑，可钱大爷钱再多也不显摆，不仅自己穿着平常，连家里人也一样要求生活俭朴，一边把生意越做越大越做越远，一边让媳妇严格要求四个孩子好好上学，谁不好好上，或是哪次考得不好，他知道后不问三七二十一抓过来就揍，结果孩子一个个都出息了，如今都混得在外有车有房有好工作，可无论孩子在外凭着能力如何享受，逢年过节来看他时，他都不准孩子们开车来家，一律坐公交车，这还不说，还让孩子每月按时往他卡里打一千元，他媳妇问他，你自己的钱都花不了，咋还要孩子的？你说他咋说？他说，我的是我的，他们孝敬是他们孝敬的，我把他们养大了，就该让他们用实际行动来报答我的养育之恩，尽管我花不着，也得给，谁不给都不行。高风说，这钱大爷还真是个人物，怪不得常说人不可貌相。志成说，这还不说，这几年，他就让媳妇轮流着去几个孩子家，这家一月那家一月逛风景，去谁家，就让谁家抽空陪他媳妇把当地风景都逛遍，逛遍还以分享为由，让媳妇以游记形式记录下来发给他，结果他媳妇断断续续写了好几十篇，去年，他见自己忙不过来了，就把所有店都承包出去，按月让承包户把承包金打给他，他在家把以前让人种的二亩地收回来自己种，早晚看看书打打太极。高风说，看他墙上挂的，他打太极也不是一年两年吧？志成说，听说从他收破烂前就开始了，先是作为看书写东西累了活动的一种方式，后来就喜欢上了，我知道后，以为他是拜师学的，一问才知，他是跟书上学的，一招一式，他和媳妇晚上没事了就琢磨着比画，时间一长还真会了不少，这些年他媳妇在儿女家转悠，他不但让媳妇买太极光碟给他，还让媳妇跟城里广场上太极高手学，学到他没有学过的就回家教他，学会了，再看网上的相关视频纠正，一来二去，他手脚那个灵便，连年轻人都比不上，有一次几个周边的混混摸进他家，才跳墙在院子落脚，他就站到了跟前，几个混混欺他年老，就动起手来，没想到只觉得眼前一闪都躺在了地上，钱大爷也没再说啥，就让咋进来的咋出去，几个混混身上疼得吸着冷气互相搀扶着站起来，哪还能再爬墙头？他就让闻讯从屋里出来的老婆开了大门。高风说，看来他身上是有些功夫了，以后有机会还真得跟他学学。志成说，哪天等你有空闲了，我给你们约一下。高风答应完，转而又想到钱大爷放贷的事，又问，志成说，他放贷是最近这两年的事，他发现存钱利息不合算，就悄悄地把钱私贷出去，但也有个原则，不本分的人不贷，不了解的人不贷，还规定上线不高于一万，今天我让王沛在电话里说了你的情况，没想到他能破了规矩。高风说，越是这样，咱越要让他相信咱。志成说，那当然。高风又问，你咋跟他这么熟？志成说，你忘了，我也住在这个村。高风说，这我知道，你是不是也贷了他的？志成说，高主任还是不问吧。高风说，卖啥关子？志成说，我没贷，前段时间给学校贷了点。高风一惊，你咋能这样做呢？志成说，不这样做，哪弄钱搞幼儿园验收呢？高风说，郑校不是说全镇学校资金倾斜吗？志成笑笑说，高主任还是别问了，贷就贷了，又不往咱自己兜里装。高风说，贷了用啥还？利息又从哪里出？志成说，你让王沛跟你说吧。王沛说，按规定，实花的开正式发票报，再想办法捏几个由头开几张办公用品票，利息就有了。高风说，这可是犯错误的事。王沛说，只要操作好就行了，其他就管不了这么多，反正现在学校的事，只要动动就不是小数目，有钱得办，没钱也得办，就是把学校几个负责人的工资都贴进去又能办成啥？高风说，县里明文规定日常办公用品实报实销，校建方面申报立项后有专款批付，你们学校的钱呢？问完，忽然想起秦玲跟张旺要钱的事，就觉得自己多问了，可王沛说，我们学校的钱虽然都是县里按学生人头拨的，可拨得再多，自张旺当了会计，很少到我们手上，再说了，那个张旺鬼得很，报给他的发票，他很少及时兑现，问他要，他说快到了，到了就给，也不知他的快到了是猴年马月，验收都倒计时了，能等得起吗？高风问，以前也这样吗？王沛说，以前哪有这样的事？郑校一来，不仅兑付不及时，还说今后加大规范报账力度，这两个月又根据学校规模限定了报账数目，名义上学校设有独立账户，可郑校不给签字，独立账户又怎样呢？志成说，还是不说吧，就睁只眼闭只眼往前走吧，走到哪是哪，反正你现在不是孙猴子，也得学会逢山开路遇水架桥，不然，寸步难行。高风问志成，贷款的事秦玲知道吗？志成说，她还在考察期，身上的担子又重，你们几个领导都那么看重她，我们能不处处为她着想吗？就没让她知道这事。高风又问，她就不问钱从哪来的？王沛说，我俩告诉她是借的。

把钱打给小妹进了驿庙小学大门，高风见驿庙村支书正跟淑贞说着什么，高风走近了看看淑贞表情，断定不会是啥让人高兴的事，是不是又让高风帮他们写那些乱七八糟的上报材料？一想就心烦，正想着咋用个事由推了，可能是电动车的响声惊动了两人的目光，淑贞说，这事你跟高风说吧，转脸进了屋。孙支书说，咱长话短说，你这两天抽空把家搬出去，这里得搁村部。高风问，村部不是有地方吗？咋又搬学校来了？孙支书说，经村里研究决定，整合闲置资产，把村部卖给村民当宅基地，学校用不了的房子收拾一下当村部。高风说，学校的房子再多是学校的，村里没这个权力吧？孙支书说，学校是村里出钱盖的，村里当然有权力支配。高风说，县里明文规定，无论学校是谁出资建的，产权一律归学校所有，我是不是年后就把相关文件亲自给了你？孙支书说，说是这样说，可村民不答应，如今一切讲和谐顺民意。高风问，村里人都同意在学校里搁村部？孙支书说，村里人都同意。高风说，村里人还同意保留完小呢，你咋没想办法保住？孙支书说，撤谁留谁是县里拍板定的，我没权力。高风说，当初县里考察时想保留驿庙小学，让你扩大校园面积你不扩，要是扩了，村里的孩子还要跑五六里路去那么远上学吗？孙支书说，原因是多方面的，可以说我有责任，但责任不全在我。高风说，当时闸口小学也在县撤并之列，可人家支书为了子孙后代冒着被撤职的风险跟村民代表一起一级级往上找，申述保留理由，结果上面不光给保留了下来，现在还当边界窗口学校重点创建，就连幼儿园也眼看成了市级优质示范园。孙支书说，别扯这些不沾边的事，咱还是说眼前，你抓紧时间搬家，村里正事耽误不起。高风说，我住的是学校教师用房，不是村部的，你没权力让我搬。孙支书说，我再重申一遍，学校是村里建的，村里之所以把村部迁到学校来，就是腾出地方卖了还建校的债。高风笑笑说，孙支书好记性。孙支书莫明其妙，啥好记性？高风说，孙支书还是想起来再让我搬家吧。说完，高风转脸进了屋。孙支书的话也追了上来，我没啥好想的，明天星期五，下周一要是还没搬，后果自负。高风没理，嘭地关上了门。

孙支书走后，淑贞问，咱咋办？高风答，不办。淑贞又问，他万一不讲究，咱就难看了。高风说，还不知谁难看呢。淑贞说，别使性子了，还是打听打听。高风说，找谁打听？不打听，兵来将挡，水来土掩，你明天上完课去你的县城，我这个双休在闸口加班，晚上也回县城，搬他个屁，当个村支书以为是皇上了，想喝酒了，就打着传达上级指示的幌子开会，想收钱了，就扯起一事一议的旗号，看谁不顺眼了，身上的坏水就冒出来了，想咋着就咋着，还真无法无天了，我今天看他到底能咋着。淑贞说，要是非搬不可，咱咋办？高风想了想说，要是非得搬，就往村里的家搬。淑贞说，村里的家就咱结婚的三间主屋，还一直爸妈住着，可自从孩子们去县城，也有好几年没住了，前几天路过，开门看了看，地上潮湿不说，屋顶透过瓦缝都能看见天了，别说不能住，就是能住，等孩子暑假考走后爸妈回家来也住不开。高风说，那以后咱就在县城住。淑贞说，天天两头赶，紧得没有喘气的空不说，光每天咱俩一来一回的车票钱都够咱一个星期吃菜的，太费了。高风说，都买月票。淑贞说，月票也不低，划不来，还是像现在，周末去县城。高风说，想想也是个理，孩子不在县城上学了，咱又都在下面上班，天天来来回回也够烦的，可真要都在村里住，以后逢节假孩子们回来更住不下，要不，咱把东西能带县城的先带县城，不能带的先放在家，等孩子考走再说。淑贞说，等孩子考走再收拾更麻烦，不如一步到位，真要搬就先修，地面铺瓷砖，房顶换新瓦，再把墙重新粉，弄得亮亮堂堂的也好住。高风说，确实不行，咱就扒了再盖个两层的。淑贞说，谁又不想盖个两层的？那又得花多少钱？咱又哪里去弄？高风说，要不就先按你说的，先修修换换过渡过渡。淑贞说，现在建筑材料啥都贵得要命，就是这样也得花不少钱。高风说，该花就花，没有也得花，要是啥事都等到攒足了再花，就咱俩这几个工资，不光贬值了，还啥也办不成，还是像眼下人家说的，钱是王八蛋，花完再去赚。淑贞嘴一撇，说的比唱的都好听，这会儿又不为钱发愁了。高风说，天天愁钱天天过，天天笑着还是过。淑贞说，你也不要唱恣腔，真要得搬，钱还真够你愁的。高风说，车到山前必有路。淑贞说，要是没路呢？高风忽然想起了在网上看到的，就说，无路插翅也飞过。淑贞咧嘴笑笑竖起大拇指说，精神可嘉。高风说，那当然，就是我时运再背，也不会无路爬山我背车。淑贞脸又一正说，还是别先说大话，说大话的好闪舌头，你还要记着，许诺我的私家车啥时候兑现。

第九章

高风周五到了闸口小学，郑校在发火，闸口小学校长、副校长、主任、会计四大员都垂手立着。郑校一见高风进门，就问高风验收材料准备得咋样了？幸亏路上碰上辛歌，高风大体问了问，就说，齐了，就等郑校把关了。郑校一摆手，你看行就行了，我哪还有时间把啥关？然后随手一指，你看，马上要验收了，到处还是乱七八糟。回头对张旺说，把昨天局里有关幼儿园验收的开会记录从车里拿过来。转脸又对高风说，高主任，你看一下会议记录，再结合咱对这次验收的相关要求带着他们四位全面核查一遍，针对还存在的问题，全部记录下来，明确整改责任人，限定整改时间，做好整改记录，一式三份，我一份，你一份，秦校长一份，尽量把工作往细里做，往好里做，确保这次市级验收过关，确保秋后省里验收通过。接着又对秦玲他们四个说，我再次重申，这次村小幼儿园办学提档升级是今年县教育局重点工程，闸口幼儿园从闸口小学分出来独立办学是局班子专门开会研究通过的，还定下了调子，局长挂帅，这次验收必须通过，我们一定要珍惜这次改善我镇幼教办学条件的难得机会，一定把这次验收工作做好，真要到时候验收出现问题，别怪我不客气。随后又对高风说，今天县里在咱镇有个教学活动，他俩正在中心小学准备，这里就交给你和辛歌了，幼儿园人手不够，就抽小学里的教师，白天忙不完，晚上就加班，反正也就这几天，多辛苦。高风说，郑校客气，你放心忙去吧。

围着幼儿园转了一圈，没想到问题还真不少，密密麻麻记了三页A4纸，别说做，看着都头大，可头再大也得一个一个安排人。坐下来，逐个安排到位，高风又让秦玲按郑校说的写出整改意见一式三份，秦校长就把记录的三页纸交给了李主任，李主任没有接，理由是他这段时间一直为幼儿园的事忙，所代的四年级数学进度都撇下好多课了，得抓紧赶赶课。秦玲说，按咱事先的分工，你不是负责文字材料的吗？李主任说，再事先分好工，也得特殊情况特殊对待，郑校跟我说了，学校事再忙，教导主任也应以教学为主。秦玲又瞅王会计，王会计说，不是刚才跟着核查问题，早就去镇里买该买的东西了。张副校长就伸过手来说，给我吧。秦玲一缩手说，幼儿园还有多少事等着你做，你哪还有闲空再忙这个？又对李主任说，教学工作再忙，这几天也要突出重点，白天没空，晚上加班。李主任说，晚上我得批改作业，再说了，学校的一切工作都是围绕教学这个重点展开的。高风知道，学校校长和主任有矛盾是普遍现象，在秦玲主持学校全面工作这件事上，李主任很反感，一直耿耿于怀，可再耿耿于怀也是个副主任，尽管郑校来后把他扶了正，也曾当着秦玲的面让李主任多做些教学方面的工作，可李主任当面答应得好，一行动起来，想干的就干，不想干的就推三阻四，秦玲一说他要在其职谋其政，他就说，县里还没下批文，真正的主任还是你秦玲，我还有我的工作，不能事事为你做嫁。秦玲看在他跟郑校的关系，不好再说，就自己去做，可往往刚沉下心来做这事，别的事又找上门来，让秦玲很是为难，幸亏张副校长主动揽过去，不然秦玲会更难。可高风不好插嘴，真要插了反把矛盾弄大了，高风就起身出了屋，辛歌也跟了出去。站在门外好大一会子，四人在屋里也没能形成统一意见，高风心里就火了，可火也不能发，发了往往会让被烧的对象产生抵触情绪，可后来一听李主任说其实做到现在这样都是按郑校说的做的根本没必要再整改，高风就再也沉不住气，转身进屋正想对李主任发火，见李主任不可一世的样子，就觉得跟这种人计较不值得。这李主任在郑校没来前，跟秦玲和张副校长合作得很好，平常安排他个事，不管心里愿意不愿意都好好好是是是急急忙忙去做了，可现在话一出口，别说比张副校长硬气，连秦玲也不放在眼里，动不动就郑校没安排、郑校没说，或是说郑校不是这样要求的，有时候还会再接着来一句，要是不按郑校说的去做，就是做得再好也没功，平常对这种狗仗人势的东西，高风是打心里厌恶，今天不但厌恶，还觉得这李主任身上连一个文化人最基本的东西都没了，真可怜，就心平气和地对秦玲说，他们都忙，还是你来做吧。可张副校长一把从秦玲手里抓过去说，我今天上午事不多，该做的都安排好人了，你们都去忙你们的吧。三人一走，张副校长说，你看秦玲难不难？高风说，难能不做吗？张副校长说，我知道你懒得说李想，可谁叫人家跟领导是亲戚呢？高风腾地站起来说，亲戚是亲戚，工作是工作，要是有素质的话能把亲戚关系在工作上显摆吗？张副校长说，所以咱就不跟他计较，其实想一想，李想刚才说得也没错，验收的所有工作都是按照郑校长说的做的，真要按今天的改，万一他不满意，咱不是白忙了？人家不说嘛，领导相不中，累死也无功。高风一愣，就理解了张副校长的弦外之音和从秦玲手里抓过去揽到自己身上的原因，如果今天带着查的是郑校，他们谁也不会推，马上都会去做，可今天郑校偏偏没带着查，论职级，郑校是县里发文任命的，高风虽然头上以前也带过这顶不知是几品的乌纱帽，毕竟当时是镇里任命，何况现在又不是了，尽管在人家的上一级单位上班，人家是打心里不把咱当回事的，所以为免工作上的尴尬，高风和马超等几个在重要的工作上不是让郑校直接安排就是打着郑校的旗号，当然郑校也多次在校长会上讲过，镇中心校无论谁下去检查工作就是代表他去的，说的就是他说的，如果有不对的地方可以提出来，如果对，就得没有一点含糊地执行，如今看来，说来说去归结到一句话，咱说话斤两上有折扣分量不足，还是好自为之别自找难看，当然这样联想张副校长，对张副校长可能有点冤枉，但也顾不了这么多，就问张副校长，今天查找问题是不是郑校安排的？张副校长说，是。高风又问，咱是不是也按郑校安排的查过了？张副校长答，查过了。高风说，既然该查的也查了，该记的也记了，该安排的也安排了，该说的我也说了，反正我的意见也只是参考，既然你把这事揽到自己身上，你就看着具体把握吧。高风转身又对辛歌说，咱还是再把验收材料看一遍，看还有没有要改动的地方。

高风和辛歌刚到资料室打开文件柜，张志成又把高风往外拉，高风挣脱说，有啥事在这说，没看见我们正忙吗？志成笑笑又拉，高风又挣脱，志成便一用劲把高风拉到他办公室，关上门问，老领导，生气了？高风说，我能有啥气生？你做就做，不做拉倒，验不过去，是秦玲和你的责任，大不了我落个督促不力，又少不了一点啥。志成说，还真生气？高风说，别真的假的问了，有啥话你就说，秦玲说你整天忙得饭都顾不上回家吃，我看你还是不忙，要是忙，你就不会这样了。志成说，若是真按上级要求整改今天查出的问题，就是再用十天也改不完，可下周二就验了。高风说，能改多少改多少，郑校说了，白天不行，晚上加班，这个双休全体人员都加班，我还是那句话，凡事，只要尽力，就啥也别多想。志成说，遇事不多想能行吗？这几年，上面哪年不让学校搞创建？无论哪方面的创建，来验收的哪个不是走马观花地看一看，又有几个较真的？高风说，就是让人家走马观花地看一看，也要让人家看到的看顺眼，要是连人家走马观花式的看看都不能应付过去，再真碰上一个较真的，你没整改的地方还真让人家发现了，还无法通融，你白忙了不说，郑校那里，秦玲咋交代？县里，郑校又咋交代？志成说，道理是这样，主要是有的问题，我们是不好整改的。高风问，你这啥意思？志成说，比如说教室改造，建筑队是郑校联系的，人家做完走人了，可现在说做得不符合要求，是秦玲再让郑校把他们请回来还是我们自己找人再做呢？高风问，你认为咋样合适呢？志成说，秦玲要是让郑校把他找的人再请回来，就是说他找的人做得不好，可秦玲真要说他找的人做得不好，他会咋想秦玲呢？咱可不能让郑校对秦玲有不好的印象。高风说，真要秦玲不向郑校反映出现的问题，要是偏偏出现的这些问题影响了验收，郑校对秦玲更不会有好印象，那时再跟郑校说秦玲工作做得多好多好也晚了。志成问，你看咋办好？高风答，我以为应该是这样，郑校找建筑队是想把想做的工程往好里做，他初来乍到，对本地不了解不放心，就联系了以前合作过的。现在人家做完了，咱发现了问题，就得明确指出来，不指出来，要是郑校发现了，就会说你们监督不力，你们真要自己找人来做，先别说你们自己找的会不会、愿不愿意来做这些擦屁眼又赚不了几个钱的事，材料和工钱是不是得付？就是你和秦玲想办法付了，郑校知道了肯定心里还会对你们特别是秦玲有不好的看法。志成说，谁说不是呢？我就是因为这才把你拉出来单独说的。高风说，你要是怕这怕那，你就想办法把这事遮掩过去。志成问，你说我咋遮掩过去呢？高风说，这是你的事，你看着办。志成说，我要是有办法，就不跟你说了，我不是觉得你是老领导又负责我们学校吗？高风说，有些事，我以为越是想得复杂越不好办，不如简单明了直接面对，就是解决不了，或是因此得罪了人，大家也会理解你，建议你还是根据咱查出的问题，按照郑校的要求老老实实去做，能做的抓紧做好，不能做的，要直接或是婉转地让秦玲告诉郑校，让他给想办法，当然了，我还是那句话，不要把问题想得过于复杂，也不能把问题看得过于简单。志成说，你这样一说，我更不知道如何做了。高风说，如何做你看着办，抓紧把整改意见给我，我好向郑校汇报。高风站起来出了门，回头又对志成说，我再提醒你一句，再多的事，该认真做的就认真做，该应付的就应付，世上没有过不去的河，也没有上不了的山，还要明白，车到山前必有路，无路插翅也飞过，问题是态度，态度知道吗？细节决定成败，态度决定一切，闸口幼儿园验收是对秦玲最大的考验，我们决不能掉以轻心，更不能坐视听之任之。

回到资料室，高风见辛歌还在认真复查验收材料，又突然想起闸口幼儿园教师按编制不够的问题。近几年来，闸口幼儿园人数一直保持二百还多，这之前，园里有四个编外教师，一个是以前闸口妇联主任的闺女甄翠，甄翠初中一毕业就被安排进来，参加过专职幼儿教师培训，不仅有幼师毕业证、幼教资格证，还拿了省幼教专业的大专证，可前些年县里给民办教师转正时忽略了幼教这一块，弄得很多像甄翠这样致力幼教的人员待遇没能得到国家的承认，工资先是镇里出，后来县里实行教育条型管理，镇里不管了，县局也因没这块预算也不管，幼教的工资就开始自收自支，因为教室是本村小学的，每学期还要往学校交一部分管理费，再去了幼儿必需的教材、簿本还有六一节必办的面向家长的汇报演出舞台布置、服装、化妆品等费用，最后落进自己兜里的并不是很多，可甄翠因为婆家在本村，这时候孩子又正好到了上幼儿园的年龄，就没丢掉不干，再说了，在家看孩子也是看，还不如在学校勉强着，还总是想，万一上面对她们这批人有了说法呢？可直等孩子都初中毕业上高中了也没见上面有动静，就用家里空闲的房子自己开了班，因为她的教学能力多年来得到了村里孩子家长的认可，口口相传，不仅本村的往她那里送，连周围村子的也往她那里送，闸口又是三县交界，一时入园人数不仅超过了闸口小学用抽出来的小学老师办的班，闸口小学当时的校长就觉得面子上过不去，就汇报给了镇中心校当时的领导，镇中心校的这位前任一调查，甄翠收的人数还超过了镇中心幼儿园的，就借着县里整顿私办幼儿园的机会，先是让其按照上面文件精神改善办学条件，后又借着邻省轰动全国的社会闲杂人员进入幼儿园伤害多名幼儿事件，实行一刀切，把私办幼儿园就地纳入小学管理，甄翠因得到增加工资的许诺又进了闸口小学，这时高风正好去了闸口，发现闸口幼儿园入园的太多，已有的四个教学班无法承受，就又把撤并走的联中闲置教室用了两口，幼儿环境改善了，可师资又不能满足了，小学生源又进入了高峰，再抽不出教师补充，高风就动员校内教师推荐，王会计就推荐了他妻子，当时任主任的张副校长也推荐了他妻子，时任团支书和大队辅导员的李想也推荐他连小学还没毕业的妻子，高风以文化水平太低没用，闸口村支书就趁机把其在家闲着没事的弟媳介绍了进去。为了安抚李主任的抵触情绪，高风就以学校大、校领导班子人少为由在镇中心校费尽了口舌给他弄了个教务副主任的职位，本以为李主任不会再对高风有意见，可郑校一来，不仅把李主任扶正，还立马把李主任家属安排进了幼儿园，显然还是把他得罪了，得罪就得罪吧，谁再有能力也不能事事做得十全十美让手下人个个心满意足。

虽然现在闸口幼儿园教师编制不是高风分内的事，高风也想了解一下，万一郑校问起来，要说不知道就不好了，当然了，这事郑校绝对不会问高风，可高风突然有了好奇心，在当前全镇小教、幼教教师一个萝卜一个坑的情况下，高风想知道郑校从哪里再变出十多个教职员工填进来，就转身去了幼儿园办公室。

办公室只有从中心幼儿园来帮忙的几位，正在剪贴描画教室布置所需的东西，问她们园长呢？一个答，去中心园看看去了。正说着，田园长到了，田园长问，高主任找我有啥指示？高风笑笑说，以为你升到县里去了，正找你问问哪天得闲给你祝贺送行呢。田园长也笑笑说，真的吗？高主任啥时候给我升的？我咋不知道？高风说，难道郑校还没通知你？田园长一愣，又笑笑说，在这干得好好的，咋说撵走就撵走了？真的假的？高风又笑笑说，假的，快一起到各教室看看吧。出了办公室，田园长又说，你一说，还真把我吓一跳呢！高风说，不是吓一跳，是差点激动得一蹦吧？田园长说，我可没想走。高风说，你这样才貌双全的美女园长就是想走，镇里也不舍得放你。

说说笑笑到了两个小班的教室，王会计媳妇和李主任家属各看着一班幼儿在玩，张副校长妻子和村支书弟媳各人领着一个中班在室外做游戏，本打算分为两个班的大班由甄翠暂时管着，甄翠正教学生用五彩笔画太阳花。高风与甄翠打了招呼，转脸问田园长，大班咋这么多人？不是分两个班吗？田园长答，原来进来的小学教师都回去了，一时又没人补缺，就让她一人先看着。高风又问，郑校给配的人呢？田园长答，本打算从各小学每校抽几个来，考虑到影响大，真要给说出去也不好，就决定检查那天，中心园每班留一个看着，其余全来这。高风本想再问验收过后呢，可一想，验收过后肯定按部就班，真要是再问，田园长必定会对自己有看法，一个堂堂中心校领导能不知道如今创建、验收的猫腻？明知故问里面肯定有文章，就又扯起讲课的安排。田园长说，大中小班各安排一节课。高风问，都是安排谁讲的？田园长答，都是郑校从他原来工作过的镇请的。高风又问，咋还没到？田园长说，上班时间，人家也得上课，明后天来。高风说，再不来跟学生熟悉，真到了验收那天直接进班，班里孩子又不认识再不听话，上不好课不说，再让发现了弄虚作假，不是白折腾了？田园长说，找的都是县里出名的教学尖子，凑双休日跟孩子熟悉熟悉就行了。高风笑笑说，一直把这当个心思，没想到你跟郑校早解决了。田园长也笑笑说，这可跟我扯不上，都是郑校本事大。高风说，郑校本事不大能当领导吗？田园长说，镇中心校哪位领导本事不大呢？高风又笑笑说，田园长真会说话。田园长说，你看我会说吗？我笨嘴粗舌的可不会说。高风说，你不会说，我会说，行了吧？田园长说，高主任不光会说还会写呢。高风说，我除了会说会写，还会唱会跳呢。田园长说，是吗？还真没发现，哪天不忙了请高主任到中心园教教我们。高风说，行，别到时候我一张嘴，你们哇的一声都吓跑了，以为是狼来了，肯定都一致向你田园长强烈要求。田园长问，向我强烈要求啥？高风答，她们会强烈要求说，田园长，还是你继续教我们吧，别再让高风在这里制造高分贝的噪音破坏我们中心园优良的工作环境了。田园长笑笑说，高主任这是夸我呢还是批评我？高风问，你说呢？田园长答，不是夸我也不是批评我，是给我的工作提要求，我一定按照高主任的要求好好努力。高风笑笑说，田园长到底是田园长。

下午放学前，高风刚安排好双休加班的事，郑校带着马超他们就来了，一起在幼儿园转了转，就对高风说，要做的事太多，别等到明天加班了，今晚就开始吧，你们都在这，按先前分工各就各位。本打算回县城的高风只好给淑贞打电话，没想一接通，淑贞说她早就到县城了，正给孩子们做晚饭。高风问，你咋走这么早？淑贞答，上午放学后就跟王所长的车回了。高风问，你给王所长打电话了？淑贞说，我哪有他电话？是王所长路过校门口看见我，问我你呢，我说在闸口忙验收呢，又问我回不回县城，我一想下午没课，就请了假，因为走得急，回来又忙，还没顾得上跟你说。高风说，你放学不做饭，到校门口干啥去？淑贞说，我是去村里超市买盐。高风说，没想到王所长这人真热情。淑贞说，到县城还要请我吃饭呢，你说人家让我省了车票钱，我还能让人家再破费吗？就拒了，我还说等你忙完验收请他吃饭。高风说，那当然，别的不说，光人家在真凤事上出的力，咱也得请，淑贞说，到时就拿这个当由头。高风说，到时再定，你快做饭吧，文文强强快放学了，郑校今晚让加班，我不能回县城了。淑贞说，安心加你的班吧，但别多喝酒。高风说，马上就验收了，好多事都等着忙，你看我有多少闲酒喝。

周一的闸口幼儿园格外忙。围绕验收所要准备的都在准备，所有必有的设备也在陆续到位。校园里人来人往，像个小集市，又像是谁家在办喜事，张灯结彩，确实热闹。来送孩子的家长没啥重要事的索性也不走了，把骑来的车子往路边一放，就肩靠着肩往院里像瞅稀罕景，瞅着还不算，还眉开眼笑地说着啥。

按照分工，高风正跟辛歌把验收材料再一次复查后重新归档，抬眼看见幼儿园大门进来了两辆机动三轮车，车一停，闸口小学的男老师一拥而上，把车上的玩具、仪器，还有电子钢琴按照田园长的吩咐分别抬到指定的地方，就问进来的张副校长这些东西是不是你们被盗的又给找回来了？张副校长说，被盗的哪里还能找回来？高风说，肯定是县里又给配的？张副校长说，巴不得县里再给配，可县局领导让自己想办法。高风说，县里要是早知道你们会自己想办法弄到，不给配，也就不会遭盗了。张副校长说，我们哪有这能耐？是郑校借来的。高风问，哪里借的？张副校长答，这都是中心园去年验收用的，我们验收完，再给人家送回去。高风问，你们被盗的那些难道就不找了？张副校长说，往哪里去找？秦玲去派出所都快跑断腿了，至今还是没线索。高风说，没线索也得催着让找线索，不然，验收过后，还是老样子。张副校长说，因为这，我跟秦玲都找郑校好多次了。高风问，郑校咋说？张副校长答，郑校让耐心等，真要找不回来，以后想个理由再向县里要，现在的关键问题不是找那些东西，而是想办法让验收通过。高风说，只要验收通过，无论想啥办法咱们忙得都值了。张副校长说，忙到现在了，啥都不说了，验收一过，我晚上啥也不做，饭碗一放就上床睡觉。高风笑笑说，是不是忙得一直没顾上解决内需问题。张副校长也笑笑说，你说的哪归哪？我是累。高风收住笑说，你累，谁又不累呢？你累，累得值有成绩，我们累才是没名堂，白累。张副校长又笑笑说，等验收完，我一定建议秦玲，好好请各位领导去湖里最好的特色馆吃最上档次的大桌。高风也笑笑说，别承诺了，我也不是你想的那意思，我是说，对于工作，该忙的就忙，再忙也别在人前说累，毕竟是分内的事，你说了，是让人可怜，还是向人表功呢？要是领导听了这话，可不会高兴。张副校长干笑了两声说，我不是认为你和辛主任都不是外人吗？高风说，要是外人，我也不问不说这些了。

正说着，高风的手机响了，一看就又装在了兜里，手机还是很抒情地唱着：我像只鱼儿在你的荷塘／只为和你守候那皎白月光／游过了四季/荷花依然香／等你宛在水中央……

辛歌瞅高风一眼又继续他的材料归档，高风的手机仍在唱：等你宛在水中央／等你宛在水中央。

张副校长直瞅到不唱了才问，谁打来的你不接？高风说我喜欢听这歌。张副校长说，喜欢听这歌，可以专用手机播放，我见过用这歌当来电铃声的，没见过这歌一响不接电话的，别是我在这，你不方便吧？你看我，本是来找你的，现在却想不起找你干啥的了，我还得到卸车的跟前去看着，要是让谁不小心再给摔坏了啥，还得赔中心园不说，郑校又得批评我。说完转身就走。

手机又响起来，高风一看，又装在了兜里，随着节奏，高风还跟着哼唱。正唱着，张副校长又拿着张纸跑回来，边往高风手里递边说，想起来了想起来了。刚好手机不唱了，高风问，你想起啥来了？张副校长说，你先看看，看完再问。高风看完，一把把张副校长拽出去问，原先幼儿园园长不是定的甄翠吗？咋又换了？张副校长说，郑校来电话说，甄翠不是正式幼儿教师，没编制，当园长不合适。高风说，那刚进来的李主任家属就合适？她不但没有编，还啥都不懂。张副校长说，你再看看郑校让秦玲交给你的材料就明白了。高风一看，李主任家属叫甄苹，从事幼教年限跟甄翠同年，不仅有幼师毕业证、幼教资格证、大专函授毕业证，还有盖着县教育局章的闸口幼儿园园长聘书，还有一直从事幼教的简历，就问张副校长从哪弄来的？张副校长说，我也不知道，你还是和辛主任一起按郑校的安排，把验收材料相关的名字抓紧改过来。高风气愤地说，简直是胡闹。说完猛一想这样不好，就转变气愤的目标，说，这么多材料，光看一天也看不完，别说改了。张副校长说，你咋还是以前那脾气？让你改你就按要求改，把明显的改一改，其他文字里的就别动了，还不知看不看。见高风不吭声，张副校长又说，他爱用谁就用谁，为了验收都忙这么长时间了，验收过后，就又回到了以前的老样子，咱不能因为这点事让他对咱有看法。高风说，她当园长，我也没意见，可园长是要给验收团汇报园里情况的，她连普通话都不会说，更别说其他的。张副校长说，我也向郑校提出来了，他说自有安排。高风不好再问，转脸又回资料室。张副校长的话又追上来，你这脾气以后真得改一改。高风又转回去，问张副校长，她的这些证件哪来的？是以前没拿出来？还是……张副校长说，如今假证泛滥，也许是吧？高风说，那几样可以是，县教育局的聘书绝对不是。张副校长手一摊，那就不知道了，你问秦玲吧，说不定她也不清楚。高风说，你看你们一个个校长当的。张副校长眨巴了几下眼说，就这样过吧。高风不解，问，咋样过？张副校长又眨巴了几下，就这样。高风说，你有毛病？张副校长说，该看的睁开，不该看的就闭上，现在时兴这毛病。高风转身就走。

高风赌着气跟辛歌一起又把资料从第一盒开始改起来。辛歌查找，高风在电脑里找到相关电子稿改完打出来又交给辛歌再放进去。越改越觉得郑校这事做得不妥当，可另一个自己告诉高风，不妥当又跟你有啥关系呢？就是验收过不去又跟你有多大关系？只要该做的做好就行了，如今社会，多一事不如少一事，你前些日在一个文友的博客里看到的《半点禅》难道忘了？其中不有句“半聋半哑半糊涂，半智半愚半圣贤！半人半我半自在，半醒半醉半神仙”吗？这样自我反复安慰了一下，心就慢慢平静了下来，一鼓作气按着张副校长的意思改完才重新放好，见郑校和张旺走过来，刚到门前，张旺手机响了，他拿出一看号就转身出去了，只听一句，他不接，你给郑校打吧。说完就进来了。张旺刚进来，郑校手机又响起来，郑校按了接听键说了声你好，就瞅了高风一眼说，他在，然后又说，闸口幼儿园明天就验收了，他忙得几天没回家了，连上厕所的空都没有，哪还有时间接你电话？过两天再说吧，你再急不如我们急，验收完我给他假，抓紧挂了吧，我还有好多事等着安排。挂了手机，郑校问高风，都改完了？高风说，改完了。郑校说，你设计的标语都在县城做好了，一会儿让张旺从车里都拿出来，该挂的就挂起来，别到明天又来不及。高风说，要是现在挂上，万一晚上起了风给撕扯了再做更来不及。郑校说，那就分拣一下，把铁丝、细竹竿都准备好，明天早来说挂也快。高风说，行，还有别的事吗？郑校说，明天的园长汇报，县里意思，原来准备的只放在验收材料里，让再写个几百字的，一两分钟就行，你看能不能在原来的基础上改一改。高风说，行，这就改吗？郑校说，这就改吧，改好，我再看看。高风就转脸对辛歌说，你跟张会计把标语从车里拿出来，再找王会计要铁丝和竹竿，等我改好汇报材料，咱做悬挂的前期准备。

稿子改好得到郑校的肯定，又配合幼儿园教师把教室布置停当已是放晚学时间，郑校对高风说，你再和辛歌辛苦一夜配合张校长、李主任和王会计查漏补缺。高风说，好的。

匆匆饭罢，秦玲要留下，张副校长不让，见说不通，就瞅高风，高风就说，郑校的安排里没有你，你还是抓紧回家，趁空把验收的工作细细梳理一遍，发现遗漏立即打我手机。秦玲一走，高风他们五人就开始忙，天亮后又把标语挂起来，氢气球升起来，各种盆栽鲜花摆好，幼儿园的孩子穿着统一定做的服装就开始陆续进校了，张副校长悄声对高风说，今天是孩子们最幸福的一天，但愿能这样一直幸福下去。高风说，一定会这样幸福下去的。

万事俱备，等待既令人激动又让人难熬。郑校安慰大家说，全县十个幼儿园，专家分五组，闸口幼儿园是最后一站，耐心等。上午十一点，幼儿园放学时间到了，可评估专家还没到，秦玲问郑校咋办？郑校打了个电话后说，该放学放学，真要让孩子们和来接的家长在这等，咱就是准备得再充分也是白忙，孩子们刚走完，田园长又问幼儿园教师咋办？郑校说，教师就别走了，反正下午已安排孩子们不到校，中午就一起好好地在一块总结总结这段时间的工作吧。刚说完，镇里的一二三把还有分管教育的副镇长到了，正一一与郑校握着手，县教育局的就陪着验收专家来了，高风见李主任家属没在跟前，就示意秦玲去叫，秦玲摇摇头又指指田园长，高风这才看见田园长正往脖子上挂红丝带的牌子，很遗憾，牌子呈示的是背面，又不好多问，就想，不是安排李主任家属汇报吗，咋又换田园长了？正纳闷，郑校对田园长说，快把牌子正过来。高风趁机靠近一看，牌子上是田园长放大的照片，名字却是李主任家属的，高风再没了跟着拍照的兴致，把数码相机往辛歌手里一塞，就跟马超他们站到一边去了。大约一个多小时，远远地看见评估专家上了车，镇里领导也跟着走了，郑校走到高风他们几个跟前说，验收完了，专家很满意。说完让张旺开车带上找来准备讲课的三位美女跟他走，回头又对秦玲说，我们去湖里蓬莱阁，你找个条件好点的地方犒劳犒劳大家。秦玲说，放心吧。说完就对张副校长说，让王会计都喊了走，一起去好再来。高风知道，好再来是东边毗邻县一个镇名扬沿湖一带的特色菜馆，年后开学，有一次到闸口小学检查全面工作，秦玲和张副校长陪着镇中心校全体人员在那里吃过，无论馆内装潢还是菜的味道花样，确实好。

从好再来酒馆出来，高风跟张副校长说了再见，转身跟马超几个一起骑车回家。才到镇里，就接到了郑校的电话，郑校问，孙支书让你搬家，往哪搬？高风说，从驿庙小学往家搬。郑校问，他想干啥？高风答，他想把闲置教室作村部。郑校说，学校房产属镇中心校，他凭啥？高风说，他说是村里盖的，他有支配权。郑校说，县里不是下文了吗？他是不是以为县里拨的建校款拿到手了就可以为所欲为了？你别搬，我看他能咋着。高风说，他这几天像逼命一样，要不是忙着验收没理他，他还不知弄出啥名堂呢。郑校说，他要真把村部搬到学校去，咱就把驿庙的教学点撤走，看村里人咋找他算账。高风说，听我家属说，他这两天正在学校中间拉墙头呢，说是除了三个年级的教室和一个办公室，余下的都作村部，你还是找镇里协调吧。郑校说，西口朱校长咋没反映这事？高风答，他有事请假了。郑校说，那也没听负责教学点的许主任报个信。高风又答，他和教学点的教师都以为镇中心校同意了呢。郑校又问，这么多天，你咋也没给我透一透？高风说，我不但以为你不知道我在学校里住，还以为村里跟你说好了。郑校说，啥说好了？他们连个屁也没放，我这就去县教育局反映。

第十章

高风到驿庙学校大门，见教学楼前果真横了一道高高的墙，本村的建筑队正在改造教室。

高风住在教学楼东头，大门在西边，高高的墙不仅挡了高风回家的路，还把教学楼唯一的楼梯间拦在了西边，这说明，孙支书不仅占了教学楼一楼的大半个，还把二楼全部占了，高风问跟前的一个咋能去那边，那人正搬了破口的水泥往刚装了沙子的搅拌机里倒，转脸说，东边朝南开了门，从学校前面的农田生产路绕过去就行了。高风就调转车头，正在启动，孙支书从门外进来了，看见高风，就让高风赶紧搬，别影响学生上课。高风听了心里很反感，像赶要饭的盲流一样，这说明根本没把他高风当回事，既然这样，又何必把你当一碟菜呢？就说，影响学生的是你，不是我，你看村里还有啥？能卖的都让你卖了，没啥卖了又把手伸到学校，我再提醒你一次，学校不是村里的，更不是你的，你占学校的教室是违法的。孙支书说，村里出钱建的，村里就有权支配。高风说，县里明文规定，无论学校是谁出钱建的，产权都归学校所有。孙支书说，村里因建学校还欠着账呢，学校替还吗？村里这样做，就是把卖村部的钱还建校的账。高风说，村里因建校到现在是不是还欠着账，你应该比谁都清楚，如果你孙支书有好记性，劝你还是别事事拿建校欠账当幌子。孙支书说，村里人谁都知道建学校欠了账。高风说，可我知道县里今年三月份就把建校的钱全拨给了村里。孙支书说，你你你，你不要说没影的话。高风见干活的都过来了，就说，县里是不是去年十二月开始清理村建校欠款的，你是不是把咱村建校实际投入的三十五万造成了四十万的假账？孙支书瞪着眼说，你你你……高风说，且不说你造假，既然县里给了，村里建校又是全村人集的资，就该把到手的钱再分给村民，或者把又得到的钱再用到学校里，进一步改善孩子们的学习环境。孙支书说，学校不是被你们中心校撤了吗？高风说，你要是按县教育局的要求扩大校园面积，县里会把学校撤掉吗？你说你把原来的村部卖了能得几个钱？得的钱能花一辈子吗？学校可是千秋万代的大事情，你要是再这样闹下去，说不定驿庙连教学点也保不住。干活的人一听，都说，原来是这样！高风说，不是这样又是哪样？他有钱有关系把孩子送县城的学校去，难道你们也能吗？就是你们儿女不在这上了，你们的孙子、重孙子是不是将来还要在这上？要是村里没学校了，你们是不是还得像现在去外村上四五六年级的学生家长那样天天专人来回十多里接送孩子？

正说着，因为打伤村支书蹲了两年监狱才释放没多久的李二猛过来了，指着这建筑队的头头瓦屋说，你看看你办的事，你难道不知道带建筑队也是有讲究的？哪能领人干这让人骂的活？你说你挣这下贱钱花着自在吗？我真后悔当初把建筑队交给你。瓦屋说，我不是事先不知内情吗？李二猛说，你现在知道了吗？你要是还不想下辈子绝户，你现在就咋垒的咋扒了，这么大的村子连个像样的学校也没有，对得起老少爷们子孙后代吗？你要有种这就扒，谁想要工钱你没有找我要。孙支书眼又一瞪，才出来几天，还不老实？是不是还想二进宫享福去？李二猛说，就是在里面一辈子，我这性子也改不了，你有本事再找个没影的理由让人把我送进去？孙支书说，你只要还旧习不改，不要我送，自有人来带你。李二猛说，改不改是我的事，有没有人来带我是人家的事，你管得着吗？孙支书说，这村里搬迁村部咋又碍着你了？李二猛说，你说咋又碍着我了？这是孩子们上学的地方，才建没几年，你就要占，占下是不是更有空间为非作歹了？你就不怕村里人骂你祖宗十八代？孙支书手一挥，你给我滚。李二猛也手一挥，你给我滚。孙支书瞅了瞅李二猛说，没想到改造了两年还是老样子。李二猛说，还真让你说对了，你看着办吧。孙支书说，你要再捣乱，我这就给派出所打电话。李二猛说，有种你这就打，我怕你打吗？孙支书真的掏出手机，我不信治不了你。高风笑笑说，我看孙支书别再引火上身了。孙支书便收了手机对高风说，今天都是你惹的祸，后果你负。高风又笑笑说，是谁惹的祸自己清楚，村里人更清楚，别以为瞒了村里人就能瞒了所有的人，再不知好歹，后果自负都不能跟你算完。孙支书气得直跳，又对高风说，就是这样，你也别想在学校住。高风说，要知道，你做的假账，我还复印了一份。孙支书说，你你你……高风说，还是收敛点，别自以为天下老子第一，没人敢咋着你。说完骑车就走。

刚到家开了门睡下，高风就被墙西边闹哄哄地吵醒了。淑贞放学进来说，村里人正跟孙尽善要建校款呢。高风说，要得好。淑贞说，还要得好呢，你是戳了马蜂窝，咱是真在这住不成了。高风说，要是真闹起来，不仅还能继续住下去，这学校院里才横的墙也能推倒了。才说完，那墙就轰隆隆开始倒了，随后就有喊高风的声音。淑贞吓得把门关了说，你说你多嘴有啥好处？快跑吧，逮你来了。高风笑笑说，我犯啥错了？说着拨开淑贞开了门，见是郭书记和王所长，高风一愣，郭书记笑笑说，院里闹成这样，你倒能沉住气。高风说，跟我何干？孙尽善从郭书记后面窜出来说，都是你造成的。郭书记眼一瞪对孙尽善说，你还嫌闹得轻是不是？多少次说你遇事讲策略，你就是不听。转脸又对高风说，高主任，这事，还得你跟村里人说清楚。高风问，咋说清楚？郭书记说，就对村里人说，你刚才跟孙支书吵架时说的是气话，不是真的。高风说，我说的就是真的，其实我不想说，是他逼的，要是真让我说，可以，我不但去县里说，还要给省报的记者打电话。郭书记说，给省报记者打什么电话？高风说，咱镇要举行的龙兴广场竣工典礼仪式不是快到日子了吗？你不是让我联系省报的记者朋友吗？我让他们提前来，先采访了驿庙村的这点小事，再让他们接着采访咱镇的大事。孙支书说，越说你越能了，不就是会写文章吗？有啥了不起？高风说，我是没啥了不起，你看你多了不起！当着村官不为村民谋福利，净干损害村民利益的事。孙尽善说，你血口喷人，你说我干啥损害村民利益的事了？高风说，村东头的排灌站是不是你给卖了？村里的鱼塘是不是你给卖了？村里的磨坊是不是你给卖了？如今村里就剩村部一块公益场所了，你现在又给卖了还不算，又来算计学校了。孙尽善手一指，你你你……郭书记一挥手对孙尽善说，这些事要是真的，以后都得追究，你先抓紧把院子里的东西清理了恢复原样。孙尽善说，原村部已卖给私人了，村里去哪办公？郭书记说，你咋卖的咋给我要回来，不要回来，你就回家办你自己的公吧。孙尽善头一低没再说。郭书记接着说，今天要不是我出面，真要一把、二把来了，你死都没地方去死，镇里这几天开会就强调，不要制造新矛盾扩大旧矛盾，一切为龙兴广场竣工典礼做好准备、营造良好的气氛，你就是不听，还一意孤行，闹了这么大的事，你自己想办法解决吧，一把、二把说了，真要解决不好，你这支书撤了都不算完。孙尽善红着脸说，晚上别走了，我管饭。郭书记没理，王所长说，孙支书还是按郭书记说的去忙吧。孙尽善瞅了高风一眼就走了。

高风对郭书记说，是不是让王所长来拘留我的？郭书记笑笑说，村里出了这事，我处理完听说你在家，就不兴我顺便来你家坐坐？高风说，当然兴，可郭书记大忙人，不只是来我这里坐坐的吧？还让王所长跟着，看来我真要进宫了。王所长说，你看你说的，兴郭书记来，就不兴我来趁趁热闹拜访你？高风说，请都不来的贵人，还能不让进？王所长说，让进，你咋还堵着门？就是不看你，也得看看漂亮的嫂子吧？淑贞听见，笑着从屋里出来说，两位领导快进来吧，高风这就打电话让村里饭店送菜来。郭书记说，别了，改天吧。高风问，真不进来？郭书记说，天不早了，我还得回去开会，王所长单位也有事，你明天去我办公室。高风问，是不是还是让我搬走的事？郭书记说，看你说哪去了，你说村里这事算事吗？哪天没有？真要当事，我啥事也不要做了，五月十八不是快到了吗？镇班子今晚研究一下你以前写好的几个发言稿，如果还有要添补的，明天请你再辛苦辛苦。高风说，明天上班后跟郑校说一声就去。郭书记说，我跟他说过了，他说让我直接跟你联系。高风说，郑校没跟你说这学校的事？郭书记说，他不但跟我说了，还跟县里说了，县里还等着处理结果呢，我还得抓紧回去跟头商量商量咋回复呢，这个孙尽善，惹了事弄了一身屎，我们跟着不安生不说，还得给他擦屁股，真是天天应付不了的麻烦事，收拾不完的烂摊子。

晚饭的时候，淑贞说，你看下午闹的，要不是郭书记他们来，还不知会闹成啥样呢。高风说，该闹就闹，不闹，难道就让他一手遮天？淑贞说，如今村里都这样，咱虽在村里住着，可从利益的角度讲，咱跟村里又没多大牵扯，犯不着跟他拧着。高风说，谁说没多大牵扯？都直接威胁到咱的人身安置问题了，还说没多大牵扯。淑贞说，我是说就是孙尽善把上边给的建校款全拿出来分，也跟咱没关系。高风说，跟你我没关系，跟妈和高亮家也没关系吗？还有高家那么多人，还有祖祖辈辈生活在一起的街坊邻居。淑贞笑笑说，看来你的胸怀还挺宽广的。高风说，那当然，以前读书人的抱负是修身齐家治国平天下，咱做不到治国平天下，最起码也得修身齐家利及周邻吧？淑贞说，利及周邻难道就得去跟孙尽善对着干吗？高风说，这不是他逼的吗？淑贞说，他再逼你，你也不应当把在镇里知道的事当众给他揭出来。高风说，我又没说瞎话。淑贞说，就是都是实话，你也不该都给他捅出来，村里人真要借你的话跟他闹，万一闹大了殃及镇里相关的人，他们又会咋看你呢？亏你还在镇里工作这么多年，我看你真是白在那里混了。高风说，该咋看就咋看，要是他们眼里根本没有你，你就是天天在他跟前点头哈腰，他也看不上你。淑贞说，再看不上，咱也要明哲保身但求无过。高风说，你以为明哲保身但求无过你就会没过了，张旺不是多次无中生有把屎盆子往咱身上泼吗？淑贞说，后来不都清楚了吗？所以咱还是多一事不如少一事。高风说，我知道，论咱的身份和能力，很多事咱问也问不了，可有些事冲着你来了，你再不反戈一击能行吗？淑贞说，反戈一击也得讲策略，也得知道哪些话该说哪些话不该说，你真要因为建校款的事拿着你说的复印件去县里说，倒霉的不光是孙尽善吧？高风说，我也只是说说而已，哪能不知道里面的轻重？淑贞说，既然知道里面的轻重，咱连说也不说，万一村里人跟你要这个复印件，你咋办？高风说，你说我能咋办？淑贞说，我看，就是咱还能在学校住下去也不住了，还是准备往家搬吧。

正说着，李二猛和瓦屋进来了。招呼坐下，二猛就问，高老师，你下午说的都是真的吗？高风说，你问这干啥？二猛说，要是真的，你就把那份复印件给我们，我们上县里告他去。高风见淑贞一直在两人后面给他摆手，高风就说，我是话赶话，顺嘴吓唬他，你们可别当真的。二猛说，我知道高老师从没说过没根据的话，高老师是不是怕给自己惹麻烦？高风说，要是有麻烦，现在就应该有了，既然孙尽善没再找麻烦，说明孙尽善也没把我说的话当真。二猛说，真要是像高老师说的这样，咱就哪说哪了，不说了，可他占学校的事，是不是可以去县里告他？高风说，镇里不是来人给处理了吗？高风说，镇里不是来人给处理了吗？二猛说，要是不借这机会把他告倒，他以后还会借别的理由占学校。高风说，就是告他，也不能去县里，应该先去镇里，先去县里就是越级上访。我认为，既然镇里来处理了，咱就先看他的表现，他真要再这样坚持下去，再向上告他也不迟。瓦屋说，要是镇里这次不处理他，我这几天就白干了。高风问，咋能白干呢？瓦屋说，先是给他垒，后又给他扒，不是白干吗？高风说，垒是他让垒的，扒是镇里让扒的，该多少工钱你还给他要多少工钱，一个村子住着，他又不掏腰包，会给你的。瓦屋瞅了二猛一眼。二猛说，要是这样，我们就不打搅高老师了。高风说，欢迎你们能常来坐坐。二猛说，只要不怕打搅，我们还会来的。转脸向瓦屋一摆头，两人就起了身，高风说，不再坐坐了？刚说完，高风感觉身后淑贞扯他的后襟，就打掉淑贞的手跟着二猛往外走，二猛走到门口，突然转脸又问，五月十八镇里真举行龙兴广场竣工典礼吗？高风说了是，忽然意识到问题的严重，就拽住二猛说，到时所有路口都有警察把守，一般人是进不去的，你可别做糊涂事。二猛说，我只是随便问问。高风又叮嘱，千万别去，去了你就说不清了。二猛说，看把你吓的，还以为我赴汤蹈火有去无回呢。高风听了，手一用力把他拉住说，二猛兄弟，你要是不听我的劝，咱这么多年真是白好了。二猛说，没想到你高老师小说写得那么硬气，人却这样。高风说，你现在可以骂我人不如文，但你一定要听我的话，千万别去惹麻烦。二猛说，你们文人咋一个个都这样呢？高风说，像我这样的，论起来也算不上啥文人，至多算个读书人。二猛说，读书人不是文人吗？高风说，就是算，读书人也只是个小文人，偶尔写几句自娱自乐，碰巧了弄几个稿费当个零钱花，如是而已。二猛说，小文人也是文人，既然是文人，就应该有那种铁肩担道义妙手著文章的气节和精神。高风说，你说的是鲁迅一样的那种大文人，像我这种小文人，像平常人一样要养家糊口，也正因为喝了点墨水多读了点书，变得比一般人更敏感更谨小慎微，就像以前上不了正席的狗肉，如今抖不得的水豆腐。二猛说，高老师要是这样说，我一刻也不能在这站了。高风说，你也不要误会，我说的是如今的一种普遍现象。二猛说，小文人一旦从政，让评论家和粉丝们叫好的作品也可能不断，洛阳一时纸贵的现象也可能会有，可他离真正作家越来越远。高风说，你说的在历史上也毕竟是少数，细究起来，大多的文人并不是没有骨气，他们看似柔弱的心性多表现的是睁大眼睛看世界，讲究的是能伸能屈卧薪尝胆等待时机不因小失大的镇定，是过尽千帆不失良知的从容，那种遇事豪气干云怒发冲冠是武夫所为，特别是在机关单位，不会不失原则地协调和变通，就很难适应，不适应又不想苟且，只有选择离开，可真要决然地拂袖而去又不甘心放弃现在的拥有，这种纠结在内心时间一长就会释放，石老师的释放可能是与你的所为在时间上碰巧了，个别别有用心的人把这两件事勾连在一起，他不屑于辩解，如果你自认为他是受了你的牵连，那是你太高看自己了，自古文人讲究的是洁身自好，石老师不会傻到临离开了还要往身上揽你这种事。我想说的是，这么多年，石老师在咱村家里有老有小却很少回来，你就没在心里想想他吗？二猛说，我咋能不想呢？我当然想，可想有啥用呢？我只想我的努力能引起上面的重视，如果上面重视了，石老师不是又可以回来了吗？高风问，你以为用你的方式可能吗？你这几年也用了又有效果吗？二猛说，这只能说明我力度不够。高风说，你说你咋样才算是力度够呢？二猛说，难道我这辈子就让人看着是这个样了？要是这样，我死都不会原谅自己。高风说，还是听我一句劝，人一辈子，谁没有理想呢？理想可以照耀现实，可现实并不能让人人实现理想，说白了，不能治国平天下，就先把自己的家打理出个样子来，你说是吗？二猛说，高老师当然说的是，要是石老师不离开，你们肯定在写小说上并驾齐驱有更大的成就。高风说，就是写得再好也不能当饭吃，权作个爱好玩玩而已。二猛说，不是有很多因写小说写出名了吗？高风说，写出名又咋啦？二猛说，写出名就能混个一官半职的，一好百好。高风说，可你刚才说，那些升了官的文人后来再没写出好的作品来，咋又说他们一好百好呢？二猛说，人一生能写出一本好书就可以吃一辈子。高风说，《红楼梦》不仅一纸风行天下几百年，还养了那么多红学专家，可曹雪芹后来有吃有喝吗？二猛说，他那时“环睹蓬蒿”“蓬牖茅椽绳床瓦灶”“举家食粥酒常赊”，哪还有“烈火烹油，鲜花着锦”的日子？高风说，这自然是当时的历史环境所致。二猛问，你说现在的环境又如何呢？高风答，现在的环境当然与那时不同。二猛又问，不同在啥地方。高风又答，以前人普遍的文化水平低，会写文章的少自然当宝贝，现在全社会人的文化水平都普遍提高了，会写文章自然也不是啥稀罕事，这就从另一个侧面说明现在的社会在不断地进步。二猛点点头说，也是这么回事。高风说，所以，我们不仅要用现在的眼光去看陈胜吴广李自成洪秀全，还要学会审时度势、凡事相机而动量力而行，不动则罢，一动就要有成效。二猛说，要是没有机会就永远不动了？高风又说，大丈夫在世既要有担当也要学会面对，现在已不是以前成者王败者寇的时候了，也不是不成功就成仁，而是可能人家不说你是英雄也不会认为你是狗熊，生命短暂，我们要学会珍惜，不能被爱也要学会自爱，不能让人家快乐，那就一定要让自己快乐。二猛说，古人那种“先天下之忧而忧，后天下之乐而乐”的情怀难道现在就不提倡了？高风说，咋能说不提倡了？如今人都现实得很，没见你有本事让自己快乐，谁还会相信你能让别人快乐呢？二猛说，高老师，我懂了，你放心，我决不会再做当面答应你不做，背过身再做你不赞成去做的事。高风又对瓦屋说，也跟你的手下说说，就说我下午说的那些话是有意吓唬孙尽善的，你们也别听风是雨地乱来，还是安安稳稳凭力气挣你们的钱养你们的家吧，当然，我不是让你们委曲求全苟且地活着，该站出来时，不仅要勇敢地站出来，还要讲究策略，智慧地面对。

送走李二猛，淑贞说，听这李二猛说话，不像社会上的混混。高风说，那当然，他高中毕业要不是家里穷早大学毕业工作了。淑贞说，还真是可惜了。高风说，你还不知道，别看他落到这个地步，不仅《红楼梦》不离手，《水浒传》《三国演义》等古书也经常看。淑贞说，他要是这样，还不知你说的能不能把他给劝住。高风说，反正该说的都说了，他真要再本性不改，我也没办法。淑贞说，他真要再胡作乱为，肯定不会有好结果，你最好以后别跟他来往。高风说，一个村子住着，能不来往吗？淑贞说，那也得把握分寸。高风说，你看你，我又不是三生两岁的小孩子，翻来倒去，没完没了了。淑贞说，我是为了这个家，你别不识好歹，真要不听我劝，你就任着性子试试。高风说，那就听天由命吧，说实在的，有时候，我还真想辞了职过另一种生活，说不定人生又走向了一个更好的方向，生命又有了一个更好的结局。淑贞说，别做梦了，还是说眼前吧，反正这学校我是再也不想住了。高风问，不在学校住去哪住？家里不收拾能住吗？淑贞说，我看咱老家也不用多花钱重新盖了，现在都开始建设新农村了，你也说镇里正实施全镇村庄集聚搬迁工程，真要住不下去，咱就在镇里买一套，反正咱退休还得好长时间，就按照以前说的，换换瓦、粉粉墙、贴贴地砖凑合着先住下。高风说，要是镇里再换个新领导，又改了主意不实施全镇村庄集聚搬迁了，我们难道就跟爸妈一起一直憋屈在那三间屋里？淑贞说，你不是说车到山前必有路吗？你不是说没路也能车飞过吗？高风说，寒窑虽破能挡风雨，王宝钏十八年等来了衣锦还乡的薛仁贵，咱都这样二十年了，我到时候说啥也得想办法让你住好点。淑贞又嘴一撇说，你也先别这样说，说不定哪天你又遇上了可心的，喜新厌旧把我扫地出门了，你想办法盖的新屋正好做你迎新的洞房。高风说，那哪能呢？淑贞说，要是哪天我烦透了跟你拜拜了，你不白折腾了？高风笑着说，那也值了。淑贞说，快别说啥值不值了，还是想想那个李二猛吧，他要真在龙兴广场竣工典礼那天去闹，你还真成罪魁祸首了。高风说，是福不是祸，是祸躲不过，还是那句话，兵来了将挡，水来了土掩。

竣工典礼结束，接着是连续三天的大戏，期间，高风在单位办公室多次给王所长打电话，都没听说有上访人员干扰会场之类的事发生。那几天，高风一下班回到村就打听李二猛的动向，都说李二猛在典礼的当天出村绕了一圈回来再没出门，戏倒是看了几场，也天天必去，却没见有啥异常行为。看来担忧纯粹多余。戏台一拆除，晚上再下班回到驿庙，高风就对淑贞说，这下放心了吧？淑贞说，这不是巴不得的事吗？值得你这样吗？谁知刚说完，李二猛到了。高风一惊，赶紧让座。边让座边心里打鼓，是来说明他这几天没让高风担心呢，还是另有别的事？可又不好直接问，高风把淑贞倒的茶接过来递给他，就瞅着他想说啥。

二猛见高风瞅他，他也瞅高风，对望了一阵，他从兜里拿出张县报来，高风一看是五月十九号的，不用看，高风也知道，一版主打新闻是傍湖镇的庆典，四版是副刊，这两个版全是高风写的文章，高风仍故意不说，高风想听他到底想干啥。到底没沉住气，二猛点点头说，还是高老师定力大，就不问问我来干啥的？高风说，你不来干啥难道就不许你来了？我要是一问，不显得咱兄弟俩生分了？二猛笑笑扬了扬手中的报纸说，你肯定看过了。高风点点头。二猛说，我咋看第四版上的文章都是你写的？高风笑笑说，是吗？二猛说，别看三篇属名不同，文笔没有二。高风问，就这么肯定？二猛说，当然，要不都是你写的，我现在就把头割了。说完，随手拿起桌上放着的一把菜刀架在脖子上。淑贞赶紧瞅高风，又直暗示高风承认。见高风仍不肯定，淑贞就对二猛说，还是二猛兄弟眼厉害，就是他高风全用笔名也瞒不过你的火眼金睛。二猛放下刀笑笑说，嫂子别夸我，要夸，今天得夸高老师。淑贞也笑笑说，他有啥可夸的？都是些应景文章，上不了台面。说完又赶紧把刀拿了放到身后。二猛脸一正说，嫂子可别替高老师谦虚，你看《零距离傍湖》，也就千把字，把傍湖镇的历史、现在，特别是当今的亮点全部囊括，既文采飞扬，又一览无余，你再看《龙兴广场漫步》，所有的景点都让他写活了，即使不知道这些景点设置因由的，看不出这些景点妙在何处的，经他一写，不仅纤毫毕现，还意境全出。高风说，你不是最烦这种歌功颂德的文章吗？你不是来讽刺我的吧？二猛又笑着说，哪里话？随即笑一收，在桌上铺开报纸又说，嫂子，你再看这篇《运河的风》。说到这，他报纸一合，就背诵起来。

我想我是再也离不开运河的风了。

如果我在睡梦中感觉有水珠落在脸上，那一定是扭着细腰的运河浪花亲昵地绽放，是运河风的又一次悄悄莅临慷慨馈赠。

我很荣幸生长在运河的边上。我身上有运河的胎记，运河就是我响当当的名片，运河就是我不容置疑的身份证。每当有客从远方来，运河的风就会赶紧撩开我的衣襟，掏出我引以为荣的所有证件。

出游在外，有人问我家住哪里，我都会如数家珍般自豪地说出。即使你不知道傍湖，你一定知道留城，即使你不知道留城，你一定知道徐州，即使你不知道徐州，你一定会知道运河，知道运河就行了，等你见到运河，风儿会告诉你，运河两岸一家亲。

如果你也生活在运河边，我们五百年前就同在一个屋檐下，现在是不远的邻居。或者说，你在运河头，他在运河尾，我便在运河的腰上。要是把现在济宁以南的这段运河看作一把紫檀琵琶，底部是儒家文化积淀丰厚民风淳朴的孔孟之乡，凤头是以茶文化为背景浪漫传奇摇曳多姿的西子湖畔，我就在右手弹奏的地方。只要我手指一动，运河的风会霎时让《弹起我心爱的土琵琶》响彻整个运河。

如果你不是，你也会按照运河风的指向，知道运河的全称是京杭大运河，别名是黄金水道，比世界上所有同样的河流都长好多。如果把运河比作一条长长的绸带，我如今生活的村庄就是运河串起的大大小小宝珠中的一颗，尽管我在的这颗很小，亮度不够，知名度也不高，我还是很喜欢，因为她属于运河。

运河的风比天天在我身边腾腾不息的运河水还自由，它时而南来北往，时而东走西荡，时而雷霆万钧，时而细语轻唱。有时它让我感受到运河的宽阔浩荡，有时它让我体会到运河的快乐吉祥，有时它催着游龙似的长长船队疾驰而过，有时它护着柳叶样的小小舢板儿，优哉游哉地到对岸串门走亲戚，有时它传来北方船娘亮开嗓门儿一声高过一声暖心荡肺的俏骂，有时也送来南方船姑莺声燕语近了又远远了又近走窍勾魂的吟唱……

我时常在运河边迎风而立，运河的风便在我的发上纵情舞蹈，在我的脸上恣意抚摸，在我的衣襟上或杨柳轻扬或猎猎如旗。

运河的风里藏着唐诗宋词的平仄、元明清的散曲话本说唱，裹着圆明园的叹息、卢沟桥的枪声、台儿庄的炮击、运河支队的暗语、淮海战役的进军号和百万大军渡江之后解放的欢呼，还有海河的旱碱、黄河的泥沙、淮河的洪涝、长江的激流、钱塘江的潮声……

运河的风有时唱着京腔京味十足的京戏、河北的评剧、天津的快板、山东的大鼓、沛县的梆子和以留城县为代表的徐州拉魂腔呼啸而下，有时也扯着扬州的扬剧、苏州的昆曲评弹、杭州的滩簧越剧杭剧溯流而上。

运河的风常常带给我北运河文化广场的温馨、南运河文化广场的浪漫、微山湖的荷香、西湖的传说，还有骆马湖银鱼的洁白晶莹、洪泽和太湖蟹的肥厚细嫩，以及北京烤鸭、德州扒鸡、沛县狗肉、留城张良酒、徐州伏羊、扬州狮子头、苏州松鼠鳜鱼、天津狗不理包子和西湖醋鱼、杭州酱鸭的香味。

有时候，我还很有兴趣地在运河岸边风吹过的草丛里寻找，看有没有隋炀帝杨广扬州看花回来的捎带中被风儿偷偷藏下的一枝，有没有多次下江南的乾隆在这里上岸小憩时被岁月掩藏的脚印一双，有没有证明留城在此陷没的青砖一块，有没有让小鬼子闻风丧胆的铁道游击队员遗下的子弹壳一枚，甚至说，有没有披着高粱叶子蓑衣哼着荤曲野调南下的艄公丢弃的烟斗一只，有没有穿着蓝底白花衣裳一路吴侬软语北上的船姑飘落的斗笠一顶……更多的时候，运河的风给我的是河东微山湖一阵连着一阵的渔歌，和傍湖大地又唱的一支接着一支的新曲。

运河的风让我深深沉醉，运河的风让我难舍难离。它开阔了我的眼界，纵深了我的记忆。不论我走到哪里，运河的风就吹到哪里。吹到哪里，哪里就春光明媚，哪里就铺锦叠绣，哪里就欢歌阵阵绵绵不绝。

在淑贞和高风万分惊愕中，李二猛戛然而止。

他喘了一口气，又说，毫无疑问，这是三篇中最让我佩服的一篇，也是这两天看戏之余几个扎堆的退休老师赞不绝口的一篇，尽管没排在头题还垫了底，还尽管只有这篇署了你的真名，我以为，之所以这样排，既是编辑出于政治的需要，其中也肯定有你的考虑，说白了，在三篇文章的编排上，你可能跟编辑说过自己的想法。高风知道二猛所说不虚，这期报纸听郭书记说是镇里跟县报社老总联合策划的，先前郭书记在省报上看到了高风写的《运河的风》，就让高风改完稿之后再写两篇在县报副刊上凑一个版，高风当时说，还是请别人写吧，可郭书记说，别人写了还不知能不能跟你这篇一个水准，再动动笔吧，高风就只好从命，私下里，高风并不是想虚荣地表现自己，而是想让自己试试能不能写出来，没想到让二猛给看出来了，就点点头说，谢谢兄弟，难得难得，难得你能对我看得这样透这样准。二猛说，其实夸傍湖有前两篇就够了，可贵的是，你在《运河的风》中，不但点出了傍湖所在的位置，还夸了运河边上的好多名城，一贵百荣，既然百荣了，置身其中的傍湖镇还能孬了吗？高风又向二猛拱拱手。淑贞见此，没有了起初的戒心，不仅赶紧续茶，还拿出了村里超市下午才进的准备周末带给孩子的烟台红富士。二猛接了茶却推了红富士。淑贞哪里能让他推辞？便说，别且不说，就凭你这一天多的工夫把《运河的风》一气背下来，也得吃了这苹果。二猛笑笑说，这不是我喜欢吗？淑贞说，我也喜欢就不能背下来，高风也肯定喜欢他这篇，你让他背背试试？高风摇摇头。

二猛接了苹果拿在手里，看着转悠了两圈抬起头来说，高老师，我还有一事相求，不知能不能答应。高风连愣也没打，就道，你说，只要我能做到。二猛又瞅瞅淑贞。淑贞说，快讲吧，只要我们能办到。二猛又瞅着高风说，我想借你身西装，最好八成新的。高风腾地站起，对淑贞说，打开衣橱，让二猛兄弟挑。淑贞没答应，转身从衣橱里拿出一身高级灰，说，这是高风去年秋天去北京参加笔会买的，至多穿了两次，今年开春又穿了一次感觉瘦了就放起来了，我正准备送人呢，这下好了。高风接过对二猛说，快试试。二猛一试，不仅合身，还穿着比高风好看，只是内衣不配，高风又随手拿了还没来得及拆了试的衬衣和一条领带给了他说，这个你也拿着，我都送你了。淑贞迟疑了一下也跟着说，兄弟不嫌孬就拿着吧，反正高风也不能穿了，搁着也是搁着。

把二猛送出大门回来，淑贞正了脸说，夸你两句，你就高兴得不知姓啥叫啥了，他要是再夸你几句，你说不定把脚上的鞋和袜子也脱掉给他了。高风笑笑说，你不说了嘛，反正高风不能穿了，搁着也是搁着。淑贞说，西装给就给了，你偏又把件新的搭上。高风说，单位当福利发的，有啥好？淑贞说，你不是说郑校朋友前几天来推销的吗？高风说，好东西来推销吗？淑贞说，我上网查了，网购还一百好几呢。高风说，说不定是仿冒的。淑贞说，仿冒的也不一定料子就假。高风说，不假反正也捞不到穿了。淑贞又嘴一撇说，你不是说己所不欲勿施于人吗？高风说，我要是不欲，我还从单位带回来吗？不就是百把块吗？淑贞说，光西服就好几百了。高风说，好几百就好几百吧，你花好几百能让人在两天之内把我那篇文章背得那样字字有声句句含情吗？能那样抑扬顿挫风生水起吗？淑贞说，要是他把你所写的文章全背出来，你是不是啥都舍得给他？高风说，那不能。淑贞说，钟子期死，伯牙终身不复鼓琴，知音难觅呀，还有啥不舍得的？高风笑笑说，东西行，人不行。淑贞说，啥人不行？高风又笑笑说，你这辈子就将就着跟我到底吧。

没想到的是，二猛又出事了。

按照李二猛后来的讲述，高风推究起来，就在李二猛来高风家借衣服的前一天晚上，作为省社会主义新农村试点样板的龙兴村格外繁忙，那一晚，全县所有相关单位的车辆和技术人员全部集中到那里，像人家事后形容的那样，是绝对的一夜车轮滚滚灯火辉煌，天一亮，所有来者又全部撤得一干二净，又像是啥也没有发生，可龙兴村变了样，家家空调冰箱等电器设备一应俱全，屋里没铺地砖的全给铺上了地砖，没粉墙的不仅全给粉了墙，屋外还统一刷了外墙漆，远远看去，蓝天白云下，龙兴村红瓦白墙绿树，再加上各色花草点缀，比城里居民小区都漂亮。就在周围村子纳闷的时候，这天上午，淮海省分管农业的副省长来到了龙兴村，并在村里住了下来，与村民同吃同住同劳动，不用问，村民们一见人，再与电视里经常出现的一对照，就知道是许心农省长，禁不住喜上心头，奔走相告。许省长既逛了村子，与村民交谈，还走进了村里年前才兴建的高科技蔬菜大棚和田头市场。正值大棚长茄、青椒、西红柿全面上市的季节，许省长问菜农种大棚跟种稻麦收入哪个高，还有哪些困难需要亟待解决，问来收购的城里菜贩子从差价中能赚多少，在田头市场收购最大的好处是啥，还对田头市场有哪些要求和建议等。李二猛就是在许省长来的第二天早上搭乘一个前去收购长茄的四轮汽车到龙兴村的。西装革履又新理了板寸头格外精神的李二猛下了车，见许省长在就近的一个菜棚门口向菜农问这问那，就装模作样地摸摸这车的青椒西红柿又摸摸那袋里的长茄，神不知鬼不觉就偎了上去。许省长见凑上来的这位谈吐不俗，以为是城里来的哪个蔬菜公司老板，就多聊了几句，聊着聊着，李二猛就趁其他人不注意把几页纸给了许省长，许省长接过，正好棚里有个临时工扛着一袋茄子从跟前过，突然不知被啥绊了一下，许省长赶紧把给的纸装进兜里，紧跨一步去扶，李二猛更是眼疾手快，扶好站稳，李二猛向许省长笑笑就跟那临时工一起离开了。再后来，高风又知道，许省长来龙兴村不在这次下乡考察的行程安排之内，他是在回省城路过这个县临时定下的，高风还知道，许省长走后没几天，驿庙村就来了个调查组，接着就听说孙尽善到外地看病去了，后来有人说在县城看见他接送孙子上学，又不久，李二猛在一天晚上外出被几个不明身份的人揍得住了院，随后就有人传李二猛见许省长穿的那身西装是高风的。高风在单位听马超几个人说这事时，高风问马超，你听谁说的？马超说，是张旺说的，他还说，前几天县教育局要把你调过去，后来因为西装的事，又有人提起了刀砍郑校，便不了了之。高风气愤地说，不去教育局倒没啥，可说这些没根据的话就太不应该了。马超说，你以为李二猛做的就没人知道？那天晚上，去龙兴村的人不仅把龙兴村打扮得变了模样，还在许省长所有可能涉足的地方都安了监控，调查组一进驿庙，镇里就派人调出了录像，可就不知道是谁说他穿的衣服是你给的，最关键的是，里面的衬衣确实跟郑校朋友推销的一样。高风说，难道这样的衣服只我有？马超说，到此为止吧，又没有人追究你。高风说，我这不冤吗？马超说，那你喊冤去？吴劲说，别没事找事了，真要去喊冤，上哪去喊？就是有地方喊，别人又会咋看你呢？要是说你此地无银三百两，你就是跳进黄河也洗不清了，还是别张扬了。

回到家，高风说了事情的前前后后，指出了性质的严重性。淑贞说，要是能去县城上班还是不错的，既然这次没了可能，也不能说以后就再没有机会，就是再没有机会也没啥大不了的，问题是咱不能让他们把这当作不让咱去的理由。高风说，说是这样说，你又能如何？淑贞说，我就要做给他们看，如果他们心还是热的，他们就会知道咱们不欠他们，是他们欠咱们的。

当天晚上，淑贞就在网上订购了郑校朋友推销的秦道狼牌纯棉红色条纹长袖衫和一条水墨丹青牌金黄色真丝碎花领带，后又趁周末跟高风一起坐高铁去了北京那家服装店，还好，高风给二猛的那款裕华骄子牌深蓝色西装又在热卖，还有折扣，就赶紧买了一套，当然尺码比原来的大了点。淑贞回来又把西装做了一些技术处理，并让高风周一就穿到单位去。高风说，好，不仅让他们看见，还要让他们一个一个看仔细，只是这一折腾，咱却费了不少银子。淑贞说，有的时候，并不是钱最重要。

第十一章

高风周一骑上电动车去单位，从后视镜上看一路回头率还挺高，进了镇中心校大门，来开会的校长正站在院里跟马超他们说笑，一见他来都噤了声，还不自觉分列大门两旁。高风装着没看见就昂首挺胸地走进了夹道，才走了两步，在最里边的马超带头拍起手来，霎时掌声四起，高风刚走过，郑校也进了门，笑笑说，啥事这么热闹？紧随其后的张旺跟郑校耳语后，郑校就把目光射向高风，高风也用眼笑眯眯地迎上去，还拍起了手，大家正要放下的手见高风又拍起来，也跟着加快节奏。郑校从高风身上收回目光，左右看看说，咋又鼓起掌来了？还没说完，又是一阵疾风暴雨，顷刻天晴日朗，个个脸上阳光灿烂。郑校走到高风跟前，又上下看了看说，高主任这身着装不错，马超说，这板寸发型比圆顺更精神，高主任是小说又获奖了，还是又会小三去了？张旺说，肯定是会小三去了。

高风听后，身上突然刷地一下像接通了暖气管，先是觉得脸先烫起来，接着就是热血在周身乱窜，浑身不自在，穿这套行装最初的打算霎时无踪无影。在这样的场合开高风这样的玩笑，应该是头一次，何况里面还有秦玲和中心小学的黄校长，高风下意识地偷眼瞄她们俩，一脸肃穆的黄校长向后抚了一下不知啥时候染了淡淡黄的长发就往上看两只燕子翻飞着嬉闹，秦玲眼瞟向了院外向阳路上这一刻长长的娶亲车队，既好像是在琢磨这是谁家的女子又成了新娘，或是谁家的男孩子在家里花了大把大把的钞票后终于成了新郎，又好像这时整个身心都不在院内，甚至根本没听到马超和张旺的话，还是最好没听到，这两个东西，咋能在年轻女性跟前说这样的话呢？

等大家又笑完，高风说，张旺你就瞎说吧，哪天我得往你嘴里抹蜂蜜或者香油。吴劲问，你要给他抹的这两样东西是不是带了引号？高风咬着牙点着头说，不仅是带了双引号，下面还有大大的着重号。吴劲又问，马超有没有这样的待遇？高风瞅了一眼马超，见马超也在瞅高风，就说，他是始作俑者，当然这样的待遇也是大大的。大家又笑。郑校一挥手，别闹了，抓紧去会议室。一群人呼啦散开上二楼。

高风和秦玲走在最后，到楼梯口，感觉秦玲用手在高风后襟上抚了一下，随后就听她说，真不错，没想到嫂子这方面还真是行家，哪天有机会得跟她学学。高风说，她才不讲究这方面呢，只是搭配巧了，也算随意而已。秦玲说，说随意的都是行家。高风说，你就这么肯定？秦玲说，那当然，是行家的从来都不说自己是行家，可往往一个随意发挥就让人看出不是行家胜是行家。高风说，看来秦校长对这很有研究。秦玲说，研究谈不上，有这种感受倒是真的，就像你写文章，从来不说自己写得好，可文章一见报，大家都夸好。前面的张旺转过脸来说，还是秦校长感觉对。秦玲仰起脸来说，你的感觉更对。张旺停下脚等秦玲跟他并排了说，我对这种事没有感觉。秦玲问，你说的是哪种事？张旺答，我说的是你说的这种事。秦玲说，看来张会计会打哑谜。张旺说，打啥哑谜？我们天天在一块，我要是对这种事有感觉，我早就对高主任说了。秦玲说，你天天忙得脚不沾地，就是有感觉也没时间说。张旺说，你一校之长，天天不也忙吗？秦玲说，我再忙也不如你张会计忙，忙得很多事都催促你好多遍了，还顾不上。张旺说，顾上顾不上，啥该急啥该缓，我心里是有数的。秦玲说，心里有数就好。张旺说，当然也有挂一漏万周转不过来的时候，真要得罪了，还请秦校长多多原谅。高风恐怕秦玲再接下去，就扯了秦玲一下，随后就对张旺说，张旺，别光贫嘴，也看着你脚下。见张旺没吱声，秦玲也没再说话，不算长的楼梯间还响着脚踩踏步发出的长长的杂乱声。

高风当然知道张旺最后几句的意思，可对张旺前面说的话就不能明确具体是哪些弦外之音。是趁机敲高风，还是在说秦玲，或者是一箭双雕？此时高风真切地感受到汉语的魅力所在，遗憾的是高风不会英语，不知道在中国当今连幼儿园都开设的英语有没有这个魅力，不知道在英语中如何表达这种弦外之音，不知道汉语中的弦外之音在英语中如何翻译，可高风知道，网上不少读者反映，一些妙趣横生的文学作品一翻译成外文就成了白开水，体现不出汉语的魅力所在，高风还知道网上所说的外文除了英语还有其他外国语种。

按往常，周一这个时间的会都是镇中心校成员的例会，总结上一周的工作，商定本周所要做的事，既然这周的例会校长都参加了，那就像报上说的扩大会议，可郑校一开口，高风才知道，是中心校成员列席的校长会，领会会议精神、执行会议布置任务的主要是校长，说白了，高风他们几个只有知情权，没必要躬身亲为，可由于下面学校都是他们几个人分别负责的点，这样的会议结束时，郑校都要带一句，中心校成员要一定做好各自负责学校的协助工作。这次会开始没多长时间，高风的手机在裤兜里振动起来，拿出一看是郭书记的，就瞅了郑校一眼，郑校一摆头，高风明白，就站起来出了会议室，接完电话，高风就走到郑校跟前耳语了几句，郑校说，去吧。高风就下了楼。

下了楼，高风就又想起今天这身穿着的目的，就挺挺胸骑了电动车去了镇新建办公楼。进了楼，熟悉的打了招呼走了过去还回头瞅高风，高风知道吸引他们眼球的是高风的穿着，就装着没在意的样子上二楼去了郭书记办公室。推开门，郭书记抬眼一亮，高风知道了郭书记眼神的意思，高风仍装不知道，郭书记也没往衣服上说啥，站起从身后的文件橱里拿了两个包给了高风，并说其中给郑校一个。高风一看是龙兴广场竣工典礼上发的包，里边还有一只保温杯、一个记录本和一只中性笔，就说，谢谢郭书记想着。郭书记说，客气话咱都不说了，该想着的咱一定都想着，要是不想着就不对了，是不是？高风说当然是。郭书记又瞅高风身上的衣服，这回不但是瞅，还用手摸了摸，不但摸，还问，是才买的吗？高风说，不是，是去年的。郭书记又问，去年的还这么新？高风答，没大穿。见郭书记再没别的话，高风就说中心校在开会，要是没有别的指示我就告辞了。郭书记说，有空常来。高风说，有空一定来。郭书记说，你还要记住多写写咱镇的新闻稿，不能光在报上发你的文学作品。高风说，只要有新闻点，我一定及时采写及时投递。郭书记说，报上发了，你就把样报和稿费单拿回来，镇里双倍奖励你。高风笑笑没说啥。郭书记见高风只笑，就问笑啥笑？高风收了笑说，以前这双倍奖的话，镇里说了都好几回了，也没见有兑现的行动。郭书记说，以前是以前，现在我负责了，一定兑现，你放心好了。高风说，我也不在乎这几个钱，要是真能兑现，你就留着买包孬烟将就抽吧。郭书记说，你的劳动所得，我哪能享受？高风说，你要是不给我新闻线索，我不但没所得，连劳动都没有。郭书记说，看来到傍湖遇上高主任我是有福的。高风笑笑说，认识郭书记更荣幸。高风说完就回了镇中心校。高风把一个包放在自己的办公室，就上了楼。好像是会议刚结束，见郑校出了会议室转身进了他自己的办公室，高风就跟了进去，把包给了他，他看了看让高风拿走，高风说也有，郑校就把包放在了一边。高风见郑校没再有话跟自己说，就出了他的办公室，走到会议室门前，听张旺说，原因有两个，一个是李二猛又还给了他，另一个是他又新买了今天身上穿的这一套。高风一愣，心里又是一沉，不自主地倚在会议室门框上，正想再说的张旺戛然而止，屋里人齐刷刷地把目光都转向高风。高风立即强打精神站直了，又快步走下楼。

辛歌走进来时，高风正生着闷气。他一坐下，高风就又想起了那只鸡，就霍地站起往外走，辛歌先是吓了一跳，接着快速把椅子向后一拉拽住高风说，高主任哪去？高风笑笑说，我到院里站站。辛歌说，今天是他值日，他在厨房里，个别校长还没走，影响不好。高风说，你误会了，我要是跟他计较，刚才在会议室就给他好看了，他就这样的人，计较不值得。辛歌慢慢松了手，高风又说，你忙你的吧，我站会儿就回来。

出了办公室一抬眼，就看见张旺蹲在地上向前伸着左手，手心里有米。那只公鸡正试探着往米跟前凑。张旺见鸡往跟前凑，他也把悄悄伸出的右手偷偷地往前凑。谁知鸡刚触到米，张旺的右手就迅速抓起鸡来，很遗憾只扯掉了雪花般大小的一片鸡毛，本以为鸡嗷的一声就会转身逃命，哪想到鸡向后退了一步就炸起了全身的毛，伸着尖嘴就向张旺扑了过去。张旺就赶紧躲，可他猛地站起时碰到了身后的墙，墙的反弹把他送到了鸡的嘴上，鸡便对准张旺又白又嫩的右腮下了口，霎时血就出来了，鸡还不罢休，又扑棱棱腾起向张旺亮亮的脑门进攻。张旺哪还顾得脸上的血，抓起厨房门东旁的扫帚就舞起来，看不出是阻挡鸡的进攻还是向鸡反攻，或者攻守兼备。令高风不敢恭维的是张旺的舞动没有章法，鸡总能乘隙在张旺的身上啄一下跳开再瞄准张旺别的部位。张旺每被啄中一次就哎哟一声，接二连三的哎哟和鸡扑扑腾腾的声音就惊动了办公楼里的人，楼上的就从窗口探出了头，楼下的就走出门来到院里，见张旺没占上便宜还有了伤，先还是笑着当旁观者，后来就不好意思了，就一个个赶紧回了办公室，可惜张旺平常对高风他们几个办公室的配备总是偷工减料不当回事，有的拿了拖把，有的拿了塑料笤帚，有的就空着手却攥着拳头出来了，鸡见寡不敌众，趁着一个空当，飞上了墙头，跑上了屋顶，眨眼没影了。

几个没走的校长带张旺在镇卫生院包扎回来，郑校问，咋样？张旺说，没事，就戳破点皮。马超说，别的地方戳破点皮没啥，这脸上戳破了就不是小事。郑校说，你也真行，能让只鸡给伤了脸。马超说，看来你得跟高主任学学。郑校瞅着马超问，学啥？马超说，学太极，高主任前两次大扫帚一提，如剑在手，上挑下刺左挡右护，哪次也没让这鸡近了身。郑校说，行了行了，你没看他伤成这样，还开玩笑。转身又问张旺，鸡跟高主任有仇还有原因，你咋又把它得罪了？张旺说，我这段时间都用米喂它，以为熟悉了，今天就想把它逮住杀了，一来咱改善一顿，二来省得它在院里再胡闹。吴劲说，这才叫捉鸡不着反蚀把米，蚀把米不说，还破了相。郑校脸一正，就你会说，你们几个没事的抽一个做饭让他歇着。高风见都没吱声，意思很明白，都不想替，因为大部分摊张旺做饭的时候他都借故开溜，等开饭时，他又回来，可今天郑校在，都不答应不好，高风就说，我来吧，你们都去忙。郑校说，别做我的了，我这就回县里办事。

郑校走后，秦玲从马超办公室出来又去了张旺办公室。高风从集市上回来，见秦玲脸色很难看地走出办公楼，后面马超、吴劲，还有没走的西口小学朱校长跟着，高风马上明白，秦玲肯定跟张旺吵上了，就想劝她消消气，可又不知从何劝起，就说，秦校长别走了，鱼块炖豆腐，营养最佳组合，美女吃了养颜。秦玲强作笑脸，随即转阴说，享受不了。高风脸一正说，咋又享受不了了？忽然想起昨天晚上一个文友QQ个性标签的一句话，又说，就是享受不了，也得听我一句话。秦玲站定说，请指示吧。高风索性放下手里买的东西，叉着腰面对她说，你给我听好了：当你感觉享受不了时，就学会承受；当你承受不了时，就忍受；当你再也忍受不了时，就试着接受吧。秦玲一愣，马上说，好。马超说，秦校长，你不光要珍记还要用心体会其中蕴含的真理和智慧。转脸又对朱校长说，你也别走。朱校长笑笑说，高主任没指示我，还是走吧。高风说，人家秦校长脸皮儿薄，我招呼一下，你脸皮儿像城墙那么厚，还用得着招呼吗？朱校长说，既然高主任这样说了，我就再死皮赖脸一回。转脸又对秦玲说，秦校长也别走了，赏他们个脸，也给我个机会吧。秦玲说，给你个啥机会？朱校长说，你忘了？咱可是老同学。秦玲一愣，随即笑着说，做梦吧你，我跟你是哪辈子的老同学？朱校长说，你跟高主任是不是老同学？秦玲说，是，又咋啦？朱校长说，虽然是函授，我也是毕业于运河师专，你说咱俩是不是老同学？秦玲说，怪不得高主任说你脸皮儿厚，还真厚，比城墙拐角都厚。朱校长说，我厚我承认，你说是不是老同学？秦玲说，我们是科班生，你是函授生，函授都是让领导镀金的，性质不同，很遗憾，我们高攀不上。朱校长说，你这一说，我又想起来了。秦玲又笑着问，你又想起啥来了？朱校长说，要论性质，咱更是老同学了，而且还正同窗共读着。没等秦玲反应过来，马超瞅着秦玲说，是吗？还同窗共读着，比高主任关系还铁，在哪里同窗共读着？秦玲说，你听他瞎讲。朱校长说，这半年，咱每周六是不是都在县教育局参加校干培训？按局里排定的座位，咱俩是不是被排在靠窗的一张双人桌上？秦玲扑地笑出声来，你不提这，我还想不起来，每次都能被你身上的烟味熏死，还好意思说。朱校长说，你要是早承认咱俩的同学关系，我还说这么细吗？你可别忘了，按咱几个定下的，这周可是轮着你买单了，千万别忘了多带钱。秦玲说，这周你们几个就老老实实在局里食堂吃自助餐吧。朱校长说，你是不是想要赖？秦玲说，我这周有事不去了。朱校长说，就因为今天没要上钱不去了？秦玲说，对，工资都贴进去了。朱校长说，那可以借，郑校说了，扯个由头实销实报。秦玲说，我不是说你们几个，现成不花钱的不吃，偏哄着郑校出去吃大桌。朱校长说，双休日，人家休息咱学习，多辛苦，咱自己再不想着犒劳犒劳自己，真是白活了。秦玲说，你看你们几个是学习吗，领导在上面讲，你们在下面蚊子一样，先是天南地北乱扯，后来就打听哪个酒楼好，不知道的还以为你们多大的功似的，傍湖的教育早晚得毁在你们几个手里。朱校长说，没办法，你没看见，上课时乌压压数不清，课一结束，食堂里又稀拉拉没几个人。马超说，原来你们是这样？好，哪天我们几个联合向局长死谏，看局长咋治你们。朱校长说，我说马主任，你也别光听秦玲乱说，这周六你要是有空闲，就跟着去看看，吃饭时的哪一桌上没有局里的领导？秦玲说，你们要是不伙着外出吃大桌，还强拽着人家去，人家会去？朱校长脸一正说，秦玲同志，我警告你，老同学你可以不让攀，这周学习你也可以借故不去，犯不着向镇领导传递假信息败坏我们的声誉损害我们的形象。秦玲说，咋是向领导传递假信息呢？你们的所作所为难道不是真的吗？朱校长又一摆手，你今天不陪我在这吃就算了，我今天陪你在这吃总可以了吧？吴劲说，总以为朱校长在全镇小学校长中是最老实巴交的，没想到是个另类，原来是在学校一套，在外面又是一套，以后咱几个还真得注意点。朱校长说，秦玲，你听见了吗？我这到哪里喊冤去呢？高风笑笑说，我说你朱校长也别多大冤似的，更别自作多情在这里谝嘴会说，我们几个不但有火眼金睛，更都是护花使者，你还是小心点。朱校长见马超几个看着他笑没吱声，就悄悄地走到高风跟前，瞅着办公楼说，那鸡还会再来的。高风说，来也不怕，你没见它移情别恋吗？朱校长说，它要是再移情别恋又找上了你咋办？高风把袖子一卷，那好说，它今天要是再移情与我，我就新账老账一起算……

说曹操曹操到，就见办公楼的玻璃墙上，鸡从厨房顶俯冲下来。不敢怠慢，赶紧偏头躲，还是慢了点，不仅让那鸡的爪子在右肩上抓了下，扭头一看才穿的西服被带起了一缕线，这还不算，右耳垂还被它的翅膀鞭梢一样扫中了，霎时，钻心的疼痛触电般传遍全身，高风火气一下子上来了，顺手操起捅院墙出水口的半截竹竿，这段日子才舞得风生水起的四十九式武当太极剑就派上了用场。一招行步撩剑，高风追了上去，接着，仰身撩剑，盖步按剑，跳步下刺，歇步压剑，鸡也跟着闪转腾挪左躲右攻，大有不今天拼个你死我活一见高低不善甘罢休的气势。高风瞅准目标，迅雷不及掩耳又来了个虚步点剑，鸡在猛地跳开的同时腾空而起又俯冲而下奔高风头部而来，高风立即用独立托架挡开，这时又见张旺从办公楼走出来，故意大喝一声弓步挂劈，鸡又老鼠一样窜到高风身后，高风嘴再没停，歇步后刺、叉步平斩、虚步抱剑、叉步平带、弓步反崩，嘴到心到，心到手到，只有招架之力又没机会逃走的鸡就被高风崩落在地上，紧接着一个提膝点剑把鸡死死地锁定在地上，张旺高叫一声点住它，说完就朝那只鸡跑了过来，高风心里一动，就猛然想起了这只鸡最初逃生的一幕，顿生怜悯，就一个叉步反撩松了手，那鸡赶紧翻身站起，立刻又咯咯咯振翅上了墙，转眼没了踪影。高风也没停，嘴里仍喊着丁步刺剑、丁步抱剑、行步穿剑、扣剑平抹、并步平刺、收势还原，完成了这套剑法的最后几个招式。马超几个一边叫着好，一边不停地鼓掌。高风笑着提起竹竿双手一抱，献丑了。张旺说，你咋又把它放了？高风瞅了一眼鸡刚上墙的地方说，想想它也挺不容易的，还是能放手就放手吧。张旺说，鸡是人间一碟菜。高风说，毕竟是一条生命，佛说，放它一命胜造七级浮屠，还是慈悲为怀吧。张旺说，它要是再来呢？高风说，它要是再来，还如此无理，我还有一套正宗武当剑法等着它。可一直到下班都没见那只鸡再冒面。

开饭时，张旺接了一个电话说有事走了。朱校长和秦玲瞅着他的背影直到骑车出了大门，马超说，走了就走了，说不定又跟头赶酒场去了，人家肯定比咱吃得好，就别依依惜别了，还是咱吃咱的吧。

菜一上桌，马超见这么丰盛，往外瞅瞅天，说太阳是不是从西边出来了？高风说，正从东往西落呢。马超又问，你是不是又来稿费了？高风答，我来稿费，总不能次次让你享受吧？马超点点头，也是，可今天没听说领导让改善生活？高风又答，领导没让改善生活，咱就不能想办法改善了？马超说，看来咱得选高主任当伙食长，领导没让改善也能想办法改善。说完又看朱校长和秦玲，两人装没看见，一个开酒瓶，一个给每人分塑料杯。见两人不吱声，又看吴劲，吴劲说，坐享其成还这么多话，别眼睛到处放光了，快端起来吧，今日有酒今日醉。马超说，你就知道醉。吴劲说，不醉白不醉，醉了也白醉。说完端着酒杯转了一圈就先干了。吴劲喝完见都没端杯，还瞅着他笑，就又拿起酒瓶斟满说，还是酒好啊，不喝白不喝。马超说，这酒可不是咱存的，哪能白喝？吴劲说，不是白喝，你喝了能给人家报销签字吗？能给人家发钱吗？马超见吴劲牢骚又要开始了，就转脸对高风说，咱让人家在这吃饭，可不能让人家破费。朱校长说，不就是几瓶酒几个菜吗？秦玲说，又把我们当外人了是不是？高风也跟着说，买了就买了，破费就破费了。马超又瞅着吴劲、辛歌两人说，我建议，把花的钱记在我们伙食账上。两人没吱声都看着高风，高风说，今天这样就这样了，以后不还长着吗？秦玲说，高主任说得对，来日方长，以后你们再去我们那里，你们也带菜去。马超又探着身子向秦玲，看来今天这架没白吵，一吵张旺就给钱了，一给钱，我们就跟着沾光了。秦玲说，要是给钱，我就不让各位领导在这里委屈了，咱就去仙聚楼。马超说，就是没给清，也肯定给了一部分，不然哪来的钱？不会又是赊的吧？秦玲说，还真让你说对了，你是不是想替我买这单呀？马超身子恢复原位说，你说在哪赊的吧，多少钱，咱一句话。说着又掏雪青休闲装内兜。秦玲一伸手，五百，拿过来。马超手就愣着不动了，说，就这几个菜，五百？秦玲说，要是五十你信吗？马超说，当然不会是五十，也不会是五百。秦玲把手一收说，你看着给吧。马超把手拿出来说，不说具体数我是不掏的。吴劲说，秦玲，你就说个具体数，让他掏，看他能不能掏出来。朱校长也跟着响应，高风、辛歌不说话只咧嘴看着笑。秦玲说，一百，你只要掏给我看看就行。马超说，才一百？好，就让你看看。等了一会儿，马超的手还在兜里乱动，高风就替马超解围说，可能是早饭后来得匆忙忘了带。吴劲纠正说，不是忘带，是没让带。朱校长也跟着说，吴主任说得比较符合事实。马超看着两人说，你们两个就这样自信？转脸对朱校长说，把酒斟满。朱校长把马超、吴劲的都斟满。马超说，我要是没带，我喝两个满杯；要是带了，你俩各喝一杯，我陪一杯，你说咱是先掏还是先喝？吴劲对朱校长说，看来昨晚马超在家把嫂子哄高兴了，肯定这次是太阳从西边出来了。扭头对马超说，反正带不带你都得喝，你就先喝一杯吧。马超右手往膝盖上一拍说，好。又回头对高风说，高主任给当个证人，要是不赏罚分明，你也得喝个满的。没等高风答应，秦玲说，我也当证人。马超举起两个手指问辛歌，你想不想当证人？辛歌点点头。马超又一拍膝盖，好，我先喝为敬。嘴一张一仰头，酒直进肚。然后又一指酒杯，朱校长又给满上。吴劲就让他快掏，马超就掏起兜来，磨蹭了又磨蹭也没把手拿出来。吴劲说，别掏了，你还是再喝一杯吧。马超手就拿出来，说，不掏就不掏。一桌人哈哈大笑。笑完，吴劲就把酒杯塞到马超手里，快喝吧。马超端稳杯说，我再喝一杯也行，你俩意思意思。吴劲摆摆手说，我俩不意思意思。马超说，就是我输了，你俩象征性地陪我这当哥的半杯总可以吧？高风说，行行行，你俩就陪他半杯。吴劲说，喝酒就图个痛快，听高哥的，我们陪你半杯。马超说，你俩先喝敬我一次也可以吧？吴劲说，不许耍赖。马超说，他三人作证。吴劲、朱校长各喝了半杯放下，吴劲说，这下你该喝了吧？马超却放下酒杯说，你俩还敢不敢打赌？吴劲问，打啥赌？马超说，还是我兜里装没装钱。吴劲问，咋打？马超又命朱校长把两人的酒加满。吴劲护住说，你先喝完。马超说，我要是喝完就不赌了。吴劲说，你说吧，要是说得有理，再加满也不迟。马超说，加满好说话。吴劲就拿掉自己的手说，朱校长加满。马超说，我要是兜里真没钱，我再喝俩，要是我兜里有，你俩再喝一个。吴劲说，行，你掏吧。马超这次没磨蹭，可掏出来的是张折叠的A4白纸不说，偏又从纸里掉到桌上一枚一角的硬币来。大家又哈哈大笑。笑完，马超说，掏错兜了。吴劲说，接着掏接着掏。马超纸装回去，又掏另一个兜，可手又不动了。吴劲说，你还是别掏了，没有就没有，装什么样子？马超就把手拿出来说，我喝就是了。吴劲说，就知道你掏不出来，快喝快喝。马超说，刚才说过，你俩先喝，我后喝。转脸问高风，高哥，是不是？两人不等高风说，就干了。酒杯还没放下，马超又一仰头，没了。吴劲让朱校长赶紧斟满。马超一手挡住不让斟，一手就从开始的那个兜里掏出了一匝老人头，一边扬合一边对吴劲说，你看我还要不要再喝？你们俩是不是得喝？没等吴劲说话，马超对朱校长说，别磨蹭，快满上！吴劲、朱校长扯杯就干了。酒杯一放，吴劲说，怪不得你今天这么能挺住劲，还思维来了个一百八十度的大转弯，原来是真有钱，有钱就拿出来呗，想喝酒就直说，想让人陪就找我，绕什么圈子呢？绕就绕呗，咋还连朱校长也绕进去？马超说，不这样，他个滑头能喝吗？朱校长说，让大家评评，我是不是太冤了？吴劲说，确实冤大了，不仅没少喝，还多喝了。马超就笑，高风、辛歌、秦玲也跟着笑。笑完，高风问，马超，你今天咋兜里装这么多钱？吴劲说，还用问？不是他今早捡了个钱包，就是嫂子昨晚把钱装错了地方。马超说，别管钱哪来的，反正我兜里真有钱。吴劲说，有钱就给秦玲吧，她现在最缺的就是钱。马超又把身子探向秦玲说，你还是先赊着吧，等哪天高风再来了稿费，我拿给你，这是你嫂子让我给儿子打的生活费，我还没来得及去。吴劲就瞅着秦玲说，听见了吗？还没等秦玲答话，马超就一字一字地往外蹦着说，我就是让你相信，无论我手里拿的钱是谁的，即使你缺钱像缺血一样，我就是有钱也不会给你。吴劲也跟着说，这话说得对极了，马哥，我敬你一杯。朱校长听见赶紧给斟满，吴劲喝完把杯往桌上一墩，见杯瘪了，随手扔到脚下说，真他妈的不是东西。高风赶紧对秦玲说，给吴主任再拿个新的，喝酒喝酒。

酒是高风做饭时，朱校长出去买来的，两瓶四十二度双沟大曲，也叫柔六，附带还捎来四荤四素：狗肉、凤爪、牛筋、鸭脖，糖醋青椒藕片、蒜醋手撕茄子、姜汁金针菇菠菜、盐水煮带壳花生。正帮着做饭的秦玲看见说，看来，我今天还真有口福呢。朱校长笑笑说，高主任他们是护花使者，我更是怜香惜玉，能不趁机会向老同学表现表现吗？秦玲说，既然想趁机会表现表现，那就请我们去仙聚楼吃大桌。朱校长说，那样的地方得事先预定，我改天提前预约，今天就将就点吧。高风笑笑说，这就够丰盛了，一会开饭时，我得代表马超他们几个敬秦玲两杯。秦玲疑惑地问，朱校长买的，咋敬起我来了？高风笑着答，你要是不在这吃，朱校长会念起老同学的情谊吗？我们跟着你沾光，不谢你谢谁呢？朱校长说，就是的，你要是不给机会，我哪有机会呢？秦玲说，等会儿一定得让高主任好好谢谢。说完就往兜里掏，高风以为她是接电话，等她再到厨房没十分钟，仙聚楼送来两个大件盆，一盆红烧羊肉，一盆清炖黄鳝，外跟一箱青岛大优啤酒。高风一看，就直后悔把他们留下了，就说，早知道你们这样，我就不多嘴了。秦玲说，不就是两个家常菜吗？就值得高主任这样？朱校长说，不是机会难得吗？你要过意不去，到时候不吃不行吗？当然这些细节马超他们不知道。

酒杯重新摆开，三杯过后，话又长了。自然先从秦玲跟张旺今天的争吵开始。马超说，以前张旺欠谁一块钱都急着还，没想到现在一当会计，天天跟钱打交道，却不把人家的钱当回事了。高风说，真不知道他在搞啥名堂。吴劲瞅着高风问，你以为他在搞啥名堂？高风说，知道还问？秦玲说，我不管他在搞啥名堂，可该发到下面学校的就应及时发下去，以周转不开当理由不是理由。朱校长说，不是理由，你也得让他当作理由，不让他当作理由，他拿啥当理由面对你？高风说，郑校难道不知道这事吗？马超说，这就是关键所在，可谁又能说清或者证明？辛歌见都看他，就清了清嗓子说，我初来乍到，很多话不好插嘴，也确实不知，还请各位领导理解。马超一摆手说，我们明白，可很多事，自你来后，你也是见证者。辛歌说，我知道，关于闸口小学报账没给的事，我也跟郑校说过，郑校说，凡报来的发票，他都签报了，特别是闸口小学，考虑到他们有验收任务开销大，每次都按规定报得最多，这事一定得问问张旺咋回事。转脸又对秦玲说，我估计，张旺肯定家里或亲戚急用钱，临时给挪用了，秦校长要是手头紧，我卡上还有点，要是急的话，明天就取给你。秦玲说，谢谢辛主任，不愧是从我们学校走出来的，啥时候都能想着闸口小学，你的先放着，我不能该拿的拿不到，再伸手拿不该拿的。辛歌说，咋又不该拿呢？秦玲说，我拿了用了，报过来又要不来了，用啥还你？辛歌说，没有就不还，你再难也要坚持这一学期。马超说，辛歌说得对，再难也要坚持这一学期。秦玲说，我现在就想甩手光上我的课。高风说，又来了是不？这么多年，我们看好你，就是让你关键时候撂挑子吗？要是嫌辛歌的少，我们几个的你都拿去，合起来每月有小两万吧？应该可以了吧？秦玲说，当然可以，郑校规定每月只给报四千，这比四千多好几倍，可我能拿你们的薪水吗？我要是拿了，别的学校知道了，也来向你们诉苦，你们又到哪里去弄？要是不给，他们不说你们偏心眼吗？高风说，他们跟你不同，我们不怕他们说，是不是朱校长？朱校长说，是，最起码我不会说的。秦玲说，就是都不说，我也不能拿，我要是拿了，我像啥了？辛歌又问，你不要，哪里再有钱支撑学校开销呢？秦玲说，我的原则是能省就省，不能省就赊，赊不着就借，大不了，我把镇里的房子卖了住学校，既省了找人看校的钱，又不要天天两头来回跑，还省了隔段时间收拾家。

高风他们几个都知道，秦玲没有孩子，前两年在镇里新开发的运河小区买了房，丈夫在部队很少回来，可因为学校的事把自己的房子卖了，值吗？

马超说，学校再没有钱用，你的房子也不能卖。秦玲说，只是有这个想法，现在还没难到那个地步，最大的问题是现在天天要账的能让人烦死，只好让会计借了这家还那家。马超又瞅着高风说，看来咱真不能坐视不管了。高风立即又想起张志成和王沛钱的来处，说，还确实是个问题，可又能咋办呢？马超说，还真得想个办法。吴劲说，唯一的办法就是我们一起把这事跟郑校提出来，可谁又能开这个口呢？饭桌上一时静了下来。高风看了一圈说，要不，我抽机会试试吧，反正不得罪张旺，张旺也是跟我过不去。马超说，他张旺到底想干什么呢？吴劲说，想想这年后一连串的事，他张旺究竟在干什么？

秦玲说，也真是的，全镇这么多小学，上边给的又不少，郑校又按规定控制着那么多，张旺手里应该不会缺钱。大家又不吱声。高风就问秦玲，你们幼儿园验收的钱县里不是说全额拨付吗？秦玲说，是，就是不知道啥时候拨。高风说，你应该问问拨下来没有。秦玲说，问谁呢？问郑校，郑校说你找张旺，问张旺，等于不问，还惹气生。高风说，这天天要账的挤破了门，咋有精力做好教学工作？秦玲低了头不再说。吴劲对高风说，这里面你不清楚。大家都知道，郑校来前吴劲是会计，一句重新分工，吴劲便莫明其妙地拱手让出，尽管拱手让出了，他对里面的事也清楚，就都等着他说下文，可他又说了别的。他说，我反正知道，咱镇运河中学按现在的状况并不比咱小学人数多，人家也不断地升级创建验收搞活动，从没听说过扣年级组的报账款，还隔三差五以学习考察为由组织外出，可咱们从开春到现在，都一直窝在家里哪也没去。辛歌说，听说你们三月份不是一起去北京了吗？马超笑笑说，那是运河中学请各小学校长去的。秦玲说，郑校和张旺也去了，你们咋没去？高风说，让各小学给他们控制学生外流，能不让郑校去吗？郑校去了，张旺能不去吗？秦玲说，镇中心校就你们几个人，就差那几个钱？马超说，这是多年的老规矩了，我们又不能为他们控制流生，再不差那几个钱，也不会请我们去的。吴劲说，我先声明，我以前可没去过。马超说，谁也没说你去过。朱校长说，中学又从哪弄这么多钱呢？吴劲说，中学本来就拨得多。朱校长说，你看现在运河中学，教师二百多，学生三百多，就是把教师数也加到学生头上，也不会比小学拨得多。吴劲又说，望湖中学学生更少，教师二百多，学生也二百多，差不多一人教一个了，可人家照样不差钱。秦玲说，那到底是为啥？吴劲说，还能为啥？现在哪单位没有吃空晌的？三百造表时都能造到八百。秦玲说，那县里就不知道？吴劲说，还能不知道？上面给县里也是按人数给的钱，下面人不多，他们又咋多报？秦玲说，原来这样，可每学期学校多出来这么多书咋办？吴劲说，不能当破烂卖？秦玲哎哟一声，我的个娘来，这一来一去，国家得毁多少？吴劲说，这还是小事，你们看看学校要是不验收，各校又在学校花了啥钱？哪个学校除了上面配备的谁又添置了啥？是不是都吃喝光了？朱校长说，其实光学校里，如果没有特别的事也不会大手大脚地吃喝，主要是上面检查的。秦玲说，上面来检查是为了促进工作更好地开展，人家并没有要求必须大吃大喝。吴劲说，谁说又不是呢？问题就在于下面基层多年来已形成惯例，总错误地认为，上面领导来了一定得先招待好，不招待好，就是工作做得再好，也会鸡蛋里挑骨头、锦缎上拣出毛刺来，检查时小心翼翼地陪着，检查完又以总结指导为由把人家拉到好吃好喝的地方，临走前还偷偷地把本地土产品给装在了后备厢里，人家回去发现了，要是给你送回，万一针对你工作实绩打分低了，你会说人家可能是看不上才退回来又故意打压的。可实际上，上面每年考核结果一出，我们也看到，平常工作好的单位依然好，往常好出事的单位依然不好，难道说那些在考核结果中垫了底的单位就没招待好去检查的领导吗？再说了，如今工作分工细，又推行现场办公，来检查考核的部门自然又多，基层负责人不在工作上想着法子下功夫，偏偏在歪门邪道上动心思，开销能不多吗？所以总认为工作要想不断地得到肯定，招待力度就要不断地加大，感情就需要不断地加深，谁要不与时俱进，谁就等着倒霉。马超说，特别是现在就任的年轻中心校长，又都是通过竞聘上来的，按理，无论学识还是工作能力都有吧？可只要县里开会，各镇的聚到一起，背后都议论，说这批镇中心校长很多都不干正事。吴劲说，我们去县里报材料都是坐公交车，你看现在当头的谁又没有专车？说是租了单位用的，可单位的其他人谁又能坐几次？还不是他一人占着？局里一开会，满院里全是车，不知道的，还以为是上面来了检查的，了解内情的，都知道是来开会校长的。马超说，别说一把，就是张旺出门，谁又见他坐过公交？不是开郑校的车，就是找个人情车用完给人家加满油，再不就租车，我们谁又租了？高风说，这样的事还是不说吧，说了不够生气的。吴劲说，该说的，别说自己生气，就是得罪谁了也得说，现在不说了，喝酒。

白酒喝完，又啤酒倒尽，朱校长还要去买，高风说，再喝，我们不下学校，你们也不回学校了？有点坐不稳的马超说，喝，高主任今天还没喝呢。高风说，我不是胆囊这段日子发炎不能喝酒吗？等我好了一定陪你喝。脸红得像关公的吴劲说，胆囊发炎咋啦？我酒精肝都不怕，喝了不醉，不喝就醉，醉了没事，朱校长不用买了，我去拿，郑校办公室还有招待酒张良醉，张良醉知道吗？喝了，足智多谋，喝了，身在酒桌决胜酒桌之外。高风一把没拉住，吴劲轻飘飘出了门，走了几步又回来，坐着直打晃。高风知道，他可能想起来郑校房里的钥匙已转到了张旺手里，又不好说破，就想让辛歌扶他去办公室歇着，可一看辛歌已倚着墙睡着了。不能再继续，高风跟朱校长、秦玲使眼色让他们赶紧走，马超拦住说，你们两个回去得按今天郑校讲的做，一定要为运河中学把好生源流量关，真要做不好，运河中学明年就不请你们旅游了。两人笑笑没说话，走了。吴劲眯缝着眼见两人都走了，就挣扎着要站起来，边起边说，我也得抓紧回县城，有份学习资料得给儿子及时送过去。可还没等高风把桌上的收拾利索，就听院子里一个炸雷传来，我他妈哪里惹你了？你他妈凭啥一句话我就不是原来的我了？前无古人，后无来者，后无来者，前无古人。随后又耷拉着头小声念叨说，你们都走吧，你们都走吧，你们都走了我也不走。接着又轰隆一个雷，我要熬死他们，熬死他们。

高风从门里瞅过去，见吴劲已晃着去了办公室，就继续收拾。才收拾利索，郑校来了电话，问高风在哪呢，高风说在中心校，郑校说你在大门口等我，说完就挂了。高风收了手机，见辛歌已打起了呼噜，赶紧一个个扶进办公室带上门，站在大门口，高风在想郑校找他有啥事。正想着，郑校的车到了，张旺下了车对高风说，郑校让你跟他去县城办点事。高风问啥事？已换到司机位置的郑校从车窗伸出头来催，高主任，抓紧走。

高风还没在副驾上坐稳，车就快速地行进了，高风提醒郑校慢点，郑校说，没事。高风说，还是打电话让张旺来开吧。郑校说，这点酒算啥？高风说，上面不是才规定酒后不能开车吗？郑校说，上面一直规定酒后不能开车。高风说，这次可能是动真格了。郑校说，哪次都说是动真格，哪次都是雷声大雨点小。高风说，还是按规定的做好。郑校说，谁不知道按上面规定的做好？可谁又真按上面规定的做了？再说了，上面规定的多了，要是全按着上面说的一板一眼地做，啥事也做不好不说，累死也没有可怜你的。高风突然想到县里新规定的酒驾不仅扣分重罚还拘留，再次提醒郑校，万一让交警发现就不好了。郑校说，都是朋友，没事，系好你的安全带，监控逮着要罚的。高风系好安全带，发现郑校没系，就说，你也系上吧。郑校说，我没事，说完又一踩油门，仪表上指针正挺着身子向时速一百逼近。高风心一提，不敢再让郑校分心，再往前一看，心里又咯噔一下，赶紧对郑校说，前面亮红灯了。郑校见前面没车，又一踩油门冲了过去。高风赶紧说，郑校你闯红灯了。郑校说，闯红灯怕啥？说完又一踩油门，车又向前面的红灯冲去。

进了城区，郑校放慢了速度，对高风说，高主任别担心，要是担心，也抓紧拿驾照。高风说，正考呢。郑校又问，考到哪了？高风答，电子桩考完了。郑校说，下面的考试需要帮忙就提前说声。高风说，谢谢郑校，啥都可以找帮忙，这考驾照说啥也不能找帮忙，真要找帮忙，那可是拿自己生命开玩笑。郑校说，道理是这样说，可要知道行行有道，更要知道这世上啥人都有，你考时真要碰上个不是东西的考官，真要不提前打个招呼，就是你练得再好，他硬是鸡蛋里挑骨头，你是不是就惨了？高风看郑校尽管速度慢下来还在画龙，就不想让他再说话，就说，你说得对，真要下面的考试事先知道摊上的考官不是东西，我就提前向你汇报，让你想办法，我一定争取早拿证。郑校说，你要是早拿到证，上班来去咱一块，我喝酒了你开，你喝了我开。高风说，我一定争取尽早拿证。

车到了县医院，远远看见田园长在门口站着，以为是碰巧了，就没在意，可田园长一看见郑校的车，就向郑校招手，招了手又迎了过来。郑校停下车对高风说，田园长有事跟你说，你一定好好按她的要求尽量办。郑校听高风说了好，又摇下车窗对田园长说，该跟高主任说的，一定要说清楚，一定让他帮你把事办好，千万别再出差错。郑校见田园长重重地点了点头就开车走了。高风看着郑校的车慢慢融进车流，就转脸问田园长，啥事你说吧。田园长说，进去就知道了。

第十二章

暮色苍茫，高风走进丰泽园，母亲在小区花园前转悠，见高风过来，就笑着瞅高风。高风到了跟前，母亲问，是不是又外出参加笔会才回来？高风说，刚从单位来。母亲又上下瞅瞅，刚从单位来？咋这么晚？还穿得新郎官样。高风笑笑小声说，你说穿得好看就行了，别说穿得新郎官样，要是淑贞听见可不高兴。母亲笑着拍了高风一下，就你瞎想，淑贞啥人我能不知道？别是你小子心里有鬼。说着笑一收，也小声说，你要是跟那电视上学，别怪我到时候不饶你。高风笑笑说，学了你也不知道。母亲又说，我火眼金睛。高风说，你天文望远镜，找不到目标也没用。母亲又说，我还会扫描，还会看相。高风说，你会得再多，我这方面不感冒，你也无能为力。母亲又低声说，没有，真没有？高风理直气壮地说，没有就是没有。母亲又说，刚才在小区大门前，跟你说话的那个漂亮的是谁？高风一愣，马上说，是同事。母亲说，是同事？我咋没听说你单位有女同事？高风说，是中心幼儿园的，刚一起从医院回来。母亲眼一瞪，都一起去医院了，还说没事。高风既好气又好笑，哪归哪？说了你也不知道，不跟你说了。母亲说，不跟我说也行，那就自己抓紧了断，别没完没了，淑贞知道又是一场乱子。高风转脸就走。母亲话又追上来，一定要记住我的话。

高风上了楼，父亲正要出门，见高风来，就问，还没吃饭吧？高风说，没。父亲说，正好锅里有，你先吃，两个孩子回来再做。高风问，两人咋还没回来？是不是下午的课跟灯课连着了？父亲说，不是，两人一天都在家，看了一上午书，中午饭后就跟同学一起出去玩了。高风问，咋没上课？父亲一愣，你不知道？高风也一愣，我哪知道？咋啦？父亲说，他们学校老师罢课几天了，你就一点也不知道？高风说，罢课的事知道，不是处理好了吗？咋还僵持着？学生再过几天都要高考了，天大的事也得往后放。父亲说，高一高二复课了，高三本打算六月一号自由回家的，这一闹，就提前回来了。高风说，不就是工资那点事吗？父亲说，工资那点事还是小事？听说闹的都是年轻人，想想也是，工资该涨不给涨，学校允诺的奖金光打白条不兑现，人人手里都有一大匝，你想谁还有热情上课？高风说，你那时候一月十几块不是照样加班加点？父亲说，我们那时候，别说不给一个，就是饿着肚子都争着表现，现在是钱领导一切，再说了，那时十几块买多少东西？现在又能买多少？你要不是家里有马上高考的学生你也不会这样说，你要是在那学校上班也得跟着闹。高风说，确实是，如今这时候，哪个家长又不着急呢？父亲说，上面也是的，小学、初中都长了，高中咋不给涨呢？高风说，高中不在九年义务教育范围内。父亲说，不在九年义务教育范围内就不给涨了？每月一千才冒点头的工资能够干啥？现在街上打零工的一天多少钱？高风说，你不了解高中情况，要单说工资，确实低，如果没有对比还好说，有的夫妻俩一个在小学一个在高中，工资悬殊一半还多，谁心里能平衡？还有的是一起参加工作的同学，进了高中的一开始还自以为烧了高香春风得意，如今一跟进了小学初中的比，不等人家说，自己头就抬不起来了，这日子还咋过？父亲道，所以说，能不闹吗？高风说，当然这是国家教育体制不完善，可实际上，县里也没少在高中投资，只是投入的钱，有一部分让校领导挪作他用，有一部分相关部门确实没拨到位。父亲说，听说校长也撤了。高风说，有钱没钱都得和谐，不能和谐要你在那里有啥用？父亲说，临阵换将也不是个法子。高风说，不是法子又如何？不换不平民愤，换了就是工资暂时涨不上去，也可兑现兑现手头的白条应应急。父亲说，这也治标不治本。高风说，别说高中，就是小学初中也是怨声载道。父亲问，工资该涨给涨了，还有啥可怨的？高风说，评先选优、绩效工资等鸡毛蒜皮之类的事就不说了，还说工资，涨了是涨了，可他们不给高中的比，却跟周边县市长得高的比，一比，是不是差距又出来了？差距一出来，工作的热情或者说积极性是不是又大打折扣？父亲说，人心不足蛇吞象，闹长了，毁的都是孩子。高风说，谁又说不是呢？他们也是，多少日子都熬过来了，就差这几天？父亲说，不在这关键时候闹，上面能重视吗？听说网上都传得乱七八糟的。高风说，如今这事就是网上管用，网上一传，风行天下，上面领导捂都捂不住，最重要的是，这样的事一闹，当地领导评优晋级一票否决，如今人又都现实得很，又牵扯个人政绩和升迁的大事，哪一个想惹火烧身？既然火起了，还有燎原之势，哪一个又不当机立断全力以赴？父亲说，当领导的头痛医头脚疼看脚也不是个法子。高风说，能头痛医头脚疼看脚的就不错了，有的层层安排网管人员捂着压着不让消息透出去，你也没办法，你知道文文那高中为啥出现这局面的吗？父亲说，我哪知道？高风说，按说，高中教师的工资也该依照九年义务的教师工资标准执行，可上面没下文，又没这份预算，县里如果重视，也可从学校全部上交的学杂费中拿出一部分用来提高教师工资，问题是县里把学校上交的学生学杂费当作了财政收入，该拨付的款又不能如期足额拨下来，可学校该建的还得建，正在建的又不能停，钱的亏空就出来了，向上反映，反映了也白反映，没办法，只好伸手向下，柿子拣软的捏，反正升官发财下边普通员工也没用。父亲说，普通员工不能帮你升官你就想咋就咋？高风说，现在哪里不是这个样？你知道我为啥来这么晚的吗？父亲问，为啥？高风正要说，父亲突然想起高风还没吃饭，就赶紧把饭端上桌说，快吃饭快吃饭，再不吃就凉了。

高风洗过手开始吃饭，父亲坐在对面看着高风，这让高风想起了小时候。可父亲没让高风多想，又问高风为啥来晚的。高风说，去县医院了。父亲问，去医院干啥？谁又病了？高风说，谁也没病，镇中心园有个小男孩从滑梯上摔了下来。父亲哎哟一声，问，摔得咋样？高风说，右上肢断了。父亲又问，啥时候的事？高风答，中午放学。父亲说，放学时间摔的，责任属家长。高风说，关键问题就在这责任上。父亲说，这不是楚河汉界明摆着的事吗？高风说，如今哪还有这么一清二白的事？小孩是摔在园里的，放学了这个孩子一直没人接，负责照管的又是个才进园没多久的女孩子。父亲问，这女孩是谁？高风答，问题复杂就复杂在这里。父亲问，咋又复杂了？高风答，这女孩是园长一个亲戚的孩子，初三还没上完就要外出打工，家里人嫌她年纪小不放心，就找到了园长，正好园里有个快到退休年龄又请了病假的，就给郑校说了声把这女孩安排园里代替了，没想到这女孩平常一玩手机就上瘾，今天中午放学快半小时了，她负责的这个小孩家长还没来，她就坐在教室门前，边手机上着网边看着这小孩，谁又知，这小孩在教室玩着玩着要小便，小便就小便吧，反正卫生间跟教室挨着，这女孩就把拦门的腿撤掉让小孩子去了，等一个网友跟这女孩聊到要去吃午饭说拜拜了，这女孩才猛然想起小男孩还没回来，赶紧起身找，一看隔壁的卫生间没有，往外一看，小男孩正在滑梯上玩，就跑了过去，正玩得高兴的小男孩一见这女孩到了跟前，心一慌就摔了下来，幸亏这女孩麻利，伸手接虽没接住，却让这小男孩改变了触地姿势，要是小男孩的头触地，后果更不好说了，好在园长还没走，赶紧跟小男孩家长联系，当把小男孩送到镇卫生院刚拍完片，小男孩妈妈到了，一见儿子哭成那样，也着了忙，一听说小男孩右上臂骨折还粉碎性的就来了气，质问园长咋看的孩子，又好在园长处理这事很有经验，三句两句就把那家长安抚得没话了，园长见家长不再责备，就问值班医生咋处理，医生说，动手术接，小男孩家长不愿意在卫生院治疗，就一起去了县医院，路上小男孩的妈才说，跟人家建筑队干活，今天房屋上楼板下班晚了。园长说，就是不能来也得跟园里打个电话。小男孩的妈说，总以为拖延不长，就没打，再说，当时忙得也顾不上。园长说，再顾不上，也得跟园里说一声。小男孩妈又没了话，可等到小男孩妈给在外的丈夫打完电话，脸突然一冷，说话口气又硬起来，反正是在园里摔的，才说完，县人民医院到了，不好再争执，就挂了急诊，可拍片的已下班，医院正联系拍片人的时候，园长就向郑校汇报了事情经过，郑校就把我带到了县医院。父亲问，你又不负责幼教，把你带来有啥用？高风说，不是很明显吗？让我找姨弟从中帮着大事化小小事化了。父亲又问，你找了？高风说，找了，可姨弟从早饭后就在手术室忙，又没法进去，等他出来都下午四点多了，小男孩家长急，可急也没用，田园长不知通过啥办法让检查结果一直没出来，家长就只好抱着孩子在那等，园长把那小男孩妈留下照看，以联系住院为由跟着我到一旁等姨弟，我把情况跟姨弟一说，姨弟面无表情地把高风拉到一旁，先是嫌我多事，听我说了来找他的原因，他说那好吧，你就跟郑校说，尽量把事情的后果降到最低，尽量把花销减到最少。父亲说，孩子这样了，该咋治疗就咋治疗，咋能把花销减到最少呢？高风说，园长说园里没钱。父亲说，现在园里收这么多，又不上交，咋能没钱呢？高风说，镇中心校把钱收走了。父亲说，那还不好说，镇中心校出钱。高风道，问题是园长跟郑校要求了，郑校让找中心校会计，中心校会计说没有，园长又找郑校，郑校就让先想办法把院住上再说，园长就从家里拿来了一万先交了押金，来来回回一折腾，就这时候了。父亲说，以前从没听说镇中心校缺过钱，现在国家拨款还拨那么多咋就缺钱了呢？高风说，最主要是现在当领导的都能花钱。父亲说，当领导的再能花钱，当会计的不仅有提供资金负责理账还有约束领导花钱的责任。高风说，还约束呢，只要领导张口，就要一给二，没有特殊情况，还时时跟在领导腚后转，恐怕丢了这差使。父亲说，镇中心校应该也有上面拨的款。高风说，不知道是每年六万还是一学期六万。父亲说，就是一年六万也不少了。高风说，反正不够，就一而再而三地约束下面学校少花钱，好点的，让下面学校实销实报定期给付，不像话的，就是把下面学校报了的钱也给当收入花掉了，点子多的校长就想办法婉转讨要，本分的就难了，办公用品没法买还不说，学校电费都不能保障。父亲说，正常工作都不能维持了，那还是学校吗？高风说，不是又能咋着？现在的有些领导都是一支笔，说啥是啥，又是好得罪的吗？父亲说，那还干啥？还不如当个一般教师带课舒心呢。高风说，问题是现在当校长的又有几个是凭教学的真本事当上的？既然当上了，谁又不想江山永保呢？最起码校长不进课堂吧？最起码不能捞大钱也能沾点小钱吧？最窝囊的也隔三差五地跟着吃吃喝喝落个嘴上痛快肚里舒坦吧？父亲腾地站起，这哪里是学校？太不像话。正好母亲走过来，瞅了瞅父亲，又看着高风说，是不是你爸也在批评你没洁身自好？父亲一愣，高风赶紧说，你问问爸我是咋回来晚的。父亲听了母亲的猜想就笑着说，咱儿子是那样的人吗？他有他的正事，你少问。母亲说，我的儿子我不问，问谁？父亲说，你只要帮我把两个孙子照顾好就行了，工作上的事，你操的哪辈子闲心呢？母亲说，我就不能给他打打预防针？父亲说，当然能，但要趁机会讲场合，万一你正说着，淑贞推门进来又正好听见，你说后果会是什么？母亲说，我正是怕后果严重才趁淑贞不在数落他。父亲问，你是神经有毛病了，还是发现啥了？母亲答，要是没发现啥，我现在会说他吗？说不定他跟淑贞已经闹别扭了。父亲就瞅高风，高风就笑着问，我们闹啥别扭了？母亲答，不闹别扭，这几个星期天你们咋没一起来？高风说，我不是单位有事加班吗？母亲说，咋这么巧？你一加班，淑贞咋就车送车接了？上下车还有个年轻英俊的警察给开车门，难道淑贞改行到派出所工作还升了官了？我咋没听说呢？高风哈哈笑起来，笑完，母亲又说，你别笑，你今天也让我抓住把柄了。转脸又对父亲说，你儿子本事更大，已把人家女孩带医院了，这说明他们两个都在各找各的呢，你说不是在闹别扭吗？说不定已办过手续了，就等着文文考走向我们公开呢，你说我能看着不管吗？高风又哈哈笑完，见父亲严肃起来，就说了自己跟王所长的关系和淑贞坐警车的原因。父亲听了就对母亲说，你可听清楚没有？我劝你以后千万别再这样，你要知道，孩子大了，有他们的处世方式和做人准则，咱最好别掺和，越掺和越乱。高风笑笑对母亲说，你看父亲说得多好。母亲说，好好好，他好我不好行了吧？你来时跟淑贞说了没有？高风说，哪还顾得上？

母亲伸出手指对着高风和父亲点着说，一样的一样的，有其父必有其子，赶快跟淑贞打电话。

高风掏出手机还没拨号，手机就响了，高风一看是淑贞的，就伸给母亲说，说谁谁到。母亲说，别磨蹭，快接。淑贞问，在哪？高风说在县城家里。淑贞又问，咋没说一声？高风回答，还没来得及。淑贞说，我要是不打你手机，你啥时候能来得及？高风说，我正要打给你。淑贞说，得了吧，把你打扮得新郎官样，是不是借故寻花问柳去了？高风赶紧说，爸妈都在呢，别胡说。淑贞又问，明天还回来不？高风说，县文联有个采风活动得参加，你不提还真忘了告诉你。淑贞说，啥事我不提你也想不起来跟我说。又听淑贞说了几句，高风说，回去再说吧，就挂了。母亲说，不听我的言，是不是挨批评在眼前？没等高风回答，母亲又问，是不是还有别的事？高风犹豫了一下说，没有，就问问在哪。父亲说，不像吧？高风说，能有啥别的事？现在就有一件事最重要，两个孩子高考，其他，再重要都不是事。

晚上十点已过，要是平常，文文强强上灯课也该回来了，可玩到现在没回来，这可是从前没有过，高风打文文手机，文文没有接，又打强强的，强强也没接，心就急了，先是埋怨父亲不该让他们出去，父亲说，现在上学多累，难得不上课，能玩就让孩子随兴玩个痛快。高风说，眼看要高考了，能这样吗？我们那时候早就严阵以待了。父亲说，正因为你们那时不知道考前充分休息，弄得自己格外疲惫又紧张，你才没考上好大学。高风说，那也不能玩到现在不归家。父亲说，兴许玩高兴了。高风说，就是玩高兴了也得想着给家里打个电话吧？更让人生气的是打给他们，还都不接，回来我得好好跟他们算账。母亲说，你这知道急了，你小时候玩起来别说不让我们找到，就是找到了，拽着都不走，非得再玩一会儿，也没有谁跟你算啥账。高风说，那时候是那时候，现在是现在，如今孩子自控力又差，真要玩过头了，休息不好，万一再出点啥事……母亲啪地打了高风一下说，就你乌鸦嘴，能出啥事？你要是困了，你去睡，我们等着，我就不信俩孩子能不知道回来。高风不好再说，就拿起刚才扔在茶几上的手机，准备给文文再打，刚在手机通话记录里翻开已拨号码，文文就打了进来，母亲一听手机响，就赶紧探过身来，一看是文文打来的，一把就夺了过去，按了接听键就问，文文在哪？高风让耳朵靠近就听文文说，奶奶，对不起，跟同学在一块玩，忘了给家里打电话了，你跟我爸说一声，十二点前保证到家。高风抓过电话问，现在就给我回来。文文说，爸，这样不好吧？同学们都在呢。高风说，不好也得回来，同学都在也得回来。文文说，爸，我了解你的心情，就这一次好吗？下不为例咋样？高风不好再发火，就问，刚才电话为啥不接？文文答，当时跟同学一起在KTV，没听见，出来才发现。高风说，KTV完了还不回，还想去哪疯？文文说，我们再去网吧上会儿网？高风腾地站起，再去网吧上会儿网？马上要考试了知不知道？没等高风听完文文回答，父亲就夺过手机说，文文去吧，可要记着抓紧回来，知道强强在哪吗？文文答，我们在一起。父亲说，那好吧，快去吧，我等你们。父亲说完就结束了通话，又把手机给了高风。高风问父亲，有这样惯孩子的吗？父亲说，这不叫惯，这叫因势利导。高风说，把孩子惯成这样，还说是因势利导？父亲说，他们去上网能跟家里说一声，说明孩子懂事。高风说，大战在即，马上该奔赴战场了，还有闲情去上网，这还叫懂事？父亲说，越是大战在即，越要放松，放松得越彻底，战时状态就越好，取胜的把握就越大。高风说，话是这样说，也不能让他们平原走马。父亲说，有的马，就是放在平原也不会走，孩子们这时候能有心出去玩个痛快，说明孩子们不仅会学还会玩，真要这时候抱着书不出屋和尚念经一样，你啥心情？高风说，那也不能快半夜了还不归家，就不知道家里人在等他们？这还是不懂事。父亲说，他们要是不懂事，上网不仅不会告诉你，要是你问急了还会说瞎话，如此一而再再而三，孩子心就野得没影了，你就是在家急得跳墙又何用？再说了，他说去上网，你硬是不让他去，鞭长能及吗？他们去干啥还想着告诉你，就是怕你急，他们的这做法就叫懂事，我的做法不仅叫因势利导，还利于他们养精蓄锐彻底从以往的紧张学习中放松下来。想想也是，高风就对爸妈说，你们累了一天，快去休息吧，我等着。父亲说，我们习惯了，你明天还要上班，还是去睡吧。高风不好再说，可眼瞅着电视心却不在上面，一会儿担心两个孩子在外会不会出事，一会儿又想孩子学校老师罢课能是啥结果，一会儿又想着淑贞刚才电话里后来说的如何去办，如是不停反复，再也坐不住，就站起来说，我出去转转。母亲说，也抓紧回来，别等来了这个又让我们盼那个。高风说了身上有钥匙就出了门。直到文文高考的分数下来，高风才问他那天晚上为啥要去网吧上网，手机不是每月有五元的流量吗？文文才告诉高风说，那晚，他们一起在网上看学校罢课的事，网上说，县里管教育的副县长去了学校，不仅批评罢课教师没有素质，还说要论一年上的班每月千元工资不算少，副县长走后，有人就在网上传了一首诗：教育县长来一中，句句说得不中听，要说一千不嫌少，何不一中来打工？高风当时听后就要上网搜，文文说，别搜了，第二天早上就让网管给删了。当然，这是后话。高风必须尽快把文文强强找回来，免得节外生枝。

出了小区，街上路灯依然精神抖擞，逛街的依然兴头正劲，出租车和私家车依然川流不息，沿街的酒店歌厅之类依然宾客盈门笑声连天，就近的天天网吧门前自行车依然放得满满当当，高风推门进去，跟吧台蓬松着一头黄毛的女服务员招呼一声，就在一排排的电脑前找文文强强。网吧里大都是放学没归家的未成年学生，一个个戴着耳机沐浴在荧光里，脸上看不出有光泽和血色，高风想起了酒泉卫星发射中心的跟踪监视大厅，他们肯定不是，高风又想起了上世纪五六十年代贫困乡村孩子的饥饿表情，他们也不是，可高风也不想说他们是在查学习资料，更不想说他们在与网友聊天或玩游戏，高风只是在心里埋怨网吧的管理者为啥违反上面的规定让他们进来，可埋怨有用吗？如果他们没有后台，他们会这样吗？接着又上二楼，在呛人的电脑、人体等散发的混合气味中依然没发现，高风便走下楼，如是再三在几个附近的网吧没找到，就又走上街，走进中心广场，顺着节奏特强的乐曲，高风先是感觉浓烈的化妆品气味不商量地直冲鼻子，接着就贯心入肺，再接着就看到很暗的灯影里有一大群黑压压乱晃乱动的人，照淑贞的话说，这些人都是吃饱了撑的，可高风不同意她的说法，高风说，正好相反，这是一群饱受饥渴或是在家里经常吃不饱喝不足的人。淑贞当时就砸了高风一记黑拳，还送高风一句没正经。所以，这样的人群，高风不会接近，继续向前。

路边灯光下卖小商品的已开始收摊，卖小吃的摊贩手里虽不忙眼却向跳舞的地方不停地眺望，当然对于过路的更是热情得让人肉麻，高风自然不会答理他们，高风知道，你要真礼貌地回应他们的招呼，你一定会被他们粘住，不掏腰包就很难脱身，尽管不答理会受到他们的腹诽，这还不说，最主要的是高风一闻到他们摊子中那种浓烈的调料味就反胃得厉害，腹诽就腹诽吧，总比在大街上呕吐心里好受，就赶紧走开。

灯影里旁若无人紧紧搂抱的一对对小男女，肯定不是正热恋的准备走进婚姻殿堂的年轻人，广场过道的醒目处伸手向你乞讨的也肯定不是吃不上喝不上名符其实的乞丐，拐角石椅上着装超短浓艳盖过旁边花木香气的肯定不是出来散心的平常女子，走走停停停停走走看见热闹处就流连不前还呆愣望远的肯定不是子孙满堂又整日厮守没有心思的老婆婆，这里看看那里瞅瞅垃圾箱里翻来翻去的肯定不是拿着大把退休金或享着各种待遇或保险的老头子，纵七横八地缩成一团身上馊味熏人的肯定不是有家有室神经正常的或男或女……围着广场转了一圈，又转到带着脂粉味的音乐里，高风不想再转，就转身回家。

手机突然响了，以为是文文从家里打来的，就接了起来，可声音不是却很耳熟，分辨了有半分钟才听出是县城里住着的宇文佳，宇文佳在县文学圈里很有名气，小说、散文、诗歌样样都写得不错，虽然年纪相仿，却一脸少相，出于礼貌和对其无论纸媒还是网络到处铺天盖地的作品，高风都称他宇文哥，或佳兄，有一次两人在酒桌上论起年龄，没想到高风的生日比宇文佳还大上几天，宇文佳就让他改口，可高风说，在文学创作方面，毕竟你早早出道，毕竟你硕果累累。宇文佳不好再强求，可对称呼极讲究，叫他文哥文兄、佳哥佳兄都行，但绝不允许叫他宇哥、宇兄，强调说，宇文是复姓，只叫开头的字会让人产生对他不利的联想，是最大的不礼貌，当然他的强调大家都心知肚明不好戳破，毕竟文学在大的环境中早就走向边缘，小小一个县，能因为文学走到一起的人本来就少，还是给对方留点斯斯文文的虚荣吧，但也不能任他所以。高风问他，这么晚了，还有啥指教？他说，这么晚了，你还溜达什么？高风说，随便转转，这就准备回家。他又说，你在原地等着，我这就到你跟前。高风这才意识到他就在附近。能在哪里呢？高风转着圈看，就看到他和一个身架苗条个高的女子从跳舞的地方走过来。高风马上想到文友中有关他的传闻，立即断定这肯定不是他的粉丝就是他的相好。高风平常最反感这事，每碰到宇文佳这种情况，都借故走开，可这次走不开了，他已来到高风跟前，并攥住了高风的左手，另一手同时松开那女的，向一辆出租车招手，然后一手一个迎上出租车。高风挣了挣没挣开，又不好强使劲，就问他去哪？他说，别问，到了就明白。说完，他拉开前门，把高风塞了进去，又拉开后门，先让那女的进来，又把他自己放进来，嘭的一声关好，就对司机说，老地方。

高风知道，老地方是20世纪八十年代后期县城东郊最有名的一家小酒馆，不仅菜味道独特，最主要的是酒馆里能住宿，住宿的小房间收拾得既简单雅致又浪漫温馨，是当时热恋中的青年男女最爱去的地方，到了九十年代后期，因为谣传1999年是世界末日，店面上有副对联很让人注意：难得糊涂，醉把鸳鸯藏入梦；从来自在，且将明月送回山。横批：好再来。后来没多久，才在县里写诗出名的宇文佳用刚得的一百元奖金去老地方请客，酒酣耳热之际怂恿小酒店老板把下联改成“偶尔放纵，笑将风月坐拥怀”，那老板听了一愣，没说行，也没说不行，同去的就夸宇文佳诗写得如何如何好、如何如何出名，这一改酒店从此是如何如何人气旺，老板就动摇了，一动摇，宇文佳就来了劲，顺手把奖金全掏了出来，对老板说，除了酒菜肯定有余，你就让人拿了买三张红纸、两小瓶墨汁和一把一寸半的毛刷来，我今晚就给你换了。旁边的文友又附和说宇文佳的字写得如何如何好，平常一般人就是花钱请都得排队。老板心又热起来，围裙一解，就亲自出去，回来见宇文佳正好起场，就让人赶紧收净抹干，把笔墨纸送上，见毛刷插不进去，又让人拿了个大白碗把墨汁倒出来。宇文佳把纸竖着对折裁开，又用老板拿来的胶水把其中四片两两粘接起来，接着按字数等分叠好，随后就展纸挥毫，一气呵成，继而又另用半张写了横批“老地方酒馆”。

酒店老板看着灯下俊朗飘逸的行楷字，激动得从兜里掏出张百元大票又还给他，并央求在剩下的半张上再给写几句招徕顾客的贴在当门正墙上，宇文佳稍一愣就写下了“美酒佳肴确实香，杯盘盛来转眼光。此店主人会待客，醒来直夸温柔乡”，大家一看尽管会意是从李白的《客中作》衍化而来，也禁不住佩服他的才思敏捷。后来酒店生意果然出奇的好，来的还都是有钱人，又把酒店老板喜坏了，遗憾的是红纸经了风吹日晒，不仅褪了色，经了一次雨还脱落了几块，便趁着一个大晴天把门两边重新粉成白墙，又约了个吉利日子，专弄了一桌让宇文佳用红漆给写在了墙上，屋里的那一横幅，宇文佳则用了别人送他的一直没舍得写的上等宣纸重写后，店主又专程到他介绍的徐州丹青坊进行了装裱。可好景不长，酒店后来被派出所的人封了，尽管也没查出什么，后来又悄悄开了张，对联却没了，门上面只有“老地方酒馆”几个字，可屋里的那幅一直在，为恐落尘，店主又镶了个玻璃框。当然那时高风只是听说他的名字还不认识他，听他在这家酒馆说这些时是两年前，高风和他在县里组织的乡镇采风团里才认识没多久。后来一熟，在这个地方喝酒的次数就多了，每次来，宇文佳必讲屋里的这幅字，还特别突出所用宣纸的好，有人问他这宣纸哪里造的？他说是安徽宣州的贵池所造的六尺澄心堂纸，还用据说强调，这澄心堂纸是五代时专供南唐后主李煜御用的，后来乾隆喜欢上了，还命宫里仿制，是纸中珍宝，一般人很难见到，就是见到谁又认得？那人又问，这纸好在哪呢？他又说，“轻似蝉翼白如雪，抖似细绸不闻声”，一直价格很贵，如今更是天价，只是当时年轻不知这纸的好，如果是现在，说啥也不会用。出于好奇，高风有一次回到家网上一查他说的那纸和诗句，原来那纸历史上还真有，至于他用的是不是且待另说，可那诗句却不是专夸那纸的，就心里一笑，从此，宇文佳再说那幅字，就听之任之，如风过耳。这不，车还没到，他就向跟他粘在一起的女的又说起来，遗憾的是这女的不仅不知道这纸还表现出没兴趣，只是问老地方是啥地方？宇文佳说，老地方就是老地方。女的一撒娇，宇文佳说，就是迷你喀秋莎。那女的一听高兴了，说，我就喜欢迷你那地方。宇文佳说，你就喜欢那地方，今晚就住那地方。那女的打了个响指说了OK，车就停下了。

下了车，高风趁着宇文佳和那女的去看菜的机会，在门外打了文文手机，问在哪，文文说在家，高风说快睡吧，我有点事得晚一会儿回去就挂了。收了手机才注意这酒店两年前与现在没法比，不仅青砖灰瓦的平房被俄式小木楼取代了，在主楼二层窗下和一层门上的空间可着三间的长度竖起的招牌也格外抓人眼球，不仅周边镶着闪烁的五色霓虹小灯泡，“迷你喀秋莎”五个艺术化了的行楷大字还全用霓虹灯管连缀而成，不过不是一字排开，而是分两行全排在右边，上面是“迷你”，下面是“喀秋莎”。左半部是一位夺人眼球、着装超短的俄罗斯风情少女，背景是蓝色的大海，高风不知是中国的海，还是俄罗斯的海，侧身正视的俄罗斯少女微抬的右脚尖正好连着“莎”的最后一撇，那珠光宝气的俄罗斯少女跟店名霓虹的闪烁此现彼消。

宇文佳从酒店出来看见高风问，你在发啥呆？是不是被招牌上面的俄罗斯娘们迷住了？高风没有回答，高风问他，跟你来的这女人是谁？他答，你嫂子。高风说，不对吧？嫂子我是见过的。他又说，这是你二嫂。高风说，没听说你有小二。他笑笑说，小二不固定，要是排起来，应该是小N了。高风又问，还是县城的吗？他说，你看呢？高风摇摇头，他又说，外地的自由写作者，在这有小俩月了。高风又问，奔你来的？他答，绝对铁杆粉丝，别的不说，就她那白嫩的皮子我就喜欢。高风说，你就作吧，不把你掏空，你是不知道回头是岸的。他见又有人来，就把高风拉到一边说，我告诉你，你要想写出好东西，就得多结交女人，不交上两三个让你死去活来的女人，你的小说就是上了档次也不会一纸风行。高风说，你这样说不仅片面还不准确。他说，风行就是流传，流传就是传世。高风说，风行是横向的，传世是纵向的。他又说，这个我懂，我这会儿是被这娘们撩得急不择言了，这也是我近几年研究中外名家得出的结论，中国如此，外国的更如此，例子咱不举了，有兴趣你回去后到网上查查，咱现在赶紧进去喝两杯，别叫她等急了。高风说，还是你进去吧，我就不给你当电灯泡了。他说，你给我当电灯泡？做梦吧你，我是让你来喝两杯有个直接体验，好让你的小说沾点女人的灵气。高风说，我是把文学当娱乐，此生也不想写出啥风行或传世的东西。他拽了高风就进，边进边说，不想写传世的东西也得进去喝两杯再走，好端端地一起来，我还在她跟前把你的小说夸得一朵花，你真要不辞而别，她会咋说我呢？权当给个面子，行不行兄弟？高风不好再说，就跟了进去。

上了二楼，没想到喝酒的这间还能KTV，坐定后，这女人自我介绍来自江南水城，网络写手，网名红袖一缕，介绍完就跟高风碰杯，碰完杯就要唱歌，问高风唱什么，高风说，啥也不会唱，她就把话筒给了宇文佳，可她不喊宇文佳，她唤空中一鹤。高风知道空中一鹤是宇文佳的网名，他发网络小说用这个，QQ也用这个。如果谁感兴趣，把空中一鹤在百度等一搜，哗啦一下就会出来一行行有关空中一鹤的条目。空中一鹤的网络小说清一色帅哥靓妹痴男怨妇悲悲欢欢离离合合曲曲折折，尽管小说中男女之间恩恩爱爱颠鸾倒凤死去活来难舍难分，最后却没有一对能有情人终成眷属，且行文中彩袖长舞摇曳多姿，让人欲罢不能，据说点击率相当高，一年稿费弄个二三十万如小菜一碟。高风每想到宇文佳的网络小说就感叹，我辈费了九牛二虎之力一年也就弄个万儿八千或是千儿八百，根本没法比，也不能比。宇文佳因为辞了公职专事创作，网络上得了钱，除补贴家用，自己出书低价给书摊商贩又赚一笔，就是自己吃喝玩乐，去年县作协换届选他当副主席，他不干，私下里，高风曾问过他为啥，他说，要干就干一把，给人家拉帮配套不行，可如今的县市作协任职，一把都是权重一面文学上又小有成就会搞到活动经费的兼职，或是重要岗位上退下来能联络到采风单位的文职人员，一般平民百姓，你纵是天才写作者也休想，但县作协组织的活动，只要给通知，他就参加，参加了，规定的应景文章也写，采风其间特爱在女作者堆里钻来钻去，不停地介绍他的创作，让那些初涉文学的女作者佩服得五体投地，自然背后不少成了他的粉丝，他跟粉丝的绯闻也在文友间甚至文友以外兔子一样乱跑，还听说不少跟他关系亲密的粉丝让他买辆车，他不干，他说有车不好玩，开车费心思还不能喝酒，租车多好，想去哪，手一招车来了，到了地方，手一挥车没了，神出鬼没，谁也不知道他在哪，多省心？没想到的是，他网上还有粉丝送上门来，又一个比一个俏，一个比一个年轻，还有的吹拉弹唱棋琴书画等都能耍上几下子。这不，红袖一缕问宇文佳唱哪首，他说随便，红袖一缕说，《随便》是哪首？有歌词吗？他说，有，说完作诗一样就抑扬顿挫起来：

正当梨花开遍了天涯，
河上漂着柔曼的轻纱！
喀秋莎站在峻峭的岸上，
歌声好像明媚的春光……

红袖一缕听完说，这歌叫《喀秋莎》。空中一鹤说，咱如今在的酒店叫喀秋莎，唱它就是唱随便，你会不会？红袖一缕说，我当然会，还唱得好极了。空中一鹤说，就这么自信？红袖一缕说，当然，你先唱。空中一鹤就唱起来，唱完“喀秋莎站在峻峭的岸上，歌声好像明媚的春光”，红袖一缕就用俄文接着唱起来，最后一段前的过门一开始，红袖一缕又让高风唱，高风摆摆手，她又用汉语唱起来。其实，这歌高风上中学时就会唱，在镇教育圈子里还都知道这歌高风唱得最出色，不仅跟校干一起晚上喝酒时在仙聚楼里KTV过，还在闸口小学当校长时，跟秦玲一起带学生参加过镇团委组织的革命歌曲大家唱比赛，并得了最高奖，他还想到师范二年级时因为在元旦联欢会上唱了这首歌，不仅成了学生会主席，还从此真正赢得了校花淑贞的爱情，可今天高风不能唱，不是这段时间让这么多事情缠得没有心情，而是自己明白今晚不是来唱歌的，说白了，是陪着人家高兴的，也知道，只要一唱，就是不能把红袖一缕的深情比下去，也能把空中一鹤的时而用情不专比下去，尽管宇文佳的男中音很有穿透力，他的唱技细究起来也找不出啥大的毛病，他即兴的演唱动作也是那样的无可挑剔，甚至说完美得让人妒忌，可真要比下去就是喧宾夺主了，就是有点太不识趣了，人家让咱来高兴，咱就是不能让人家高兴，也不能让人家不高兴。唱完又碰杯，碰完杯，宇文佳又选了《莫斯科郊外的晚上》，序曲一过，他又唱起来：

深夜花园里四处静悄悄
只有风儿在轻轻唱
夜色多么好
心儿多爽朗
在这迷人的晚上
夜色多么好
心儿多爽朗
在这迷人的晚上
……

第一、二段唱完，空中一鹤让红袖一缕用汉语接着唱，红袖一缕拿起麦克风一看出现的歌词“我的心上人坐在我身旁”，就瞅着空中一鹤撇了下嘴唱起来，等红袖一缕唱完“但愿从今后”，空中一鹤又跟着唱“你我永不忘，莫斯科郊外的晚上”。

唱完，红袖一缕说，高老师不会唱外国歌曲，选中文的吧，没等回答，她就拿起遥控器选了《传奇》，高风一看歌名，赶紧摇头，可序曲已起，她就唱起来，唱完，高风见宇文佳鼓起掌来，也忙跟着用力快节奏地拍手，心想，当不了歌手，当个观众应该懂些礼貌。红袖一缕端起跟前的果粒橙润了润嗓子，又唱了《真的好想你》，意犹未尽，又选了《你在我心上》，宇文佳已深深陶醉，激动地说，你歇着，我来这曲，说了旁白“明月几时有，把酒问青天”，就随着乐曲进入了意境，等唱最后的“如此美好，如此的难忘；如此美好，你在我心上”时，眼就从屏幕上移到了红袖一缕脸上。唱完，红袖一缕说，难得这么深情，我也送你一曲《山楂树之恋》。宇文佳说，好。转脸又对高风说，记得你哼过这首，你就开开金口吧。高风说，哼哼行，真要开口，你俩吓得都来不及开门逃，得破窗跳。红袖一缕说，玩的就是随意，也别难为高老师，还是我来吧。高风就对她说，这歌最适合你唱。红袖一缕说，不过，你以后要是把今晚写进你的小说，一定得把歌词带上。高风说，行，你快唱吧。

他哪里走
我哪里跟
心中的相思说不清
我唱的歌
他拉的琴
山楂树连两颗心
红花如是血
白花就是情
满树的鲜花却看不见他
天呀地呀
你不要带走他
风呀雨呀
你不要伤害他
我要变做山楂花
随他化作泥土
在这里安家

高风虽然看过《山楂树之恋》这本小说，却没看拍的电影和电视剧，更没听过这首石常磊版的《山楂树之恋》歌曲，今晚经红袖一缕一唱，因为世事，早就被按在心灵深处的柔软一下子被击中，浑身不由一震，还感觉眼里潮湿起来，很长时间没听过这么好听的歌曲了，高风深深地被这首歌感动了，没想到宇文佳更是个情种，虽默不作声眼泪已哗哗不止。红袖一缕不仅偎了过去，把他揽在了怀里，一时屋内寂静无声。很明显，高风是多余，一看手机快凌晨一点，就悄悄告辞。第二天还没醒，手机就响了，眼都没睁，伸手摸到就接起来，是宇文佳，问高风起床没有，高风答没，又问他在哪，他说在喀秋莎，高风一下子醒了，你昨晚真没回？他说，回啥回？有个可心的在乐不思蜀的温柔乡里陪着，哪舍得红罗帐里戏鸳鸯销魂夜里度春光？你小子太不地道，屁也不放就走了。高风不想接着说，就问，有事吗？他说，今天采风，能不能带她去？高风说，不好吧？他说，就说我新发现的文学新秀如何？高风说，你要带就带。他又说，你不但不能说破，还得顺着我的话帮着遮掩。高风说，你是咱县文学圈里权威级的大腕，中间一站，谁敢多嘴？就挂了电话。

县文联每年都要借主办刊物《留城文艺》为平台，按照宣传部的部署，不定期组织县域内的文艺界人士到各乡镇采风，以文学、书画、摄影的形式为本县发展亮点进行广泛报道深入宣传。虽然高风个人对写这种以点带面歌功颂德的文章不喜欢，既然通知了，如果没有特殊情况，也是每次必到，一来看看很多没去过的乡镇，二来也会一会只是电话、QQ和博客上联系的文友，回来还能因此兴奋好几天，所要求写的文稿如果不是催得紧，就能拖则拖，确实拖不过去，就巧妙地选一个角度说说当地的风俗人情历史人文，又因为他本人在写作上有自己的讲究，每次刊物发出来，文友们都说好，高风听了自然高兴，高兴一多，再看看积累的这方面文稿，就有了把县域乡镇、文化古迹、新辟景观都写下来出一本书的愿望，所以这次就打算去望湖镇。望湖镇虽然毗邻，可除镇政府驻地曾因办事或两镇教育往来到过几次，其他还真没涉及，就是按照县文联以往惯例，高风也必定去望湖，可文联关主席这次却让高风回本镇，给去傍湖的文友当当向导，适当的时候作些介绍，再顺便照顾照顾。话说到这样，高风就是满心里不情愿也得同意，好在来日方长，去望湖有的是机会。

宇文佳一听高风回傍湖，也要求去傍湖。高风明白，他这样好带红袖一缕，在采风过程中，除他能跟红袖一缕说话，高风也能说上，别人就不会以为又是他从哪领来的粉丝。可他宇文佳向关主席要求的时候偏扯了一下高风，让高风帮他一起要求，高风就说，让宇文老师去傍湖吧，我也想趁机会向他讨教讨教。说完，见关主席表态，就回头招呼别的文友去了。

如果不是临时定下《留城文艺》要出一期专刊配合县里小康县验收，一般情况下都是周六或周日采风，既然这次有特殊任务，又风和日丽，文友们自然高兴丢下手头工作聚会。没去过湖边的朋友一听说安排去傍湖，一上车就开始问这问那，高风只好提前进入角色，竭尽所能热情回答文友们的提问。到了傍湖，负责接待的郭书记说，高主任是傍湖通，镇里有关大文章都是他执笔，镇里的全面情况也数他最熟悉，今天就让他给大家当导游介绍吧。文友们听了就啪啪鼓起掌来，掌声罢，关主席说，看来我们的安排是非常正确的。宇文佳说，高风是当之无愧的。高风说，别说事先没想到，就是领导提前让准备了，我也不敢说当之无愧，还是尽力吧，尽量不让大家太失望。关主席说，要是提前准备，我们还能欣赏到你作品中口吐莲花一样的恣意汪洋吗？就别谦虚了。郭书记说，高主任也是我们傍湖镇的一道文化景观，这样安排，就是让大家领略傍湖镇一支笔临场发挥的风采和魅力。宇文佳说，车已起动，快开始吧。

接过郭书记给的手拿扩音喇叭，见镇宣传委员在发本镇的宣传资料，高风看了看镇里既定线路，清了清嗓子就说开了：

> 各位领导，各位老师，各位文友，大家上午好！欢迎大家光临傍湖采风指导，很高兴今天能与大家在傍湖相聚，很荣幸今天能给诸位介绍傍湖的人文历史、风俗人情、景点名胜和当前的经济发展情况。
>
> 傍湖镇是古留国故址，张良封地，东有日出斗金的微山湖，黄金水道大运河贯穿南北，古泗水丰韵犹存的三界河纵横东西，傍湖人曾经居住的村庄和得以温饱的土地在多次黄河的肆虐和地震灾难中随故留城沉陷地下。如今的傍湖呈现的是本地先民土著、山西洪洞县和山东巨野、嘉兴一带先后两次移民形成的多元文化丰富斑斓的交汇。多年来，特别是近年来，傍湖人以“创建

留城故址文化名镇，打造古老运河滨水明珠”为目标，依托“一河、一湖、一水、一故址”，紧紧抓住市县建设沿湖生态旅游带、京杭大运河航道升级、环湖旅游快速通道建设的机遇，唱响“生态歌”，做足“水文章”，深挖历史文化资源，彰显鱼米之乡特色，全力打造县域龙头滨湖文化名镇、运河水上旅游明珠，经过多方面的努力，傍湖镇现已形成了以优质稻米、特种水产、观光旅游、中草药种植加工四大支柱产业，一个“张良封地、运河风情、龙兴水街、生态美丽家园”的新傍湖渐渐在县域南首闻名遐迩的运河两岸呈现在世人面前。

掌声四起。

高风顺着喝彩声看到红袖一缕竖着大拇指在对空中一鹤说着啥，不好细究，却感觉这样说下去有夸口之嫌，就说，有关傍湖的介绍，各位手中的资料上都有，我也不再多嘴，大家文学创作风格不同，自然，采风也不想跟着别人的观点和思路，我建议大家按着采风路线自己看，相信大家一定会看出材料上没有写出的傍湖风采来，如有疑问，在下一定尽我所知，可否？

听了空中一鹤带头说了声好，车也在龙兴池边停了下来，高风便说，请大家下车看龙兴池。

下了车，关主席见大家茫然不知所以，就对高风说，这个你得大体说一说。高风打开扩音喇叭，见大家都聚拢过来，就说，龙兴广场景观带占地四百二十六亩，主要由龙兴池、龙兴山和龙兴广场三部分组成。说到这，就带头拾级上了兴汉桥，下了桥又步行往南沿池边碧水向前。宇文佳说，再过些日子，这池中一定能洗澡。高风说，能是能，可设计时只作观赏。宇文佳问，池下细沙铺底，又有鹅卵石，还是头一次见，走时能不能拿一块作个纪念？高风答，水有一定的深度，拿块小石头还得脱衣下水，有失你的风度，还是不拿吧。宇文佳说，你就不能以主人的身份代劳？高风向他后面跟着的红袖一缕一努嘴，说，我要是代劳了，你高兴吗？宇文佳说，你要是高兴，你再问问她高兴吗？要高兴，我就高兴。高风摆摆手，夺人之爱的事咱不能干，再说了，咱也享受不了。

看了饮马珠泉处，就来到龙兴山下，高风又见大家不知所以，就又对着喇叭讲起来，据县志记载，龙兴山原为留城西南的黄山，山东有黄山湖，几经黄河泥沙冲击，黄山湖已淤为平地，黄山只剩下一个高出周边的小土丘，大家看到的山和池都是新复原的。因汉高祖起事后最初与张良相会于黄山，并在黄山湖的饮马珠泉饮过马，故改黄山为龙兴山，新建的黄山池为龙兴池，山上有张良故居，山下有刘邦张良相会处，山东有饮马珠泉。宇文佳问，你不说史书记载湖在山东吗？山北咋还有？高风答，山北水域原是古泗水故道，新中国成立后，为便于引用微山湖的水，就人工把镇区以东取直了，设计景区时，为方便大家既勾连起历史原貌又记住时代的变迁，就建了龙兴池，以提示当地人，原泗水河是经过黄山湖的。宇文佳又问，你说史书上也记载着汉高祖与张良相会于黄山，两人相会处咋跑到山北的桥上去了？高风答，相会于黄山，并没有说相会于黄山上，在设计景观时，为进一步彰显历史古迹又便于景点布局和相互勾连，就把两人相会处设定在了兴汉桥上。宇文佳笑笑说，你说的有道理，责任也不在你们镇，只怪历史记载不具体。高风说，也许我们这样的理解设计正是最接近历史原貌的一种可能。宇文佳说，可煌煌史书怎么能说也有可能呢？若这样有关我华夏文明的记载岂不是一派胡言？高风说，宇文老师别发牢骚，且听我说，有关我华夏文明是早就有史书记载，而留城这小地方，如果不是刘邦打下了汉朝江山，张良被封在了这里，谁也不会放在心上，更何况我们县及周边县志都是从建汉后有的，汉之前的人文物事难免被当时不负责任的小文人以讹传讹，还有可能像丰沛刘邦之争，也难免当时地方官为了政绩来个先下手为强，移花接木或者捕风捉影，像现在为了发展旅游业造假、造势、造景，也不能说没有可能。见宇文佳不再说话，高风就接着说，本镇建龙兴广场及相关景点本着尊重史书更尊重史实，还考虑到景点的合理布局彼此遥相呼应和当前已成现状，看起来有矛盾，其实意思大家都明白，比如说，在建镇政府新办公楼挖掘地基时发现了刻有龙兴村的一块石碑，这说明，办公楼处就是原龙兴村的旧址，按照这一带建房造屋仍沿袭老祖宗依山傍水的讲究，龙兴山必在龙兴村旧址北，可现在的龙兴村却远远地在旧址南，这说明什么？这说明龙兴村的旧址只是它最初的原址，整体的黄山是以弧形由东北向西南逶迤的，本地几经黄河的泛滥，最初的龙兴村随着身后的山体被淤成了平地，灾后归来的龙兴村百姓，在向阳的平地上盖房时，为保安全就渐渐远离山体，再后来，龙兴村随着留城周边陷入地下，山就只剩下了现在留存的一个小土丘，而存留的这个小土丘可能只是当时黄山最高的一座山峰，一次次重建的龙兴村最后就移到了现在的位置，所以在建设龙兴广场景观时，就借鉴了沛县在煤矿塌陷区建汉城公园的办法，充分利用现有地况，变废为宝。当然，这些不是我一家之言，是省里权威专家经过多方论证的结果，我只是顺手拿来，权作借花献给各位领导、各位老师和各位文友。宇文佳说，这样说来，山成了龙兴山，湖成了龙兴池，还有了龙兴村，那傍湖镇是不是也改为龙兴镇？高风见大家笑，也深知其话中味道，就不想理会，可郭书记却一本正经地说，不瞒这位老师，龙兴村是我们看的下一个景点，至于傍湖改成龙兴镇，不仅早有这个打算，还正在申报，待申报成功，还请您及诸位方家再来为本镇文化事业的发展出谋划策。宇文佳说，高风刚才讲，史书上的黄山后来成了只高出地面的一个小土丘，为何现在这样高大？郭书记瞅了他一眼说，这个还得请高主任给大家解释。不好推却，高风就坦言道，既要设为景点，保留原貌岂不大煞风景？宇文佳说，这也是尊重存在事实吗？高风说，既然地平面抬高了，山峰为何又不能抬高呢？根据龙兴广场景观带设计，镇里利用龙兴村扒掉的旧房垃圾按尺寸比例进行了抬高到现在的高度。宇文佳打断问，多高？高风说，二十九米。宇文佳又问，为何？高风答，两汉共二十九个皇帝。宇文佳说，看来这广场景观带所取数字都与汉朝有关。高风说，山腰的张良故居与张良有关，山西边的运河博物馆跟运河有关。宇文佳问，留城里不是有张良故居吗？到底哪个是真的？高风答，都真也都假。宇文佳又问，可不可以说清楚？高风又答，都是根据有关资料本着建旧如旧仿建的。宇文佳说，那也不能有两处。高风说，留城里的是张良被封后的，我们这里是他出山成名前的。宇文佳点点头，真没想到。郭书记说，没想到的还有呢，请大家继续指教。关主席拍了一下宇文佳说，没想到你跟高风一问一答，比他自己讲还精彩还全面。转脸，关主席一手拉了一个面向大伙说，这是咱县小说写得比较好的两位，宇文佳的网络小说点击率相当高，不仅银子挣得盆满钵溢兜鼓腰胀，还刚领了个金鼠标奖回来。高风继去年在《人民文学》发了小说，今年三月又春风二度，两人今天在傍湖一唱一和，不仅是傍湖的幸事，更是我们县文学界的幸事。掌声又起，高风见宇文佳向大家拱手道谢，也赶紧两手抬起左右乱叩。

宇文佳拱完手瞅着高风说，我今天才发现，你的口才确实了得。高风笑笑说，比起佳兄，真是差得太远了，哪天趁你不快活时，请你好好教教我。宇文佳说，你见我哪天不快活？高风说，你当然天天都快活，可总有吃喝拉撒的时候吧？总有暂时兴尽皮软的时候吧？我就不能见缝也去插根针？宇文佳说，你就扯淡吧你。

龙兴广场，看似平展展一马平川，实际上内涵相当丰富。依着边上的步行环道，百花丛中有刘邦和张良各个时期的雕塑，走一圈，就能通过雕塑再一次走进建汉之初的风云中，进一步领略历史上第一个农民皇帝的王者风范、张良运筹帷幄决胜千里的谋士风采，再往里，除了最醒目的水上舞台，还有错落在各个花木平台上的镇情展示区、休闲运动区、说唱演艺区、歌舞区、遛鸟区等，再加上与广场紧邻的水上游乐场，很多大城市的景点设置在这里应有尽有。大家纷纷赞叹着又彼此选景拍了些照就上了车，车继续向南就进了龙兴村。才下车，龙兴村支书就迎了上来，招呼罢就自动当起了讲解员。宇文佳瞅了支书一眼没跟着听，偏把高风拉到一边问，听说前些日子省长来这里调研，一夜之间家家全部电器化，走后又全给拆走了。高风说，你说的也不全对，应是不愿意要的家庭被拆走了。宇文佳问，既然给装上了，为啥不要？高风答，谁要谁花钱，不愿花钱，谁又白给？宇文佳又问，听说这位省长一走，这村支书就享了副科级待遇，你们村支书因为老上访李二猛给撤了。高风答，是。宇文佳说，我前两天打电话问你，你咋说你们村支书在县城看病没听说被撤？高风说，你那时问我，我知道的就是那样。宇文佳说，你既然知道了新情况，就应该主动打电话再告诉我。高风说，你以为再说还有必要吗？宇文佳说，咋就没必要呢？可以让我进一步得到证实。高风笑笑说，好，你说你还知道啥，我给你证实证实。宇文佳说，我知道的多了，你现在有时间听完吗？高风说，愿恭听一二。宇文佳说，那就还说那位孙支书，据说李二猛上书省长的内容里除了说孙支书变卖村里公益资产、以一事一议为名乱收费还是小事，还告他充分利用手中权力胡作非为、与镇里各部门串通好坑害村民从中取利，这才是被撤的主要原因。高风问，如何胡作非为？如何又从中取利？宇文佳答，以给自己看上的年轻漂亮媳妇办低保为条件，让出外打工的男人戴绿帽子，而且被祸害的还不止一个，是不是胡作非为？以帮不懂政策的六十岁老人办理养老保险为由，让他们多拿钱请客，是不是能从中取利？高风问，不会是许省长告诉你的吧？宇文佳说，就在李二猛上书的第二天，留城子房论坛里才注册的傍湖一剑发了帖公开了上书的全部内容，你难道不知道这个网上论坛吗？高风说，知道。宇文佳说，拔出萝卜带出泥，你们镇里负责民政的被开除了党籍撤了职，劳动保障所的头被罚了款记了大过处分，是不是真的？高风说，是。宇文佳说，这也是你们镇的特色，今天为啥不连带着给文友们介绍一下？要是介绍了，大家是不是对傍湖镇有了较全面立体的认识？高风说，在今天这个场合，你以为说这个有意思吗？宇文佳说，咋能没意思呢？我听说这个龙兴村支书也不是个好东西，别的不说，就说这新农村建设，跟开发商合伙贱买村里土地又抬高房价从中得了不少。高风说，这个话题，咱改天再聊行不行？宇文佳愣了愣说，我劝你以后还是好好上你的班，业余好好写你的小说，别帮着他们瞎折腾，对你没好处。高风说，我也不想参与，可身不由己，没办法的事。宇文佳说，你就来个坚决不干，我看他们能咋着你？高风说，真要拧着脖子不参与，也确实没人能咋着，可我这人好说话，人家一叫，就精神来了。宇文佳说，我知道你小说的毛病在哪了，要想改，得先从你这个人开始。高风说，写小说也是玩玩而已。宇文佳说，谁不是玩？如今世上，不是把文学当跳板，就是把文学当摇钱树，还有几个是把文学当作生命的？高风说，当跳板是过去时，能当成摇钱树的也只有像你一样的极少数，把文学当作生命的也不能说没有。宇文佳问，你属于哪种？高风答，我属于娱乐，就像人家玩麻将打太极，只是一种爱好而已，我凡夫俗子也命中注定成不了大器。宇文佳说，既然爱好文学，大小算个文人，既为文人，那就要有文人的骨气，不能充当现在当权者的传声筒，替他们吆喝。高风想起刚才在龙兴山说的，就道，我今天既然代表镇里给大家作介绍，就得站在镇里的角度，把所知道的全告诉你们，虽然话从我嘴里出，可立场是他们的，我只是为大家陈述一种事实，我想大家会理解的，你要真上纲上线，我也没办法。宇文佳说，同样的话和同样的事实，从他们嘴里出来和从你嘴里出来，性质和效果就全变了。高风一愣，想想确实如此，顿了顿说，既来了，也就别想这么多了。

红袖一缕走过来说，我见县城开发的小区大都空着，这里咋很少有闲置的？高风说，一是这里房价低，二是这里风水好，三是沾着“龙兴”这俩字，不远还有龙兴大广场，所以周边生意人和湖里渔民都争相在这买，供不应求，本来规划的两层小楼格局，全改成了高层，还是蜂拥而至，不然咋能成为省里新农村建设样板呢？这就是人家说的，运气来了，挡都挡不住。可“但是村里人很少能买得起”这句，高风觉得说了不合适，就按在了心里。红袖一缕又问，我可不可以在这买一套？高风答，当然可以，我首先代表傍湖人民欢迎你。红袖一缕打开手里的苹果手机说，您可不可以把您的手机号给我？高风一愣，瞅了宇文佳一眼，见宇文佳像似没听到转脸看别处，就说，宇文老师那里有我的联系方式，有事让他指示我就可以了，您没必要劳神记我的号。宇文佳突然转过脸来说，你高风架子咋这么大？人家要你个破手机号都不给，真不够意思，看来昨晚在一起是白在一起了。关主席走过来问，昨晚谁跟谁在一起？说完瞅了高风，又瞅红袖一缕，宇文佳说，我们在一起。郭书记也跟上来瞅瞅高风，又瞅瞅红袖一缕，说，高老师，咱是不是去下一个景点？高风赶紧说，时间不早了，这就走吧。转脸又对红袖一缕说，你要在这买房找郭书记，他主管全镇的房产开发，说不定能给你个好户型还价格优惠。红袖一缕就向郭书记要了手机号，郭书记很爽快，宇文佳见了对高风说，你看人家郭书记，你高风可是小气到家了。高风知道宇文佳有醋意了，没答话就上了车。

看完千亩中药材观赏园、千亩瓜果采摘园、千亩荷藕游览园、千亩水产品捕捉品尝园，又乘一艘旅游船过了运河在龙兴水街逛了逛，就来到了三界河。因为汛期没到，镇区段又在用片石铺河坡，所以河底没水。关主席又对高风说，这个你也得讲讲。高风就说，三界河是古泗水的残留。宇文佳问，史书上记载，泗水在沛县城东就跟泡水相会一起融入运河，在这里运河折向东南，这三界河基本又是东西走向，哪里能有这一说？别再是无中生有吧？高风说，向东南是整体走向，就不兴局部有变化？长江还由西向东呢，可在个别省域里也有呈南北走向的，不然项羽的江东父老又从何说起呢？宇文佳说，别扯这么远，还说泗水。高风说，傍湖镇志上有这一记载，泗水之所以从沛城东改道是黄河多次冲击的结果，如果你有兴趣，你沿着这三界河一路向西，从驿庙村折而向北，把断断续续弯弯曲曲的河道串起来正好到沛城东。宇文佳顿了顿说，那还叫三界河干啥？干脆直呼古泗水得了，贵镇的品位是不是也水涨船高了？高风说，那毕竟是遥远的事情，还是尊重本地习惯，你最好也入乡随俗。宇文佳说，如今地方政府都好拿远古说事，越是远，越让你没法取证，他越是做得冠冕堂皇，让你觉得跟真的一样。高风说，这不是写杂文，咱还是继续说这河吧。宇文佳不再吱声，高风又开始说三界河。

所谓三界河，顾名思义，就是界河，具体说是原先的县界、镇界和村界，自重设留城县，不仅周边各县被划过来不少乡镇，乡镇之间的村庄也进行了诸多区划调整，再加上傍湖镇区的扩展，界河一说已不复存在，但为尊重历史，河的名字一直沿用。宇文佳听到这打断说，你一说尊重历史，我又想起了刚才在龙兴山前没来得及请教的问题。高风说，谈不上请教，请直说。宇文佳说，照你的介绍，如今的龙兴山就是史书上的小黄山，可史书记载，小黄山应在留城西南不远，而现在是不是有点太遥远？高风笑笑说，在信息时代的今天，世界都叫地球村了，这点距离能算遥远吗？宇文佳脸一正，你别强词夺理胡搅蛮缠，人文史迹的恢复或重建应该本着实事求是的科学态度，还原历史本来面目。高风也严肃起来说，傍湖就是本着这种态度科学规划合理运作的。宇文佳说，你们打着这个旗号，实际上借的其他乡镇的人文历史，实行的是赤裸裸的掠夺性造假。高风说，我以为你这种说法不可取。宇文佳说，请再赐教。高风又笑笑说，宇文老师又谦虚。随后笑一收说，依据史书记载，留城及周边这一带，历史上不仅因严重、频繁的地震、大水等自然灾害引发了地貌的多次变异，曾经的森林、草地、大象、鹿群已无处寻觅，既而是群山连绵起伏，接着是一马平川展眼望不到边，后来又是湖泊沼泽、河道纵横，而且人为争战不断，区划变更复杂，致使沿湖一带村庄边界财产纠纷一直没平，丰县、沛县的刘邦之争一直未息，你能说历史记载相对空白、陷没又重建的现在留城就是建在原址上的吗？留城在历史上，难道就没有像沛县、铜山等地的城址一样有过几经迁移吗？宇文佳说，按理也有这个可能。高风又说，既然有这个可能，如今留城以南的广大区域里仅有的这个自然形成的土丘，难道就不可能是留城的又一次搬迁后又在史册上唯一留下记载的那个城西南不远的小黄山吗？再说了，为进一步打造我县龙头中心大镇，傍湖镇像县里经济开发区实施县域优秀企业集聚、本镇新农村建设以先人一步实施村庄整合实现人气集聚一样，在多方深入挖掘整理保护、涵养厚重彰显地域人文气质品牌上，本着镇域及周边资源共享，采用先入为主精华集聚战略也无可厚非，没必要大惊小怪横加指责，况且这种做法也不是傍湖镇开风气之先，放眼当今世界，那么多人文历史古迹，现在的恢复和重建，由于多方面的原因，又有几个是在真正的原址上呢？傍湖镇之所以这样做，从外部讲，最起码追求的是一种尝试性接近历史原貌的神似，从内里讲，我冒昧地篡改一下艾青的著名诗句告诉各位，为什么傍湖人这样执着又竭尽全力，是因为他们对这片土地爱得深沉。众人同声叫好后，又掌声齐鸣。待掌声停下，宇文佳点点头说，你继续吧。高风又接着说，将来的三界河，镇区外仍保持原貌，镇区段将成为以水为轴的三界河公园，公园两边都辟顺河路，北为黄河路，南为长江路，路之外全开发成居民区，到那时，傍湖镇就是留城县南端首取一指的新兴历史文化名镇，运河上又一颗亮丽的旅游滨水明珠。宇文佳说，拥有长江黄河的国家是可敬的国家，拥有长江黄河的乡镇更是气度不凡大手笔挥洒的乡镇，更何况还有泗水，还有运河，还有微山湖，还有以留城故址串起来的诸多历史人文古迹。更何况还有泗水，还有运河，还有微山湖，还有以留城故址串起来的诸多历史人文古迹。高风说，还有正在复建的乾隆行宫和龙兴寺。宇文佳一愣，在哪？在距此向西五里的驿庙村。宇文佳说，就是你住的那个让古泗水穿村而过的驿庙？高风答，是。宇文佳说，虽说这一带历史上区划变更复杂，可没发现周边哪个县的志书上贵村有行宫和寺庙的记载，别又是你做梦衍生而来的吧？高风说，如果不是后来古留国塌陷成湖，如果不是此地在多次行政区划变更中处于周边县域交界成了史志的盲区，这一带的人文历史的官方资料不会看不到。宇文佳说，龙兴寺且不说，就说这行宫，这么大的事，即使处在人迹罕至的深山、大漠，就是乾隆跟随的书记史官不把这事当事，也是所辖地方官千载难逢百年不遇的荣幸事，能不记下吗？高风说，要是记下这一史实的那本找不到了呢？真忘了记下呢？宇文佳沉思片刻又立即说，想想那时这一带水灾频繁，大多时候都是来势凶猛、水深数丈、船行树梢，人都逃命不及，何况物乎？再加后来时局动荡常年兵荒马乱，官衙人事走马灯一样随着岁月流转更迭频繁，不能不说在仓皇中没有丢失的可能，即使后来的有心人发现少了分册，却又不知少的这册内容，又何况这一事？又如何再入史册？宇文佳说，咋就这么巧呢？高风说，世上无巧不成书，有一段时间，我也对村里人关于行宫的传说产生怀疑，也翻遍了周边县志无处对证，可就在我束手无策准备放弃的时候，我在参加村里高氏新一轮族谱续修时，在一部旧谱上看到了相关记载。宇文佳问，上面如何说？高风答,驿庙村大约形成在明代成化年间，因穿村而过的河早期叫泗水，后元代运河中段与泗水合流，驿庙又成了紧傍运河驿道的村庄。乾隆第二次下江南还没进村，听村后寺庙里钟声悠扬，便好奇地站在船头问，随从答是龙兴寺，又问与寺东凭绿野遥遥相对的是什么山，又答曰龙兴山，就下旨岸上小停，后来村里一直延续至今的乡贤会就集资在村前建了临时行宫。遗憾的是乾隆第三次下江南没在此停，回朝时见村前的一片建筑与村里房舍不同，一问，龙颜大悦，说下次来一定靠岸坐坐，随从便暗暗吩咐下去。于是，乾隆第四次下江南的船还没起程，乾隆沐浴在哪、御厨在哪、随来亲戚住哪、驻军何处、前后护卫卡设哪里等，都围绕行宫全部安排妥当。乾隆到后，不仅上岸小住了两日，还赶了村里的庙会。据说，乾隆第六次临幸的宿迁皂河乾隆行宫就是仿驿庙行宫而建，只是此处多次遭遇黄水浩劫啥都没有保存下来，如今，不仅行宫和龙兴寺被掩在现村址四五米以下，穿村的运河被东移五六里，曾经出村南流的河道也因后来的又一次黄河决口折而向东，尽管本地人还习惯地叫古泗水，河两岸向东又增住了不少人家，可驿庙周围的村名为何一个个那么蹊跷一直成谜，后来我跟行宫一勾连，什么龙池、锅庄、御马店等就茅塞顿开。当前的复建，就是整合了驿庙村高氏族谱和世代村民的口口相传，并不是你所谓的梦里衍生。宇文佳说，为什么山和寺离这么远？高风说，按理，龙兴寺本应建在龙兴山上，但龙兴山有民居，最初的寺里主持喜欢清净，龙兴寺便远远地建在滨河的一处高坡上，再后来，屡受黄灾几经辗转回来的村民见家园已没，只有被水冲破的龙兴寺还在，就先修缮了寺庙，又在附近重建了家园，以求庇护。宇文佳笑笑说，看来高老师对这一带的人文历史早就了然于胸。高风也笑笑说，以后还请宇文老师多多指教，等行宫和寺庙落成，村里庙会也将复兴，到时也敬请您和文友们大驾光临留点墨宝和诗文，一来彰显驿庙村人文历史积淀丰厚，二来驿庙村也因诸位的赫赫盛名在后辈人心中留下更艺术、更荣幸、更有品位的记忆。宇文佳一拱手，谢谢高风，谢谢你今天辞采飞扬的介绍和盛情十足的预邀，我盼望着那个即将到来的日子。转脸见郭书记看着他，就扫了旁边的关主席一眼又说，更谢谢郭书记的全程陪同和热情周到的接待，我衷心地祝愿傍湖镇人民从此安居乐业幸福美满。众掌又鸣。郭书记笑着说，谢谢，谢谢各位!我代表全镇人民谢谢各位领导、各位老师，时间不早了，请上车回镇里用餐吧。

饭时，宇文佳说，你们这里人文历史氛围如此浓厚，你就没想做点什么？高风说，我当然想。宇文佳问，除了写你的小说，还想做什么？高风答，如果条件允许，想有个书院。宇文佳说，听说现在学校图书室里的书都尘封了，你再弄个图书馆不是更大的浪费吗？高风笑笑说，宇文兄不仅是在嘲笑吧？宇文佳说，我最想知道你用书院做什么。高风说，书当然得有，我想在藏书楼里设个留城作家馆，让这里成为周边作家的著作总汇，诸位如不嫌品位低，所有文友的新书首发或著作研讨会都可以在这里举行。同桌的听到这都说好，既而掌声雷鸣。因为是餐设大厅，其他桌的都向这边看，一听高风的话，赞了好，掌声又起。高风就站起来前后左右拱手罢也跟着拍起手来。掌声停，高风说，既然都夸好，到时候，各位就得支持，我先敬大家一杯。高风一饮而尽，宇文佳说，支持是理所当然，你的书院不会只这样的品位吧？高风就立马想起了家长们每逢周末像约好似的带着孩子齐往县城赶的情景，就说，其实，我最想在书院做的，就是把书院打造成艺术传承的殿堂，成为文学、艺术大家的集聚高地，成为周边孩子不进城就能梦想成真的乐园。宇文佳腾地站起，这才是名副其实的书院，这也是我一直在心中最想看到的风景，没想到今天能与你高风不谋而合，如能成真，我会充分利用我的人脉资源倾情奉献。邻桌的郭书记说，高主任如能尽快实施，此举必是功在当前利及我镇和周边后代子孙的幸事，镇里一定会全力助推，更请各位和你们各界的朋友们光临我镇，共同促成这一前所未有的文化盛事，促进我镇各项事业全面繁荣。

饭后，红袖一缕走到高风跟前说，没想到高老师还有这样了不起的梦想。高风笑笑说，谈不上什么了不起，说白了，只是个设想而已，如能成真，也请您多多支持。红袖一缕说，设想不就是梦想吗？有了梦想就有了成真的可能，我当然支持，从您的书院梦想，我还想起了上午看到的三界河，站在三界河的龙兴桥上南北望，确实北岸是往日的傍湖，南岸是梦想渐渐成真的傍湖，我想起了彼岸花传说的三途河，南岸就是梦想的彼岸，有机会我一定还会来这里。高风说，好呀，热烈欢迎。红袖一缕说，但不是以这种方式。高风说，当然会以书院聘任专家的规格。红袖一缕摇摇头说，既然书院现在只是设想，那就有点太遥远。高风见她的眼角扫了宇文佳一下，蓦然明白她是想跟宇文佳一起来，可当着这么多人又不好说，更何况自昨晚认识，也没跟她说过玩笑之类的话，且又与宇文佳关联，就问，以哪种方式？她答，民间行动，你做东。高风瞅了一眼跟前的宇文佳说，荣幸之至。宇文佳说，我提议，别等到书院庆典了，就这个端午节吧，时间一长，高风这家伙就忙得忘掉了。红袖一缕说，端午节更好，索性再邀几个诗友来，以“彼岸花”为题举办个同题诗会吧。旁边几个写诗的就跟着响应。宇文佳说，有兴趣的回去都以“彼岸花”为题写首诗，农历五月初一前发给我，我从中选几首写得好的作者在这里聚会。

第十三章

高风到单位进了办公室，辛歌喜滋滋地把写好的节目演出主持词给他看，他看了开头，中间扫了两眼，又看结尾，发现毛病不少，就说，挺好，有长进，把电子稿给我，我再看看。

辛歌刚把电子稿用U盘复制到高风的电脑里，他的手机就响了，回到办公桌拿起手机一看，赶紧出了门。高风瞅瞅没放在心上，集中精力修改节目串词。开头结尾，按照一般的程式改好，就重点放在了节目前后的串词上，要是按以往习惯，高风一定要重新再写，可时间不允许，辛歌又是初次涉及，还大都是从网上下载的，说实在的，能根据节目拼凑成眼前这样，也真难为他了，真要全部推翻，他肯定心里反感，年轻人，还是以鼓励为主，就像改学生作文，只要能说得过去，就尽量少改少删，再说了，大家看的是节目，主持词虽然能为整台节目增色，但毕竟不是主要的，又何况不像前两年，要么是革命歌曲演唱，要么是“让梦想起航”，或者是庆祝少年先锋队建队多少周年等，有特定的主题，今年的全镇小学庆“六一”文艺演出是比赛，节目内容又乱，下午就要用了，有关演出的准备工作还有不少要做，便借坡下驴从头改到了尾。按了保存，辛歌一脸难为情地进来，高风问有事？他却问，行不行？不行，您就再重新写，也用不了多少时间，其他事我做。高风说，很好，我就动了几个字，你抓紧打印出来给秦玲送去，让她上午尽量给两个负责节目主持的多腾点时间。辛歌高兴地说完好，脸马上又阴了，还站在高风跟前不动。高风见他不动，就问，有事？辛歌说，刚才张会计来电话，让把东口小学的节目往中间偏前放。高风问为啥？辛歌答，张主任说东口小学没有专职音乐教师，节目是花钱在村里请唢呐班的人排的，真要演出不能拿名次，在教师中影响不好。高风说，只要节目准备得好，在前在后演出效果都一样。辛歌说，张会计认为排在前面，观众还没全部安静下来，演出效果再好，也影响评委打高分，排在后面，不仅有的观众没了耐性还去厕所的多，评委的人也会坐不住，有了审美疲劳，打分自然不精心，演得再好也不可能得高分，要是排在中间偏上，大家这时都安静了下来，评委的人欣赏节目也刚好进入了最佳状态。高风立刻来了气，说，就算他认为得对，要是各学校或者所有节目的排练教师都有这种想法，都以不同的理由让我们做调整，这节目谁还能排顺序？辛歌说，刚才，我跟他也这样说了，还特别提醒他主持词已经写好了，再改全盘打乱得重写不说，也没时间了。高风问，他又咋说？辛歌答，他说他都许诺东口小学了，无论如何也得给变动。

东口小学的前身是渔民小学，位于镇区最东部稍偏北方向，紧靠运河，尽管规模相对较小，生源也不多，在县里前几年实施的以整合资源发展均衡教育为目的学校撤并改革规划中，是首批撤掉的学校，可由于渔民小学生源大都是渔家孩子，再加上近年来镇里加大湖田开发力度入住湖区的家庭增加不少，撤掉后不利于湖区孩子就学，就把附近的三个行政村完小并了过去，并改名东口小学，校长仍由原渔民小学的冯光担任。冯光是通过县公开竞聘后任职的，人高马大，也许是从小在湖边长大，相貌看起来格外彪悍，让人有一种望而生畏不可靠近的感觉，可性子却很随和，给人办事还特别热心，因此在湖区一带跟各色人等都投缘。人一投缘，场面上的事就多，所以每逢镇里去东口小学察看，如果不是事先电话联系好，冯光十有八九不在学校，学校工作做得就相对不敢恭维，每有活动又很要面子，操作起来只要能为我所用且达到目的就不论子丑寅卯。每当他站到前面领奖，下面的都感叹“平时用功，不如临阵走动”，一而再再而三，全镇校干背后都称他投机先生，有时当面闹着玩叫他冯投机，他也不脸红，还理直气壮地说这也是本事，你要有你也使出来？问题是别人还真使不过他。高风虽然从心里厌恶他这种做法，可毕竟工作上经常打交道，现在人又讲究“多个朋友多条路，多个对手多堵墙”，因此在平常不少事上，在不损坏别人利益的情况下，他只要向高风提出来，高风都会爽快答应并尽力让他满意。可调整节目顺序这事，如果他真想调，按他的办事风格一定会直接跟高风说，可他为啥让张旺说呢？如果他不想，张旺又何必呢？是不是张旺另有企图呢？高风就问辛歌，张旺咋知道东口小学的节目没排中间？辛歌说，我根据节目内容排序时，他看见了，要不是当时郑校叫他一起出门，肯定当时就让我调整了。高风又问，你认为现在还能改吗？辛歌没回答。高风再问，主持词就像一篇文章，中间的段落能随便上下动吗？辛歌说，他说得很坚决，我不好回绝他。高风说，既然这样，你只要还来得及重新写，你给他调调就行了，没必要跟我说。辛歌说，我能不跟你说吗？高风说，既然跟我说了，如果再没有别的原因，你说咱能给他开这个头吗？辛歌愣了愣说，还真有个原因。高风问，啥原因？辛歌又愣了愣答，给东口小学排练节目的是张旺找的他姨哥，冯校长一开始嫌要的辛苦费太高，不想用，张旺就对冯校说，好不容易帮你说好了，你却这样，要知道，人家哪天不是好几家争着请？光现在排定的日子都到年底了，不是看在我的面子上为你争荣誉找人替下了他，他根本不稀罕这个钱，你说人家哪天不是好几百，要是碰上要面子的事主，一个晚上都比这多多了，何况给你排节目不可能只耽误人家三五天吧？说不定十天半个月都有可能。没想到平常很好说话的冯校长这次偏较起了真，张旺只好保证给他弄个一等奖，冯校长一听说保证给个一等奖，就说，要是真给弄个一等奖，我自己掏腰包都行，不然就减半，可张旺姨哥说给这点辛苦费传出去太丢人，非一千不干，张旺又许诺他姨哥一定让他获一等奖，他姨哥才勉强同意。高风说，原来这样。辛歌说，张旺没好意思跟您说，就跟我说了。高风问，你以为他说的是真话吗？辛歌答，应该不会假吧？高风说，别的且不说，就现在这时间，眼看快麦忙了，天又热，哪还有办喜事的？就是有，也是特殊情况，不可能像他说的天天有吧？辛歌说，还有丧事呢？高风说，更说不过去，谁家又排定了日子死人呢？辛歌说，就是张旺说得太夸张了，他姨哥会吹拉弹唱不假吧？如今跟着村里建筑队干力气活的日工资还一百呢，他一个艺人最起码也得这个数吧？高风说，赵本山也是个艺人，出场费还几十万上百万呢，他姨哥也攀比着要？辛歌笑笑说，当然不能，说白了，张旺就是想给他姨哥揽个活做，就是不想看着他姨哥跟了一辈子喇叭班，这段日子让年轻人给排挤了没事做。高风说，就是给排挤了，就是以这种形式在学校挣几个也能理解，他张旺也不该这么做。辛歌说，我来这里，多亏您和他从中帮忙，他既然跟我说了，您看是不是给他调调？高风说，本来就不能调，要是这样更不能调，给他调了，就是跟他合伙坑骗冯校长，再给传出去，你说咱俩成啥了？你能保证不传出去吗？见辛歌不答话，高风又说，你才来这里，对全镇教育大环境还了解不多，凡事都要谨慎而为，都要透过现象看到本质考虑周全，如果一遇事掂量不出轻重，还凭感情仓促决定，你说你还能干好工作吗？工作干不好，还隔三差五给郑校惹麻烦，郑校能高兴吗？一不高兴，又会是啥结果呢？辛歌说，我咋回复他呢？高风说，不回复就是最好的回复，他要是问起来，你就说我说的，主持词已到了主持人手里，动也没法动了，最重要的，东口小学的节目放在最后最合适不过，只要节目演得好，照样能得好名次。

辛歌拿着节目主持词去了闸口小学，高风开始写郑校的讲话稿，因为年年都有这活动，活动上还都有领导讲话，高风就在电脑里找出上一年的讲话稿，前后套话不用动，删掉以往过时的内容，再填进今年的，上下词句一顺就好了，定稿打印出来，上楼给了郑校，郑校看了看说，好，就这样。又问有关“六一”演出的其他准备，高风说，都已具体到人，也都准备到位，只是闸口小学那边舞台设置还得去看看。郑校说，那你抓紧去吧。高风才转身，郑校又问中心园那个骨折的小孩安排。高风说，都已安排好，放心吧。郑校说，那就抓紧去闸口吧。

高风到闸口小学才放稳电动车，秦玲就迎了上来，笑着说了领导好，就阴下脸把高风引到学校花园旁说，我们刚验收完还没歇过来，又在这举行活动，是真不让我们活了。高风说，你可不能这样说，按镇中心校以前规定，无论啥活动都是轮流做东道主，更何况郑校想让全镇各校师生看看你们学校特别是幼儿园的变化，也是宣传你、肯定你能力的一个很重要的机会，你一定要认真对待，不得有半点马虎。秦玲说，光舞台布置就够我们忙的了，张旺又来电话，他真了不得。高风问，是不是报销的钱还没给你们学校？秦玲说，这个真多亏你跟郑校说，可现在我要说的不是这事，是关于下午演出比赛的事。高风问，他又咋啦？秦玲说，他刚给负责节目主持的张朋说，让他把东口小学的节目悄悄往中间偏上动一动，张朋见这节目前后的串词往上移不合适，又不敢不答应，就告诉了我，我问辛歌，他说主持词是你定下的，我正要跟你打电话，你就来了。高风气又腾地上来，可又不好把辛歌告诉他的内情说出去，掏出手机就要给张旺打。秦玲一见，就说，你要是不同意，还是别给他打，权当不知情。高风说，你说他这样有意思没意思？秦玲说，我的建议是，要是能调，就给他调了，这人报复有瘾不说，还出招挺狠，我领教就领教了，不能让下面教师因为这遭罪，以后谁还敢接这样的活动？高风问秦玲，你见主持词了没有？秦玲说，见了，不像你写的。高风说，是辛歌写的，能成这样也不容易了，你看能不能动？秦玲说，还真不能动。高风说，要是不能动也动了，辛歌的功夫不是白费了，因为这，刚才在镇中心校，张旺就找了辛歌，我们商量后没同意，辛歌又才进镇中心校，脾性你也应该比我了解，还与郑校关系摆在那里，现在为了张旺，你认为如何取舍？秦玲说，很简单的一点事，这样一联系都让人头大。高风说，所以，我的意见是保持原来的顺序。秦玲又要说，高风打了个停的手势，没想到左手中指触在了拨号键上，心想拨就拨吧，你张旺事事绕着我走，我却不想绕着你。手机一通，张旺问，高主任有事吗？高风说，有。张旺说，有就快说，我正忙着。高风说，耽误你半分钟，下午演出的节目顺序郑校已看过，你的要求我也跟郑校反映了，郑校说东口小学的节目放在最后最合适不过，你看，是不是你再跟郑校说说？要不，咱主持词不用了，光报节目。张旺说，我以为东口小学的节目调到中间演出效果会更好，既然不能调就别麻烦了。高风说，那你接着忙吧。挂了电话手一摊说，很简单的事，直接说清就可以了，何必背后自己跟自己过不去呢？秦玲说，很多事，处理起来，你看经过谁，比如这事，你可以一句话，我们却不行。高风说，不行的最好解决办法，就是直接面对。

演出比赛正常进行，从团县委和县教育局德育股请来的评委从头至尾都表现很认真。比赛一结束，评分经演出现场负责后勤的张旺到郑校手里，郑校看了看就把镇中心校成员叫到一起定获奖单位和名次。根据评分最后汇总，高风没想到演出一般的东口小学分最高，演出最好的中心小学和闸口小学，一个排第二，一个排第三，又猛然想起县里来的人是张旺用郑校的车接来的，当然也不能说张旺事先就左右了县里来人的评分导向，可按原来定下的，一、二、三等奖各一个的分配，无疑东口小学排第一，可真要排第一，当场发奖，肯定有人表示不满，演出的宗旨就是让大家都快乐，不能因为评奖让人有抵触情绪。郑校问，大家先拿个意见，抓紧定。张旺说，又不是啥原则性的大事，就按评分高低取了名次发奖吧。高风见郑校瞅瞅张旺没说话，心里就有了数。按分工，中心小学是郑校负责，本来又是中心小学校长，如果按评分，郑校明显不同意，但郑校这话不能说，他见辛歌虽瞅着他却没有发言的意思，吴劲低着头正用右脚来回地碾着靠近张旺脚边的一棵已辨不出身份的草，马超虽没低头，眼却瞟向了别处，高风顺着他的眼光看过去，见中心小学的黄校长正亭亭玉立在不远处右手拢着特意染的一缕黄发向这边看，高风又沿着她的视线回来，就见郑校也在看她，郑校见高风看他，就对高风说，高主任，这是你负责的活动，你应该先拿出意见来。高风说，既要尊重评委意见，又要综合这次比赛各方面因素。张旺说，那还要请人家来干啥？高风说，评委就是再公正，也有看走眼的时候，整场演出大家都见了，中心小学和闸口小学也确实比东口小学的好。吴劲突然抬起头来说，我赞成高主任的意见，马超把眼收回来也说，我也赞成高主任的意见。辛歌瞅了张旺一眼又看着郑校说，时候不早了，大家都等着呢，就这样定下来吧。郑校说，好，尊重大家的意见，少数服从多数，中心小学第一，闸口小学第二，东口小学第三，其余优秀奖，辛歌抓紧列出名单交给主持人，高主任请评委上台，其他人各就各位。

发完奖，其他各校相继散去。张旺把正领人收拾舞台的秦玲叫到一边说，让其他人收拾吧，你抓紧走。秦玲问，去哪？张旺答，湖里蓬莱阁，郑校说了，你们学校负责招待。秦玲说，这全镇的活动也让我们负责？张旺说，郑校早就讲明，在哪校举行活动，哪校负责。高风正好在一旁，就对秦玲说，节目演这么好，还不请客？又是东道主，还是听张会计的，抓紧安排了走，把张副校长、李主任和王会计都叫上，让后勤主任领着收拾。

张旺走后，秦玲对高风说，报复开始了吧？高风说，说不定真是郑校安排的，镇中心校就县里给的那点经费，哪月不是打饥荒？可很多事还不能不办，怕啥？这钱肯定给你报，你就是再会省，上面给你校的钱也不会在你校账户里存着。秦玲说，问题是湖里蓬莱阁不赊账，学校又没现钱。高风问，你不说张旺给了吗？秦玲说，给了报销的一半，到手的还账都不够。高风掏出上午来闸口顺路领的两千元稿费说，你先用着。秦玲说，哪能用你的钱？高风说，谁的钱？都是国家的。

第二天高风还没到单位，秦玲打来电话问昨晚咋样？高风说，早上醒来，胃里还在翻江倒海地往上反，才知道喝多了。秦玲说，没见过你们这样的，刚开始都扯故不能喝，喝着喝着就一个个都是武松了，看谁英雄吧。高风笑笑说，是不是心疼钱了？秦玲也笑笑说，钱又不是我的，我心疼啥？高风又说，那是心疼老同学了。秦玲说，别闹了，听我说正事吧，又出大麻烦了。高风心一紧，又啥事？秦玲说，昨天负责节目主持的张朋还记得吧？高风说，记得，又咋啦？秦玲说，他媳妇昨晚刚下班到家就跟镇计生办走了。高风问，他的事镇里不是处理过了吗？秦玲说，新来的镇计生办主任接到举报，说张朋超生孩子的社会抚养费按标准没缴够，一查还真没缴够。高风说，就是再缴也不能抓人。秦玲说，不抓，谁愿缴？高风问，张朋去学校了？秦玲答，他在镇计生办，刚才要是不来电话请假，我还不知道呢，一问才知道，让再缴四万元，不然就是做了绝育手术也一分不能少。高风又问，你给我打电话啥意思？秦玲答，我以为你知道，想问问到底咋回事。高风说，我要是知道，就给你打电话了。秦玲说，我意思是，你分管咱教师计划生育这一块，镇计生办的人又都认识，干咱这一行的也都不容易，你看能不能从中给说说情。高风说，到单位我问问情况，再给你电话，你现在非常时期，最好别掺和。

张朋媳妇李优是镇医院合同后勤人员，去年春天发现自己腹部吹了气一样一天天隆起，恐怕有啥大病，没敢查，谁知越来越大，也控制不住，一天晚上就哭丧着脸告诉了张朋，张朋安慰她，别担心，第二天就请假到外地医院给她做了相关检查，万万没想到已怀孕四个多月。张朋两人不敢相信，又到另一家医院找了个亲戚帮忙，一查，是真的不说，还是个男孩。两人有个闺女已上小学一年级，张朋又是个两代单传的独子，一直做梦都想再生一个，可张朋是党员，早就领了独生子女证，想生个儿子也只是想想而已，哪里想到无心插柳，却梦想成真。亲戚问李优，都这么长时间你难道一点感觉也没有？李优答，一直是以为发胖，没往这方面想。亲戚看了看人高马大的李优又问，你没带环？李优答，生过孩子就带了，有反应，就取了。亲戚又问，镇里计生办不是两月一次检查吗？也应该能查出来，你没参加查？李优答，从没漏查过，只是上个月初查时，我和张朋跟团去苏州旅游了，回来到镇里补查，值班的一看领了独生子女证，还从没漏查过，就没给查，填了记录就让我回来了。亲戚又问，你们打算咋办？两人互相瞅瞅，啥也没说。亲戚说，回家考虑好再定吧。两人就回了家，分别向两边老的一说，都不让流产，还都约好了似的聚到张朋家不厌其烦地向两人说没有儿子的种种不是。先是李优拿定了主意，见张朋犹豫，又跟着劝张朋，张朋说自己是党员不能要，再说领过独生子女证就是保证不再生二胎，万一镇计生办找上门来，咱就不好说话了。李优说，领了证，后来又生的多了，又不是光咱自己，不就是缴点钱吗？要是没有后，钱再多又给谁花呢？顿了顿，李优又说，你要是不想要儿子，我就流产去，不但少受了罪，还少花了钱。一旁坐着的李优妈说，都好几个月了，真要做人流，小孩不要了，大人谁也不能保证就没危险。不好再说下去，张朋又私下里一打听，根据他们的条件，也能生二胎，就决定把孩子生下来。不知是谁走漏了消息，还是李优越来越笨的身体再无法遮掩，龙兴村的支书就找上了门，说，计划外生二胎，是不允许的，尤其是你们双职工。张朋说，按政策，我们可以生二胎。支书说，我也知道按政策你们也够条件生二胎，可得先申请，拿到准生证再怀孕，你们没按这个程序一样要按超生的对待。张朋说，我们补齐手续还不行吗？支书说，那你带着李优去镇里计生办补补试试？抓住给你流了还得罚你，说不定连工作都保不住，要是你们饭碗子没了，就是生下孩子又咋养？张朋就没再说话，支书说，咱长话短说，拿两万给我，我给你们瞒下。张朋问，生了还缴不缴超生费？支书说，现在哪还有超生费？但要缴社会抚养费。张朋问，啥社会抚养费？支书说，这个你可以上网查，一查就知道，眼下的问题就是，你拿还是不拿。张朋问，这两万算不算社会抚养费？支书答，这是我给你打通层层关节用的，我又不留一分，你怕啥？要不是一个村住着，我还懒得问呢。张朋想，真要钱花了再瞒不住，还得该咋着就咋着，社会抚养费还是一分也不会少，就不想花这不明不白的冤枉钱，支书见他犹豫，就走了，第二天镇计生办就找上门来，非让流掉不可。张朋答应后，支书也跟着保证，镇计生办的就回去了。当天晚上，张朋就拿了两万去了支书家，可支书不接了，说得四万，而且说这四万全都缴到镇里去，保证孩子顺利生下来。张朋说，这两万你先拿着，我明天再筹了送来，第二天晚上，张朋又拿了三万找支书，支书二话没说就接了，又帮李优在镇医院请了一年的病假，这事就全部搞定，可孩子生下没多久，镇里又找上门来，说要按标准补缴社会抚养费，还给镇中心校下了协助催缴的通知，高风接到通知后，让去闸口小学办事的张旺把镇计生办的催缴通知捎给张朋，没想到等张旺从闸口回来，张朋也跟着一起来了高风的办公室。张旺说，张朋两口子虽然都上班，可家里经济条件并不好，父母年纪大了不说，还都有慢性哮喘病，平常医药从没断过，看能不能跟计生办说说，少拿点。高风答应了尽量办，就让张朋回去安心上课。后来，高风就和张旺一起找了镇计生办，张朋又缴了两万才算了结。没想到，这又是谁吃饱了撑的没事干给翻腾了出来？

是不是龙兴村支书呢？高风想。

龙兴村支书姓鲁单名一个智字，虽然比《水浒传》里自称“洒家”的那一位少了一个“深”字，块头也是重量级的，据说少年时跟人练过大洪拳，有次在龙兴村小学武术比赛中还得了第一，至今兴来时就在自家院子里比画几下子，虽然看着让人觉得骨节僵硬粗笨得很，可他跟不是上级领导握手时，还真让人觉得手劲不小，但让“洒家”没法比的是鲁智有文化，别看只是小学毕业，“智慧”还真是了得。高风有幸领教，尽管已过了几个月，至今想来还恨得牙痒痒。说起来，那次也是计划生育的事，高风表弟计划外生二胎，一开始也是鲁智给经手办的，按说鲁智侄子是村里计生专干，本来这事没必要他经手，可平常还是对这事过问得很勤。表弟按常规水准带着该带的到他家把事一说，他自然满口应下，说实在的，也确实帮了不少忙，直到孩子出生，无论镇村还真没找过，可孩子一生下，事就来了，上门要起社会抚养费就开始狮子大张口，本以为一次拿下的表弟看看前景不妙，就是平常跟人搞建筑挣的钱全奉上，没有个三年两载也别想安生，就给家里出了个主意，反正孩子生了，咱又不是国家工作人员，就说没有，看他能咋着。安排好，就跟人外出了，临走，还通过朋友把媳妇介绍到了望湖镇的纱厂上班，媳妇每天又早走晚回，很难让人碰上，有时连着上夜班，还索性在纱厂附近租了房不回来。他小两口这一甩手，就把高风坑苦了，先是舅舅找高风父母想办法，一次两次，高风父母也确实给救了急，可事不过三，一来高风父母都在县城看孩子上学，舅舅骑个电动三轮来回跑一次也不容易，二来总张口连自己都不好意思，就干脆找个给人家看大门的差事也躲了。妗子得看家，没法躲，每天来回八趟到中心小学接送孙女不说，还得一日三顿做饭，还得照管家里的六亩责任田，自家父母早已过世，唯一的娘家哥又不当家，又因为母亲过世出殡时娘家嫂跟她闹了意见多年不和，所以除了高风父母，谁也靠不上。当表弟媳妇又一次被镇计生办从望湖纱厂逮走后，脱不开身去县城找高风父母的妗子想到了高风，高风接了电话自然不敢怠慢，就又给鲁智打电话，鲁智一听是高风，很是热情，因为年初镇里开三干会表彰先进时，他的先进代表发言稿是郭书记当着他的面让高风写的，安排高风时，先让他给高风充百元手机费，他听了立马就去，高风一把拉住说，要是见外就不写了，再加上发言稿让他在会场多得了几下掌声，从此见高风是格外热情，有时高风在镇里帮忙，吃饭时还能碰上跟他在一桌，自然高风又喝了不少他敬的酒，酒罢还几次提到高风在闸口小学当校长时如何照顾他转学过去的宝贝儿子，还说以后有啥用得着的就只管说。如此豪爽，如此关系，如此关键时刻，如此不可多得的可利用资源，要不充分利用，还真是可惜了。当然，高风也早就听说计生办逮人都是跟村里串通好的，认为只要鲁智出面，表弟这事在他手里也就是不值一提的小事一桩。没想到鲁智听了先是一愣，当问了高风与表弟的关系，就说好办，还安慰高风，别把这当事，人给带走了，咱就给要回来，让多拿钱，咱就想办法不拿，实在躲不了，咱就象征性拿点。高风说，人一定得给要回来，钱最好能给全免了，以前拿的都是我想办法给的，如今我两个孩子上学都在花大钱，确实也凑不出来了。鲁智说，你是咱镇一支笔，名声大得很，也肯定认识镇计生办的头儿，不如咱俩一起去，说不定你一到比我还管用。高风说，也只是见面打个招呼，还真没打过交道，还是鲁支书面子大。鲁智说，不管谁的面子大，咱俩要是一起去了，只要给一个人面子，这事就好办，要是给咱俩面子，这事更好办，说不定，不但真的一分不用花，还会把你表弟媳妇用车送回去。高风说，那就托鲁支书的福了。鲁智笑笑说，看你这话说的，咱俩谁跟谁，何必太客气？高风也笑笑说，不客气，是真心话。等两人一起到了计生办，高风突然改了主意，既然这事都是你鲁智从头至尾一人在搅和，这出戏还是你鲁智自己唱，我倒要看看你鲁智是唱出个红脸呢还是黑脸，就对鲁智说，你还是先上楼问问情况，我在楼下等着。鲁智二话没说就上了楼。高风趁机就通过计生办熟人找到了关着表弟媳妇的屋子，没想到妗子也在，怀里还抱着孩子，身边放着保温瓶，很明显是给表弟媳妇送饭来又顺便把孙子带来让见见妈的。高风打了招呼，又安慰他们别害怕，就回到了楼梯口。正下楼的鲁智看见高风就招手，高风就腾腾跟着上了楼，跟计生办的头儿寒暄过，鲁智说，高主任是鲁民表哥，以前鲁民缴的都是高主任操办的。头儿说，高主任工资高，关系又这么亲近，就是工资不高也得帮。鲁支书说，高主任要不是两人双工资，光供两个花大钱的学生都够紧的。头儿说，就是供两个研究生，一个人的也用不了。咱长话短说吧，按标准鲁民还得再缴八千，既然你跟鲁支书来了，我就硬做一回主，减半，够意思了吧，你也就用一个月的工资，咋样？高风猛然意识到，找鲁智来是个天大的错误，他看似替高风说话，实际暗里把高风的信息提供了出来，就把眼光从计生办头儿的脸上移到鲁智脸上，高风想看看，他那弥勒佛一样肉嘟嘟的脸上哪里藏着暗生的坏疮，好用看透了他的目光像锐利的钢针一样给他刺破，把坏水给他放出来，然后再从他脸上一直看到他的心里，看看他的心到底长在了啥地方，里面流淌的是不是也是坏水，就是血，又是啥样的颜色。鲁智有点不自在，就说，高主任别光看我，我该说的也都说了，不管用也怨不着我了，谁让咱头上的乌纱帽还没有个蛋壳大呢？计生办头儿又说，看在你们俩的面子上，再减一千，这行了吧？抓紧到会计室缴了，赶快把人领走。高风说，得下去跟他们商量商量。没等头儿再发话，高风就下了楼，下了楼先给郭书记打电话，郭书记听了说，这次是镇党委研究决定的，我虽然分管，可一把当家，现在正在开会，等会儿散了跟一把说说再打给你。高风不好再说什么，就对妗子说了，妗子说，就不能再少点？跟下来的鲁智说，你不知道，我和高主任刚才跟计生办的头儿差不多把嘴皮子磨破了，要是再能少，还用你说吗？抓紧缴了，赶快走人。回头又对高风说，镇里有个会，再不去要迟到了。高风想装没听见，可一想事情还没了，要是明显得罪他，他再暗使坏水，会更麻烦，就强作笑脸说，让鲁支书费心了，快抓紧去忙吧。见鲁智走远，又看四周再没别人，就对妗子和表弟媳妇说，要觉得缴钱太憋气就别缴，反正到天黑前得放人。妗子问，为啥？高风答，要是超过二十四小时，他们就犯了非法拘禁罪。妗子说，好，我知道了，你忙你的去吧。等晚上下班，高风再到镇计生办，看门的说，人走了。高风就给妗子打电话，妗子说，你走后，任凭他们说啥，我也没理，可午饭后，他们就要给小民媳妇结扎，小民媳妇就沉不住气了，说，娘，要是结扎了，你不但更忙不过来，我也不能再去纱厂上班了，还是赶紧操办钱给他们吧。当时有个计生办的人还说，再不去拿钱，就是缴了也得结扎，还得告高风知法犯法，上面要是知道了，准把他撤了，你说哪能因为这事把你撤了呢？就再不敢跟你联系，回家凑够就缴了。高风还有啥可说的呢？就再给郭书记打电话，郭书记说，你看我忙的，还真忘了告诉你，我问过计生办了，他们说你同意缴三千，既然你同意了，我也不好说了，就让他们抓紧把人放了，人还没放吗？高风想，这不是明摆着日弄人吗？又不好发作，就挂了电话。后来一打听，原来镇里给村里定了社会抚养费征缴任务，完不成任务，村支书和计生专干都得拿钱补差欠。没必要再说，你想，肉包子打狗都一去无回，何况这又是使了连环计抢到的。可要是鲁智想收张朋的钱，还要以举报的形式吗？

到了镇中心校，镇计生办的催缴通知又到了。高风先给镇计生办负责双查的打了电话，问新来的头儿是谁，一听是从望湖镇调来的王腾，心里便有了数，就给秦玲打电话说，你告诉张朋，在计生办等我。高风到了镇计生办，听说郭书记也在，心里更有了数，就把门前等高风的张朋拉到一边说，你告诉你媳妇别害怕，他们说啥都先答应着，你安抚好，就抓紧回去，钱尽量操办，能操办多少是多少，你能懂我的话吗？见张朋点了头，高风就上了楼，郭书记一见高风来了，问高风有何贵干。高风说，听说王腾衣锦还乡了，来看看。郭书记说，天下真小，到哪里都有你的朋友。高风说，比起郭书记的满座高朋，我算啥？可毕竟王腾是我曾经的同事，又高升回来，郭书记又分管这一块，以后可要多多提携他。王腾笑着跟高风握了手让了座，高风接过他端的茶说，哪天能轮上我给你接风祝贺呢？

王腾笑笑说，都老同事了，又经常见，这个就不必了。郭书记说，哪能不必呢？就不想让我沾你的光跟着蹭一顿？王腾说，哪天我给郭书记整一大桌，让高风作陪。郭书记点点头说，没想到王主任也这么会说，到底都是从傍湖党委办公室走出去的才子。哈哈笑过，郭书记站起来说，你们叙叙旧吧，我得抓紧回镇里。

郭书记走后，高风先问了王腾到这里来的经过。王腾说，自从这里托人去了望湖办公室，本以为这辈子就这样了，没想到会到镇计生办任副主任，后来又升了正职来了这里。高风再次恭喜罢，两人又从在傍湖党委办公室对桌扯到现在，扯着扯着就上午十一点多了，可县里规定上午不能喝酒，高风就约了王腾晚上去仙聚楼，定好，高风给郭书记打了电话，郭书记说，你们玩吧，晚上得回县里开个会。高风就说，改天再专为你补一场。结束通话就起身，可王腾说，上午就在这里将就吧，不好推辞，趁饭后就说了张朋的事。王腾问，这张朋跟你啥关系？高风说，下面学校的一般教师。王腾愣了愣说，不是我拒你面子，我劝你这事还是别插手。高风问，为何？王腾说，这是我来到傍湖接到的第一个举报，我必须给镇里和下边同事一个交代。高风说，新官上任想从我这里烧第一把火是不是？以为老同事好欺负是不是？王腾说，没办法，谁让你手下不自律呢？高风说，自律不自律，那是纪委的事，你可是多管闲事了。王腾说，要不，我把举报交给县纪委行不行？高风说，可以，你现在就可以去交，但你也要明白，这是你的前任及相关领导处理过的事，其中关节，你不会不懂，你也不是来了没坐热就再高升吧？王腾说，你啥意思？高风说，啥意思你应该清楚得很，不是老同事，我不会这样说，你要是往别的地方想，就往别的地方好好地想吧。王腾说，没想到你这么护手下。高风说，不是我护，是你应该体谅当教师的不容易。王腾说，你就不知道这是要犯错误的事？高风说，要说犯错误，张朋这事得先从你们身上找原因，你想，一个领了独生子女证的育龄妇女，还从没漏过双月查，咋能让她再怀上二胎又生下呢？张朋说了，真再缴这么多，确实拿不出，被逼急了，就破罐子摔碎工作不干了去县里告。王腾问，他去告谁？高风答，他说他去告他自己违反计划生育。王腾说，那就让他告去。高风说，你说他真要去告，县里真要认真起来一查，受牵连的不止一个人吧？要是这样，你以后还能在这继续干好工作吗？所以我就劝他别打歪主意，赶紧操办钱，抓紧去上班。王腾说，既然你替我着想，我也不是那不懂规矩的人，你说这事咋解决？高风说，我要是说了算还用着来找你？王腾想了想说，咱是老同事好兄弟，也不拐着弯兜圈子说了，我给他减半，缴两万行不行？见高风仍盯着他没说话，王腾又说，只要他晚上下班前先拿一万来，我就让他把媳妇领走，绝育手术也暂不做，总可以了吧？高风说，钱还能不能再少点？王腾说，不能再少了，再少，我就没法交代了，以后工作也不好做，要不，你去找郭书记，就是这样，我还得向他汇报，他要不同意，我刚才说的也是白说。高风起身说，我这几年在单位也负责计划生育这块，相关政策多少也知道，这事你看着办吧，别忘了晚上仙聚楼。王腾说，你放心好了，我啥不记着，也得记着晚上仙聚楼。

出了镇计生办，高风给郭书记打电话，说了张朋的事，郭书记说，我就知道你去计生办不是光叙旧。高风说，你看咋办？郭书记问，王腾咋说？高风答，他说听你指示。郭书记说，那好，你就别问了，该咋办，我心里有数，放心好了。高风说，谢谢郭书记，晚上真不能在一块坐坐？郭书记说，你们叙旧加深感情，我去干啥？高风笑笑说，郭书记难道就这点肚量？我请你去，不也是想在他面前显摆显摆吗？就这么不给面子？郭书记笑笑说，没想到你这文人也兴这一套，给你们郑校也说一声，让他也参加，不是更好吗？

高风又跟郑校联系，郑校说，我正要找你。高风说，有事？郑校说，闸口小学那个张朋的事处理得咋样了？高风说，镇里让补缴社会抚养费，张朋回家操办去了。郑校说，告诉张朋，计划生育是大事，心里别糊涂。高风说，我一定把郑校的指示向张朋传达到。郑校又说，千万把这事办好，县里有规定，评先晋级，计划生育一票否决，真要这事办不利索，咱这一年又是白辛苦了。高风说，明白。郑校问，你打电话有啥事？高风答，你晚上要是没安排，我请你一块坐坐。郑校说，非得破费吗？有啥事你就说。高风说，有个曾经的老同事升了官又调回了咱镇，晚上给他接风贺贺，你给个面子，让我显摆显摆吧。郑校问，谁？高风答，镇计生办新到主任王腾。郑校又问，还有谁？高风又答，郭书记。他让我告诉你，晚上一定得去仙聚楼。郑校说，好吧。

把手机装进兜里，远远看见张朋骑着电动车奔过来，高风就骑了电动车迎了上去，碰面停了车，转脸见离开镇计生办有了相当距离，就问，操办得如何？张朋说，只借到八千，我想先缴了，看能不能让李优先回去，孩子都快一天一夜没吃奶了，又不喝奶粉，总是闹，父母也哄不好。高风说，你赶紧去缴吧，有啥话一定要好好说。

张朋骑车一走，高风就给王腾打电话，说，张朋把亲友都借遍了，只借到八千，你看能不能先让他媳妇回去，孩子从昨晚就在家闹，怎么都是哄不好。王腾说，那就让他打个欠条，等操办齐再补上。高风说，你看着办吧，别忘了晚上仙聚楼，郭书记，还有我们单位郑校都作陪。王腾笑笑说，级别还是挺高的，阵势也是挺大的，是想给我来个下马威，还是想在我跟前显摆显摆？高风说，人说一当官就心眼小还想得多，今天还真是见识了，你愿咋想就咋想吧，反正我是觉得自己单陪你让你大官人太委屈，找两个认识的领导，你会心里有平衡感，既然不识好歹，你就别来了。王腾说，你都安排好了，就是鸿门宴我也得赴。高风说，还是躲在你的官府里吧，到时我真要来个高风舞剑意在王腾，你岂不惨了？我劝你，我这种没有级别的私人小请，还是趁早扯个理由推辞了别来。王腾说，就是刀山火海，我也在所不辞。高风说，就不怕失了尊贵的身份还丢了富贵的性命？王腾说，今天总算领教了，到底是作家会说话。高风说，再会说话也不如你嘴大，可也要该大时大，不该大时也应该小，是不是老同事？王腾说，高哥说得极是。高风又说，混个差事不容易，如今挣两个钱更不容易。王腾笑笑说，别给兄弟上课了，他来了。高风说，你忙吧，不打搅了。

高风趁便拐到仙聚楼安排好出来，又碰上了王所长，便对王所长说，晚上有事吗？王所长说，没事。高风说，没事晚上来仙聚楼，我请你吃饭。王所长凑过来低声说，哪方贵客让我作陪？高风说，真风的事多亏了你，你就不能给个机会让我表现表现？王所长说，那事属本职工作，高哥不必客气。高风说，就是不必客气，你现在也给我个准话。王所长说，好好好，遵命还不行吗？

分了手，高风接到了张朋的电话，张朋说，钱缴了，人也让回了，可让打了一万二的欠条。高风说，走一步算一步，过一关是一关，别放心上，快回家照看孩子吧。张朋说，谢谢高主任。高风说，客气啥？又没帮你啥忙，有人问，别多说话。张朋说，知道了，高主任。

晚上酒至半酣，高风把王腾拉出去问，你还真让打了欠条？王腾说，打了也就打了，那是掩人耳目的，不可能再跟他要。高风进一步问，真不要了？王腾说，郭书记也打过招呼了，这点面子还是能给老哥的。可等高风离开单位后，镇里年终又一轮社会抚养费清理时，张朋又补交了一万二，高风听说后，心里不禁又是一阵唏嘘，幸亏没把王腾的许诺告诉张朋，不然……一次去县计生局参加县文联组织的采风活动，正好碰上当了县计生局副局长的王腾时，高风又单独问了王腾，王腾说，你负责时，我是不是给了你面子？你不负责了，谁也怨不到你，你也就别管这么多了，再说，我不让他补齐，落在别人手里，别人也会让他补齐，要是有说情的我就按下不管，有托人的我就网开一面，我还咋主持工作？要是再给人留下了把柄，这职位我可以不要，饭碗子不能让人砸吧？高风无语。当然，这又是后话。

第二天起床，高风感觉头仍是沉沉的，更不记得咋到的家，顺手摸起手机一看，时间不早了，赶紧下床，匆匆洗了两把脸，饭也没吃就去单位，可没找到电动车，以为是淑贞趁没课骑走买东西去了，就打她手机，她说她在办公室备课，也不知道电动车在哪里。高风问，我昨晚不是骑来了吗？淑贞说，昨晚你喝得烂醉，是王所长派车送你来的。挂了电话，高风像往常一样步行去上班。

高风出了校门，碰见西口小学朱校长，朱校长说，高主任哪里去？

高风问，你哪里去？朱校长说，去镇中心校开会，你呢？高风说，我也是。朱校长说，可以让我带着吗？高风说，正求之不得呢。朱校长说，万分荣幸。高风笑笑说，你堂堂大校长就这么点志气？朱校长也笑笑说，你如今出门可是既有专车还有保驾护航的，无冕之王呢，能不荣幸吗？高风收住笑，心一沉，是昨晚王所长派车送我他知道了，还是这段时间淑贞跟王所长的车他听说了？就问，啥意思？朱校长仍笑着说，没意思，都多年的老同事了，私下里见面开个玩笑不行吗？快请上来吧。高风不好再问，也许朱校长只是玩笑而已，就上了车。朱校长问，开啥会？高风便想起了吴劲刚才打来的电话，就说，全体校长会。朱校长说，我也知道是全体校长会，啥内容？高风说，具体还真不知道，你咋去这么早？朱校长本想说“不去这么早，能有这么难得的机会吗”，可一想刚才高风变化的脸，就说，不去这么早能行吗？高风问，咋又不行呢？朱校长说，吴劲电话里通知说，从今天开始不准迟到，迟到要当场说明原因再补会，真要那样，人可是丢大了。高风说，也只是说说。朱校长说，不像是说说，如今世道，草动就有风，有风说不定就有雨，还是谨慎好，万一风刮走了芝麻再雨冲跑了西瓜就后悔也来不及了。高风心又一动，这朱校长今天到底是咋啦？就说，我咋听着你今天说话怪怪的？朱校长说，你昨晚是不是又喝多了？高风说，是有点多。朱校长说，怪不得你酒味还这么大，一定还没醒透吧？高风说，是，确实头沉沉的，脑子还在涨。朱校长说，那就看看两边风景吹吹风。高风说，好，等醒透了再跟你上下五千年纵横八万里。朱校长说，这样的大话题，我不行，我想念咱两人以前的日子，碰上了，寻间小屋，弄俩小菜，喝俩小酒，天南地北扯俩小呱。高风说，谁不是呢？可现在百事缠身，心静不下来，就是有机会坐在一起，也没了那雅兴那情致。朱校长说，所以人家说，相见不如怀念，怀念不如不念。高风笑笑说，真没想到啊，你也有深沉的时候。朱校长说，不深沉行吗？这满世界都是见了烦听了更烦的烦心事。高风说，我哪天弄俩小酒小菜，你给我呱嗒呱嗒你的烦。朱校长说，行。

出了驿庙，高风突然又想起孙支书卖村部的事，就问朱校长，孙支书在驿庙教学点院子里砌墙，你难道一点也不知道吗？朱校长答，知道。高风又问，你知道咋不跟郑校汇报呢？朱校长又答，跟张旺说了，张旺说他汇报，后来见没回音，以为是孙支书跟郑校商量好了，就没再问。高风说，郑校问我你咋没汇报，我说你那几天有事跟吴劲请过假了，要不，他肯定饶不了你。朱校长说，这只能怪张旺。高风说，郑校早就在会上说过，学校有事要在第一时间向他汇报，你却没脑子跟张旺说，张旺还没替你转达，真要出了问题，追究起来，你能逃脱责任吗？幸亏我给你挡了。朱校长说，谢谢高主任。高风说，咱俩还要客气吗？朱校长说，要论起咱俩的关系，当然没必要客气。高风问，你说张旺为啥瞒着不报呢？朱校长答，不知道。高风又问，按说让我搬出学校，应该是你出面通知我或淑贞，为啥孙支书直接告诉我们呢？朱校长顿了顿说，按理，这事，我不该瞒你到现在，其实，孙支书让你搬出学校，孙支书告诉淑贞前，我就听张旺说了，还知道你当时没理会，我恐怕孙支书再让我催你们，他砌墙的前一天，我就打电话给许主任说去无锡看上大一的儿子，还特别安排他，无论孙支书在教学点搞啥名堂都别理会，让他做啥都别做，就说我交代了，一切等我回来，并且还真让他给吴劲请了假。高风问，你真去无锡了吗？朱校长说，儿子在那上学好好的，又经常视频聊天，我难道钱多得没地方扔了？高风又问，你那几天到底干啥去了？朱校长说，我在县城家里猫着，白天在家不是睡觉就是看电视，晚上出去打麻将。高风说，没想到你也会这样。朱校长说，不这样能行吗？孙支书真要找到我头上，你说我能让你搬吗？不让你搬，是不是就得罪了孙支书？我宁愿打麻将输掉几百块，也不愿得罪他。高风笑笑说，朱校长打麻将肯定不会输。朱校长也笑笑说，你咋知道？高风仍笑着说，做啥事都滴水不漏，打起麻将来也必定智慧过人，真是越来越精明了。

说说笑笑到了单位，好几个校长都到了，互相打了招呼，就站在院里你一句我一句地闲扯。张旺走到高风跟前问，张朋的事了结没有？高风胃里的恶心突然上来，赶紧跑到大门外的下水道口嗷嗷地干吐起来。感觉不吐了，才往院里走，就听张旺在跟几个校长说，闸口小学张朋计划生育超生被人举报，他媳妇前天晚上被镇计生办逮了去。朱校长说，这也不是啥稀罕事，哪个学校没有？张旺说，那也得回去跟全体教师说说引以为戒，万一再出现一个，校长可是第一责任人，评先晋级一票否决。东口冯校长说，否决就否决吧，一个破校长也没什么恋头，咱可不能为了这个不知多少级的官让人家绝种八代地骂。张旺说，你这思想不行，计划生育是国家大事，国家兴亡，匹夫有责。马超说，看人家张会计思想境界多高？咱可不能辜负了张会计的谆谆教导，一定要对自己严格要求不断进步。秦玲说，一直在张会计的亲切关怀下勤奋努力。朱校长说，要是勤奋努力了还赶不上张会计的要求，我就脱了鞋甩开膀子赶，再不行，就想办法上电梯坐飞机乘火箭。吴劲说，朱校长可得有心理准备，高处不胜寒呢。高风走近了说，虽然高处不胜寒，可现在谁又不想高呢？但想高有想高的讲究，不仅说话做事要体现正能量，还要让大家心里舒服，尤其要做到，别该说不该说的乱说，该管不该管的都管。辛歌抬眼瞅了一圈，又低下头。

院里一时无声。

突然，张旺快速脱掉右脚上的黑皮鞋，举起来直冲向高风，大家一愣，还没回过神来，张旺右手里的鞋就飞了出去，高风猛一闪身，就见大门南旁墙上的公鸡咯咯咯跑上厨房顶飞走了。

等张旺单脚跳着出了大门又穿着鞋回来，一起进门的还有郑校。秦玲问，没听车响就到了。郑校说，车没开，跟郭书记的车来的。高风问，是没开走，还是没开来？郑校说，我还想问你呢，昨天可叫那王腾灌晕了，碰坏了一只前大灯不说，还差点开到沟里去。高风说，以后喝酒可别开车了。郑校说，我也知道喝酒开车不安全，也确实不想喝，可不喝行吗？你看哪天不喝酒？哪天又能离开车？辛歌说，等高主任拿到驾照就好了，县城又有房子，关键时候可以给郑校开车。郑校问，高主任过几关了？高风答，还有路考。郑校又问，啥时路考？高风又答，月底吧。郑校说，就是不出意外等拿到证也放暑假了。辛歌说，正好让他暑假练练，暑假开学你就可以天天放心喝了。大家哈哈笑罢，张旺说，我建议各位都考驾照，要是都会了，平常一起到哪聚聚，留两个不喝酒的就行。郑校说，这是个好建议，大家根据自己条件不妨试试。大家齐声说完好，高风说，要报名抓紧报，暑假跟着回家的大学生一起考过得快。郑校说，对对对，想报的抓紧报，暑假要是报名的多，没车练，用我的车练，我免费当指导。吴劲说，免费当指导还不行，还得免费管饭。郑校说，吴主任说得极是，我保证陪吃陪练。马超说，再加一陪，就够三陪了。郑校问再加哪一陪，你给兄弟我建议建议。马超说，不是陪睡，是练累了陪聊。郑校猛地举起手说，我赞成，请大家鼓掌通过。一阵掌声过后，郑校说，别闹了，新华书店的人马上就到，咱先上去开会。

大家坐定，郑校说，今天这会，本来我也不想开，可不行，周边各乡镇都一致同意配合留城书店做好这事。张旺问，啥事？郑校说，这事主要由你负责。张旺说，请指示吧。郑校说，昨晚，各乡镇相关的负责人在一起商定了让学生订购一课三练的事。马超说，不是让学生自愿吗？郑校说，说是自愿，实际是通过我们做工作，人人必订。张旺说，要是工作能做通，必订就必订。秦玲问，一套多少钱？郑校答，低年级三十九块五，中高年级五十九块五。张旺说，统一起来，低年级收四十，中高年级收六十。郑校说，不行，一定不能多收。冯校长说，按定价能收上来就不错了。张旺说，收不上来也得收。朱校长说，不是明文规定不允许强令学生购买学习资料吗？张旺说，规定是规定，也不能事事都是绝对的。秦玲又问，是这学期的还是下学期的？郑校说，是这学期的，从一开学留城书店就运作这事，一直被我们挡着，没想到很多乡镇都接受了，咱镇要是不接受，以后就被孤立了，好在离期终考试还有二十多天，就当期末复习用吧。秦玲说，根椐教学进度，如今各科教师都按照复习计划设计了不少练习题，现在再发这套，学生没时间做不说，教师也没时间讲。张旺说，那好办，宣传动员时，就说这套资料很好，是配合教材用的，学生必做，教师必讲，镇教研室必查，这样一说，哪个家长还在乎这几十块钱？哪个教师不重视这事？高风说，这留城书店也真是，课本、薄本国家免费赚不到钱了，又打辅导资料的主意，可同样一套，在小书店虽标价相同，买到手一本只花五块钱。郑校说，谁说又不是？命令下来了，咱理解也得执行，不理解也得执行，时间紧任务重，大家再辛苦辛苦，还是老规矩，校长开会动员，学校教务主任和财务主任具体操作，镇中心校成员蹲点督阵。张旺说，郑校把话说到这了，大家就各负其责吧，如今非常时期，我还是那句话，三天之内，不管你收齐收不齐，资料一到，我就按学生数分下去，哪校钱交不上来，我就用哪校刚到的报销拨款顶。校长们听了，就在下面低声发牢骚，可也管不了这么多，就听郑校说，张会计说的虽然有些霸道，可不这样还真不行，权作再帮我个忙。秦玲说，如果有的家长硬不愿意咋办？张旺说，那就看你当校长的工作力度和能耐了，连这点事都做不好，以后校长也别当了，反正我是按学生数全额分发。高风说，要是有的家长不但不要，还给你往上捅，惹了麻烦，如何应付？各校是不是应该做到心中有数？郑校说，高主任想得周到，这事不能说没有，各校也一定要力避矛盾激化，谁要是给捅了娄子还捂不住，我就拿谁是问，到时候别怪我不客气。

正说着，县新华书店的蔡经理到了，一一握手罢，说，看来，各位领导开会已说过此事，我也不再重复，多年来，我们一向合作得很好，还请大家把这事做好，以后继续愉快合作。鼓掌罢，蔡经理让一个扭着猫步的波浪女带着一身香把一个大黑塑料袋提上桌，然后说，在座每位领导一部天翼5830型3G智能手机，内有一千元话费，不成敬意，请笑纳，同时也祝愿各位因天翼在身必虎步龙腾青云直上。

女波浪分发完毕，蔡经理说，资料已随车带来，转脸问郑校，放哪？郑校对张旺说，赶紧领大家把资料卸在院里，顺便分好，就去湖里蓬莱阁。

又吃又喝又拿，不好再不为人家办事。没用两天，款就收了上来，只是有两个小插曲，一是各校校长私下里统一口径，暗中给经手的班主任每人二百元作为酬劳费，全部费用纳入学校开支，瞅机会分解了以办公用品开票上报，二是县物价局听说此事来人查证，众口一词说学生自愿、学校考虑学生安全统一代办，来人酒足饭饱，每人又得了一箱杂粮、一袋大米、一盒五十只装微山湖绿色生态麻鸭蛋。其间，秦玲收齐资料款打高风手机，问高风在哪，高风说，刚到办公室，秦玲来后把门一关，给了高风两千元，高风问，有钱了？秦玲说，反正报销的钱张旺没给清，索性从收的钱里扣一部分让他顶吧。高风把钱推给她严肃地说，他可以这样做，你不可以，一定要收多少给他多少。秦玲问，为啥？高风答，没有影的事，他都能给你编得跟真的一样，你可别惹他，也惹不起。秦玲说，哪能只许他放火，不让我点灯？高风说，不仅不让你点灯，你这段时间还要时时事事处处小心，局里人事股可能很快就去你校考察你，你可千万不能功亏一篑。秦玲说，考察不合格就不当。高风说，现在当不当不是你一人的事，你不能让所有关心你的人都失望。秦玲说，那我就不点灯，也不论前面等着我的是什么，只继续默默前行。高风说，不是默默前行，是眼观六路耳听八方地开拓进取。秦玲说，总是高度集中，确实累，真不知道我能不能撑得住。高风说，最后的胜利，往往在于再坚持一下的努力之中。秦玲说，《山楂树之恋》中好像也有过这话。高风说，不管哪里有过，只要认为对，就创造性地为自己所用。秦玲说，听你的。高风又说，不是听我的，是根据自己的理解作出正确的判断，只要再科学地运作，就是不能成就梦想，也问心无愧。秦玲把钱放进包里说，那好吧。高风说，那就写首以“彼岸花”为题的诗吧，这个端午节在咱镇举办个同题诗会，如果你有兴趣，不妨试一试，到时候我通知你。秦玲说，正值学期结束，还不知忙成啥样，哪还有这份闲情逸趣？高风说，有没有是你的事，通知不通知是我的事，到时参加不参加是另外一回事。

第十四章

天翼带回家，淑贞问，哪来的？高风说，又多问了吧？淑贞打开看了看说，5830，“我发三赢”，真不错，多少钱？高风说，该多少就多少，不知道还说不错。淑贞瞅瞅高风愣了愣说，我发现你这几天长本事了。高风说，长啥本事？淑贞说，不是吃了冲药，就是在外出了风头，还不知道自己是谁了。高风立马醒悟，赶紧说，对不起，我确实不知道，要不你上网查查，我做饭。说完就挽起袖子，淑贞笑笑说，难得老天开眼，哪能劳驾你大官人？高风说，我咋就不能体恤体恤身边的美女黎民呢？淑贞说，都老太婆了，还美女黎民呢？你还是别体恤了，一来咱享受不起，二来呢，真要等你做，肚皮都得贴上脊梁骨了，你看都啥时候了？快洗手吃饭吧。

饭时，淑贞又提到前几天电话里高风没回答的事，问高风，那天新郎官样穿出去，效果如何？高风不想说那天又惹的烦恼，可没有答复，淑贞还会总悬在心上，就说，还真是帅呆酷毙了。淑贞笑笑说，是不是又有哪个妖精缠上你了？乐得那天不但家不回，电话也不打一个。高风也笑笑说，哪能让你白折腾呢，不仅缠了一个，还天天黏乎呢。淑贞又笑笑说，是吗？咋不带来让我也饱饱眼福呢？高风仍笑着说，我哪能不让你饱饱眼福呢？你去那边穿衣镜前看看，看看里面是不是有个天仙般的妖精呢？淑贞脸一正，拐着弯骂我是不是？高风也收起笑说，我可没想，是你自找的，你看我是你想的那样的人吗？天天忙得晕头转向，家里的都顾不上享受，哪还有闲心红杏出墙寻花问柳呢？淑贞说，可别是嘴上说得好，背地里也色胆包天，要是让我知道了，别怪我不客气。高风立即放下筷子，把手举起说，我保证。淑贞说，保证有啥用？我要的是行动，快如实告诉我那身衣服穿出去的效果。高风愣也没打，就说，效果很好，不论中心校还是镇政府的人，知道这事的见到都释了疑，有的还说李二猛穿的那身，看着式样差不多，要论起档次来，李二猛的真是差得太远了。淑贞说，看来，我没有白费心。高风说，那当然。

吃罢饭，淑贞不仅又说起修家里房子的事，还想趁孩子高考结束前弄利索。高风一算，考前还有三天，就说，还来得及。淑贞说，三天能行？高风说，考试还有几天呢？淑贞说，孩子高考，我不能请假去陪，你也不去？高风说，高秀、高丽去年也没让陪，都照样考好，他俩咱也不陪。淑贞说，这两个还是陪陪吧。高风说，以前还说我重男轻女，我看你一直是重男轻女，淑贞问，我咋又重男轻女了？高风答，不陪闺女，为啥陪儿子？不是重男轻女吗？淑贞说，关键时候，男孩子不是都不会打理自己吗？高风说，啥都是学出来的，谁也不能总跟着，咱那时候在县城上高中，都是住学校，还没有他们现在这条件。淑贞说，不是现在有条件了吗？高风说，越有条件，越要放手，他们才会慢慢长大。淑贞说，翻来倒去都是你有理，上高中时，我说让他们住校，你说不放心，现在眼看要结束了，你又这样说了，不陪，你可别后悔。高风说，有啥后悔的？你也看咱天天忙的。淑贞说，再忙也不在乎这几天。高风说，再不在乎这几天，咱也别去，有爸妈在那就行了，万一去了，说不定还会影响孩子，还是想想咋修房子吧。淑贞说，是先买料还是先找建筑队？高风说，买料咱知道买多少买啥样的好吗？找建筑队，是你知道哪家合适还是我知道？只要一个环节做不好，浪费了东西不说，还费了钱天天烦，不如先问问二猛。淑贞说，要问，你这就亲自去他家问。高风说，又不是不熟悉，我先打个电话看他在不在家。

电话一通，二猛说，大作家是不是又有了新构思让我提供素材？高风说，还真有了新构思，你在家还是在外？二猛说，在家，你说吧。高风说，我这就去你家里说。二猛说，家里乱七八糟的，还是我去你那吧，满屋的书，也趁便闻闻书香沾沾文气。高风说，我给你带一包去。二猛说，开个玩笑，你就当真了，我的意思是刚吃过，顺便散散步消化消化。高风说，那好，你来吧。结束通话，高风对淑贞说，马上到。淑贞赶紧起身收拾。看热水瓶空着，又打开电磁炉。

水还没开，二猛就大步流星进来了，问，需要哪方面的，你只管说。高风笑笑说，需要建筑方面的。二猛也不用让，坐下就说，这方面张嘴就来，你说吧，是常识经验类，还是相关故事类。淑贞笑笑说，哪需要啥素材？是让你参谋参谋修家里房子。二猛说，那就说说咋修吧。高风说，知道还问你？二猛说，你都不知道，我咋说？等淑贞说了以前的打算和现在的想法，二猛又说，趁着天没黑，索性一起去看看，咱也学学官场，来个现场办公。高风说，好，咱这就去现场办公。转脸又对淑贞说，你带着纸笔。

打开好长时间没进的院门，除了中间的水泥过道，院内荒草无处不是。又打开屋门，一股霉味直冲鼻子。开了灯，结婚时挂上的“梅兰竹菊”中堂画依然风韵犹存，可两边尉天池落款的“琴棋书画诗中韵，梅兰竹菊赋里魂”对联上部的外角却有点耷拉。中堂画下的条几上更是落了厚厚的灰尘，墙角的蜘蛛网也是扯天连地任意纵横，还没等高风发感慨，二猛问，说说啥标准吧。高风又把淑贞刚才说的强调一遍，换换屋瓦，贴贴地砖，内外粉粉，不要多高档，只要看着敞亮住着舒心就行。二猛又出了屋瞅瞅说，地基没动，墙体也没开裂，建议掀掉屋顶后，把门窗往上抬抬，走廊现在不时兴了，索性封起来，把原来的前墙往外移移，里面东西间各加道单砖墙，再多开两个门，就成了明三暗五，孩子放假回来，都能住开。高风说，行，明天能开始吗？二猛说，你也太急了，料还没备，也没问问我有空没空，好像我在家待着专等给你修房子似的。高风说，不急能找你吗？不专等我，我咋一叫你就到了？哈哈笑罢，二猛说，今天一家刚做完，本打算歇几天，等麦忙完再接，既然这样，我回去就跟瓦屋说一声，咱明天就动工，瓦屋领着先扒屋顶，我负责联系进料，双管齐下，你俩抽空跟我到镇里看看用啥样的地砖，其他就不用操心了，我保证料好价低，信得过就这样，信不过，你们再找别人。高风说，我要是不信你，找你吗？二猛说，既然这样，钱的事也先别操心，完工后再说。淑贞问，能行？二猛说，别的方面不行，这方面还真敢说大话，等孩子考完，大爷大娘从县城回来，保证这房子彻底变样。话说到这地步，高风就把钥匙全交给了二猛。二猛也不客气，接了就装进兜里。淑贞说，需要啥就打电话。二猛说，你们除了教书还懂啥？就是告诉你们，是你们知道哪样好，还是知道哪里能买到，价格又便宜？淑贞说，那就全拜托你了。

回到学校，高风说，没想到二猛会这样干脆，淑贞说，真能行吗？高风说，要不放心，你就请假跟着当监工。淑贞说，不是不放心，就是没想到。高风说，没想到就别想，赶紧睡觉，明天说啥也得早起到跟前看看。可等高风一早起来到家，瓦屋领着人已把屋里东西搬空，还搭架上了房，二猛正指挥运沙子、水泥和砖的车往下卸呢。还有啥可说的？打了招呼就回，到学校跟淑贞一说，淑贞道，看来咱是真找对了人，你带来的新手机给他吧，你看他手里用的，你有时候跟他通一次话都中断好几回，估计是他那手机信号接收不行，万一这段时间还这样，不是太耽误事了？高风说，刚才我也有这想法，恐怕你不同意，就没说。淑贞说，这是物尽其用，我为啥不同意？高风说，送他一套旧西服你都心疼得抱怨我。淑贞说，我不是心疼那西服，是恐怕他穿出去影响你，结果咋样？要不是我及时补救，你受的影响到现在也不可能挽回。高风说，就怕他不要。淑贞说，你就说是充话费送的，用不着，也值不了几个钱，给他就是为了方便联系，他是个明白人，自然不好再推辞，咱也更放了心。高风笑笑点点头没再说，淑贞脸一正，笑什么笑？你要是歪想我，我可跟你没完。高风说，借我个天胆也不敢，我这是佩服你会做事。淑贞说，别谝好嘴了，快吃了上班去吧。

工程进度还挺快，头天屋面换齐了新红瓦，第二天里外墙全粉完，第三天六月五号下班，高风又到家里看看，屋里地砖全铺上，高兴得里瞅瞅外看看，还真跟新的一样，要是不知道的路过肯定以为是又盖的新房。二猛走过来说，行不行？高风笑着说，你真行。二猛说，趁着人没撤，麦子还得过两天再收，不如再进点料把厨房也收拾收拾，把杂物间改成个洗浴间，屋上再安个太阳能，里外一粉，院子里再把水泥地一打，这小院，是不是比城里的还好？高风说，你就看着做吧。正好淑贞也从学校赶来，里外瞅瞅，说，这不是差不多完工了吗，还有啥要做的？二猛又重复了一遍自己的建议，淑贞说，该咋做，就咋做，现在不一次性做好，要是以后想再收拾肯定更麻烦，就趁机来个大变样吧。二猛听了，又是一阵电话，快收工时，该进的料又齐了，干活的又把厨房和杂物间的东西按照二猛的指点搬运完，就说，今天早下班，明天继续早点来。工人们听了就各自拿了家伙结伴散去。高风对淑贞说，没想到这村里建筑队比咱教师干事还尽责还利索。淑贞说，教师干得不利索，还不是你们这些人领得不利索？上梁不正下梁歪，千古一个理儿。

文文强强高考完，父亲听说家里收拾好了，就要来看看，高风说，来看看吧。父亲来了一看，眼就直了，说，要不是你们两人在，我还以为走错了门。高风问父亲，满意不？父亲说，没想到你俩还懂修房子。淑贞说，我们哪懂？多亏二猛里外操办。父亲问，花多少钱？高风答，二猛说等麦忙完，内墙干透，刮了大白，刷了墙漆，灯具安好，一块算。父亲说，人家帮了咱的忙，咱也得替人家着想，眼看大忙了，啥都得用钱，还是先给二猛一部分，把工人工钱清了，别等人家上门要。淑贞说，已给他准备了，晚上让高风送过去。

正说着，真风来了，往院里瞥了一眼，说，正好都在，高亮弄了个二手联合收割机，想趁忙时挣两个家里零花，还差人家两万，都给凑凑吧，跟别人张嘴也是白张。父亲说，我这月工资剩下不多了，明天让强强给你送一千过来。真风说，以前存的呢？先拿出来周转一下，等高亮挣了再给你。父亲说，每月就那几个，不是这事就是那事，哪月也没见剩过，还拿啥存？要是有存着的，都是一家人，谁花不是花，还用你说？真凤脸一寒，又对淑贞说，大嫂也给操办点吧，人家要得急，不给清不让开，再晚了，麦子都让人家割完了，不是白折腾了？高风说，不让开就不要，要是挣钱，人家还卖？真凤说，已经说好了，还能有二说？高风说，要买买新的，这二手的，开到家里就得往里面填钱。真凤说，还是八成新，说是去年才买的，家里人手少顾不过来才卖的。淑贞说，上个月的工资都替你交住院押金了，这修房的料都是赊的，工钱更没给人家，正想法操办呢，买收割机的欠款就是再急也不在乎这一两天。真凤转脸就走。父亲见真凤走了，就说，我还得抓紧赶回去。淑贞说，今天星期天，孩子又不上学了，吃了中午饭走也行。父亲说，别了，跟你妈说好的，别让她等急了挂心。淑贞说，那就快走吧，别再赶不上车，照顾孩子这么多年，总算歇下来了，就在县城安心看着两个孩子好好歇着吧，等这房子能住了，想回再回来。父亲说，到时候再说吧。淑贞见高风愣着，催促到，还不快用电动车送送爸？父亲说，不必了，你们快收拾吧。

看着父亲走远了，高风再没心情收拾，就说，也快中午了，还是回学校吃过饭再来吧。淑贞站起身就把里外的门全锁了。

路上，淑贞小声说，哪是来借钱的？是来赖账的。高风装没听见。到了学校，淑贞进屋又高了声重复，高风问，赖啥账？淑贞说，看咱修房子了，恐怕咱跟她要那在医院用的六千元。高风说，就你看得明。淑贞说，明明前两天就把机子开回来了，还在村东小块地试呢，偏说假话。高风问，咋没听你说？淑贞答，咱里里外外忙得焦头烂额，哪还顾得上说这事？高风说，不就是想借钱吗？淑贞说，修房子忙了这么多天，别说到跟前看看，天天在家打麻将连问都不问，借钱又找上来了，别说咱得用，就是不用也不借她。高风说，咱修房子又没告诉她，她好意思来？淑贞说，有啥不好意思的？她有事时，咱一听说就偎上去了，又啥没给她想到做到？打心里没有你，你还总以为亲。高风说，亲兄弟不亲啥亲？淑贞说，这么多天，高亮咋没打个电话问一问？甚至替你想一想？要是人家有心的，知道后马上就会想，哥嫂都不懂修房子，自己又有这方面专长，需不需要给哥嫂当当参谋？高风说，他不是在外干活不知道吗？淑贞说，都来家好几天了，能不知道吗？高风说，他不是忙着试机子吗？淑贞说，就是白天再忙，晚上不到跟前看看也能打个电话吧？高风说，咱不是全权托付给二猛了吗？淑贞说，就是全托付给二猛，问一声多吗？高风说，他要是真没顾上呢？淑贞说，能是没顾上吗？高风说，我看你这些天还不累，要是累了也不会说这么多没用的话。淑贞说，房子修好了倒出面了，不说还那六千块，还说再借钱，我故意提醒她，她是听不出来还是根本没想还？高风说，要不是买收割机还欠人家，肯定就还你了，现在又跟你借，就说明她确实没能力还，都是一家人，肯定也觉得没必要说客气话，现在她正犯难，你有能力帮就帮，没能力就不帮，值得翻来倒去地说吗？淑贞说，不说，我咋能再次感觉到你跟你兄弟亲？你看你多会替你兄弟家想，你咋从没替我想想呢？高风说，我替兄弟家想就是替你想。淑贞问，你替你兄弟家想咋又是替我想？高风答，他家哪次有事不是你跑在前？这次真凤又是张嘴向你借，她就是觉得你亲。淑贞哧的一声笑完，脸一正说，你就把我当憨熊吧。高风说，你多精明的一个人，我宝贝似的这么多年都亲不够。淑贞说，说得好听，一遇到事，就把我当外皮。高风说，你越说越离谱了。淑贞说，从今天的事上看你的表现不是真的吗？高风说，你要是让我表白，我这就像年轻人一样从网上订购九百九十九朵玫瑰。淑贞说，我更不会那么傻的让你花了我的钱，再让你面对我想人家。高风上前揽着淑贞说，亲爱的，这么多年，你就不知道我心中只有你？淑贞挣脱说，别用这甜言蜜语腻歪我，我瘆得慌，滚一边去。高风说，既然一点浪漫都没有，那就快做饭吧，吃完还要接着去收拾。淑贞说，我不饿，你饿你做吧。高风说，那你歇着吧，我来做，你说你想吃啥？淑贞一把把高风推到一边说，吃你个头，一边去。

正吃着，高风手机响了，淑贞顺手拿起来一看就给了高风，高风一看是高亮，就按了接听键。高亮问，哥修房子了。高风答，是。高亮又问，你不是在学校住得好好的吗？费了钱给谁住？高风又答，学校太乱，想搬回去住。高亮说，你们住了，爸妈回来住哪？高风说，都住在一块。高亮说，这样不好吧？高风问，这有啥不好的？高亮答，你和爸都有工资，在一块生活肯定好，就把我扔在一边了。高风说，那就让爸妈在你家住。高亮说，也别在我家住了，在村头场里给爸妈另盖两间吧。高风一听来了气，说，高亮，孩子给你看大了是不是，都考学走了是不是，你的良心让狗吃了是不是？高亮说，这不是跟你商量吗？发的啥火？高风说，要是让爸妈在村外单住不但不行还没商量。高亮说，年纪大了爱清静，就让二老清静清静吧。高风说，你就不怕人家背后骂你不孝？以后咱四个孩子咋好意思在村里走来走去？高亮说，村头场里不是住着好多老人吗？高风说，你看被迫搬到村边住的老人，有几家过得完整的？高亮说，他们身体不好，咱爸妈身体又没病。高风说，没病也不在场里住，要么在你家，要么在我家。真凤说，把手机给我，我跟他说。高风听见手机里的争夺声就说，高亮，你把手机给她。真凤说，在我家住也行，你是老大，你告诉孩子爷爷，得把他的工资卡给我们。高风又怒从心起，你把爸的工资卡拿了去，爸妈咋生活？真凤说，既然在我家，你就别管了，有我花的就有他花的，有我吃的就有他吃的。高风说，那好，这话你跟爸说吧，只要爸妈愿意，我没意见。说完就挂断了。

才拿起筷子，手机又响起来。一看是高亮，就不想接，淑贞见手机自动挂断又响起，就说，打来你就接，说啥你就听，顺耳的就答应，不中听的该纠正就纠正，没必要纠正的全当耳旁风，看他俩想干啥。说完就按了接听键送到高风的耳朵边。高亮说，哥，要不这样。高风没好气地说，你有话快说。高亮说，要么爸妈一家住一个月，在谁家工资卡给谁，要么爸妈咱一家养一个，卡上工资一家一半。高风说，是你说的算，还是我说的算？高亮说，这不是商量吗？高风说，工资卡是咱爸的，你我商量没用，要商量，你跟爸妈商量去。高亮说，要是爸妈同意，你可不能有二话。高风说，你跟爸妈说，两位老的都跟我，你把工资卡拿了去，看行不行。高亮说，我先跟真凤说说，再问爸。高风又挂断，把手机扔在桌上。

端起碗，高风才喝了几口稀饭，手机又响起来。一看又是高亮，淑贞不耐烦了，说，这高亮到底想干啥？高风却没了脾气，说，管他干啥？又不花你的话费。淑贞把筷子重重往桌上一拍说，不花我的话费，我也烦。高风说，你烦，你能不让他打吗？说完就接起来。高亮说，爸的电话无法接通，是不是关机了？高风说，不可能吧？高亮又说，真凤说爸上午从县城回来了，是不是在你家？高风说，在我家你还打电话？你就不能来直接说？高亮我我两声又说，我这就去学校找爸说。高风说，找啥找？爸来家看看就回去了。高亮说，刚打了强强的手机，强强说县城没有。高风说，爸可能还没到，你就这么急？高亮却挂了。高风拿着手机向淑贞一亮，你看看，他又挂了。淑贞说，你还吃不吃，不吃我收了？

高风把筷子放下起身就给爸打电话，正在通话，能跟谁通话呢？高风又打文文的，问，你爷爷到家了吗？文文说，刚到，正跟叔叔通话。高风说，这几天好好休息，别乱跑，一定要听爷爷奶奶的话。文文说，知道了。才结束，淑贞走过来问，爸到了？高风说到了，正跟高亮通话。刚说完，高风手机又响，又是高亮，高风生气地说，你还让人活不活？高亮说，这不是说事吗？高风说，说事有你这样说的吗？高亮说，刚给爸打通了，爸说在县城租房子住。高风说，这是爸妈的自由。高亮说，都这么大年纪了在县城能行？我看还是在你那住吧。高风说，别了。高亮问，为啥？高风答，老住我那，你两口子能放心？既然不想回来，就租房住吧。高亮说，逢星期放假的，你们和爸妈常见面，我们却见不到了。高风说，你要想见，就把爸妈接你家住几天不行吗？高亮说，我再跟真凤说说。高亮又挂了。

淑贞说，这两口子让钱迷心窍了。高风说，让他们迷去吧。刚说完，高亮又来电话，说，真凤不同意爸妈在县城住。高风气又上来了，你们到底想干啥？高亮说，哥，别发火，这不是商量事吗？高风又说，这是商量吗？高亮说，这不是商量吗？高风说，有你们这样商量的吗？高亮说，你说咋样才是商量呢？高风说，高亮，孩子刚高考完，爸妈刚歇下来，你俩就折腾，不就爸手里有两个工资吗？那可是爸妈养老的钱呢，你们咋这样呢？高亮说，我这不是没办法吗？真凤她……手机里又传来真凤的声音，我咋啦？有能耐挣座金山银山来……电话又挂了。

高风又打了过去，高亮接了说，哥，有事吗？高风说，爸妈在哪住的事暂时别说了，等麦忙完再说行不行？高亮说，行，哥。

高风又给爸打电话，爸问，高亮跟你咋说？高风说，啥也没说，你和妈也别放在心上，好好让两个孩子陪着在县城歇段时间，等这边房子收拾好再说。爸说，真凤不是不让我们在你家住吗？高风说，她说她就当家了？爸说，其实我和你妈在哪住都行，只要你们别闹意见。高风说，爸你放心，我们不会闹意见的，我和淑贞修房子，就是让你和妈住的，你想，我们县城有房子，学校也有住的，要不是觉得你们在县城这么多年了一直想回家住，家里房子也不修了，亮亮要是再问，你就说我说了，修的房子是专给你和妈住的，我们还住学校，不然就去县城，看他们还咋说。爸说，我知道了，他要是愿意，修房的钱，你先垫上，等我省下钱再还你。高风说，我的房子我出钱修，钱哪能让你出？这也是淑贞的意思，您还没吃饭吧？别说了，抓紧吃完休息吧。

高亮又打来电话说，哥，真要像你跟爸说的那样，不在新修的房子住，真凤说了，就让爸妈在那住，我们没意见。高风说，我就是这样说，还有事吗？高亮说，没了。高风说，没了就挂掉忙你的吧，我还有事。

淑贞说，我花钱修的房子，不让我在里面住？天下有这么霸道的吗？高风说，这不是觉得爸妈刚歇下来，不让爸妈生气吗？淑贞说，要是真不让我住，那不行。高风说，他们也只是说说，跟他们计较啥？抓紧回家收拾吧。淑贞说，不让我住，我收拾啥？我不去。高风说，你不去，你歇着，我去。淑贞说，你也别去。高风说，别犟了，我们的房子我们不收拾谁收拾？他们当啥家？这不是让他们不闹气吗？淑贞说，你这样做也不是啥好法子，是在咱和爸妈身上安了颗定时炸弹，导火索还攥在他们手里。高风说，攥在他们手里就攥在他们手里，他们要有那狠心就拉响引爆。淑贞说，你就等着吧。

西南风连吹三天，麦地里一片金黄。高亮的收割机先是割周边村组的，白天是文文强强跟着帮忙，真凤负责收钱，母亲在家做饭，父亲负责送饭。晚上加班，高风就把他们都替下，有时淑贞也来帮着量量地算算账，好在也就几个小时，一般十点左右就回了。几天下来，还真挣了不少，喜得真凤见人再不吊着个脸，一见淑贞进地，就嫂子长嫂子短的那个亲热，好像从没因修房子闹过不愉快。

一天晚上回家，淑贞对高风说，要是跟她计较，就是你和文文愿意帮，我也不让你们去，更别说我。高风说，一家人就是一家人，打断胳膊还连着筋。淑贞说，连着筋的是你们姓高的，跟我有啥关系？文文说，妈，你还当老师呢，咋也跟村妇一样？淑贞说，跟你爸一辈子没离开农村，不是村妇是啥？文文说，婶婶也就是个刀子嘴，还有点小财迷，丽丽姐和强强弟还有叔叔都不错，看在他们仨的面上，你就别跟婶子计较了。淑贞说，我要计较就不下地了。文文说，这才是好妈妈，回家我给你端水洗脚。淑贞说，我儿子别像你爸一样好嘴了，我回家洗澡还能不洗脚？文文说，我再用热水给你泡泡，保证一觉睡到大天亮。淑贞说，好儿子，回家说啥我也得享享这福。

总是在别的村组割，本组有的人家就没了耐性。这天中午，高亮刚在村西正割的地块停下机子吃饭，高五就追过来问，啥时回咱组割？真凤说，急啥急？晴天晴地的，在棵上晒一天比割下来晒三天都强，这点道理你难道不懂？高五说，在棵上晒不怕，就怕晒干了，雨却来了。真凤说，你个乌鸦嘴赶快一边待着去。高五说，要是明天再不去，我可就联系别的机子了，到时可别怨我不讲究。真凤说，想去哪联系就去哪联系去，我买的机子是挣钱的，不是专为你服务的。说归说，转脸就走的高五等高亮的机子进了地也没能把别的机子请进来。

高亮把机子开到地头，按顺序得先割高五的，可真凤说先割远的，近的就是天黑了也好往家拉。说得有道理，拿着口袋围过来的都赞成，高五明知道是有意治他也只能干憋气，可明眼人一看就知道，真凤治的不是高五，是尿罐家，尿罐家跟高五的地连边，尿罐没在家，一个妇女领个孩子大黑的天还真难往家运，可也明白真凤用心的高亮不敢不听，就把机子往离村最远的一家开了。

等割到尿罐家的，天还真的黑了不说，还有闷雷从远处滚过来，尿罐家虽然心里害怕，可也能存住气，反正机子到地头了，紧割慢割运到家雨也下不来。没想到的是高亮刚要起动，真风发话了，说，先给高五家割，高五跟着机子追好几天了。高五一听心里激动得直说谢谢，一连说了几声见真风背过身去没理他，又赶紧把地头的电动三轮开到了一边。尿罐家的脸就在收割机灯光中拉了下来，高风碰了下淑贞，淑贞就偷偷拽了一下尿罐家，尿罐家又把脸拉了回来，事后心想，多亏淑贞提醒，不然真要像往常驴脾气按不住一生气不割了，真风再不给她割，雨再真的来了，她就是能像孟姜女一样哭倒长城八百里，也不能把麦子哭回家，还有那个死在外面不知回来的尿罐。

高亮割完高五的，真风又发话了，说，今天不割了，明天再割。尿罐家就腾地站起，把平车一拉就走了。任淑贞再喊也喊不住。高风又三步两步赶上去，硬是把尿罐家的平车给拽住了，还对尿罐家说，别跟她一样，收麦子当紧。尿罐家就软了下来。真风一见就更硬气，见高亮不走，声音加高八度，你是没脑子还是没记性？你到底走不走？快走！淑贞又劝真凤，没用。高风也摆手不让高亮走，真风看见，嘴里就带出了脏话，不得了，真要骂起来，骂的就不止高亮一个，就很生气地站到了一边。尿罐家见高亮开着收割机真走了，也慢慢地往家走。远处的雷却越滚越近。

淑贞走近高风说，也太不像话了，真要这样，仇疙瘩不是更大了？高风说，你先叫住尿罐家安慰安慰别往心里放，再等等，我再想想办法，看行不行，真不行，你再让她走。淑贞就紧赶几步追尿罐家，高风就追收割机。真风见机子拐进了高风的院子，就往自己家的方向走，高风赶紧在灯亮里给高亮使眼色。高亮停了机子就大声追着真风说，你先回家睡吧，我把机子收拾好盖上就回。真风也大着声说，抓紧点，别磨蹭。高亮就答，知道了。

高亮从收割机上下来，就远远地跟着真风走了。高风还以为他去跟真风商量，直到过了快半小时，淑贞在地里给高风打电话问还能不能割，他才匆匆赶回来，上了收割机，向高风一挥手。高风自然明白。

割完尿罐家的，又帮她拉回家已是晚上十二点多，出了她家的门，雨就开始下了，还隐隐约约听见真凤问高亮，咋来这么晚？高亮说，盖好，觉得饿了，又到学校让妈给做了点吃的。真凤说，我以为你不要脸又给尿罐家割去了，开门想去看看，你却把大门在外面锁上了。高亮说，你睡得那么沉，不锁上，刚收的麦子让人扛走咋办？

好在雷声大雨点小，高风、淑贞还没到学校，雨就停了。洗完澡，父亲问，咋到现在才回来？高风说了真凤不愿给尿罐家割麦的事，坐在电脑旁的文文听了说，你还不知道，婶婶前两天还把来检查的一个副县长弄了个大难看。高风问，咋回事？文文说，前天半上午在村东正割着，好几辆小汽车在地头停了下来，车里的人一下来，先看了割过的，就走到叔叔停在地头正让人用口袋接麦子的机子旁，一个戴眼镜的高个对叔叔说，麦茬太高了，再割矮一点。没等叔叔答应，婶子就对那人说，站着说话不腰疼，要割矮你试试？你还不会割呢。旁边的一个戴眼镜的矮个子走上前说，你咋跟县长这样说话？婶子说，县长咋啦？大忙的天，抢割抢收抢种，时间就是金钱，一割矮就慢，慢了还能一刻值千金吗？磨磨蹭蹭，又不是在豪华大酒店里喝闲酒，要是真来支农的，就拿出行动来，把上边给收割机安装秸秆粉碎装置的款拿出来，或者给几张平价油票，再不就伸出手来帮这些老弱妇幼装装袋运回家，要是吃饱了撑得受不了来作秀的，就一边待着去，别耽误本老板抢收麦子。要是来蹭闲酒的，就去镇里仙聚楼、湖里蓬莱阁逍遥厅。戴眼镜的矮个子正要再张嘴，那大个子挡住又一挥手，一群人就走了。母亲说，这个真凤真不省事。高风说，怪不得昨天镇里郭书记见我说，你弟媳妇真是个人才，说完就走了，原来是这样。

相继洗完澡，淑贞就想把换下的脏衣服全洗了，拿高风换下的衣服时，觉得沉，就掏，没想到里面有手机，更没想到手机上有好几个未接电话，都是舅舅打来的，就赶紧喊高风，高风看了说肯定有事，就要回拨，淑贞埋怨道，打了好几个你难道都没听见？高风说，这几天噪音大我设置了振动。淑贞说，都这时候了，别打了。高风说，还是打一个吧，真要有事，舅舅也不会睡。见刚睡下听说这事又起来的母亲走过来急得直点头，就回拨了过去。舅舅问，从半下午就打你电话，你咋没接？高风说，收割机噪音大没听见，才刚从地里回来，发现就给您回了，您说吧，有啥事？舅舅说，您妗子被派出所带走了。高风问，为啥？舅舅答，别人烧麦茬，烧了走了，你妗子远远看见地里起火了就赶过去，看咱的地着了没有，谁知刚到，派出所的车也到了，就把您妗子抓走了。高风说，也没啥大不了的，我明天上班问问，放心睡吧。

高风第二天到派出所，见舅舅已在门前等着，进去问王所长是不是昨天下午在龙兴村带了个六十多岁的妇女来？王所长说，是，她是谁？高风说，我妗子。王所长说，一再强调每天下午五点有监控卫星从咱镇经过，千万别烧，等五点半后再烧，偏不听。高风说，她没点，是去地里看看的，刚到，你们就到了。王所长说，这事我不当家，你找郭书记吧。转脸对一个进来的民警说，出去给那关着的老大娘买点吃的去。高风说，不必了，舅舅带来了。王所长说，你抓紧给郭书记打电话吧。跟郭书记一说，郭书记说，先是你弟媳，又是你妗子，你家的人咋都这样？高风说，得罪了就冲我吧，要不先给你在仙聚楼整一桌赔不是。郭书记说，我这就要带人下村巡视，看还有没有放火的，哪还有闲情去仙聚楼。高风说，那就先把我妗子的事解决了，哪天再给你补。郭书记说，补什么补，只要别让你妗子回去再点就行了，我这就给王所长打电话。王所长接完电话，向高风一挥手，妗子就跟着他出了派出所。

恐怕母亲惦记这事，高风又给父亲打电话，父亲说，光这样四下里抓人制止也不是办法，要解决得从根源上想办法，年年一到忙季都禁止放火，年年城里乡下照样狼烟四起。高风说，这也不是咱问的事，如今下面有些当官的就是这样，领导咋说就咋干，领导不说就看不见。你忙吧，我得去上班了。

第十五章

相对来说，田里一忙，镇中心校的高风几个就清闲多了。农村小学教师，特别是四五十岁的，家里大都有责任田。每到这时候，镇中心校就开校长会，要讲的也就两点，尽管教师工资城乡没有了差距，农忙也都不放假了，可也不能不顾现状，一是课得按进度上好，二是地得跟节气忙好。各校领了会议精神就赶紧回去，当然到学校之前，校长们也形成了统一的意见，要咋办都咋办，就是违了规，也法不责众。所以，学校里这段时间出勤率不高，原则上是保证班里不缺人，手机二十四小时开机，有事提前通知，要是上面来检查的，更要提前到岗，严阵以待。如此情况下，他们几个要是再下去，就是显得有点不识时务，因此就天天坐在办公室里，有要上报的材料，需要下面报的就联系一下，不需要的就三下五除二OK了。大多的时间，他们不是聚一起东拉西扯一阵，就是站在二楼上望田里人忙车飞，或是看麦茬地烈火熊熊、天空烟雾弥漫，然后再各自回到办公桌的电脑前随兴网上乱逛。

高风这段时间早晨大多不再在驿庙学校里练太极，而是早早地吃罢饭，带了剑扇和太极服到单位，趁着其他人还没到，换了衣服在单位院子里练，先是压腿、走太极步，接着双脚并立，含胸拔背，沉肩坠肘，塌腰松胯，气沉丹田，让两只胳膊一上一下有节奏地向后扩张，或随竹风摆动，或随鸟鸣起舞，然后把所学拳、剑、扇套路全练一遍。那只鸡先是在竹丛中偷偷看，不一会儿就上了厨房对着高风咯咯叫上几声，随后就学着高风闪转腾挪，见高风收势了，它就跳下来围着高风咯咯转圈，高风心想，这只鸡智商还是挺高的，猛然又想起当初，心里蓦然一亮，一直百思不得其解的问题就有了答案，这只鸡当时在逃出院墙出水口看到眼前的开阔地无处藏身，犹豫时又听到步步紧逼的脚步声，肯定急中生智又退回了院墙里的竹丛中，并从此机警地夜宿在里面，想到这，心里就喜欢上了，赶紧到厨房抓了一大把米撒给它，如此天天不断，与鸡的亲密也更增了不少。有时马超几个见了，就说高风和鸡不打不相识，高风纠正道，是不打不成交。马超又说，遗憾的是再看不到你用以前说的那套武当剑法与它对阵了。高风说，既然和平共处了，就不能再兵戈相见，要是有兴趣，哪天练一遍让你看看。马超说，看也看不懂，就想看你真刀真枪地跟它斗。高风脸一绷说，你这人咋这样？这才安稳了几天？你就盼着战火又起，唯恐天下不乱吗？马超笑笑说，乱世出英雄嘛。高风说，别身在福中不知福了，就是想当英雄你也上不了战场，就是怀才不遇也别怨时运不济，还是好好享受简单安宁的平常生活吧。马超说，你想简单，人家让你简单吗？你想安宁，人家让你安宁吗？高风说，简单不简单，安宁不安宁，不在外，而在内。马超说，什么不在外而在内？太深，不懂。高风说，那你就慢慢悟吧。说完就进办公室洗换了。

郑校这段时间很少露面，张旺有时也只打个照面就不见了，可一来，两人像约好似的，要么一前一后，要么谈笑着并肩而来，转眼又匆匆而去。像马超说的那样，我们不知道他们在干什么，可我们知道他们没干什么。吴劲说，这话很有见地。辛歌听了走过来问，你们说的啥？马超说，俺俩是打哑谜，这个你不专长，还是趁着空闲跟着高主任好好学习天天向上。高风就说，马超，我们俩咋又得罪你了，拿我们开涮？马超说，别问我，自己悟去。高风说，那好吧，不问就不问，看凭我们的笨脑子啥时能悟出你的深奥来。马超又说，其实也不深，你是当局者迷，我们是旁观者清，如是而已。

如此斗罢嘴，各怀心思再回办公室闷一阵，一上午就打发了，午饭一过，再在办公室来个小睡，醒来又到了下班时间，赶紧洗脸收拾准备回家。

在派出所门口，高风把妗子扶上舅舅骑来的电动三轮车就去了单位，进门见那只鸡从竹丛中迎了过来，高风知道，鸡肯定是饿了。这段时间虽是收获季节，路上或是田边到处都是抛撒的麦子，可因为路上有来回疾驶的车辆，麦田里有腾腾不息的烟火，鸡便被困在了院里，肚子就没了保障，可总在厨房抓米也不是个事，今早就用随身的包从家里拿了些，见鸡小孩子样跑到了跟前，高风就把手伸进包里引着向竹丛边撒了两把，就回了办公室。辛歌见高风进来点点头又继续看他的视频。

高风打开电脑就把QQ挂上，然后看新到的报。高风看报，与其说看，不如说翻。如今单位的报确实不少，可没有一样是单位心甘情愿订阅的，不是上级硬性摊派，就是方方面面的友情推荐，无论看不看，都要接过订单或是已开好的票据，反正都是单位的钱，省了也不会到个人手里，谁也不想因此得罪用这票据来加深私人感情的，其实这种加深的机会，高风几个一般没有，大都是奔着郑校来的，要是所有的报刊每天都送到郑校办公室也简直是个灾难，何况他忙得很少来单位，更别说进办公室，费了单位这么多钱都堆在他门前确实不雅观，他就分给高风他们几个，还特别强调资源共享信息互惠共同进步均衡发展。高风面对每天到手的厚厚一匝，不看还真觉得可惜，可大大小小的报和各大网站一样，大同小异的新闻很多，所以大体浏览了下标题就往下翻，往往一张报翻到最后，除了一版的头条、副刊的作者略微让眼停顿一下，其他各版的无论文字、图片还是广告都是一翻带过，等再翻另一份报时看头条似曾相识，猛然醒悟不是在网上看过了，就是在前一份报上读过了，就加快翻的速度，再看另一份报，一看头条又加快，如此到了最后眼就不在报上了，手翻着，眼已盯着电脑显示器的右下角，一旦看到企鹅或是一个熟悉的头像不停地闪烁，就会赶紧把报码齐一折扔到身后与垃圾筒挨着的废纸箱里。可今天的报翻完，高风都没见显示器右下角有动静，难免心里有点失落，收了报就晃动鼠标想到常去的网站逛逛，荷上风铃这时就驾到了。高风很是意外，也来了精神，赶紧接应。

荷上风铃 9:52:01

在哪？

风中云雀 9:52:07

在单位。你呢？

荷上风铃9:52:11

也是。

风中云雀9:52:15

有事吗？

荷上风铃9:52:19

没事就不能打个招呼？

风中云雀 9:52:29

呵呵，以前这时间从没有过，我是太激动了。

荷上风铃 9:52:36

呵呵，那就再激动激动让我看看？

风中云雀9:52:39

遵命！

ⓥ 9:52:41

（您发送了一个窗口抖动。）

荷上风铃9:52:51

还真激动了。那就继续吧。拜。

风中云雀9:52:55

就这么来去匆匆？不指示了？

荷上风铃9:52:59

呵呵，没有指示，见你在，打个招呼，得忙了，晚上见。

风中云雀9:53:01

再见。

OK完，荷上风铃头像变暗，高风又有了一种聊兴未尽的失落。真是打个招呼吗？是不是空间有了值得一看且不容错过的更新？像往常一样，高风就让光标向荷上风铃QQ的那颗金灿灿的五角星移动，光标还没到，高风就看到了五角星后面的话："彼此照亮，是生命对生命最美好的成全。"心中豁然一亮，这句话说得真好。再仔细琢磨一下，高风便瞅着头像中那只亭亭玉立的粉墨荷花出起神来。

荷上风铃这个QQ好友，对高风来说一直是个谜。在高风的印象中，自高风有了QQ号没多久，她就要求高风加为好友，高风接到信息，一看名，很有诗意，还仿佛看到了风轻荷动，闻到了缕缕不绝的荷香，听到了由远而近异常清晰的风铃，这风铃是踏水而来，是随风而至，既裹着大漠腹地的风尘，又带着小巷深处的烟雨，这荷上风铃气质应该不凡，说具体点应该是蕙心兰质荷韵，就查了个人资料，没想到里面除了让人知道性别女，其他一切隐藏，就有点犹豫，这么一个不让人识庐山真面目的神秘女郎，万一她伸来的不是橄榄枝，而是满身硬刺的野蒺藜草，还是别答理吧，后来一想，既然人家主动要求，拒绝确实不好，万一是个熟人呢？那就更不应该，无论她是以哪种方式得到高风的账号，无论她是以哪种目的要求高风加为好友，高风都应该有放眼世界的气度，应该有海纳百川包罗万象的襟怀，本着有话多聊、无话少说或不说的原则答应了她，谁知一聊，她对高风的情况是那样的熟悉，让高风莫名的惊诧，也曾以多种方式问她是谁，她除了说是荷上风铃，真实情况一点不透，高风就开始猜，根据聊天内容猜身边的同事，又把同事的范围扩大到全镇，再到熟悉的文友，仍无所获，聊起来自然不敢放肆，可她聊起来先还是客客气气，后来就像一家人，之后又像是……高风开始把目标锁定在淑贞身上，蓦然后背汗毛孔炸开泪泪不止。如今社会无奇不有，无论网上还是报上，经常说有的网友聊出了感情，一见面不是夫妻，就是另外的让人尴尬的关系，幸亏没跟荷上风铃聊啥出格的内容。于是，有一天晚饭后，高风就试探着问淑贞是不是申请了QQ号？淑贞一愣，我申请那干啥？我是吃饱了撑的没事干，还是想移情别恋？你是不是觉得我心有旁骛有了红杏出墙的表现？还是你又有了心仪的目标让我天天在这上面打发寂寞，然后趁我不注意再一脚蹬了去？高风赶紧摇头说，哪里话？我是说要是有兴趣，就申请一个，先熟悉熟悉，等以后孩子都考到外地去了，有啥事在QQ里说就不要花电话费了。淑贞说，要申请你申请，我没那雅兴，天天电脑让你霸着，我就是会用也捞不到。一听这话，高风心里先是一块石头落了地，随即另一块石头又在心里悬起来，而且一悬就是五六年，每次跟荷上风铃聊上，如果不是聊起来是一种无与伦比的享受，心里悬块石头的滋味谁都能想象得到。不说真实身份就不说吧，网络本来就是虚拟的，尽管情可以虚拟，尽管高风不愿虚拟，可人家想找个让灵魂出壳的地方，我就权作人家的接收站好了，成全人家就是成全自己，彼此成全就是生命对生命最美好的呵护，你看，我这话说的，还真与她的彼此照亮有了异曲同工之妙。如今，高风依然记得这之前，她的个性签名一直是“待人，不管别人好不好，自己要做得好；处事，不管别人对不对，自己要做得对”，如今换成了这句，是对谁说的呢？难道只是婉转提醒我注意吗？又只是在提醒我吗？其实这句话，对别人说可以，对自己说也可以，可我看到为啥硬要把自己跟这句话扯上呢？为啥她能让我跟她扯上呢？她到底是谁呢？如果说世界上有十大不解之谜，对高风来说就有十一大，这增加的一个就是荷上风铃到底是谁。

与其说端午节这天阳光明媚，不如说骄阳似火，还相当闷。大家在高风办公室聚齐时还不到上午九点，可办公室的吊扇已在不停地旋转，幸亏是一楼，要是二楼，屋里确实坐不住。按宇文佳的意思，要取消本次活动的第一项逛傍湖的山水，直接进入第二项评析各位的《彼岸花》诗。可宇文佳从网上联络来的几个诗人不愿意，非要先逛了再说，还说，到了贵地，不赏贵地的山水岂不白来？主随客便，高风边让秦玲带着大家上院里的一辆五菱荣光，边心里笑宇文佳自作自受，你要是在上次参加采风的诗作者中瘸子里面拔将军，不就省了大热的天外面逛？还省了我找车。没想到宇文佳到了车前只看了一眼就说，八个人坐不开，还得再找一辆小车。高风当然明白他的意思，就说，后面两排就能坐六个，你咋说坐不开呢？宇文佳说，每排两个人的座位，你偏让多坐一个，这大热的天能挤吗？高风说，里面又不是没空调，你去网上查查屈原出门坐没坐过有空调的车？他可官居左徒。众人笑吧，已上了车的红袖一缕问，左徒相当于现在的啥官？高风答，相当于新中国早期的政务院总理兼外交部长。红袖一缕说，好高的级别，了不得。高风又说，还相当于现在美国的国务卿呢，高风拉了一把宇文佳说，再大今天也得屈尊副驾上。宇文佳没有上，却摇着头说，众不可户说兮，孰云察余之中情？世并举而好朋兮，夫何茕独而不予听？路漫漫其修远兮，吾将上下而求索。高风拉开车门说，请吧，再摇头晃脑，一会儿你身上衣服就开始滴水了，天也会更热了。

替宇文佳关上车门，正要从前头转过去开车，却被秦玲一把拉到车后小声问，能行吗？高风说咋又不行？秦玲说，你不是还没拿到驾照吗？高风说，我以前就会开，只是驾照脱审了，现在又考的。秦玲说，没驾照能开吗？高风说，在乡下，谁管这事？可只要查，伸手就能逮到一个无证驾驶的。秦玲说，万一让下乡的交通巡逻车发现咋办？高风说，哪就这么巧？秦玲说，还是找个人开吧。高风说，都这时候了，别说来不及，就是能挤下，一个不懂诗的人杂在我们中间又算啥事？快上车吧。秦玲说，那也得慢点。高风说，这个知道。

按事先拟定的路线，先看龙兴广场一带景点，接着看三界河镇外有古泗水风韵的河段，然后横渡运河去湖里龙兴水街，并在临时又定下的水上人家酒店最大的一个单间举行相应的活动。可还没从龙兴山上下来，红袖一缕就开始娇喘，就要把被汗水洇湿的小短褂脱掉，秦玲见她身上遮不住多少的吊带胸衣内硕大的乳房稍有不慎就会呼之欲出，就暗扯了她一下，红袖一缕自然会意，又重新穿好，强打精神下了山就往车里钻，大家一见不好再看别的，高风就开着车慢慢从龙兴桥上过，到了中间停下，大家隔窗看罢正施工的两岸便去了运河渡口，上了快艇，红袖一缕站在前头，脸一仰，任长发飘飘体香后溢。其他人则紧攥扶手，先还看艇尾摇曳的长长水龙，后来就被两岸一丛丛才是花骨朵的红荷吸引住了。有的就惊喜地用手一指让快看，红袖一缕顺着指点一看，就要求让快艇靠近，驾驶的光头黑哥说，岸边水浅不能靠。说完就又加速。宇文佳说，乘长风远远看荷会更有想头。红袖一缕回头看着宇文佳说，贴近了更能体会其风情万种美妙无穷。宇文佳说，现在条件不具备，只好先远观再近享。红袖一缕问，你说的是远近的近还是尽情的尽？宇文佳说，只可意会不可言传，你还是跟着感觉自己确定。高风微微一笑，却被秦玲逮住，问，你笑啥？高风说，我看见那荷上的一对水鸟在无所顾忌地调情。红袖一缕又猛然转身，问高风，在哪？高风往后一指，漫过左边的宇文佳的头说，在那。众人除了宇文佳，也都跟着看，红袖一缕却说，没看见。宇文佳说，没看见就等会儿再看，这湖里又不光那一对。红袖一缕仍不罢休，问高风，你咋看出它们在调情？高风说，文人没有这点本领还是文人吗？红袖一缕说，高老师说得极是，幸亏你看见，要是我看见也白看见。高风说，你如果不是置身在情景之中，一定比我先看见，还看得更真切。宇文佳对红袖一缕说，快坐好，别听他瞎说。红袖一缕一愣就笑笑，笑罢不但没坐还拿出相机说，都注意了，我给大家拍照。宇文佳转脸瞅了过道右边的高风，和高风前面的秦玲，对红袖一缕说，一定选好角度，还得主题突出，当然更要注意安全。

进了水上人家指定单间，已快中午十二点，服务员问，这就上菜吗？高风瞅了一圈，见大家都瞅宇文佳，宇文佳说，那就先解决肚子问题吧。

酒足饭饱，宇文佳敬酒喝多了有点迷糊。高风一见，立马告诉自己，千万不能让他迷糊，真要让他这就迷糊了，今天的活动就完不成了，就对服务员说，打开一间KTV吧，让大家醒醒酒。红袖一缕拍着手说，好。大家鱼贯而入，各自坐定，秦玲开始递饮料，高风拿着遥控器开始选歌曲，红袖一缕喝着饮料问，是不是你先唱？高风看了一眼仍不振作的宇文佳说，让佳哥先来一首《喀秋莎》。秦玲把一瓶汇源果汁给了高风说，让他睡一睡，还是你先唱吧。高风说，你不知道，佳哥唱得可好了。秦玲就把麦克风塞到宇文佳手里。红袖一缕瞅瞅秦玲，又瞅瞅高风说，就把宇文佳手里的麦克风给了高风，说，既然你会唱还是你先唱。高风赶紧说，听她瞎说，抓紧把麦克风给佳哥，再迟他就鼾声雷动了。序曲已起，宇文佳接过麦克风清了清嗓子就站起来：正当梨花开遍了天涯……

唱完，众声欢呼再来一首，宇文佳说，难得众位诗友今天在这里捧场聚会，我就是唱一百首也感激不尽，可今天不是我的独角戏，既然东道主高风贤弟用心良苦给这次同题诗会设了个醒酒的小插曲，咱就趁机先把酒醒透好不好？大家齐说了好，宇文佳又说，下面我提议，先请我们远道而来的四位诗兄一展歌喉。长发的诗魔、光头的诗鬼、络腮的诗痴、厚瓶底眼镜诗疯凑到一起叽咕了两句，诗魔就从兜里掏出U盘插好，墙上的大显示屏上就出现了冬至作词、香瓶作曲演唱的《彼岸花》。音乐一起，诗魔诗鬼、诗痴诗疯各自两两对着一个麦克风唱开了：

今生的岸边遥望彼岸
片片的花海梦幻绚烂
生生世世在轮回中
相遇又别离
错过又相见
每每驻足你的容颜
都被上帝蒙上双眼
每每痴迷你的华年
又被红尘推向一边
彼岸的彼岸的彼岸
你在彼岸灿烂了千年
彼岸的彼岸的彼岸
曼珠沙华又在来世点燃……

一曲唱完，红袖一缕也从随身的包里拿出U盘插好，打开选中云翔作词作曲演唱的《你是我最爱的彼岸花》，音乐一起，就把麦克风塞到宇文佳手里，宇文佳看着红袖一缕就唱起来：

你常说爱情属于我们吗？
难道我们永远不能相见吗！
云天依偎在身旁，
碧波柔凝水荡漾，
是我灵魂深处对你的思念。
爱情是踏水飞来的春风，
就算海枯石烂也不会忘呀！
是破而来的天籁，
是明月夜里的笛声，
是我们千百年来不变的誓言。
直到后来有一天，
花妖见到了叶妖，
他们约定相爱一生一世啊！
不管风浪有多大，
我都守在你的身旁，
为你挡风遮雨永不放弃啊！
直到后来神发现，
我们得到了惩罚，
夜多长，
泪多长，
泪长情长爱更长，
亲爱的是否还记得我呢？
那朵美丽的彼岸花在我心里永远不曾忘记它，
你是我最爱的彼岸花。

宇文佳唱到这，又深情地看了红袖一缕一眼，红袖一缕微笑着点了一下头，就对着宇文佳竖起大拇指，然后伸开手掌向前面的荧屏一伸，接着两手又继续随着音乐节奏打起拍子，宇文佳接着唱起来。

爱情是踏水飞来的春风，
就算海枯石烂也不会忘呀……

没想到他们都是有备而来，高风虽然因为自己没有这方面的准备有点后悔搞这个KTV小插曲，可好听的歌是会扫荡一切的，更没料到宇文佳唱得那么动情那么好。从没听过，高风像一只呆鹅置身这美妙忧伤的乐曲之中，嘴里不停地跟着字幕默诵着歌词，高风想到了佛经上“彼岸花，开一千年，落一千年，花叶永不相见。情不为因果，缘注定生死”的记载，想到了被称为“史上最干净的爱情故事”的《山楂树之恋》，想到了网上一陪几载的神秘网友荷上风铃，她是我的此岸还是我的彼岸呢？无论如何，她应该是花我是叶，叶花传情，网脉相牵，却不见影踪。

歌声已停，高风还在不停地重复着歌里的一句：那朵神秘的彼岸花在我心里永远不曾忘记它，那朵神秘的彼岸花在我心里永远不曾忘记它，那朵神秘的彼岸花在我心里永远不曾忘记它……

宇文佳打断高风的重复说，高风，别犯呆了，不能光听我们唱给你听吧？也得礼尚往来往来吧？高风一个激灵，像从梦中醒来，更像是从三途河的彼岸回到了此岸，荧屏上广阔的原野上一朵彼岸花似有若无，却红得那么醒目，那么具有视觉冲击力。红袖一缕说，高老师就来一首吧，我好想好想好想听到你的歌声。高风见秦玲也在瞅他，就说对不起，真不会。宇文佳又转向秦玲说，美女校长是不是让我们长长见识呢？秦玲摆着手说，不好意思，做个后勤给大家服务服务可以，唱歌还真的不行。红袖一缕拉着秦玲的一只胳膊摇着说，好妹妹，就来一首吧，就来一首嘛。拗不过，秦玲拢了一个齐耳短发说，我就给各位老师朗诵一首诗吧，虽然文字里没有彼岸花，意境倒是有相通之处，当然了，至于是不是有相通之处，还得大家说了算。红袖一缕说，就先报题目吧。秦玲说，大家都熟悉的，《世界上最遥远的距离》。红袖一缕一听，立即说，正好我U盘里有这首诗的朗诵配乐下载。秦玲说，那就赶紧打开，免得我干巴巴地朗诵坏了大家的兴致。红袖一缕搜索到，转头先看了宇文佳一眼，最后把目光落在高风脸上说，这首诗一共十一小节，我提议高老师和秦小妹交替朗诵，最后一节共同朗诵，如何？说完又把目光移到秦玲脸上。秦玲低头笑笑，然后一仰脸，瞅着高风，高风不好再说什么，就从宇文佳手里抓过麦克风，见红袖一缕已把麦克风给了秦玲，高风就示意秦玲先开始。

世界上最遥远的距离
不是生与死的距离
而是我站在你面前
你都不知道我爱你

世界上最遥远的距离
不是我站在你面前你都不知道我爱你
而是爱到痴迷
却不能说我爱你

世界上最遥远的距离
不是我不能说我爱你
而是想你痛彻心脾
却只能深埋心底

世界上最遥远的距离
不是我不能说我想你
而是彼此相爱

却不能够在一起

世界上最遥远的距离
不是彼此相爱却不能够在一起
而是明知道真爱无敌
却装作毫不在意

所以世界上最遥远的距离
不是树与树的距离
而是同根生长的树枝
却无法在风中相依

世界上最遥远的距离
不是树枝无法相依
而是相互瞭望的星星
却没有交汇的轨迹

世界上最遥远的距离
不是星星没有交汇的轨迹
而是纵然轨迹交汇
却在转瞬间无处寻觅

世界上最遥远的距离
不是瞬间便无处寻觅
而是尚未相遇
便注定无法相聚

世界上最遥远的距离

是鱼与飞鸟的距离
一个翱翔天际
一个却深潜海底

世界上最遥远的距离
不是我就站在你面前你却不知道我爱你
而是我就站在你面前
你却听不到我说我爱你

掌声又起，且持续了好长时间。秦玲放下麦克风就又给大家递饮料，高风却瞅着秦玲呆愣着，她是不是荷上风铃呢？

宇文佳扯了高风一下说，是不是还沉浸其中？是不是之前从没有这么美好过、动情过？高风打掉他的手笑笑说，今天才深切地体会到，这诗真是太好了。宇文佳说，诗写得再好，也没有这看得清摸得着的真切体会好。高风笑笑，见秦玲递完饮料坐下低着头，就说，别闹了，还是切入正题吧。红袖一缕说，咱不是一直在继续吗？宇文佳对红袖一缕说，他说的是评诗。转脸又对高风说，那就走吧。高风说，去哪？不是说好就在这里吗？宇文佳说，还是去三界河？高风说，你要是不怕热，咱这就回去。宇文佳说，三界河与三途河虽然有一字之差，毕竟有真实的河，还有确确实实的此岸、彼岸，我们的诗就有了可依之处。高风说，如果只凭看得见摸得着的东西，我们能写出好诗来吗？诗就是想象，就是思接千载纵横万里，就是虚实相生摇曳多姿，还是在这里吧，外面天太热了。秦玲也说，以后有的是机会，这次还是在这里吧。诗魔、诗鬼、诗痴、诗疯瞅着宇文佳。红袖一缕见宇文佳没吱声，也说，评诗又不是写诗，需要相当的意境氛围，就客随主便吧。宇文佳说，那好吧，开始吧。红袖一缕说，怎么开始？宇文佳说，屏幕上的彼岸花不动，咱就想象从屏幕到咱坐的之间就是三途河，按唱歌的顺序，依次朗诵自己的诗。诗魔说，我建议，不如来个现场发挥，如果没有更好的想法，也可以朗诵原来写好的诗。宇文佳举起手说，我同意诗魔贤弟的建议。见大家都举手，宇文佳又说，考虑时间问题，如果你事先写好的超过了十行，对不起，就来个即兴，谁记录？秦玲又举手说，我。宇文佳一抱拳，辛苦。又看着诗魔说，你先来吧。诗魔拿起麦克风，缓缓站起：

叶凋了
花开了
先人去了
我来了
我是后人
也是先人
反反复复
生生不息

大家鼓掌，都看着宇文佳。宇文佳说，跳出窠臼，独开一面，好，下面继续。

诗鬼站起，稍作沉吟，便开了口：

风对叶说 你绿吧
雨对花说 你开吧
叶说 再绿也挡不住你的无情
花说 再开也受不了你的残酷
我说
此生有涯
该绿就绿该开就开吧
纵使挡不住受不了永不相见
也要绿得葱郁开得美艳

诗鬼才朗诵完，没容宇文佳作评，诗痴就抢过麦克风：

不知道根部是不是像我繁茂的胡须
却知道咱们的茎里有我汩汩的长吟
翻来覆去
覆去翻来
叶生有序
花开无声
望穿秋水
夜夜秋风

诗痴刚尽，诗疯连麦克风也没接就吟开了：

别看我一本正经俨然学富五车的书生
其实我乞丐一样徒有虚名
蠓虫儿来了吸干我的心蕊
苍蝇和蚊子来了叮得我面目全非
蚂蚱围上来了 我已没有了血色
西北风来了说 你做个标本吧
我心里道 标本有啥了不起
只要能遥望
只要能想

诗疯一朗诵完，红袖一缕就瞅着宇文佳，宇文佳说，我不分别评了，最后只说最优者，免得耽误大家稍纵即逝的灵感。见大家点头，就对红袖一缕说，女士优先，你先来吧。红袖一缕撇了撇嘴说，没听说这个女士也优先的。恐惊了她的构思，大家都没敢笑。红袖一缕就瞅着宇文佳开了口：

因为久慕

我的心在寻找中开始跋涉

因为惊喜

我的眼在地图上开始丈量

因为决定

我不管远隔千里万里

也不管此生能否抵达

叶落的季节是我报到

花开的时候是我们缠绵

宇文佳用左手接过麦克风对着红袖一缕站起来，又用右手抚着胸部：

不管我是谁

只要我想你

就想用我肥厚的叶掌环抱你

纵使风

纵使雨

纵使风狂雨骤

纵使水漫金山独木桥断

也要插翅腾空

用千年的等待

兑取稍纵即逝的擦肩

高风见秦玲仍在奋笔疾书，就接过麦克风，对着屏幕里的彼岸花，先深吸了一口气，转脸见秦玲握笔等待，就一字一句地说起来：

我不企望上天的眷顾

我只求用最本分的努力
江河滚滚
日月年年
我不求闻达
我只想你
在我蓦然回首的时刻
揭开魔障一样的面纱
展颜一笑

秦玲记录完，见大家都在瞅她，她把纸笔给了高风，然后接过麦克风：

一条河不宽
一个承诺不大
既然有缘
一千年只是朝夕
一个来世只是瞬间
如果有心
你可以原地踏步
我定能穿越时空

高风写完最后一个字就跟大家一起愣住了，不管后来突起的掌声铺天盖地亢奋地炸响，强力地冲撞着高风的耳鼓，也不管船外哗啦啦的阳光下鱼儿和着他们的节奏纵情欢呼跳跃，更不管此时村外的水田里帮真凤插秧的淑贞累得腰都直不起来。高风只想，如果秦玲就是荷上风铃，此时此刻，我又会怎样呢？

高风向大家拱拱手，借低头打开饮料的机会，迅速瞅了秦玲一眼，没想到秦玲正借两手往上拢头发的掩饰也在瞅高风，高风脑中霎时一亮，构思好久的一个长篇终于有了满意的题目，还有了想写的冲动。

掌声落下，宇文佳说，到底巾帼让我们须眉汗颜，本以为红袖一缕的“我不管远隔千里万里，也不管此生能否抵达”就够让我辈感动而蒙羞了，秦校长的“一千年只是朝夕，一个来世只是瞬间”更胜一筹不说，还即使“你可以原地踏步”，她也要“穿越时空”，不得了，能让秦校长芳心如此的男士真是幸福得让人羡慕。说完，又拉了高风一把说，我再告诉大家一个好消息，在前两天举行的全县文学作品成果展评比中，高风发表在《人民文学》上的小说荣获了一等奖。大家又是鼓掌祝贺。祝贺完，宇文佳又对着高风和秦玲说，傍湖人杰地灵，真是名不虚传，我期待着两位在以后的各个方面都能百尺竿头更进一步。秦玲听完说了谢谢就出了门，高风却对宇文佳说，你今天是不是喝晕了？宇文佳说，没晕。高风说，没晕咋净说些跑题的话？宇文佳问，哪跑题了，我咋没感觉到，你咋这么敏感呢？高风答，今天远道而来的四位老师都是诗界名流，我们应该趁机会向他们讨教才是。四位同声说，哪里哪里。宇文佳说，你是不是在县里获了一等奖？高风说，县里获个一等奖有啥了不起？四位老师哪个没获过全国性的大奖？四位又同声说，哪里哪里，虚名而已，不算啥不算啥，在《人民文学》这样的大刊上发表作品还真没有过，应该向高老师讨教才是。宇文佳没等高风再说，就对四位道，来日方长来日方长，今天照顾不周，还请海涵，这就结束吧？大家听了纷纷起座，高风赶紧去服务台，出门却看见秦玲从服务台走了过来，高风一愣，她走过来小声说，结过了，快走吧。

回去的路上，宇文佳又谈起了他参与县里这次成果展评奖的细节。他说，总评时，看到县文联关主席的小说放在第一位，作协曾主席的放在了第二位，高风的放在三等奖里，而且还是排在宣传部欧阳科长和县报社端木副总编之后，我来了气，当场指出，在不入流的刊物上发表的东西比国家大刊上发表的奖次还高，说不过去吧？你猜关主席咋说？他说，发表的刊物级别高不一定作品就好。我马上就还击说，你也拿篇在那个刊物上发发试试？他又说，我发东西，从不瞄着大刊。我立即接过说，那是你自认为你的作品够不上那个档次，是吃不着葡萄说葡萄酸。他火了，你咋这样说话？我说，你说我应该咋样说话？你说评奖是以作品说话，还是以官职说话？如果是唯官职，对不起，我从现在起就退出评委，从现在起就退出县文联、县作协，我还要把这评奖的内幕向全县的文友公布。诗魔说，真是太不像话。诗鬼说，这哪里是评奖？是分果果。诗痴说，如果是我，我决不参与。诗疯说，为什么不参与？为什么让那些不三不四的东西上领奖台？明知山有虎偏向虎山行，再黑的地方也有光明，再不讲理的地方也有公正。红袖一缕说，说得对极了，要不是宇文老师艺高人胆大，敢于横刀立马，高老师的小说就被埋没了。高风说，我们写东西又不是奔评奖去的，得不得这奖又咋啦？最重要的是努力把想写的东西尽量写好，作家要用作品说话，否则，一切都是扯淡。宇文佳说，用作品说话，只能证明你写得好，可写得好又有几个能看见？如今文学不如电影，电影不如电视，真正的读者除了你的责任编辑、部分了解你的圈里人，你看还有谁？基层作协又被一些自以为是的人占了，凭自己手中的权力讨好上一级作协领导，跟一些刊物编辑做不正当交易，这还不说，名义上把县域的作者集中到一起进行培养提高，实际是把上面因此给的政策倾斜私用在自己身上，或是分享给自己圈里人，该参加的活动不通知最应该参加的你，该享受的待遇你连知道都不知道。高风说，咱写东西，从大里说，是以自己的文学见解促进文学百花齐放，从小里说，也就是娱乐，何必为了出人头地把自己搞得那么累？宇文佳说，咱与他们争，并不是跟他们争名夺利，是看不惯他们把地方文坛搞得乌烟瘴气唯利是图，高风，你还记得那年市里举行的小说座谈会吗？按市作协要求是各县选三名小说写得好的参加，可关主席不但把自己和曾主席报上了，还把那个欧阳科长报上了，幸亏我知道得早，就反映给了市里，并推荐了你，市作协又额外给了两个名额，才有了我们一起同赴会场的结果，你才看见了报到那天让关主席惊愕的一幕。高风说，不管他是惊愕还是惊诧，从另一个角度也说明，如果我们没有相对突出的创作成果，不管你如何争取，我们都得不到参加的名额。宇文佳说，道理是这样，可关主席也从另一个方面给了证明，没有创作成果，只要有关系，别说一次文学活动，别的方面也一切皆有可能。高风说，他就是方方面面皆有可能，跟我们又有啥关系呢？宇文佳说，看似跟我们没有关系，其实关系大了。高风问，能有多大？宇文佳说，一是说明我们留城的文学就是他这样的水准，二是说明在我们留城的文学圈子里只有他说了算，可我们留城的文学就是他那样的水准吗？我们留城的文学难道就让他一手遮天为所欲为吗？高风说，我们不是一直在用自己的努力来证明吗？宇文佳说，我们光证明还不行，还要该出手时就出手，如果我们总是一味地全身心地投入文学创作，一味地光想着用作品说话，你的省作协会员要不是我建议你直接报省里，你到现在能是吗？高风按一下喇叭绕过一辆不按交通规则行驶的电动三轮车正要回答，宇文佳又说，还有咱县的《留城文艺》，尽管是内刊，毕竟是一个文学平台，既是留城文学向外展示的一个窗口，更是咱县文朋诗友耍刀舞剑使枪弄棒交流切磋的一个园地，可现在却成了什么？有一次，老关给了我一本新出的《留城文艺》，我顺手翻翻就放在了旁边的桌上，他说，我们辛辛苦苦编印出来，你就这态度？我问，你让我啥态度？他说，你就不能针对这刊物说几句让大家对它更有信心的话？我说，那就让这份县宣传部出钱的刊物别当成你们主编、执行主编、副主编和编审的自留地。他问，你咋这样说话？我答，看看每期刊物，自创刊，不是你头条上封面，就是他头条被特别推出，再不就是你给他写评论天花乱坠，他给你写评论赞歌高唱，放眼全县，谁还有这个荣幸？他说，这是积极营造留城文学氛围的空前繁荣，促进留城文学创作的交流和共享。我说，互相吹捧能让文学繁荣吗？老王卖瓜自我膨胀能让文学实现真正的交流和共享吗？他说，大家爱好文学都是业余，全县只有你专职却置身留城文学之外，有时不是催得紧连约的稿都不给，我们不这样，又如何让刊物立起来？我说，就是我不给，高风的作品也不行吗？他说，就是行，也不能期期都上他的吧？我说，你们的能期期上，为啥就不能期期上他的？就是不能期期上他的，都几年了，咋就没见重点推出高风一次呢？他说，我们一直把高风列为《留城文艺》的重点作者。我说，光列为重点作者有用吗？慈禧还让同治、光绪当皇帝呢，咋不让皇帝当家呢？你们还把我列为编委呢，又让我参加过几次编委会呢？他说，自这刊物问世，你说过一句跟我们办刊宗旨一致的话吗？你哪一次参加编委会又形成了统一的意见呢？不能形式统一的意见刊物又如何编下去？我说，既然这样，还让我当编委干啥呢？他说，那是最初的决定，没想到你会这样，要不，你提出离开。我说，我当然知道你们当初为啥，遗憾的是，我当初不仅没想到你们会把这份刊物搞成这样，还对这份刊物有点异想天开，否则，我是断然不会接受的，既然让我有了这个挂名的荣幸，我就索性继续下去，即使不能左右你们，也能多少对你们有点心理制约，就是不能说一句让你们听着喜欢的话，也是对刊物的另一种声音，真正的办刊者，应该重视这种声音才对。他说，我们最重视的是行动，比如投稿，你连一次主动都没有。我说，一年前的春天，我给过你一篇小说吧，那篇还是县宣传部委托你们配合小康县验收专刊的约稿，到秋天了，专刊早就出了，你说刊物来稿多，老作者应该给新作者提供机会又到春天了，你说不适合刊物，没通过终审，我就给了《当代》，没一个月，人家就回音留用了，这个月就要发了。他说，不适合我们的刊物，不一定不适合别的刊物。我说，你们所谓的不适合其实是，在县域内，只要认为作品质量高于你们的都是不适合，我建议你们，有能力到县外去显摆，有本事到省外去竞争，要知道，你手中的权是让你给大家服务的，不是让你压着别人抬高自己搞窝里斗的。他说，你不要无中生有肆意歪曲《留城文艺》的形象，真要造成严重后果，我们会诉诸法律，说完转头就走。我追上去说了一句，法院可不是你家开的。高风说，其实，你没必要跟他计较，不就是个县域内刊吗？发不发又咋了？要发表，就瞄向外地公开发行的刊物。宇文佳说，其实，我也并不是在乎他发不发我的作品，我在乎的是，既然这份刊物是全县文学爱好者共享的，就不该把我排除在外，我之所以不给他们投稿，一是看不起他们对文学的那份不知廉耻的功利和投机，最主要的就是想让自己的作品走出去。高风说，既然有放眼世界的胸怀又管不了他们，那就让他们自娱自乐去，一句话，不管他们的心理多么阴暗，我只追求自己的精彩。宇文佳说，不行，放任他们就是对文学的不尊重，就是对留城文学当前现状的认同，我们不能让他们以为，在留城文学界，只有他们说了算，我们只能是他们的陪衬。难道我们只是他们的陪衬吗？我们坚决不能成为他们的陪衬，我们要独树一帜，我们要万紫千红，我们在留城不仅要打造文学的高地，还要山峰林立、彼此欣赏、互相激励、共同进步，我们要让我们的文学梦想如一柄火炬持续传递，给留城文学的后来者一个可圈可点的交代，所以，我一有机会就让他们知道，在留城的文学圈子里并不是他们几个想什么就做什么的，当然，我也会讲究场合和方法。高风说，你这样，就是再讲究场合和方法，他们对你也会心存芥蒂。宇文佳说，存芥蒂就存芥蒂，哪里的太阳下没有阴影？哪里的阴影里没有斗争？高风说，我一直以为，文学圈里不应该有斗争，更不应该有等级，只有让人爱不释手的美文、让人顶礼膜拜的高贵和让人分外亲近的美好、久久怀想的精彩，因为文学走到了一起是缘分，涉及文学的人应该倍加珍惜，珍惜每一次文学重逢，珍惜每一次文学握手，珍惜每一个汉字的文学情怀和它光芒四射的文学魅力、穿越千年的文学生命，所以，无论文学内外风云如何变幻，我都尽力让自己身心入定，尽力对眼前事物作出正确判断，尽力在创作时全身心投入，尽力把小说写好，即使不奔着诺贝尔文学奖，也要想着传世；即使不能传世，也要像石老师说的那样，不断地尝试着让小说抵达乡村的心灵，使小说成为乡村最抒情的心灵吟唱，让小说成为乡村最通俗的流行文本。宇文佳问，哪个石老师？高风答，就是曾经借调到我们镇里帮忙，后又被迫丢下工作去了南方的石欣老师。宇文佳说，石欣我早就认识，现在还在网上有联系，年前他出了本小说集。高风说，他给我快递了一本，他还在后记里说，生活在最底层，却有了也许致力于一生都难以企及的小说梦想，真可谓不知天高地厚，可我的梦想能温暖自己，能让我在每日疲惫地走出公文琐事之后有一块心灵的栖息地，能让我在小说的天空下自由地建构自己的小说文本叙事，自由地展示我对社会人生的认知思考，自由地与天南地北的真性情朋友进行心灵对接，所以，我经常勉励自己，能写多少写多少，能写成啥样是啥样，只要希望不灭，只要尝试不断，只要因此快乐着，你看他说的，简直说到我心里去了，我决心今后就按着他说的去做。宇文佳说，真正的文人谁又不是这样呢？可说是这样说，我一见那些在文学圈子里张狂的人就来气，就想爱管闲事，就想横眉冷对，就想仗剑直入。红袖一缕说，这之前，我也总以为文坛应该是上帝馈赠给人类唯一的一块最纯洁干净之地，我们爱好文学，就是想在这纷繁世象中找一块心灵的栖息地，可没想到文学中也有龌龊，你们县还有这种事。宇文佳说，如果放眼国内文坛，我们县这种事再平常不过，更可恨的是一些文学机构、报纸杂志和泛滥成灾的文化出版公司，以各种由头搞作品评奖，办笔会活动，名义上是给文学爱好者提供发表、出版便利，奖掖有突出贡献或崭露头角的文学新人，促进文学百花齐放百家争鸣，其实是变相掏文学爱好者的钱包。红袖一缕问，咋是变相呢？宇文佳说，你不给钱，他让你得奖吗？你不交钱，他让你参加活动吗？你不拿钱，他给你发表出版吗？诗魔说，这确实不是好现象，所以我至今不申请加入任何文学团体。诗鬼说，我前几年加入了省作协，今年我们市作协换届让我去参会，没想到代表不足一百，光作协理事就六十多，更可气的是选票上跟文学格格不入的就有好多个，且不说占着各级基层作协的位子不写东西的更是数不胜数，手拿着选票，心里那个气……又一听旁座的私下里嘀咕，这些人都是个别私人圈子里的，我不知道所谓的个别人指的是谁，但我知道，就是这所谓的个别人在市作协一言九鼎，也应该知道作协不是杂协，能把群里铁哥们、圈里闺蜜或其他拉进来吗？我再也沉不住气，这样的选举权不要也罢，猛地站起，转身而去。宇文佳说，你不提换届选举我还不生气，去年底，我们县所在的市区搞作协换届选举，规定每县两个理事，按要求，老关、老曾都眼看六十不能再干一届，市作协的一个朋友让我努力一下弄个理事玩玩，我以为，他们靠边了，我就是不去做朋友说的所谓的努力也能是，可等选票一到手，欧阳、端木赫然其中，老关、老曾成了顾问。诗痴说，这样的理事不当也罢，如今文学界又有哪一个角落不在搞交易？年前有家省级刊物要发我的一部长篇，条件是让我以所在的本地文联名义购买当期刊物五百本，如果买千本再不要稿费就发头条，我没答应，当然也没发。诗疯说，我们那儿有位在当地很红的作家，他这几年在期刊上发了好多文章，可我读他的作品从没超过两个页码，因为他发表的都是公开发行的纯文学期刊，所以我一直在怀疑自己的欣赏能力，前些日，我作为本地作协一个公开发行的文学期刊负责人，参加一个文学期刊峰会见到了他发的刊物编辑才知，他都是以所在单位的名义订购了一定数量的当期刊物，我听了往日对他的好感哗一下全没了，回来后，我就暗自把他列入本刊作者黑名单，可人家还管着这份刊物，于是就想离开这本刊物，但一想，不行，真要离开，他会把这份刊物搞得乱七八糟，因此，我在一次审稿会上要求本刊所有编辑禁止拿刊物跟权贵和投机者搞作品交易，但对自由投稿者要重视，只要达到水准，就不惜版面。宇文佳说，你这种做法，值得在所有刊物推广，如果是这样，基层业余作者就不愁好作品见不了天日，问题是有的刊物打着你这样的旗号，却做着背道而驰的事，如今刊物多是事实，可编辑写稿的多更是事实，刊物编辑之间谁又不认识谁？一期刊物除了名人和关系稿，留给自由来稿的版面就少得十分可怜，可身处基层的业余作者还都一根筋，明知当今刊物上稿难，明知凭稿费养不了家，还偏对文学不放手，想想我们搞文学的，有的搞了一辈子，不仅没能在正式刊物上发表过作品，还把自己生活搞得一团糟，走不到人前去，所以，我常对一些邀请我参加的文学活动主办者说，你在文学的泥泞中滚爬出了名堂，肯定对文学爱好者甘苦有深切体会，如果你不能帮助那些没滚爬出名堂的实现梦想，就别用你的成功、名气再去掏他们干瘪的口袋赚他们来之不易的钱，他们能在生活的最底层持续文学梦想确实不容易，如果你是真想激励扶持他们，那就通过关系找能出钱的企业赞助，把文学活动的大门免费向他们敞开，把发表出版的便利免费向他们提供。宇文佳换了口气又说，我今天也奉劝各位，如果你要是接到收费的文学活动，一定要擦亮眼睛，如果你不是虚荣心作怪，如果你不是趁机会去旅游，你就别理他们，安心在家搞你的创作，要记住，文学创作永远是个体劳动，作家更不是教出来的，当然，适当地参加一些正规的文学活动对你的文学创作有一定的促进作用，但决不能依赖任何一种文学活动，更不要异想天开地想通过文学活动走出来。红袖一缕问，你们县举行的文学创作评奖收费吗？宇文佳答，不收费。红袖一缕又问，高老师的小说获了一等奖，你的呢？宇文佳说，我没参评。红袖一缕惊讶地问，既是全县的，你为啥不参评？宇文佳说，我不能像某些人，不仅当着评委参评，还让自己垃圾一样的文字占据最高奖。秦玲说，没想到宇文老师如此高风亮节，更没想到宇文老师为高主任在背后做了这么多，高主任一定得再择个日子把大家都请到，好好谢谢宇文老师。宇文佳说，高风，你听见了吗？我可记住了。高风说，记住就记住，你哪天要是犯酒瘾了，就打我手机，我保证你说去哪就去哪。宇文佳说，大家作证。高风说，大家作证。秦玲说，高主任，还是先专心开你的车吧。

到了镇汽车站，高风停下车说，不好意思，要是我有驾照，就送你们去县城了。宇文佳一惊说，你原来无证驾驶？要是一开始说了，我们还不得为自己担心死？你这高风，咋跟写小说一样净来悬念呢？最近又有新的构思吗？高风答，有一个长东西，今天才确定了题目。宇文佳问，啥题目？高风又答，你的眼神只为谁深情。宇文佳重复完说，如今社会之所以如此斑斓，正是因为不同的人有不同的深情对象。随后扫了秦玲一眼，又瞅着高风竖起大拇指说，光题目就很值得期待，建议你申报今年省作协的文学创作扶持，说不定还能得到一笔资助。高风说，且不说是否能申报成功，就是能，也不如由着性子慢慢地写。宇文佳说，想想也是，你看这几年申报成功写出的东西，又有几个出彩的？也只是弄了几个钱图个热闹而已。高风说，我别的不想，只想到时候你能多多指教。宇文佳说，我一定仔细拜读好好祝贺。秦玲说，宇文老师这么客气，你就说给他好好改改，他又能咋着？宇文佳笑笑说，有你在这里，他敢咋着我？秦玲也笑笑说，宇文老师开玩笑了，高主任可是我的上级领导。宇文佳又笑笑说，不光是领导被领导的关系吧？见高风、秦玲紧张，又说，是不是还有文友关系？《红楼梦》脂评本可是最走俏的。高风拍了一下宇文佳说，别贫嘴了，车要开了。秦玲又向红袖一缕他们挥挥手说，照顾不到的地方，敬请各位老师多多原谅。

送走宇文佳一行，高风把秦玲送到她住的小区，掏了一千元给她，她不接，说，难得有这样的学习机会，就算我交学费吧。说完，关了车门就走。

高风忽然想起另一件事，就打了秦玲的手机，问，你有QQ号吗？秦玲答，有。高风又问，注册的网名叫啥？秦玲又答，秦玲。高风说，你咋能叫秦玲呢？秦玲说，我不叫秦玲叫啥呢？高风放下了手机，踩了油门就走。

秦玲的电话又追了上来，问，你问我QQ干啥？高风不好说因她想起了未曾谋面的荷上风铃，就说，我想在网上建个快乐教育QQ群，邀请你参加，不知你有没有兴趣。秦玲说，当然有，且一直没有放弃，最近还写了篇学校如何实施快乐教育的论文，哪天请你给看看。高风说，好。秦玲说，真要行，你就帮我推荐一下，我准备暑假一开学就把快乐教育研究在学校正式开展起来。高风说，太让我感动了，你抓紧把这篇论文拿过来，只要好，我不仅给你推荐，还要放到快乐教育群的空间里去，让大家分享。

回到家，高风果然申请了个QQ群，不仅有快乐教育科研目标、口号、理念、成果分享等，还在公告栏里发布倡议，欢迎有兴趣的人士加盟。后来马超、吴劲知道了深为感动，纷纷加入不算，还在多种场合号召全镇各校校长、教导主任、教科室主任及有兴趣的教师入群，没几天，门庭冷落的教育科研又在群里迅速壮大起来，高风倍感欣慰，又兴致勃勃地充实群中设置，发布定期话题，没想到的是响应者寥寥，即使在群里活跃的，相互之间谈论的都是跟教育科研风马牛不相及的话题，但也有像秦玲、张志成，还有张朋一样的年轻教师等对发布话题踊跃参与的，尽管高风因响应者少为之失望，还是以积极的心态面对，毕竟以快乐教育的名义把教师又聚到了一起，只要自己坚持不懈、最大限度地发挥群的影响功能，全镇教师一定会进一步认识到教育科研的重要，感受到快乐教育的持久魅力。当然，这也是后话。

时光荏苒，不知不觉就到了放暑假这一天。这天早早地吃过饭，高风带了个麻皮袋，准备到单位趁空把办公室该带回的带回来，刚出村，就接到了秦玲的电话，秦玲问，高主任在哪？高风说，正在去单位的路上。秦玲说，你抓紧到单位看看吧，我都快被气死了。高风赶紧停了车问，又咋啦？秦玲说，有关咱俩的那些不三不四的传单从闸口小学一路贴到镇政府，又接着贴到镇中心校，不光贴，还满路撒的都是。高风一听怒上心头，可一想到要是不控制住自己，秦玲更会失控，就平静地问，是不是现在路上还有？秦玲说，幸亏我和张副校长去学校早，张副校长见我气得脸都青了，就带着随后到校的王会计和张朋老师及来早的几个五年级学生清除了。高风说，清除了就暂且别放在心上了，先平平安安过了这一天再说。秦玲说，还平平安安呢，张朋刚回来又告诉我，两个戴口罩的骑着摩托车又撒了一路，学生家长都在捡了看呢，我都不敢出校门了。高风说，既然事情出来了，又无法掌控，你着急也没用，先把放假的事安排好，我想办法查查。秦玲说，怕出事还是出事了，我端午节要是不跟你们去就好了。高风说，也别埋怨了，想让你今天不安生，你端午节那天就是不跟我们在一起，他们也会想出别的法子，不就是要放假了吗？不就是认为你学校期末考得都好嫉妒了吗？不就是认为你校长一职还没被正式任命吗？不就是县里马上要对你全面考核吗？秦玲说，因为我，也把你给牵连上了，真是对不起高主任。高风说，就别这样说了，快忙放假的事吧，我这就去单位，你可一定要把握住自己，一定。秦玲说，我会的。高风说，那就好。

高风还没到大门口，就听马超说，这是谁那么造孽？吴劲说，也够胆大的，我办公室里也给塞了一份。转脸又问辛歌，你们办公室有吗？辛歌说，也有，这是谁干的呢？马超说，吴劲，你看看监控。吴劲手一指说，还看啥看？监控器被人对着天了，成了射天望远镜了，高风知道能气死。张旺说，若要人不知，除非己莫为，要是没有传单上的事，就是里面的文字能编出来，照片也不能编出来吧？马超说，那也不好说，听说出名的歌手、演员的那些风流事都是让人在照片上做了手脚的。张旺说，我看这上面照片不像是做了手脚的。马超问，你就这么肯定？张旺说，这传单上特别提到端午节那天在湖里，我正好那天陪朋友到里面转，亲眼看见他们在一起。马超又问，你就看那么真？张旺说，那还有假？我在水上人家酒店结完账，也见秦玲从KTV单间里出来去结账，还打了招呼。吴劲说，这别是你干的吧？张旺说，我要是干这事，我还说在湖里看见他们吗？我不成了不打自招吗？马超说，这不叫不打自招，这也许叫此地无银三百两，还叫障眼法，当然，我认为张会计不会这样，若这样，不但丢了高风的人，也丢了我们镇中心校的人。张旺说，我还能不知道这个？可仔细一想，这高风也太能招风，整天这里串串写写，那里发发表表，显摆就显摆了，可不该如此张狂，你想你一张狂，肯定得罪人，被得罪的是不是恨得牙痒痒？牙一痒痒，是不是你哪里威风人家必定让你在哪里威风扫地？这且不说，前些日中心园那个摔断胳膊的，郑校让他找他姨弟说说看能不能让中心园少花点钱，没想到，他那姨弟心太黑，手术固定时用了不合格的钢板，他哪里会想到，那小孩眼看快出院了，一不小心从床上掉了下来，不仅又把骨折处摔断，固定的钢板也断裂了，小孩家长不愿意了，就把这事捅给了一家晚报，记者暗中一查，那几天在骨科做手术的用的都是不合格的，就要给曝光，院领导知道了，请人按住了那记者，又安抚了受害的病人，还给免了所有受害者的全部手术费，自以为这事按下了，没想到记者刚走，一个股骨颈骨折受害者再手术时却没能下了手术台，那老者的家人就在医院搭了灵棚讨还公道，中心园那小孩再手术虽没出现后遗症，可家长一见有人闹，又想孩子小小年纪受了两次罪，就又找了中心园，郑校这几天就在协调这事，心里生气不说，还花了不少冤枉钱。马超说，钢板不合格，只能怨医院里的医药采购员，跟主治医师没关系。张旺说，经常做手术，钢板好坏能看不出来吗？肯定想从中捞好处，说不定是他通过别的渠道私进的呢，怪不得人家说，不是一家人不进一家门，他姨弟这样，他高风别看着表面上规规矩矩，其实也不是啥好东西。马超说，你张旺可不该这样说。张旺说，别说我这样说，这传单就是我撒的，他又能咋着我？

高风听到这，把电动车往门前重重一放，马超几个立即一愣，赶紧闭口，还没想出如何安抚高风，却见高风顺手拿起以前捅下水道的半截竹竿就冲了过来，走到马超跟前说，你前几天说，一直想看看我的那套武当剑，我一直没有机会实弹演习给你看，现在机会来了，你就看看这套剑法的威力吧。接着一声厉喝，马超一把没拉住，高风就叫着第四式追云赶月反身向张旺刺去，张旺胸部中剑，后退了好几步靠在了东墙上，他随手举起大扫帚向高风身后袭来，高风又大喊一声反打金钟，竹竿打在张旺的右手腕上，扫帚落地，高风见张旺抱着手腕直咧嘴，就又说了声挑帘观虹，见张旺又猛地抓起扫帚向高风冲来，高风就大叫着乌龙摆尾、仙关寻真、逐浪冲虚、威龙回首、仙鹤旋翅、白蛇吐信，步步紧逼，张旺步步后退，高风一鼓作气，又金顶欲风、太子垂钓再次打掉他手中的扫帚，他又拿起厨房门前放着的铁锨向高风连续铲来，高风一招“快马加鞭”先是假装后撤，突然反手一撩，高风手中的竹竿打在他正抬起的右膝盖上，他哎哟还没喊完，高风又“乌鸦啄食”击中他的胸部，“黄龙出洞”刺在他的左肋下，他不顾疼痛又举起铁锨向高风拍过来，高风“反转阴阳”挡开，以紧接着的一招“七星戏斗”，先是劈在他的右肩上，接着回抽后又再次刺中他的胸部，因为力量太大，张旺向后一倒，扑通一声仰在地上。高风见他起了两次都没起来，就嘴里念着玉带缠腰、背身牵猿、卧龙翻转、一柱擎天、紫霄月影、寻祖归山快速舞到他的跟前，又一招“怀抱金丹”用竹竿用力向下直顶住他的胸口，刚说完我这就一下穿死你，没想到那只鸡咯咯咯从东墙上冲下来，落到张旺脸上就啄起来。高风扔了竹竿就回了办公室，马超和辛歌赶紧跑向张旺，高风先听到那只鸡咯咯咯飞上墙，又听见马超说，吴劲，抓紧推辆电动车过来，把他送医院。张旺说，我不坐电动车，辛歌你打120，我要去县医院。马超说，我看你也别闹了，闹大了，也没有你的啥好处。张旺说，不行，我要让他付高额医药费。吴劲说，这事摊谁身上都饶不了你，人家要是告你，你被拘留都是小事，看你以后还没事找事不。张旺说，你吴劲什么意思？吴劲说，我什么意思你自己想去。马超说，你做得也太不像话，高风要真想揍你，他那套武当剑哪一招都能让你毙命。张旺说，越说他越厉害了，别天天在外人五人六的，他让我毙命试试？马超说，我劝你还是到此为止吧，声扬出去，人家不光笑话他吧？吴劲说，听他说话，也没啥大不了的，就脸上让鸡啄破了点皮，辛歌你扶他回办公室吧。张旺说，我要去医院。吴劲说，不知丢人，你就自己去。辛歌说，张主任，我还是扶你回办公室吧。

辛歌从张旺办公室出来，又去镇卫生院要了点药棉帮张旺把脸收拾干净就回了自己办公室，马超、吴劲也跟着进来。辛歌说，高主任，你也知道他脾气，就别生气了。高风说，我倒无所谓，他这一闹，人家秦玲能受得了吗？他不就是看人家当校长心里不舒服吗，他不就是不想让人家当成校长吗？马超说，他仅仅是不让秦玲当成校长吗？我看问题并不是这么简单。吴劲道，按说，他在咱这里，一人之下，又风光占尽，还这么大年纪了，不可能看上一校之长这个职位。马超说，可他到底想干什么呢？吴劲说，我看他除了狗仗人势，就是心理变态。马超看了辛歌一眼，又说，别乱讲了，高风你也消消气，我去闸口小学看看秦玲。高风说，你快去吧。马超走到门前又回头说，千万别再跟他闹。高风说，事不过三，他这一学期不止三次吧？你们说我这次还能再忍吗？马超说，就是不能忍，也不能再闹了。高风说，我一想刚进门时听到他说的那些话，我都恨自己没趁机宰了他。说完一挥手，你还是放心抓紧去吧。又对吴劲和辛歌说，你们也都各忙各的去。

跟马超一起回来的还有郑校，郑校先去了张旺办公室，高风听见郑校狠狠地批评了张旺，回来又怒气难平地对高风说，就是全是他的错，你也不该打他那么狠，整个脸像个烂茄子，咋还能出门办事？高风说，这还是轻的。郑校高了声说，越说你越厉害了，你还能咋样？揍死他？高风说，他是自找的，我还要去告他。郑校说，你就是有证据告赢了，他被法办了，你是不是就觉得解恨了、雪耻了、好过了？毕竟在一起工作了多年，再说，苍蝇不叮无缝的蛋，你们两人要是不一起去湖里，他能这样吗？凡事还是从自己身上找原因。高风说，一起去湖里犯法吗？七八个人在一起能做出啥见不得人的事？又碍他啥事了？他的所作所为要是追究起来，后果又会是什么呢？郑校说，你不知道他这人做事好头脑发热顾头不顾腚吗？高风说，他用心良苦是顾头不顾腚吗？就是再顾头不顾腚，他咋不造自己的谣呢？郑校脸又一正说，身为镇中心校成员，一点不注意影响，要是再不听劝，暑假开学就下去带课。说完转身出了门。

带课就带课，又不是没带过，有啥了不起的？虽然这话高风没说出来，可心里又进一步了解了郑校这个人。高风不想把这事闹大，真要再大了，对自己不利不说，对秦玲更不利，真要她当校长受影响，他跟马超吴劲多年的心血白费了不说，秦玲今后的日子又咋过？她毕竟年轻，毕竟是个女同志。可事情并没按高风想象的那样息事宁人，后来才知道，就在县里来对秦玲民主考核那天，周虹不仅把秦玲不配当校长的材料给了来考核的人，还寄了一份给了县纪委。据说，材料里不仅有学校教师的联合签名，还有部分学生和学生家长的。

第十六章

就在传单事件发生的前一天，高风跟二猛结完账，二猛就趁晚上的时间叫了几个工友，帮高风把家搬了。重新回到原来的家，高风和淑贞像是在外漂泊了大半生如今又重回故里一样高兴。收拾停当洗完澡，高风进了卧室，见穿着粉红吊带睡裙正铺着床的淑贞花枝乱颤，高风就从后面把她抱住。淑贞挣了几下没挣脱，就说，你又干啥？高风说，你说我干啥？淑贞又一甩膀说，松开。高风没松，比刚才抱得更紧。淑贞说，忙了这一晚上，你还不累？高风说，不累，精力相当旺盛。淑贞说，不累就去把刚换下的衣服洗出来。高风说，这搬回来头一晚上就忍心如此待我？淑贞笑着说，你不是精力旺盛闲得难受无处使吗？高风说，再无处使也得让我干老爷们该干想干的活吧？淑贞直起腰转过身来问，你说啥是你老爷们该干想干的活？高风答，你看这房子收拾得比结婚时还好，今天的你也更漂亮，咱可不能浪费这大好时光。淑贞说，为你当保姆都二十年了，我大好的时光早就让你给浪费了，还能更漂亮到哪里去？高风就把她揽到怀里，两手交替地在她背上抚来抚去着说，反正我觉得今天的你更漂亮，反正我认为今夜的你让我兴奋得无法入眠。说完感觉淑贞身体有些软，又用手扶着她的双肩说，屋里又没有别人，咱就像洞房之夜那样痛痛快快无所顾忌地来一次。淑贞双手一推说，你看几点了，你不睡我得快睡。说完又转过脸去，高风又从后把她紧紧抱住，淑贞就掰高风的手，见掰不开，就左右摇晃，高风趁机一使劲就把淑贞抱了起来放到床上。淑贞仰在床上说，你不赶紧睡觉到底想干啥？高风笑着说，我想干啥你知道。淑贞说，我光知道我困了想睡觉。高风说，那个完咱俩一起睡。淑贞说，求求你别闹了行不行？高风说，行，听你的这就睡，我帮你把睡裙脱了。淑贞抓紧吊带说，我习惯了，不脱。高风说，你习惯我不习惯，你穿着这东西睡多不舒服。淑贞又笑着说，舒服不舒服我自己知道。高风说，光你舒服不行，还得我感觉到。说完，高风又抓住了她肩上的吊带，就像洞房之夜那样开始俯身亲她，亲着亲着，高风感觉淑贞抓吊带的手松了下来，身子也软得像无骨一样，高风就慢慢脱掉她的睡裙。没等高风脱完，淑贞就扯了毛巾被把自己盖上，高风又乘势把她脱了个一干二净，然后就钻进毛巾被里开始在淑贞身上上上下下来来回回地抚摸。高风抚了她平滑光洁的脸，摸了她高耸起伏的胸，直觉得手上热力四射周身旺火腾腾，又带着满手温馨恋恋不舍地顺着她细腻柔滑的平原地带一路向下，在圆润可爱联想丰富的中心小花园稍作停留，很快就到了一片让高风神魂颠倒满手锦缎一样的芳草地，高风慢慢让饱满鼓胀燥热难耐的身子贴了上去，淑贞又扯起毛巾被把两人重新盖好，高风就轻车熟路地在老地方动作起来。先是缓缓地走马观花抚风弄月，没几分钟就风生水起枝摇花乱落英缤纷，还浪涛迭起水涨船高，后来高风就风驰电掣飘飘欲仙了……汗流浃背地软在一边，淑贞给了高风羞涩的一笑。高风以为这是他们又一个蜜月的开始，没想到自出传单一事接到秦玲的电话起，高风的蜜月就被张旺活生生断送了，如此美好的夜晚成了高风后来长长日子里最难忘的回忆，成了高风婚姻葬送最青春的奠祭。

高风晚上回到家把从单位驮来的麻皮袋往电脑桌前一放，见淑贞正在卧室里分类叠放衣服，又想起来了昨晚的美好，就像没发生啥事一样走到她跟前，她不理高风。高风又歪头看她，她把脸转到一边。高风又到另一边瞅她，她又转到另一边。高风问她，咋又得罪你了？她不吭声。高风又一连问了两遍，她说，你知道。高风就想到上午发生的事，可还是以为她不会这么快就知道，更何况这种事就是全世界人都知道，也不会有人告诉她，就说，一天没在家，我不知道咋得罪了你。淑贞说，你心里最清楚。高风来来回回想了一百圈，除了传单的事，不会再有能让她这么生气的事，自知理亏，就不再问，想出去转转，才转身，淑贞说，回来。高风又转过身。淑贞说，把今天的事说说。高风问，啥事？淑贞扔下手里的衣服问，你到底说不说？高风猛一哆嗦，就赶紧说，我不知道你让我说啥。淑贞说，到现在还嘴硬，你到底说不说？高风说，你到底让我说啥？淑贞就把一张折叠的传单从裤兜里掏出来扔给高风说，自己看。高风拾起来展开，才知道担心了一天的事还是发生了，压了一天的火又腾空而起。可高风知道这火不能向淑贞发，当前的淑贞不需要这个，她需要的是最圆满、最无懈可击的解释，和最体贴最恰到好处的抚慰。就说，你也信？淑贞说，我是不相信，可上面说的，让我不相信也得信。高风说，去湖里你也知道。淑贞说，去湖里我知道，可我不知道你跟她在湖里做了啥。高风说，这么多人在一起，能做啥？淑贞说，我知道还问你？你必须如实回答。高风说，那天从湖里回来，是不是都告诉了你？淑贞说，可这上面说的没有。高风说，没有就是根本没有上面说的这回事。淑贞说，文字可以编，照片能是假的吗？后面坐着好几个人，你就敢让她坐在你的怀里，胆也太大了吧？也太能张扬了吧？高风说，你仔细看看，照片被张旺让人处理过了。淑贞说，他又没跟你们去，他又咋有你们那天的照片？还是在快艇里拍的，是不是他也跟你们一起坐快艇进湖了？高风说，照片是宇文佳的朋友拍的，前几天传给我，我在单位接了就放电脑里了，肯定是张旺从我电脑里偷取走的。淑贞说，他是不是也有你办公室的钥匙？高风说，辛歌有。淑贞说，你不在，辛歌就敢随便让张旺开你的电脑？高风说，你不信，我这就给辛歌打电话。说完就拨了辛歌手机，顺便把手机扬声器打开、话筒音量调到最大。

辛歌问，高主任，有事吗？高风问，这段时间，谁开了我办公室电脑？辛歌说，前几天你去县教育局开会，张旺说用你的电脑查个材料，其他再没人开过，是不是里面少了啥东西？高风说，没有，只是问问，你忙吧。淑贞说，你哪天把照片全拷来，我看看。高风从兜里掏出U盘说，我全带来了，你看吧。

高风开了电脑，插了U盘打开，指着其中的一张说，他就是用这张改的，秦玲坐在高风的前面一排，张旺让人把露出的后靠背抹了去。淑贞仔细瞅了瞅，又跟传单上的对了对，说，也说不定是真坐在了你怀里，你看她那个高兴。高风说，就算我俩有这事，我能张扬得全世界都知道吗？你咋这样不相信我？淑贞点点头说，你说得很对，也可以说是不打自招，这说明除了这次在湖里被人张扬了出来，你还有我不知道的，那就一起说出来吧，我倒要看看你在外寻花问柳的本事有多大。高风急了，说，反正我说了你也不信，随你咋想去吧，我是身正不怕影子歪，说完转身就走。淑贞说，哪里走？要走，从今往后就别进这个家。高风又转过身来说，我们一起这么多年，你咋就信人家不信我呢？淑贞说，我就是信你，你跟我说说张旺咋又知道你们去湖里的？高风说，秦玲看见张旺那天也带人去了湖里，还碰巧也在水上人家吃的饭。淑贞脸又阴下来说，苍蝇不叮无缝的蛋，你们要是没有这事，张旺敢吗？高风说，他就是不想让秦玲当成校长。淑贞说，他就是不想让秦玲当成校长，也不该把秦玲跟你扯在一起。高风说，一是秦玲是我推荐的，二是秦玲主持闸口小学的工作后，我才知道张旺一直对秦玲有成见。淑贞问，有啥成见？高风说，秦玲刚参加工作时，张旺给秦玲介绍对象，秦玲不同意，张旺又是个一事恼了就记恨你一辈子的人，所以他就用传单来了个一箭双雕。淑贞说，清者自清，他想一箭双雕就一箭双雕了？高风说，所以说，咱不能被他张旺的谣言左右，真要再因此生出这事那事，岂不正合他的意？淑贞说，你推荐秦玲当校长，除了觉得她有这个能力，难道真没有别的想法吗？高风说，差不多是两代人，能有啥想法？淑贞说，现在老牛都爱吃嫩草，只要有机会谁又舍得放过？高风说，你咋越说越离谱了？淑贞说，如果你俩平时没表现出过分的亲近，就是你跟秦玲去一百次湖里，张旺也当了多年领导，难道就不知道故意损坏别人的名誉是犯法的吗？高风说，我也一直搞不明白，他一次次明知故犯到底想干什么。接着，高风就把上午在单位发生的事说了一遍，说完又对淑贞说，现在只能说他自以为跟郑校走得近，就胆大妄为，你应该还记得上次他和周虹合起来使坏说你让学生替考的事吧？结果又咋啦？无论他再会天花乱坠，事实也总归是事实，真相也总归是真相。淑贞说，你咋不去告他？高风说，很明显，告他就连郑校也得罪了，得罪了郑校，上面要是查下来，郑校的话就最有分量，你想，我们不是白折腾吗？淑贞说，他一而再再而三的这样，郑校难道就没对他有所表示？高风说，郑校哪次不批评他？淑贞说，批评又有什么用？反而一次比一次恶劣，是不是郑校在你面前做样子背后偏又怂恿他呢？高风说，咱跟郑校又没仇，他怂恿张旺目的何在呢？就是有仇，郑校在工作上捏个错就把咱除了，何必要借刀杀人呢？淑贞说，会不会借刀杀人谁又能说得准呢？高风说，就是再会借刀杀人，咱也跟他没仇吧？淑贞说，没仇，你为啥用刀伤人家？高风说，那不是误伤吗？淑贞说，人家刚来，你就把人家伤了，人家心里能认为是误伤吗？就是误伤，你为啥还说郑校在传单这件事上偏向张旺呢？高风答，张旺的仁兄弟是郑校的大舅子。淑贞说，原来如此，可越有关系越不该这样。高风说，咱们认为是这样，可毕竟人跟人不一样，他张旺偏要显示自己的特殊和优越，你又能有啥办法？淑贞说，我看这事并不是你说的这么简单。高风说，那又能复杂到哪里去呢？淑贞说，他肯定有不可告人的目的。高风说，他不可告人的目的又是啥呢？淑贞说，若要人不知，除非己莫为，你得仔细查查，你要不查明白，以后还会有你的好戏看。高风说，我又到哪里去查呢？淑贞说，任何事，无论再周密都会有破绽，无论再隐瞒都会漏风声，除非你不追究。高风说，就是追究又能怎样呢？淑贞说，你可以放弃，可我不能算完，我是这事最大的受害者，你不查清楚，我要记恨你一辈子。高风说，就是记恨我一辈子，你也应该相信我。淑贞说，啥事都可以相信，这个坚决不能，除非你给我一个说得过去的解释，再不，你告诉我张旺到底想干什么。说完就去了厨房做晚饭。

晚饭罢，高风问淑贞，啥时候让爸妈从县城回来？没等淑贞回答，高风就后悔了，马上意识到刚平息的战火肯定又会再次狼烟四起，可既然话说出了口，也就管不了这么多，毕竟放假了，毕竟爸妈住的问题是放假后首先要面对的问题，就小心翼翼地等待淑贞的回答。淑贞说，是不是这就让我离开这里，好让你爸妈给你再娶一房？高风说，我啥时候让你离开这里了？淑贞说，你不是答应真凤我们不跟你爸妈一块住吗？你让你爸妈回来，就是让我走。高风说，就别跟她计较了，就让爸妈过几年清静日子吧。淑贞说，我不能总让她得寸进尺。高风问，你想咋办？淑贞说，爸妈可以回来，我明天就回县城，但你不能走。高风问为啥？淑贞说，爸妈不光是你一个人的吧？我可以不住我费力气修好的房子，可修房子的钱得让她出一半，还得让她把住院的钱还给我。高风说，高亮刚买了联合收割机，钱还没给清人家，哪有钱？淑贞说，不给清人家，人家让他把机子开回家吗？就是家里的钱都给人家了，刚割麦挣的钱也不止六千吧？高风说，不管咋说，真凤就说没钱，你让我咋办？你不能让我去她家里翻箱倒柜地找，土匪一样的抢吧？淑贞说，我不问，你啥时候办好这事，啥时候回县城，不然，要么别让爸妈在这住，要么你别回县城。高风说，我宁愿不回县城，也得让爸妈在这住。淑贞说，要是这样，我警告你，咱俩就离拜拜不远了。高风腾地站起说，你是不是想卸磨杀驴？是不是飞鸟尽良弓藏走狗烹？淑贞也腾地站起，这话应该是我问你。高风说，事实是你正在一步步这样逼我。淑贞说，是你先逼的我。高风说，无论你咋强词夺理，你今天给我听仔细，我老婆可以不要，我不能不管父母，不能让陪孙子上了大学的父母从此露宿街头。淑贞说，你应该说，父母只有一对，老婆可以再娶，儿子可以再生，钱可以再赚，房子可以再盖。高风说，对，这世界上只有父母是唯一的，我可以对不起任何人，我不能对不起我的父母。淑贞说，你说得很对，我敬佩你的孝心，可在你感天动地的孝心背后，我还知道了你自以为谁也看不出的另一面，你就是想卸磨杀驴，你就是想飞鸟尽良弓藏走狗烹，我成全你，我明天就回县城，看在二十年夫妻的分上，让我今晚借宿一次行不行？高风说，我再重复一遍，我没说让你走，也没说不让你在这睡，更不是你凭空想象的那样。淑贞说，那好，对不起，你今晚就去别的房间等你的彼岸花穿越时空吧。说完就把高风推出了卧室，还从内锁死了门。

一夜无眠，天亮的时候高风却迷迷糊糊地睡着了，醒来一看手机已下午五点多。高风腾地坐起，打开睡的单间门，院子里十分热闹。高秀、高丽、高文、高强在院子的大枣树下说笑，大门内侧，母亲在择豆角，通过开着的窗户，高风透过绿色纱窗看到父亲在厨房里忙。高风就高兴地走出屋，孩子们一看见高风，就围上来打招呼。高风问高秀和高丽啥时候来的？丽丽说，刚来到。秀秀说，以为你和妈都在县城，我们下了车，正好碰见妈也下车，就一起去了丰泽园，中午一起吃了饭，爷爷奶奶就要回家来，我们就一起跟着来了。高风立即想到跟淑贞昨晚的不愉快，就把秀秀拉到屋里问，你来时你妈高兴吗？秀秀笑笑说，你是不是又惹妈生气了？高风说没有。秀秀仍笑着说，不可能，下车时见妈脸色不好看，以为是累的，看来一定是你又惹妈生气了。高风说，知道你们要回来，高兴得啥都忘了，哪有啥闲心生气？秀秀问，那你咋不跟妈一块去县城？高风答，要是去了，谁在家看家？谁在家迎接你们？秀秀撇了下嘴说，大门敞着，你在屋里大睡是看家？我们来了，你还呼噜震天响，是等着迎接我们？高风笑笑说，秀秀大学没白上，越来越会说了。秀秀说，那也比不上爸，爸不光会说，更会写，这大半年，我看到爸发表的好多文章。高风仍笑着说，都是你们听话懂事好学上进给我带来的灵感，带来的好运气。秀秀说，谢谢爸，如果我们能给您带来灵感和好运气，我们就这样一直坚持。高风说，我会很有信心地期待着你们博学成才的那一天。

正说着，丽丽端了盆水走进来说，大爷，快洗洗脸吧，是不是昨晚写文章又熬了一个通宵？高风笑笑说，丽丽真是越来越漂亮了。丽丽说，再漂亮也不如秀秀姐漂亮。秀秀脸一正说，丽丽同志，咋又说傻话了？同学们不是说咱俩是孪生姐妹吗？你咋总想着跟我生分呢？高风笑笑说，两位小女生都漂亮。丽丽笑着对秀秀说，姐，你听大爷叫我们啥？小女生，嘻嘻。秀秀也笑着说，叫你大姐大你高兴吗？丽丽脸一正说，秀秀同志，你要是再这样说，我就让你过泼水节。秀秀脸也一正说，大胆的小女生，你让我过泼水节，本公主老爸用啥洗脸？说完一齐笑过，秀秀接过脸盆说，爸，快洗吧，洗了好吃饭，吃了饭，我送你坐车去县城。高风说，真是白疼你了，都半年没见了，刚见面就赶我走。秀秀说，你先去陪妈妈，我们在家先偎着爷爷奶奶过几天，等回到县城，一定好好陪你和妈妈。高风说，我也好长时间没去县城了，我也在家偎着你们爷爷奶奶过几天。丽丽听到这就笑着出了屋。秀秀小了声说，回去跟妈道个歉，再大的事就不是事了。高风说，你妈说我们吵架了？秀秀说，还用妈说吗？我一看就知道，还肯定是因为你。高风洗完脸点点头说，秀秀真厉害，一看就知道。秀秀说，人家说闺女是妈的贴心小棉袄，是爸的前世情人，你说，我能不知道吗？说完，做了个鬼脸，就端了脸盆走了出去。

高风也跟着走出来，问文文强强这几天在县城玩得好不好？强强说，好。见文文不说话，知道他一直对自己的高考分数不满意，一直愧疚没有两个姐姐考得好，尽管高风说，上个二本线就不错，要是报考学校填好了，也不比一本的差，可一见面，文文还是一直不敢抬起头看高风。高风抚了抚他的头，对强强说，好就开心玩。强强说，就是哥哥有点不开心，还说要复读重考，其实，只要努力了，考上啥就上啥，早走一年，就多一年就业机会，就是对现在不满意，到了大学也可以再努力。高风说，强强说得对。文文说，其实，我也这样劝自己，可心里有时确实恨自己。高风说，如今高考不是一劳永逸的事了，高考只是个平台，这个平台上又向你展示了无数多样的平台，无论你高考后跳上了哪个平台，并不意味着你就只能站在哪个平台上，有梦想的人会借助这个平台去积极地构建自己的未来。父亲走过来对文文说，你爸说得对，无论啥时候，你都要快乐面对你的辛苦所得，只要你快乐，顺着自己认定的方向继续努力，梦想就一定会实现。高风说，梦想和快乐，就像种子和水分，没有水的滋润，再饱满的种子也不能好好生长。秀秀端着电饭锅走过来说，梦想是1、2、3、4、5、6、7，快乐就是do、re、mi、fa、sol、la、si，丽丽端着两盘菜走过来说，梦想是赤橙黄绿青蓝紫，快乐就是阳光、鲜花和掌声。母亲拿着碗筷紧跟着过来说，梦想是柴米油盐酱醋茶，快乐就是吃饱喝足睡好觉，都赶快给我进屋吃饭。

才拿起筷子，真凤从大门外走进来说，哟，又买的啥好吃的？也不等等我就都吃上了。秀秀文文赶紧站起来出去迎，丽丽放下筷子在饭桌旁添了凳子，又拿碗盛饭。强强说，姐，别盛，她肯定是在家吃完来找事闹的。父亲说，强强，哪有这样说妈的？母亲说，强强别说话，丽丽快给你妈盛。真凤走进来说，我要是再等着叫，还真得饿肚子。母亲说，刚才让丽丽给你打电话，你说你不来，就没等，这也不晚，都刚坐下，还没吃。真凤说，都拿起筷子了，还说没吃，是不是等把筷子收了才算吃？强强说，来了就来了，还这么多话，你又不是没有手，你就不能逛够了在家自己做着吃？高风赶紧制止强强。真凤瞅了高风一眼又转向爸妈说，你看这孩子让你们惯的。父母没吱声，丽丽说，妈，快坐下吃饭吧。真凤坐下瞅着强强说，没良心的东西，你连你姐姐一半都没有。强强一瞪眼，高风又赶紧说，强强快吃饭。真凤又看着高风说，你咋没去陪嫂子？高风说，单位还没放假。真凤说，你可是答应高亮不在家住的。父母猛一抬头看着高风，又看看真凤，又看着高风，秀秀文文也看着高风，丽丽瞅了妈一眼也看着高风，高风说，把单位的事办完，过几天就去县城。真凤说，那好，我从明天开始也在这吃饭，你啥时候回县城，我啥时候回家去。强强啪的一声把筷子拍在桌上，高风又赶紧按住强强说，你就不能好好吃你的饭？父亲说，只要愿意，都在这吃，我们巴不得一家人都在一起吃。母亲说，难得放假，秀秀饭罢也给你妈打个电话让她回来，咱一家人要好好地在一起过。真凤说，高亮是不是这一家的人？母亲说，谁又说不是一家人了？真凤说，是一家人，为啥不说让丽丽打电话也让她爸回来？母亲说，她爸不是在徐州打工吗？一来二去，不是耽误他挣钱吗？真凤说，耽误就耽误，你们一家人天天在家里吃香喝辣的，就不兴他来家一趟油油嘴？难道就让他一人大热的天在外卖命出苦力？他是山裂石头里蹦出来的，还是村外乱葬岗子上捡回来的？母亲说，是谁让他一忙完地里就去徐州的？真凤说，不出去挣钱，谁给钱花？俺家又没有拿工资的。强强又啪的一声把筷子拍在桌上说，你到底是来吃饭的，还是来闹事的？真风也啪的一声拍下筷子说，我就是来闹事的，我看你能咋着我？还反了你不成？哪个把你惯成这样？文文站起把强强按下，丽丽放下筷子拉住妈的胳膊说，妈，你跟弟弟一样干啥？快吃你的饭吧。真风说，你看他还有给你当弟弟的样吗？他都快成俺老爷了。强强又猛地站起，高风又把强强按下说，快吃你的饭。丽丽对着强强说，弟弟听话，别跟妈犟嘴。转脸又对妈说，妈，快吃饭，吃完咱回家，今晚我得跟你睡。秀秀说，婶婶，我也去跟你睡，行不行？真风抬头瞅了瞅房子说，你看这房子修得多好，你就舍得这么好的房子去跟我睡？秀秀说，婶婶，你还别说，在学校里我做梦都跟你睡呢，还高兴地把丽丽笑醒了，丽丽问，睡着觉还笑啥，我说，我做梦跟婶婶睡觉呢，不信问丽丽。丽丽说，妈，是真的，那天我们还说好，回来第一晚就跟你睡。秀秀说，我听丽丽说，你学会了跳广场舞，吃过饭，我和丽丽就先陪你跳一会儿再睡，行不行？真风绷着的脸松了下来，秀秀又接着说，婶婶不说就是默应，是不是婶婶？真风见一桌子人都在看她，就说，是。随后又说，听秀秀这嘴，眼看快赶上她妈会说了。母亲说，都快吃饭吧，再愣就凉了。

从这以后，真风天天一开饭就到，饭后一抹嘴就走，要是看了不对胃口的，就打开冰箱，只要看见想吃的，拿了就走，走时还不忘问高风啥时候走，高风嘴里说快了，心里却一万个不高兴。好在四个孩子都让人喜欢，秀秀丽丽勤快，又不像文文强强碰上啥不高兴的就放在脸上。这天早饭后，等真风一离开，高风就对满脸不高兴的文文和强强说，男子汉应该学着大度，遇事一定要沉着镇定，不能稍有点看不惯就表现出来。母亲说，要是不表现出来都压在心里能舒服？俺孙子可是正长身体的年龄，文文强强，咱不听他的。高风说，那也得注意对象和方式。母亲说，什么对象和方式？又不是在外面，在家里大人不计小孩子过，万一把俺孙子累得不长个子了，再娶不上媳妇，我可饶不了你。秀秀丽丽就笑，笑完，丽丽说，要长个子多活动，就学学我和秀秀姐，别饭碗一推像尊神似的。秀秀说，以后放暑假就跟着我们学，权当社会实践了，等到开学时，我和丽丽给你们写评语。文文强强听了就站起来伸手，奶奶挡住说，文文强强都给我坐好，咱家男人不兴干这个。丽丽说，谁说不兴？我爸都干。说完脸一红不吱声了。奶奶没注意丽丽的变化，就接着说，你爸是你爸，你爸是咱家的特殊情况。秀秀说，奶奶，你这是重男轻女老封建，还是偏心眼？奶奶说，我在城里都生活这么多年了，还能老封建？当然也不是偏心眼。丽丽问，那为啥不让他们干？奶奶说，男孩子将来都是干大事的，都是家里的顶梁柱，从小就跟锅碗瓢勺打交道，长大能有啥出息？丽丽说，女孩子跟锅碗瓢勺打交道，将来就能有出息了？奶奶说，女孩子将来就是有再大的出息，也得跟锅碗瓢勺打交道，从小不学，长大也不会，就是会，也好不到哪里去，真要到时候人怨天烦，你说你还有好日子过吗？丽丽说，时代不同了，女孩子将来也可以不天天围着锅台转。奶奶说，就是不天天围着锅台转，也得样样拿得起放得下，又不是眼下当官的，只要衙里有人手里有钱，就能捞个差使干，不论懂不懂会不会手头工作，都照样装模作样指指戳戳拿工资。丽丽说，我们将来就不能学学当官的？奶奶说，男孩子可以学，女孩子不能。丽丽问，为啥女孩子就不能？奶奶说，女孩子就是女孩子，特别是从咱家走出去的女孩子，最好都是做家务的一把好手。秀秀说，看来奶奶对我们要求还挺高的。强强说，要是我妈能听听奶奶这话就好了。丽丽说，好啥好？她要是听了，还不翻了天？奶奶脸一绷说，这话是你们说的吗？她就是再不对，也是你们的妈，你们不该这样说她，更不能当着外面的人说她，她听了伤心不说，外人更会笑话她。高风说，你们奶奶说得对。奶奶说，你也别在这充好人，让淑贞一人在县城，是你最大的不对。秀秀拍着手说，奶奶说得对极了。转脸又对高风说，爸，你是不是这就回县城？奶奶说，还是抓紧回去吧。高风说，您咋也撵我呢？母亲说，你在这吃饭，光干咽馍不吃菜，催紧了，才放嘴里两片菜叶子。高风说，我天天在外面啥没吃过？母亲说，就是在外面啥都吃过，在家也得啥都吃。高风又说，孩子们不是都回来了吗？母亲说，都回来也不差你这一口，真要把身子屈坏了，我咋给淑贞交代？再说了，淑贞一个人在县城能吃好吗？高风说，这几天单位还有点事。母亲说，咋没见你去？高风说，我在等电话。母亲说，要等就去县城等，我给你钱买车票。秀秀说，奶奶，你忙吧，我帮你劝，我爸最听我的话。说完就拉了高风进了屋。

关了门，秀秀说，爸，你还是回去吧，婶婶天天说话夹枪带棒的，还明里暗里赶你走，你又不好回应，受这个窝囊气干啥？还是赶紧回去陪妈吧。高风说，要回咱一起回。秀秀笑笑说，是不是怕妈不给你做饭吃？你男子汉大丈夫，就不能低低头给妈赔个不是？高风说，别乱扯，我跟你说正经的。秀秀收住笑，爸你说。高风说，这大热的天，你们爷爷奶奶做饭挺不容易的。秀秀说，做饭时，我和丽丽一进厨房，不是爷爷撵就是奶奶赶。高风说，你们奶奶不是说让你俩好好学学做饭吗？秀秀答，奶奶说了，说是这样说，可现在不能这样做，写字的手沾不得油腻。高风说，这是奶奶心疼你们，你们也要心疼她和爷爷。秀秀说，这还能不知道？就是想再跟爷爷奶奶过几天。高风说，想过，等天不热了再来，要不，就再让爷爷奶奶去县城。秀秀说，那好吧，我和弟弟这就跟你一起回。

说完就开始麻利地收拾衣物，收拾好，秀秀叫了文文跟爷爷奶奶说了再见，又对丽丽说，你跟我去县城玩几天吧。丽丽说，我过几天再去，你们一走，我也让弟弟回家，这样妈也不到这里来了，爷爷奶奶也清静了。秀秀说，爷爷奶奶年纪都大了，喜欢热闹，你离得近，该在这还得在这，过些日子，我再来。丽丽说，那好吧，你跟大爷赶紧走，趁着天还没热起来。

到了县城，淑贞见了先进门的两个孩子，高兴得搂搂这个抱抱那个，亲热完一见高风，笑一收，脸拉得老长，问，交你的事办了没有？高风没理。淑贞又说，听到没有？让你做的事做了没有？高风又没理。秀秀问，妈，你让爸做的啥？要不我去替他做，保证做得比他还好，更能让你满意。淑贞说，没你的事，快去洗个澡到你屋里凉快去。转脸又对高风一扬手说，没办就别进这个家，这个家是我的，不是你的。高风说，守着孩子，你咋这样？淑贞说，我咋样？你说我咋样？高风说，你咋变得这么不通情理？淑贞说，我咋就不通情理了？我不通情理，你还到我跟前来？谁通情理，你就找谁去，谁会吟诗作对，你就找谁去，谁会穿越时空你就去找谁去。秀秀说，妈，你说的啥？我咋听不懂。文文说，妈是嫌我考得不好，故意拿爸撒气。淑贞猛地转过头对文文说，让你洗澡你不洗在这待着干啥？快去。文文转脸就进了洗浴间，又嘭的一声关了门。淑贞对着门叫道，把门弄坏了，我饶不了你。秀秀扯了下淑贞说，妈，大热的天，你就不能有话好好说？淑贞打掉秀秀的手说，你在这站着干啥，还不去给文文拿替换的衣服？高风说，秀秀快去，你妈疯了，见谁咬谁。淑贞又猛一转脸，你说得对，我是狗，就见谁咬谁，你正好飞鸟尽良弓藏走狗烹。高风说，你越来越不像话了。淑贞说，我就是越来越不像话了，你到底走不走？你要不走，我走。说完就抬腿，没离开的秀秀一把拉住说，妈，你别走，我走，我出外打工去。淑贞又转脸对秀秀说，你出外打工去？没有个猫大的孩子打什么工？秀秀说，不管打啥工，就是累死，也比天天听你们吵架强。淑贞把门一开说，你去，我看谁敢收你？谁收你，我就告谁招收童工，这是法律不允许的。高风禁不住就笑出了声。淑贞又面对高风说，你笑什么笑？你到底走不走？秀秀赶紧关上门，又拉住妈说，就让爸在家住一天行不行？我让爸给你赔礼道歉行不行？淑贞说，让他赔礼道歉？人家可是人五人六的大官人，我哪敢？也不稀罕。转脸又对高风说，你到底走不走？秀秀又拉了淑贞一下说，妈，算我替爸求你了还不行吗？淑贞说，不行，坚决不行。又转脸瞪着眼说，你到底走不走？

来之前，高风就对自己说，回到县城无论淑贞如何闹，都要控制住自己，本以为她发发火也就没事了，没想到她变本加厉，一而再再而三地“你到底走不走”，还一次比一次更无情，高风心里就开始噼噼啪啪着起火来，而且噼噼啪啪之声以不可阻挡之势向周身蔓延。理智告诉高风，这火就是把自己烧焦也不能冒出来，真要冒出来，淑贞会把张旺散传单的事给抖漏出来，不仅高风在两个孩子面前无比尴尬颜面扫地，两个孩子哪还会有一个快乐的暑假？多一事不如少一事，还是走吧。想到这，就猛地拉开门，走了出去。

秀秀追上来说，爸，你到哪里去？高风没回答，高风也确实不知道去哪里。秀秀又说，你还是回奶奶家吧。高风说，不能去，再去，你婶婶还得去那搅。秀秀说，那可是咱的家啊，凭什么婶婶这样霸道？高风说，她要是不这样，你妈也不生气了，你想想，花了钱费了力修好的房子不让进，要是你，生气不生气？秀秀说，原来是这样啊，我得找婶婶说说去。高风说，这方面你还得向你妈学。秀秀说，我要是向妈学，还有你受的？高风说，你理解错了，我是说，你妈虽然生气，可从不面对你婶婶，因为她知道，自己是教师是工作人员，你婶是农村妇女又不好说话，真要针尖对麦芒，最伤心的是你们爷爷奶奶，最无辜的是你们四个，从小到大，你们四个在一块亲得了不得，能因为家庭的这些杂七杂八的琐琐碎碎让你们从中遭罪吗？秀秀说，当然不能。高风说，所以，你妈权衡再三，就答应了你叔婶不在家住。秀秀说，我妈既然答应了，也不该对你这样，是不是你还有其他事招惹了妈？高风一愣说，哪还有其他事？你妈就是一时想不开，跟我发发脾气，过几天就好了。秀秀说，我放假回来都好几天了，妈还在生气，一定你还在其他方面招惹她了，不然妈不会问让你做的两件事做好了没有，爸，妈到底让你做哪两件事？你要是不好做或是不愿做，我替你去做，保证你满意妈更满意。高风说，一件是我们修房子花的钱让你叔拿一半。秀秀问，我们修房子为啥让叔拿一半？高风说，你妈说，你们爷爷奶奶不是我一人的爸妈，既然你们爷爷奶奶搬了进去还不让我们住，是不是你叔得拿一半修房的钱？秀秀问，第二件呢？高风答，第二件是你婶住院时，你妈先给垫付了六千元，你婶婶出院后，按理应该从尿罐家赔的八千中拿出钱来还我们，可都这么长时间了，你婶婶不但不还，连提也不提，你妈就让我跟你叔要，两样钱要不回来，要么不让你们爷爷奶奶在咱家住，要么不让我回县城的家。秀秀说，那你就跟我叔说说。高风说，你叔在家说了不算不说，收麦前又买了辆二手联合收割机，钱还没付清，咱又没帮一个，你说我咋好意思跟你叔张嘴要？就是能要垫付的住院押金，修房子的钱我能说出口吗？秀秀说，所以你就选择了不回县城的家。高风说，要是你选，你又选哪个？秀秀说，当然不能让爷爷奶奶没地方住，如果再没有别的事牵扯，我想妈不会这样不通情理。高风说，还能有啥别的事？秀秀说，如果真没有别的事，也可能是妈这次是真的生气了，我再劝劝妈，妈不会让你一人在外的。高风说，你快回家吧。秀秀问，你去哪？高风说，我去单位，从明天开始正好我值班。秀秀问，在哪吃饭？高风说，在单位厨房。秀秀问，放假了还有人做？高风答，我自己做。秀秀问，晚上去哪睡？高风说，办公室才安了空调，比家里还凉快。秀秀说，有空调也不能总开着。高风说，这个还能不知道？最主要的是我正好有篇构思好的小说，想趁机会写出来。秀秀从兜里掏出一百元钱对高风说，你先花着，过两天，你还写不完又不能回来，我就想办法跟妈要了再给你送去。高风说，你留着花吧，我兜里有。

出了丰泽园，接到镇信用社的电话，说贷的十万元到期了，高风说知道了。正想挂，手机里又说，光知道不行，得抓紧还贷。高风说，明天就去办理续贷。手机里又说，你已续贷了两次，现在县里全面清理贷款，不允许再续贷了，要想再贷，本息还清后再重新申请。高风说，知道了。说完挂了就拨高萍的号。

高萍问，哥有事吗？高风说，有。高萍说，有就快说，我正忙着。高风来了气，你就是再忙也得听我说完。高萍说，我又没说不听，你快说吧。高风问，近来工程咋样？高萍说，还行吧。高风说，贷的款又到期了，是不是还上？高萍说，刚三十万买了辆车，哪还有钱？你还是再给接着续贷吧，等过几天操办到钱连上两次的利息一起打给你。高风说，这次不行了，人家让本息一次还清。高萍说，这就难了，利息还没想出去哪操办，哪还有本钱？高风说，没有还买啥车？高萍说，干工程没钱也得买车，没车哪行？高风说，那也没必要买这么好的。高萍说，好的上档次，真要买个十万八万的，同行的谁能看得起你？谁还给你工程干？高风说，这方面我不懂也不想知道，我想知道这贷款咋还？高萍说，你又没提前说不让续贷？要是早说，车就暂时不买了。高风说，就是我不说，你也记得贷了款吧？你也该主动问一下还贷的事吧？高萍说，天天忙的，哪有这时间？你再给想想办法吧，哥。高风说，你们是有钱就大方，没钱就哭穷，这次，我是真没办法想了。高萍说，那就再缓几天吧。高风说，可得抓紧。高萍说，挂了吧。

高风值班结束那天，镇信用社又打来电话催，说，再不还，就要抓人了。高风又催高萍，一连打了三个没人接，高风又打妹夫的。妹夫问，哥，有事吗？高风问，高萍呢？妹夫答，可能在市里。高风说，她咋不接我电话？妹夫说，可能噪音大没听见，也可能手机忘家了，有事你跟我说吧。高风说，贷款的事，人家正催呢，你俩商量商量看咋办。妹夫说，一直在操办钱，一定尽快给你回话。没过半小时，高萍打来电话说，哥，刚才在公交上，没听见。高风说，不是有车吗，还坐公交？高萍说，有车也是他爷几个用，我能沾几次光？高风说，那就再买一辆？高萍说，哥，就别说我了，我正愁还贷的事呢。高风又问，你咋打算的？高萍答，这几天一直在跑着操办，已到手八万，再没办法了，要是再抽工人的伙食钱，工程就没法继续了，真不能继续，你年后给私贷的两万又更没法还了，你还是用你和嫂子的工资先给垫上吧，等下批拨款一到手，我就先打给你。高风说，刚把家里的房子修了，年后省的俩钱都用完了，哪还有？高萍说，修那烂房子不是白费钱吗？高风说，不修，咋住呢？高萍说，县城不是有房子吗？高风说，爸妈住哪呢？高萍说，孩子都给你们看着考上大学了，就没有爸妈住的了？高风说，一言难尽呀。高萍说，再一言难尽也不能让爸妈没地方住呀？高风说，所以就修了房子。高萍说，咱那雨季又来了吧？那破房子就是修了也让人担心呀。高风说，你就别操心爸妈了，还是说贷款的事吧，火烧眉毛了。高萍说，也只能这样了。高风说，那好吧，抓紧把钱打过来。

结束通话，见手机上有个未接来电，一查是高亮的，就打了过去。高亮说，哥，在哪？高风问有事吗？高亮说，我去年帮着担保的那个跑了，信用社和派出所找上门来了，再不还要逮人了。高风说，真风知道吗？高亮说，还能不知道？正在家疯呢。高风问，你不是在徐州吗，咋又回来了？高亮说，天太热，又不给钱，就回来跟高五合伙串乡打压水井了。高风问，打井生意咋样？高亮说，就是再好，也不能这几天就挣两万，还是别问了，先帮我渡过这一关吧。高风说，你先给我个卡号，等我操办到就给你打过去。高亮说，千万别超过明天，明天再不还，就抓人了。高风说，知道了。

挂了电话，天已黑了，偏又下起雨来。高风在办公室里，哪里也不能去，心里烦透了，只有那只陪了高风几天的公鸡在窗台上趴着。高风莫名其妙地想起了高尔基的《海燕》，高风想歇斯底里地发泄“让暴风雨来得更猛烈些吧”，可高风不敢，恐惊跑了鸡，如果它再消失在雨中无处藏身，是不是又多了份心思？雨声越来越紧，心中越来越闷，站不是坐不是，就试着给马超、吴劲和辛歌打电话，看是不是能暂时周转一下，结果是身上都有缠身的贷款，特别是辛歌，身上有两笔担保，辛歌接电话时，媳妇刚跟他闹过。跟辛歌打完电话，马超把电话打过来说，别当回事了，想办法通融通融，看能不能用工资卡抵押，等过了风头再说。高风说，真还不上，就是你不要求抵押，他们也会停了你的卡。马超说，你还不知道，西口小学朱校长和许主任更惨。高风问，也是因为贷款担保吗？马超说，别提了。高风说，你要说快说，卖啥关子？马超说，两人前年给西口村的曹冠担保八万买自卸王。高风问，曹冠是谁？马超说，就是淑贞班里曹兵的父亲。高风又问，曹兵是谁？马超愣了下说，淑贞没告诉你？高风说，你绕啥绕，直接说不行吗？马超说，四月份期中考试，镇里抽考二年级，张旺跟周虹合伙诬赖淑贞作弊的事，你还不知道吧？高风说，我知道，又咋啦？马超说，就是那个让哥哥曹军替考的曹兵。高风说，想起来了，你接着说。马超说，本应去年就还的，可曹冠没还，两人就通过曹兵找上了门，后经张旺从中周旋又续贷了一年，没想到今年不允许续贷了，可曹冠在外地又出了事，把车扔掉跑了，两人又一起找了张旺，张旺说跟他无关，两人一听翻了脸，说，要不是你和周虹找我们替他担保还下了保证，我们别说替他担保，连认都不认识他。张旺说，认不认识跟我无关，你俩说我保证了，我为啥没给他担保，你们为啥给他担保？你们不是吃了人家喝了人家还每人拿了人家五百块吗？两人说，要不是你硬拉着去硬往兜里塞我们能这样吗？张旺说，要是不想人家的，就是硬拉也不去，硬塞也不要。两人转脸就走。路上两人一商量，就去了镇信用社看看本息总计到底有多少，好均分了还，万没想到，朱校长是主贷，许主任是担保，而那个拿走钱的曹冠连个边都没沾，就想起当时签字时，喝得不算晕的他们俩想看看到底贷多少，可张旺硬捂着不让看，就稀里糊涂签在了张旺指给他们的地方，再找也没用，就只好认了，可那个许主任家里本就经济条件不好，媳妇又出名的不讲理，没想开，回到家就一根绳把自己吊了起来，幸亏被媳妇发现得早，不然就没命了，朱校长一见这样，就不敢再找许主任还那一半，就自己东挪西借地还了。高风说，没想到多精明的朱校长也会碰上这样的事。马超说，幸亏打麻将啥样的人都结交，心胸练大了，不然，光气也够他受的。高风说，这个张旺真不是东西。马超说，天要下雨，娘要嫁人，该来的就来，该不是东西的就不是东西吧，也不是我们能管得了的。高风说，没想到最经不得忽悠的咱们教师，快乐暑假成了烦恼假日。马超说，他妈的这世道，世风日下，人心不古。高风说，就别发牢骚了，发牢骚又有啥用呢?

高风又给负责清贷强制执行的郭书记和王所长打电话，郭书记说，能还多少就还多少，只要表现出了诚心，我好替你说话。王所长说，你别怕，就是把你抓来，我也一日三餐好酒好饭地当贵宾款待。高风说，真成了你的阶下囚，那就真完蛋了。王所长说，开个玩笑，别当真，你还是有多大能力使多大能力，确实不行，我们再想办法。说完，王所长就挂了，高风正想着如何继续，王所长又打过来说，我劝你也别老是个心思，说不定是雷声大雨点小呢。高风说，现在这雨下得可不小。王所长说，总有停的时候吧？也就是吓吓胆小的。王所长还告诉高风，对那些数额大又久欠不还的前几天就已动手清了，可也是白下功夫，别说主贷，连担保都跑得没影了，就毁了你们这些当教师跑不出去的，当然了，你可别把这话说出去。

好在是阵雨，电话一完，雨也就停了，没心思再吃饭，就手拿着鼠标乱晃，也不知在显示器上看到了啥，后来不知不觉迷糊了，一睁眼天亮了，赶紧洗漱，到街上小摊随便吃了两根油条喝了一碗粥，眼看已到了信用社开门时间就直奔了过去，在自动存取款机上查了高萍打来的款，给高亮转了两万，又通了电话，就在门口等着了。信用社一开门，因为郭书记和王所长事先打了招呼，一切顺利。没想到的是，高风的工资卡还是给停了，当然这是后来才发现的。那是八月中旬，高风正在徐州进行最后一天的路考训练，淑贞按限定日期向文文考取的大学打学习费用，打来电话声嘶力竭地声讨高风，高风才知道。淑贞听完高风的如实相告，她说，你心中早就没有我，咱们是彻底完了。说完就挂了。

高风赶紧打过去，淑贞不接，高风又打，可打一次，淑贞挂断一次，高风又打秀秀的，秀秀说，爸，不是我说你，你也太不尊重我妈了。高风说，我就是跟你妈说了又有啥用？何况她一直在生我的气。秀秀说，这段时间，我们一直在为收到了弟弟的入学通知书高兴，我和弟弟也一直在劝妈，本以为等你考完驾照咱就可以团圆了，没想到你又弄出这事来。高风说，秀秀，你应该理解爸。秀秀说，爸，我当然理解你，可你不该不告诉我妈。高风说，你妈一直不接我的电话，你就替我跟她道个歉吧。秀秀说，我和弟弟都替你道一百个歉了，眼看妈气全消了，你又这样。高风说，对不起秀秀，就再替我安慰安慰你妈吧，你弟弟的学费钱，我再想办法。秀秀说，别费那个心了，妈已把钱打过去。

后来高风才知道，风头一过，也证实了王所长的话，大额的又确实没有偿还能力的都给豁免了，只有教师作保的，被停了工资卡。

第十七章

路考结束，高风下了车打开手机，看到张旺的来电提示，考试通过的喜悦一下子没了，自传单事件后，两人就手机不通了，这家伙又为啥打来电话呢？是不是工作上的事呢？高风就给马超打了过去，问单位有事吗？马超说，你是不是又跟着县文联到外地参加活动了？高风说，在徐州路考。马超问，通过了？高风答，通过了。马超说，通过就在那等着吧，明天去省一院看郑校夫人。高风说，今天我得回去。马超问，回来干啥？高风答，兜里银子不多了，得回去拿点。马超说，要是因为这，就别回了，我多带点。高风说，不麻烦了，这暑假我们都不容易。马超说，再不容易，看病人的钱，我还是能替你拿出来的。高风说，最主要的是回家换换衣服，一脸的疲惫再带着一身的汗味去看望，是不是太不礼貌？马超说，一提换衣服，我想起来了。高风问，想起啥了？马超答，张旺说今年县里不让校干公款集体外出了，郑校让多带点生活用品，趁机在徐州多住几天，别人问就说是在徐州学习。高风问，在哪集中？马超说，明天早上七点镇中心校。

从徐州回来，高风就直接回了驿庙，进了家门就见真凤一手用塑料袋提着半个鸡，一手拿着两棵葱和一袋红烧酱油出门，见高风进来，惊愕地直瞅着高风，见高风不吱声，就问，不是说在县城住吗，咋又回来了？高风说，就不能回家看看？真凤说，不是才走没几天吗？高风说，我是吃过饭来的，就不能在这睡一晚？真凤不再说，就走了。高风瞅着她的背影心里说，难道就光兴你大袋小袋往家拿，就不兴我在这吃？从今天开始，我还就在这吃定了，我看你能咋着。

第二天上了车，坐在一起的马超跟高风说起考驾照的事。马超说，放假时在县城报了名才知道，上面不但不让跟着学生突击过关了，还拉长了科目考试时间，这眼看着暑假过一半多了，理论考试才通过，你给我细说说以后各科目的考试情况，我心中好有数。高风说，你咋在县城报呢？马超说，听说县城好通过，最主要是来去方便。高风说，县城的驾校无论训练、考试花钱多不说，最主要的是学不到真本领。马超问，咋又花钱多学不到真本领呢？高风说，训练时，不打点教练，你上车机会就少，考试前，你不拿钱让教练去烧香打通关节，你就是练得再好也通不过，所以，看出门道又退不出的学员为了早拿证就把心思用在掏钱笼络教练上，尝到甜头的教练为了更省油就引导学员如何多掏钱。马超问，徐州就好吗？高风说，最起码徐州的驾校正规，当然也不能说没有不好的教练。马超说，你就说说你路考吧。

刚要说，不知后面坐的谁说了个笑话，后面的就一起大笑起来。高风回头看看，这才注意到车上人很多，本来按规定只是各校校长和镇中心校人员去，哪想到，不仅各校副校长、教务主任来了，学校会计也来了。大家笑吧，又都各自就近说起了别的，只有秦玲坐在最后排最右边的座上一脸严肃，就是刚才别人哈哈大笑时，也只让嘴角微微一动。高风想，可能还没从传单的事中走出来。

转过脸来，高风跟马超又继续他们的话题。高风说，刚放暑假没几天，我就考过一次，临考前一天晚上，教练打电话问要不要事先买个心里踏实，要想，就多带五百元，我自以为练得不错，就不想花这个冤枉钱，就说没必要，考试当天，我和分在一个考点的龙兴村鲁支书说了教练要打点的事，他说教练也跟他说了，我问他同意没有，他说没必要，高风一听连灯光模拟都一直没弄清的他也胸有成竹，心里就更坚定了，就是这次通不过下月再考，也不在路考上做手脚。按编号，我和鲁支书还有另外两个不认识的一起上了考试车，先考的是一个小青年，听跟他一起的说，也是驾照脱审又考的，就格外注意他的考试过程。按教练说的常规，考试起步后，只要挂上了五挡，考官就会让靠边停车，没有操作失误，就OK。那小青年一起步，很快就熟练地挂上了五挡，正等着考官下指令靠边停车，可眼看到了前面的十字路口，考官还是没下靠边停车的指令，小青年见是绿灯，按显示的时间完全可以通过，就按照白天过路口的相关程序动作起来，过了路口，我以为考官不会再让他继续往前开了，谁知考官却让小青年超过前面的公交车在不远的站台停，那小青年一听，迅速打了左转向，鸣了号变了车道就加速，超过公交车又打右转向，稳稳地停在了站台前，我禁不住暗暗佩服那小青年一连串动作的干净利索，可考官说，不合格，下月再来。小青年一愣，解了安全带不但不下车，还瞅着考官，我们没考的三人也全都瞅着考官。考官见小青年不下车，就催促，小青年还是不下，却问考官，我哪里不合格？考官说，谁让你在站台停的车？小青年说，不是你让我停的吗？考官说，我让你停你就停？小青年说，你让我停我能不停吗？考官说，停了就是不合格，赶快下去，别耽误别人考试。小青年抬手就给了考官一拳，说，你这是作弄我，两人就打了起来，我们就赶紧下车拉开。后面车里跟着的教练和学员看见也纷纷过来拉架，那辆刚赶上来的公交车见站台被人占了，先是鸣笛，见无效，就停下让该下的下了，下了的人也围上来看，没下的人跟着公交走了，超过时还一个个隔着玻璃往外看。那小青年的教练听了原委就对那小青年瞪着眼叫起来，你难道不清楚公交站台不能停车？小青年说，他让停的。教练说，他让停你也不能停，你应该说，报告考官，站台不能停车。小青年不说话了。那考官又说，别跟他啰嗦，取消全部项目考试成绩，下月开始重新考，说完就上了车。马超问，那小青年就这样完了？高风说，那还能咋样？好戏还在后头呢。

高风又接着说，接着考的是那小青年的同伴，他那同伴开得也很好，靠边停车时，听了考官说了考试合格，高兴地开了车门就下车，刚要离开，考官让回来，小青年那同伴就停住了，考官又说不合格下月再来，小青年那同伴问，你说了合格我才下的车，我这刚下了车你咋又说不合格？考官说，你打开车门往后看了没有？要是以后开车还有这毛病，万一后面又来了辆车，你的小命还有吗？那小青年不好再说，就脸一寒低头走了。鲁支书又接着考，喊了报告上了车，不是系安全带，而是先伸出手跟考官握手，本以为是他在官场习惯了，我却从考官正往裤兜里放的右手里看到一起进兜的还有一卷百元票子，少说也有五百元，又联想到刚才两个小青年的下场，猛然醒悟，看来真是遇上收黑钱的了，心就慌了，正想着如何应付，鲁支书已把车碰在了路牙石上，考官说，拿了你的资料去驾校吧。鲁支书就走了，我开始考试，按要求很顺利地靠边停下，听考官说了合格就控制住心中的喜悦特意把开门下车往后看做得格外细致清晰，刚下车，后边的就从车的前面绕了过来，我就松了关车门的手打算离开，考官就在我手离开车门的一刹那叫住了我，说下月再来，我十二分的懊悔，我问自己，你咋能不关车门呢？马超问，鲁支书过了没有？高风说，后来我问他，他说过了。马超又问，他为啥也在徐州报？高风答，他一开始为了图省事又少花钱是在龙兴村报的名，教他的教练是挂靠徐州的一个教学分点，因为教练开始广告做得好，报名的也确实不少，可由于训练场地不规范，被认为抢了生意的一家县城驾校通过关系举报了，重重受了罚后，又见过关率低赚钱少，就把他那一批转给了徐州的教练，结果训练加考试来来回回一折腾，不仅没省事更多花了钱。马超说，我知道了，你就是因为没多花钱才又让重考的。高风说，其实，我和前面的两个小青年的情况一样，都是考试失误，如果考官动了恻隐之心也能放过，可我并没责怪考官，还感谢他又给了我再一次训练的机会。马超说，你这人，就是这脾气，啥时候也改不了，这次是不是也没花钱。高风说，这次花了。马超说，这次应该比上次练得更好，为啥又花了呢？高风说，考试的前一天教练就把跟他练的这一批都叫到一起说，大家练得都很好，可我不敢保证大家都能通过，说实在的，我当教练是为了挣钱，更是交朋友，我就推心置腹地告诉大家吧，练得再好，临场发挥虽然很重要，但考前有个心里踏实更重要，所以这次我请大家都出点钱，我也跟考官讲好了，不五百了，三百，谁要愿意就交，不愿意就不交。话说到这，大家就都交了，考试当然也顺利，后来有的说，咱这批练得好，教练根本没把钱给考官，自己图了，我却对自己说，钱已花了，也别管这么多了。马超说，说的也是，再去练，耽误时间不说，花的钱肯定比这还要多。高风说，正是这样考虑。马超说，没想到拿个驾照就这么难还这么多猫腻。高风说，以后更难了，听说所有项目都是全程电子监控。马超说，既然上了贼船，就任贼宰吧。

高风又问起郑校夫人的病。马超说，是妇科病。高风说，也不知道咋回事，现在妇科病咋这样多。马超说，个人身体状况是一方面，妇女用品也是一方面。高风说，还有，男人也是一方面。马超问，这跟男人又有啥关系？高风说，要是男人不讲卫生，或是再在外不老实带了病毒，回到家，就是再好的女人也难幸免。马超捣了高风一下，又朝前努努嘴，高风看见坐在他们前面的张旺动了动身子又不动了。马超笑笑说，病从口出，你信不信？高风说，当然信。就仰头闭上了眼。

到了省一院住院部门口，张旺没领着大家一起进，而是让大家商量每人出多少钱。说完，就让东口小学的冯校长把各学校的领到一边单独商量，他跟高风几个一起商量。他说，郑校夫人不是一般的病人，又是在省城，再跟平常一样每人出一百元，确实不合适，咱还是商量商量。马超瞅瞅高风，见高风没吱声，吴劲、辛歌也不说话，就说，还有啥可商量的？你说多少就多少吧。张旺说，那就五百吧。纷纷掏了钱交给张旺，见其他各学校的人陆续把钱交给冯校长围拢来，高风就趁机问了西口小学的朱校长，一见朱校长悄悄地伸了五个指头，就明白是张旺事先定好的。是不是以后就按新标准呢？高风在心里打了个问号。

从医院出来，来到事先定下的酒店，高风在住的房间里问马超，马超摇摇头说，不可能。高风说，这是具体情况具体对待。马超说，也不是什么具体情况具体对待，是新标准只对郑校，其他依然是旧标准，不信你等着瞧。高风说，我不想等着瞧，更不想要这种钱。马超说，只是我们几个有点亏了。高风问，又亏哪了？马超说，下面学校有个不成文的规矩，凡是学校班子主要成员全参加的诸如看望病人、婚丧嫁娶、生子乔迁之类的一应花销都是学校出，想办法报销。高风说，学校不出，要是个人掏，哪个校干能掏得起？马超说，我们几个可都是自己掏。马超说，我们几个也有人不必自己掏。高风当然明白马超所指，就说，他可真成了咱头儿的财神。马超说，那还用说？你可能还不知道。高风问，还有啥我不知道？马超说，咱头儿来咱镇后换的新车，就是他操办交的首付，每月还贷也是他去。高风说，你是说他给头儿买了辆新车？不可能吧？就是当个镇长也不过花个十来万吧？不就是当个镇中心校会计吗？犯得着吗？马超说，谁现在还花自己的钱？高风问，你听谁说的？马超说，吴劲刚才从医院出来才跟我说的，他说他前几天听建设银行的一个同学说的。高风说，你不妨细说说。马超说，那天吴劲跟张旺一起去局里开会，碰见同学，同学瞅了一眼张旺就走了，后来同学打电话问他，跟他一起的那人是你们单位的吗？吴劲说是，同学说，他咋没开车？吴劲说他没有车，同学说，他年后每月都到我们行来还车贷，吴劲说不可能吧，等同学说了车的牌子，吴劲猛然想起郑校的车，就问，啥时候买的？同学说今年三月份，你说还用再问吗？高风说，怪不得这学期各学校的资金这么紧张，原来如此。吴劲呢？我咋没看见吴劲？马超说，他家里有事，回去了，秦玲也回去了。高风说，来了这么多人，还真没注意，秦玲家里也有事？马超说，你是装不知道还是真不知道？高风说，知道还问？马超说，秦玲离婚了。高风一惊，离婚了？真的吗？马超说，那还有假？八月初在县民政局办的手续。高风问，为啥？马超说，本就两地分居，每次互相探亲又都擦肩错过，不是秦玲在她对象回来的头天接到通知去外地学习，就是她刚到对象的部队，她对象却接到紧急命令立即去执行任务出了长差，听说连结婚那天，晚上刚送走客人，部队就一个电话把她对象叫走了。高风说，怪不得没有孩子，原来是这样。高风又问，难道就因为这？马超说，听说她对象又在部队谈了个女朋友，秦玲今年春节前去部队，正碰上两人在她对象床上缠绵呢，两人当时闹罢，她对象就以素质差、故意败坏他的声誉为由要求离婚，秦玲没同意，也没在部队停就回来了。高风问，是不是她对象现在又在部队升官了能左右地方了？马超说，官还真升了，还是正团，可升了没几天，偏又听说……马超瞅瞅高风没再继续。高风又紧追不舍，你别嘴里半截肚里半截行不行？马超说，传单。高风就不再问了，愣了愣又说，这可把秦玲给害苦了。马超说，两人没缘分，哪能怪你？高风说，要是我不让她参加活动，张旺能做出传单的事吗？马超说，就是你不让她参加活动，还会因别的事。高风问，她对象咋这么快就知道传单的事了？马超说，秦玲的婆家跟周虹的娘家是一个村的，还是对门的邻居。高风说，天下真小。马超说，高科技时代，这地球本来就不大。高风又问，辛歌呢？马超答，跟张旺一起出去了。高风说，肯定辛歌也跟他住一块。马超说，本来你们俩住一块的，张旺发房卡时说让辛歌跟他住一起帮着办事方便。高风拿起桌上的茶杯嘭地砸在地上，马超瞅着高风没吱声，从外面拿来扫帚清理了出去。

中午饭时，高风出奇的平静，先是拿起酒瓶给所在桌的每个人敬酒，后又串桌敬，无论谁敬高风酒，高风都爽快地喝，马超提醒高风的胆囊，高风说我的胆囊大着呢更好着呢。后来高风就啥也不知道了。晚上醒来，听马超说，张旺带人去了云龙山、云龙湖和彭祖园，高风说，很对不起，耽误得你也没去成。马超说，又不是没去过。第二天，高风借口身体不舒服睡了一天，晚上睡觉时问马超去看了哪些景点，马超说，我自己单溜了。高风问，为啥单溜？马超说，我一看见他吆五喝六的样就不舒服，再好看的景点也没心情。高风说，该去就去，权当没看见他。马超说，你咋不去？高风说，这不是醉了还没恢复吗？马超笑笑说，你可是从来没这样醉过。高风说，从来没有不能说现在就没有，就是现在没有也不能说以后没有。马超说，别打眼罩了，也是心里纠结没兴致而已。高风没再接话。

第三天早饭后，马超问高风，你今天去不去？高风说，不去，继续醒酒。马超说，今天要是再不去，谣言又要猖獗四起了。高风问，就这么严重？马超说，大家都在议论，镇中心校几个，一个病房陪护，一个提前回家，一个醉酒大睡，一个不知所往，一起去的两个，一个一声不吭忙前忙后，一个吆五喝六、派头十足。高风说，就因为这你才去？马超说，我就是不怕人家说我单溜，也得让他别太张狂。高风说，你还是别去。马超声高了说，为什么不去？又不是花他家的钱？高风说，那你就去吧。

马超一走，高风就开始给吴劲打电话，问他在哪，吴劲说在家里，高风问他为啥连招呼都不打就走了？吴劲说，回家这几天，我一想就来气，这是带着我们去看病人吗？这简直是领着我们去给人家送钱，想买好自己掏，为啥拉着我们给他凑？真不是东西。高风说，五百元逛三天也值啊。吴劲说，兜里空了，哪还有兴趣逛？高风问，你就带五百？吴劲说，我只带三百，心想最多交二百，又不想买啥，多带一百压腰，这倒好，要不是马超去前当着我的面把他老婆哄高兴了多给了他钱，他哪有钱给我垫？没钱给我垫，是不是真难看了？真他妈的不是东西。高风说，越是这样，越不走。吴劲说，当然不光因为这，最主要的是我儿子高考，去年超了一本好几分，结果滑档，连二本也没被录取，又复读了一年，又是这样，如今二本录取都快结束了，还不见通知，你弟妹都陪着儿子哭了好几回了，我是天天不去镇邮局就去县招生办，比自己那时高考还烦心，真是他妈的烦透了。

安慰了吴劲说了再见，高风又想是不是也跟秦玲打一个安慰安慰。自传单一事后，一直没敢联系，想让她在没有任何干扰的情况下自己忘掉，没想到又连带着出了离婚这档子事，不知道就不知道了，现在知道了，要是连个电话都不打，确实说不过去，就深呼了一口气拨过去。秦玲问，高主任有事吗？高风说，咋不吱声就离开了？秦玲说，我有事。高风说，再有事，也不在乎这几天，难得碰在一起在外逛。秦玲说，我有事。高风说，能有什么事？是不是还没从放假时的烦恼中走出来？秦玲说，那算什么事？还是不提吧。高风问，那又是啥事？秦玲说，高主任，别问了，我正忙着。说完就挂了。高风愣了愣又打过去，秦玲没接，高风又打，秦玲又没接，高风又打，秦玲说，对不起高主任，刚才出去了没带，还有啥事你说。高风说，别瞒我了，我也是刚听说，本想让你自己说出来，我以为，只要你自己说出来，说明你已不把这事当事了，心情也一定好多了，没想到你不说，说明你还深陷其中，这样确实不好，以后的路还长着呢，可要自重啊，可别让关心你的人担心呀。秦玲说，谢谢高主任，其实一切都过去了，我不是不想对你说，而是自己不想再提起，就像一张过期的报纸，一页过时的日历，翻过了也就翻过了，新的一天都应接不暇，哪还有闲心倒回去再看？高风说，你只要这样想就好，也算我没有看错你。秦玲说，谢谢高主任多年的照顾，我知道自己今后如何去做。

下午收拾东西准备返回时，高风问马超都看了哪些景点？马超说，户部山上戏马台。高风说，穷北关，富南关，有钱的都住在户部山，户部山好地方，别说专去看景，就是在户部山下的步行街上走几步回来，都能沾了一身财气。马超说，可叹项羽英武一世，虽定都彭城，在户部山上还构筑戏马台，最终还是落得个霸王别姬乌江自刎。高风说，“楚歌八千兵散，料梦魂，应不到江东。空有黄河如带，乱山回合云龙”，历史总是给人以警示，也总是以不同的形式进行轮番上演。

从徐州回来的第二天，不知啥原因推迟的教师职称评定工作又开始了。职称评定一直是张旺分管，郑校来后，对他又有了新的安排，在镇中心校成员会上宣布过，问他是不是把职称评定工作分给别人，张旺说，轻车熟路多年了，每年也就忙那么几天，又在暑假里，并不耽误别的事，还是别让他们几个多劳了。郑校听了说，张主任有这种精神，我非常赞赏，我也希望今后大家都能争着多干活少搞与工作不利的事，有活同干，有难同当，风雨同舟，携手共进。高风知道，在镇中心校工作中，相对来说，会计和职称评定都是肥缺，自然领会其中的意思，要是说郑校和张旺给他们几个唱双簧有点难听，如果不是，工作分工宣布会就应该叫工作分工商量会，可工作分工不是商量出来的，在镇中心校这样的小单位，一般情况下都是领导综合各种因素自己确定的。既然公布出来，与会者又没有二话，就不该有这种貌似商量的一个插曲。由此看来，郑校确定分工过程中，要么张旺要求了新担子还不想扔旧担子，向郑校私下里说了想法，要么是郑校考虑到这样的肥缺不该让跟自己一点关系没有的人担任，要么认为除了张旺谁也没能力做好这项工作，要么是郑校公布后突然良心发现，有点对不住张旺以外的几个，毕竟才调到这个镇里，不应该让下属对自己有厚此薄彼的丝毫感觉。既然有了这么一个小插曲，大家当然不能否认已辗转了几个乡镇的郑校不会做工作分工这种事，只能认为，他们两个是有意说给与会的其他人听的，做给在场的几个看的，不然不会把吴劲的会计一职调给张旺。按常理，作为一个领导，初到一个新单位，如果没有特殊情况，不会以调整分工为名把会计换掉，怪不得吴劲酒后说，前无古人后无来者。其实想开了，一个人，如果想利用职权肥自己，就是不分管也会给自己创造机会，反过来，如果不想，就是大权在握也不为所动，既然没有肥己的想法，干啥不是干？多一事不如少一事，他张旺想给自己加担子就加吧，反正现在工作没有累死的，反正他们几个即使想加这种担子也没人给加的，反正他们即使表示出不满也没用的，再说，谁要是真为这种事挺身而出，一是说明这人太幼稚，二是让人看出这人有想法，再是给初来乍到的领导留下不好的印象。如今单位，与其说是在工作中建立感情，不如说是先通过各种渠道把关系梳理清楚再按着自己的意志扯起来后再去工作，确实扯不上亲戚关系，也得找个机会桃园结义，结义在一块的就是自己人，从此一起大块吃肉大碗喝酒，没有结义的就是外皮，外皮就是单位打杂的，脏活累活都归你。既然是打杂的，单位里的事你就是有知情权也没有说话权，即使说了也是白说，即使说对了因此有了成绩也没你的份，可要是因此出了问题，你就吃不了兜着吧。所以，一般情况下，如果不是涉及自己分管的工作，即使参与了也是随大流，能不张嘴就不张嘴，能不动手就不动手。因此，每到职称评定的时候，张旺通知到，高风他们几个就到，到了也不多说话，听他传达县里精神，听他宣读县里文件，听他打着领导的旗号说出具体的操作办法，他该说的说完了，高风他们几个该听的就这个耳朵进又从那个耳朵跑得没影了。

可今年不同往年，高风对职称评定格外注重，因为从上一年就传农村小学教师可以评小中高了，也就是跟中学高级教师同级的职称，只要评上，工资一个月就能增好几百，谁不摩拳擦掌跃跃欲试？可机遇只垂青于那些早就为此有所准备的人。今年头一年镇里分到名额，高风偏偏够了申报的条件。马超几个先是为高风欢呼，接着就羡慕起来。可张旺不说羡慕的话，却对马超几个说，光羡慕不行，要拿出行动来，只要咱哥们几个够条件，我一定在县里为你们积极争取。话说到这地步，大家高兴，高风更高兴。可高兴也不能表现出来，毕竟八字才有一撇。马超见高风表现得很平静，就对张旺说，你光许诺不行，也要拿出行动来，今年咱镇给了一个名额，又只高风够条件，没有竞争，就看你了，如果高风今年真能评上，不但他请你，我们几个也另外给你整一大桌。张旺说，大家放心好了，就等着请客吧。

按要求把所有申报材料做完，看着张旺对照着申报材料明细单按顺序装完袋，高风问，我可以走了吗？张旺说，你还得给我两千元。高风又问，申报费不是交过了吗？张旺愣了愣说，这不用我再明说了吧？高风一听，这几天对张旺才有的好感又一下子没了不说，还让高风想起了从前。那时，高风还在闸口小学当校长，评小学高级时，按镇里规定的量化积分，高风光论文发表获奖的积分都远远超过第二名很多，填完申报材料，自以为万事大吉，张旺却说，就是条件够也不能说你就能评上，高风一听自然明白，赶紧又从兜里掏了二百给了他，一晃十年过去，你和我由上下级关系变成了同事关系，你还来这一套，怪不得评过小学高级职称的都背后骂你，怪不得你不想扔掉这一项分管的工作。是不是给张旺呢？见高风愣着，张旺又说，县里给咱镇的这个小中高名额，并不是评上的名额，而是在县里参评的名额，能不能评上，功夫在诗外，你要是没带，我可以给你先垫上帮你疏通疏通，你要是不想出这钱，到时评不上可别怨我，马超他们几个可都在等着你的好消息，要是知道你因为不愿出这钱没评上，他们会怎样说你呢？其实，两千元不算啥，评上后，用不了几个月就赚回来了，何况你业余还能挣稿费，一篇小说就又回来了。高风不好再说，就把秦玲让他们学校会计刚还的两千元给了他，临走，高风说，一切拜托，真要不够，可提前通知我。说完后心里直后悔，万一他张旺贪心不足再要，他高风又哪里去弄?

没过几天，张旺还真打电话给他，可不是再要钱，是告诉他没评上。这结果，高风自一开始准备申报材料就已想到，但还是对张旺抱了幻想，特别是给了张旺钱后，觉得成功的希望更大，甚至说是铁板上钉钉子已成定局，为此还暗自高兴了好几天，且一直信心十足地期待着那令人振奋的好消息，万没料到来的是坏消息，幻想霎时成了泡影，饱胀的希望像一滴水遭遇了被毒太阳炙烤得灼烫的石头，再没了踪迹，心里一空，就想问为啥没评上，一想张旺肯定会说没竞争过人家，就不想再问。没竞争过人家是张旺在职称评定工作中的口头禅，因为使用频率太高，还让人感觉太残酷，那些曾经作为使用对象的就是过去了好多年，每当想起还记忆犹新，更铭心刻骨。这口头禅，与其说是给参与者竞争结果的最明确回答，不如说是他的阴暗心理掩盖他的暗箱操作向你虚晃的致命一枪。高风想到这，就后悔没亲自去县里跑跑关系，可这又是他高风最不情愿做的，既然不情愿做，又得到最坏的结果，就没必要再问个仔细。再一想，这么大的一个县，小中高又是头一次向农村小学伸出橄榄枝，想评的肯定不光他高风一个，肯定强中自有强中手，肯定竞争十分激烈，肯定暗中拉关系的更不少，肯定比他高风花钱多的更是大有人在，也许真是没竞争过人家，这一次把张旺真的想歪了，冤枉了他。高风电话里跟马超一说，马超又告诉他没评上的还有秦玲的小学高级。高风一听，立刻断定张旺从中捣了鬼，可没有确凿证据，就是判断再准也说不过去，就问马超，秦玲到底为啥没评上?马超说，有篇论文没过关。高风一惊，她的论文咋能没过关呢?马超说，听秦玲说，她申报的学科是小学语文，填申报材料时，张旺让她多带一篇发表过的论文来替她选，秦玲就把发表过的论文都带了来，张旺看了说，别光用跟语文有关的，作为学校领导用一篇学校管理的论文一定更有分量，秦玲就用了一篇学校管理的，没想到，没过关的论文就是张旺建议的学校管理论文与学科没关系打下来的。高风说，秦玲要不是我们在业务上力挺她，她早就毁在张旺手里了。马超问，如何说起?高风答，别的且不说，就说这职称，秦玲毕业到闸口小学时就拿到了本科文凭，按县里文件要求，毕业文凭满一年就可以用来评职称，秦玲的职称就可以跳过三级和二级，直接评小学一级，可张旺偏说不能跳，必须一级一级地评，等秦玲该评小学一级时偶然发现相关文件，就拿着文件找张旺，张旺看后说，对不起，看错了，说完脸不红心不跳像没事人一样，当时秦玲很生气，跟我一说，我稍一打愣就告诉她，也别计较了，真要得罪了，今年又评不上，你猜秦玲咋对我说？马超问，她咋说？高风答，秦玲说这张旺报复心太强，我问你咋知道张旺报复心强，秦玲说，刚参加工作的第二个月，张旺给我介绍他在外搞建筑的侄子，我没答应，他就记心里了。马超说，原来这样，人常说，君子报仇十年不晚，可他小人报仇十年没断，看来，你的小中高没评上，不是张旺说的没竞争过人家，肯定是他从中要了手段捣了鬼。高风说，捣鬼就捣鬼吧，今年评不上，我高风下年可以再评，再评时，我就多长个心眼，想办法防着他，可现在要是真跟他闹，下年就更没希望。马超说，你说这个张旺能从中给你捣啥鬼呢？高风说，就是想办法弄清了，今年也没希望了，与其增添烦恼，不如就信他的话，自己再积极努力创造条件，争取下年能遂愿。马超说，这个张旺，还真不能让他当官，要是真让他当了官，毁的就不是一个两个，遭殃的肯定是一大片，看来，以后咱们还得多加小心。高风说，我还小心啥？他早就在我身上开始了。马超说，越是早就从你身上开始了，你更要越事事谨慎防患于未然。高风说，真要天天光防着他，就啥也别干了。马超说，真要不防着他，就是想干啥也干不成。高风说，兄弟，傍湖的教育就咱几个，他和头儿是靠不上的，咱们还是省下心来好好用在工作上吧。马超说，其实想想，就是他张旺把傍湖搅翻了天，他又能把咱们咋样呢？还是听你的，把精力用在工作上，你说咱们暑假开学在工作上从哪里着手打开局面？高风说，你这负责教研、科研的倒问起我来了。马超说，这不是广泛征求意见吗？何况老哥又见得多识得广。高风说，依我说，开学以后，咱几个在尽力提升中高年级教学的同时，重点抓好低年级，特别是一年级，只要我们能坚持不懈，用不了几年，傍湖的教育就又上去了。马超说，这些日子，我一直在思考，可一直没能理出个头绪，你这一说，眼前还真亮了，咱开学就这么干。高风说，我们不干让谁干？真要不干，多少年后，挨骂的先是我们几个。

后来，当高风见到已内退的刘慎行，问起这一年县里小中高评定的事，身为县教育局职称评委成员的刘慎行说，没见到你高风的申报材料。高风腾地站起，就要直接去傍湖中心校找张旺，刘慎行见高风如此怒发冲冠还从没有过，就拉住问个究竟，刘慎行听了道，你就是把他一刀砍了，你还能再参评吗？这还不说，你一闹，是不是把我也牵连了进去？高风才又作罢。当然这又是后话。

按以往要求，镇中心校成员是八月二十五日正式上班，没想到八月二十一日晚上辛歌突然来了电话，说明天八点到单位召开紧急会议，还特别强调迟到缺席者后果自负。能是啥会呢？在高风的记忆中，还从来没开过这样后果自负的会。第二天八点前到单位，只有郑校和张旺没有到。过了八点，高风问辛歌，不是说准时开会吗？辛歌说，领导让这样说，还如临大敌一样严肃，我真要不按他说的通知，真要后果自负的不就是我们几个吗？马超说，难道咱两位领导还真是人家说的八点开会九点到吗？吴劲说，也可能咱们十点来还不晚听报告呢。辛歌笑笑说，那你就回家十点再来吧。吴劲说，这大热的天，我神经病？辛歌说，不神经病就耐心等着。吴劲说，说不定又是借开会的名义让咱中午去哪痛痛快快喝一次，冲冲这一暑假的霉气。辛歌说，那你就安下心来做个好梦等着吧，看梦到的是啥，等来的到底是不是你想的。高风瞅瞅辛歌没说话，马超说，你今天说话可不像往常。辛歌说，你说我往常咋样说话？高风再也憋不住，正要说新的学期你是不是又有了新的开始现在就提前进入角色精神抖擞了，郑校和张旺却从门外匆匆走进来，见他们都在楼下站着，就一挥手上了楼。辛歌走了两步见高风、马超和吴劲互相瞅瞅没有动，就说，抓紧上楼开会。

会议的内容又是出人意料。郑校说，按照县局文件精神，从暑假开学，镇中心校保留四个职位，张旺会计又是一个例外，这就意味着我们五个中必须有一人离开镇中心校，说实在的，我当时在县局开会一听说这消息，心里是一百个不情愿，毕竟咱镇中心校人数最少，相处得又都很好，让谁离开，我都一千个不舍得，可上面说了，咱又不能不执行，仔细想想，在哪不是工作？只是分工不同，又一个工资不少，也没什么大不了的，更何况，人少了工作还是那些，留下的人势必担子更重了，如果不是我身不由己，如果我也能进行选择，如果能让我离开这里，我一万个答应，再说了，咱们几个，真要因此争得焦头烂额传出去让人笑话不说，也显得咱多没有素质，所以，我提议，各位根据自己情况自己决定，只要谁自愿提出离开，我保证尽最大努力把你的方方面面安排得妥妥当当。

郑校说到这，瞅了一圈，见没有一个有所表示的，就又说，大家都在这工作了不短的时间，也都对这有了感情，让谁突然作出选择，谁都会犹豫，可以理解，可县里有期限，我们必须如期上报留任人员名单，也请大家理解我，更要知道我们傍湖镇中心校无论啥工作都是雷厉风行从未拖过县里的后腿，就给各位一天的时间，明天这时候咱们再在这见面，如果有提出离开的更好，如果没有提出的，就把个人工作以来特别是近几年的任职、奖励情况和留在这里能干啥具体工作写出来，咱就当面锣对面鼓地依据县局文件进行竞岗，可真要谁竞不上，对不起，那就该下哪学校就下哪学校，该做啥工作就做啥工作，我就不再对你有一点特殊照顾。

见马超几个一个个离开，高风也回了驿庙，母亲见高风脸色不好看，问高风是不是不舒服，高风说有点，母亲又说，早上走时还好好的，咋说不舒服就不舒服呢？高风说没啥大不了的，睡一会儿就好了。

躺在床上，高风首先把自己与他们几个作了比较，比较结果，除了年满五十周岁的张旺比高风大一岁，已在内退之列，其他几个都比高风小，若论能力和荣获的各种奖励，高风都不次于他们，可现在的能力是你自己说行就行的吗？奖励再多，如果领导不想让你继续干下去，顺便划个标准，就是再多的奖励，也都是废纸一堆。但高风十分清楚，在镇中心校，只有他没背景，张旺、辛歌就不说了，马超如果不是他有个在县政府工作的堂弟，就是能力再强也不会从下面学校进来，吴劲倒是能力平平，但他表姐的丈夫在傍湖分管过教育，尽管去年底退了二线郑校拿下了吴劲的会计，也不敢让吴劲再回学校去，如此说来，该离开的应该是他高风。再说了，就是他高风在公开公平公正的情况下竞岗成功，也就只干一年，这样就把下去的他们其中的一个毁了，不如尽早自己退下来，可真要退下来，郑校又会给一个啥样的结局呢？高风就打县教育局刘慎行的手机，可手机关了，又打他办公室的电话，可电话里的一个陌生人告诉他，刘慎行提前内退了。高风心里一惊，正要再细问，对方却挂了。又给望湖镇中心校的一个分管同样工作的朋友打电话，问他们是如何操作的，那朋友说，他们镇中心校领导通过做工作统一了口径，就是从现在在岗的十个人中任意向上报五个最年轻的，工作还是十个人做，反正都在中心小学办公，就是县里来人，也看不出啥。高风听了说，还是你们领导英明。那朋友说，相比较来说确实是还算可以。高风又给马超打电话，说了望湖镇的情况，马超问，咱镇要是给五个名额就没有这事了。高风说，可能是人家人多，多给了一个编制。接着又说了刘慎行的提前内退。马超说，刘慎行是因为局里换了新领导，不好继续，又没有合适的职位，就申请退了。高风噢了一声，没再说话。可马超又说，我也打听过了，其他镇都是跟望湖镇一样操作的，只有咱镇会出新花样，看来，咱们几个还真有出好戏唱。高风说，唱就唱吧，不管是长坂坡、空城计，还是走麦城，咱都奉陪到底。

说是这样说，一夜还真难熬，天一亮高风就习惯性地提着剑扇到村前的大渠上，先是压腿，接着就走太极步，随后就像往常一样准备从二十四式太极拳开始，可起势重复了几次，就是不能心神归一气沉丹田，索性就收了势在渠上转悠起来，转了一个来回，还是静不下心来，就又提了剑扇回了家，回家就把郑校要求让写的一气呵成，看了一遍，再无添改之处，就叠了放进裤兜里，草草吃了饭，见时间已差不多，就去了单位。到了单位，见郑校他们早到了，辛歌跟张旺凑在一块在小声地嘀咕着什么，马超、吴劲站在凤尾竹旁指指点点着厨房上的那只鸡，那只鸡看见高风就扑扑棱棱飞下来，惊得一院寒战，见落在高风的脚下，就不再理会，高风顺手从带的包里掏把米把鸡引到厨房门前撒了，就跟马超吴劲打招呼。张旺一见他们三人说起眼前这只鸡如何如何的话来，说到开心处还一起嘻嘻哈哈地笑起来，就对着他们说，到这时候了还有心思嘻嘻哈哈。高风本想不理，可见马超、吴劲不吭声，就说，是不是我们都鼻涕一把泪一把地擦不完才合你的心意？不就是个去和留吗，有啥了不起的？张旺说，那你就提出离开。高风一听火了，转身对着他说，提不提出跟你有关系吗？按规定，你这时候应该老老实实地一边待着去了，你有啥资格在这里说三道四？张旺说，有资格没资格不是你说了算的，是谁应该一边待着去，我们也会看到的。高风说，除了你，这里面不管是谁一边待着去都不会死皮赖脸。张旺脸一寒，你啥意思？高风说，我啥意思你最清楚，你也应该弄清楚你是啥意思。马超拽了高风一下，意思不让高风跟张旺吵，高风挣脱又对张旺说，无论我去还是留，最起码我还有选择的权利。张旺笑笑说，那你就充分利用你的权利选择吧。高风说，如何利用是我的事，我今天还要告诉你，留，我要留得堂堂正正，去，我要去得体体面面。张旺说，那你就等着体面吧。高风又继续说，就是你被返聘了继续留下来，你也要知道，无论在哪里，无论做官和为民都要清楚，人活一世，应该是常修为人之德，不生害人之心，明明白白做事，坦坦荡荡做人，冻死迎风站，饿死不低头，那种点头哈腰阳奉阴违祸害别人的事最好少做，就是管不住自己想做，做前也要考虑考虑做了的后果。张旺眉一竖就把袖子卷了起来，辛歌慌忙把他抱住，他还在晃着身子往前挣。高风说，该来的总会来的，你来吧。高风深吸一口气摆出了陈式太极迎战的架势，那只鸡也赶紧跑到高风跟前对着张旺奓起了毛，嘴里还不停地咯咯叫着。郑校从二楼打开阳台的一扇窗户伸头问，高主任在干啥？高风说在活动筋骨，郑校说，别活动了，让张旺招呼大家上楼开会。

大家都在会议室坐定，张旺就去了郑校办公室，大约十分钟，张旺又来到会议室，先是让辛歌去郑校办公室，没两分钟，辛歌又叫吴劲去，时间有点长，吴劲回来又喊马超，马超去的时间比吴劲还长，一脸严肃地出来就向高风招手，高风就拿着自己写的一张纸进了郑校办公室。郑校让高风坐下，看了高风写的问，你中心校工作啥都能干？高风本想按事先的决定直接说离开的，可经了刚才跟张旺的摩擦，心里又有了想法，就对郑校说，除了你的领导工作，具体工作应该都能干。郑校说，真要这样，你们四个就要进行公开竞岗三个职位，你觉得你有把握吗？高风说，应该有吧。郑校说，那好吧，咱们再开个会。

一起回到会议室，郑校说，通过刚才谈话，我对各位都有了进一步的了解，我还是希望各位本着对镇中心校工作负责的精神，对自己再进行一次思考和掂量，午饭前要是没有自愿离开的，你们几个下午继续思考和掂量，要是还没有，明天就按程序进行公开竞聘，可晚上必须把自己的竞聘报告准备好。

重新回到办公室，高风心不在焉地打开电脑，又让QQ上了线，想找个能聊聊这事的，可能聊这事的一个都不在线，连关键时候能说体己话的荷上风铃都不知哪里去了，可见这世界真的没有救世主，真的谁也靠不上，就抬眼看辛歌，辛歌正在网上看《乡村爱情》，心里就感叹，到底是年轻人，啥都不当回事，啥都不往心里放，可如果不是他这学期进来，我们几个还要为职位的事伤脑筋吗？是不是郑校早有打算呢？可有打算又咋啦，如今世道这不是很正常的吗？高风又想自己，为啥把这事看那么重呢？以前不在这，不是一样工作得很好吗？

中午的时候，张旺进来说，郑校不让走了，吃工作餐，辛歌跟我一起去外面拿吧。辛歌起身就走。他们还没出院子，高风透过没关的门看出去，吴劲也追了上去说，我也跟你们一起拿吧。就听张旺说，用不了这么多人。吴劲说，在办公室闲着也是闲着。三人走了没多时，高风又看见马超从窗口一闪上了楼。

说是工作餐，其实是除了一份工作餐，另外还有四凉四炒一匝张良纯生啤酒。大家围着坐定，郑校先领了一圈，然后又给每人倒了两杯，然后大家都依座位顺序分别坐庄敬酒，自然都先敬郑校，最后轮到高风坐庄时，酒没了，高风瞅着郑校说，就这吧，下次再补。郑校笑笑说，那就吃饭吧。

饭后，高风他们几个又是各自回各自的办公室，只有张旺不是到这屋站站就是到那屋坐坐。张旺不论到谁办公室都是朗朗地说笑，高风听到吴劲在办公室的应和比以前亲切多了，马超的答对也比以前多了几分亲热，辛歌更是有点过分，不但站起来迎接，还拿出一次性的杯子倒了水双手敬上，只有高风权当没看见，像往常一样晃着鼠标在网上逛着，当然了，有了上午的不愉快，张旺是不会跟高风说话的。

下午快五点的时候，郑校又一个个叫到他办公室，高风又是最后一个进郑校办公室的，郑校问高风咋考虑的？高风说，郑校想让我向哪方面考虑呢？郑校说，向哪方面考虑是你的权利和自由，我可不能给你指个方向。高风又问，如果我想继续留任，会怎样？郑校说，那就参加竞岗，万一竞岗失败，只能按规定下学校。高风又问，如果我想离开呢？郑校说，如果想离开，你可以告诉我有什么要求。高风说，就给我办个内退吧。郑校说，眼看就五十岁了，如果真想内退，我就尽力满足你，如果满足不了，我也一定尽量做得让你满意。高风说，我一直相信郑校，我相信郑校一定不会让我失望。郑校说，我一定尽力去做。高风站起来说，那好吧，我选择离开。郑校说，谢谢高主任支持我的工作，我一定想办法满足你。

八月二十四日，郑校电话给高风说一切OK，高风在办公室里高兴地对着手机向郑校说，谢谢郑校。放下手机，高风就开始收拾东西准备回家，马超闻讯后，来帮着收拾，边收拾边说，有机会多来转转。高风说，有机会一定来，说完就回了家。

更让高风没想到的是，九月一日早上还不到八点，高风送文文和强强上学从北京回来刚出徐州站，马超就电话给高风说，秦玲的校长任命没有批下来。高风问，是谁担任的闸口小学校长？马超说，李想。高风又问，秦玲呢？马超说，辞职去了一个海边城市。高风唏嘘不止，又问，还有啥变化？马超说，变化多了。高风说，不妨大概说说。马超说，傍湖镇改成了龙兴镇，范新声从北口调到闸口当了副校长。高风问，就是那个不知三和六的最小公倍数是几的范新声？马超答，北口还有几个范新声？高风又问，闸口的张志成呢？马超答，因年龄大改为非领导职务代一年级语文了。高风说，既改为非领导职务就该内退下来。马超说，问题是他是农村完小的副校长，不具备这个资格。高风叹了口气说，人呢，就是个命。马超说，叹气有啥用？高风问，闸口还有啥变化？马超说，范新声不仅当副校长，还兼学校会计？高风笑笑说，就他那数学教的，还能兼会计？马超说，算账只用加减乘除，咋不能兼？高风说，他兼会计，王会计肯定当教导主任了吧？马超说，王会计哪能捞得到？到后勤当副主任去了。高风问，教导主任谁当的？马超说，周虹。高风一惊，周虹？马超说，这有啥惊奇的？如今是说你不行你就不行行也不行，说你行你就行不行也行，至于工作上干得好坏，反正人家上面有人撑着，年终的绩效工资里是不是又多了份领导岗位津贴？高风唉了一声问，还有别的变化吗？马超说，东口小学的冯光去了西口。高风问，朱校长呢？马超答，朱校长被举报大儿子计划外超生就地给免了职，成了一般教师。高风又问，东口是谁的校长？马超又答，刘萌。高风又一惊，他不是年前才在闸口小学被撤职吗？马超说，后经再调查，那个女学生不是食物中毒，是当天早上在家吃了过夜饭腹泻。高风说，当时为啥不说是吃了过夜冷饭造成的呢？马超说，那学生家长跟那门卫是对门邻一直不和睦，就通过在镇卫生院上班的亲戚造了假病例。高风问，当时惊动全镇，这又是谁查出来的呢？马超答，王腾，王腾跟刘萌是连襟，王腾找了镇派出所王明达，王明达查出真相后，又从中调解，平息了此事。高风说，没想到王腾还跟刘萌有关系。马超说，跟周虹还有关系呢。高风不解地问，咋又跟周虹还有关系呢？马超答，刘萌是周虹的娘家小舅，你调进镇中心校后，都以为张志成会接闸口小学校长，可周虹爹把当时还在望湖镇做一般教师的刘萌调来又直接任命，所以一直隐瞒着关系，你现在知道张旺为啥对你和秦玲那么恨之入骨了吧？高风又问，这又与我和秦玲有啥关系呢？马超答，他和周虹一直认为刘萌被撤是秦玲、张志成、王沛联合捣的鬼。高风说，当时不是那学生家长闹到学校的吗？马超说，一开始，学生家长闹被张旺联合村委会的人按下了，可后来又闹，张旺就怀疑是他们三人背后操纵的。高风说，没有证据，能这样怀疑人吗？马超说，刘萌事发后，你又力举秦玲，所以张旺认为你也脱不了干系，也把你一起列入了他要报复的黑名单。高风问，你咋知道？马超说，张旺昨晚醉酒后说的，还说早就发下誓，一个都不放过。高风说，他现在终于达到目的了。马超说，咱可是哪说哪了，你可不能乱来。高风说，我就是乱来胳膊能拧过大腿吗？马超说，明白就行。高风又问，镇里还有啥变化？马超说，驿庙教学点撤掉，淑贞调到了县二中。高风再次震惊，淑贞调到了县二中？马超说，这不是连做梦都想不到偏天上掉馅饼的好事吗？高风说，咋不是好事？我有点不相信这是真的。马超说，这还有假？都是今早七点郑校公布的。高风问，她咋能去那里呢？马超说，一开始以为是你从中找了关系，后来才知道，县里重新审核了全体教师的档案，发现了淑贞不仅早就有本科文凭和高中教师资格证，又有中学带课经历，正好二中缺语文教师，就把她要了去，她没跟你说？高风说，她可能正忙着去新单位报到还没来得及，还有别的变化吗？马超说，我再告诉你两个，你肯定还不会相信是真的。高风说，你说吧。马超说，一个是张旺没有离开镇中心校，郑校让他继续留任，还是负责会计工作，你说得真准。高风心里一沉，随后又很平静地说，本来情形就是如此，要不如此，他会那样招摇吗？马超说，既然你看出来，你那天就不该跟他唇枪舌剑还差点动起手来。高风说，其实我也不想，可他是不是太张狂了？马超说，毕竟在一起工作了这么多年，脾气性子又都知道，以后也总得见面吧？还是以和为贵吧。高风笑笑说，当然要以和为贵。马超说，其实能提前退下来也是很好的事。高风说，当然是很好的事。马超说，可我们是说好一起重振傍湖教育的。高风说，郑校当时问我离开后去哪里，我也曾想，就是不能在镇中心校了，也到下边学校去带课，最起码还能尽力去教一班学生，可仔细一想，真要重返课堂，且不说自己的心理落差如何，也不说别人如何看我，我要想在教学上搞点名堂，就再也没有了以往的话语权，没有了话语权，也就没人再答理，更别说支持。马超说，可以直接跟我联系。高风说，你能掌控咱镇的大环境吗？马超无语。高风又说，大环境掌控不了，无论想啥做啥还不是扯淡？马超又无语。高风又说，这之前，我们不是一直在努力吗？我们好不容易培养了一棵好苗子，好不容易调整好了各学校的业务班子，人家说毁就给毁了，咱又能咋样呢？现在看来，我当时想的还是对的，与其在下面学校里缩手缩脚，还不如提前离开，再说了，这个世界上，少了谁地球都会转，当然，你可以尽力发挥你的影响，跟他们一起继续我们的梦想。马超说，你一走，还有什么梦想可言？最可惜的是你关于快乐教育的省级课题研究也不能再继续。高风说，这个你放心，我会继续完成的。马超说，离开了单位，你如何研究？高风说，咱的快乐教育群不是还在吗？无论我怎样，我会继续办好这个群，再说了，现在群里不仅有我们镇的教师，还有咱县其他镇和外地的，如果有兴趣，你就做个管理员吧，方便的时候，结合咱镇实际发布一些话题，我的研究课题会同样接通咱镇地气。马超说，咱镇如今变成这样，我还做啥管理员？就混天聊日地熬到退二线算了。高风说，你可不能这样想，即使能在位一天，也要坚持我们的梦想，即使不能在我们手里实现我们的梦想，也要尽力给后来者做好能做的铺垫。马超说，有用吗？高风说，就是认为现在没用也得去努力，还记得在徐州的宾馆里我跟你说的《诉衷情》吗？马超说，哪能不记得？说完就吟诵起来：

当年忠贞为国愁，
何曾怕断头？
如今天下红遍，
江山靠谁守？
业未就，
身躯倦，
鬓已秋；
你我之辈，
忍将夙愿，
付与东流？

吟完就泣不成声了。高风也热泪长流。

不知过了多长时间，马超说，高哥，还记得八月二十三日中午吗？快一点了，张旺和辛歌他们三人去外面取工作餐，我上楼找郑校。高风说，记得。马超说，你可能误会我了。高风说，我能误会你啥呢？马超说，你可能以为我是去找郑校要求留下的。高风说，不是很正常的事吗？马超说，可我并没向郑校要求留下。高风问，你向他说出自己的希望不也是很正常吗？马超说，我是告诉郑校，让你留下，我离开，不论分到哪里做什么都行，可郑校没说同意你留下，也没答应我离开。高风说，我当时也考虑了，你们谁离开都不如我离开，我之所以没提前说出来，是想看看郑校允诺的空间有多大，距离我的想法能有多远。马超说，你的离开是郑校此次人事调整最大的错误。高风说，就别说这么多了，好好地珍惜吧，一定要竭尽全力。马超说，我会的，你有空的时候，可要常来看看我们。高风笑笑说，你也告诉吴劲和辛歌，到县城来开会办事，方便的时候，也可以到我这里随便坐坐。马超说，一定。

跟马超说了再见，高风就打秦玲手机，手机告诉高风，您拨打的号码已停机。高风又问马超有没有秦玲新的联系方式。马超说，没有。

第十八章

跟马超结束通话，高风上了开往傍湖的客车就拨淑贞手机，一连拨了三次都无人接听，看来淑贞是真的正忙着报到，高风又打秀秀的，秀秀接了问，爸，是不是从北京回来了？高风说，刚从徐州坐上回家的车，你在哪？秀秀说，我和丽丽在开往南京的车上。高风问，咋去这么早？秀秀答，学校有个活动，让我们提前去。高风说，你妈调到县城二中了。秀秀高兴地说，好啊，妈以后就不用来回折腾了，你也可以在县城陪着妈了，你应该直接去县城，好好给妈庆贺庆贺。高风说，我先回驿庙跟你爷爷奶奶见一面，省得他们挂念。秀秀说，见一面就赶紧去，妈一人在县城，又到了新单位，肯定吃不好饭，你不妨先做个居家男，等妈适应了新单位，你再静下心来写你构思好的长篇。高风说，说来道去，我这前世情人还是比不上小棉袄。秀秀笑笑说，你男子汉大丈夫既然闲下来了，是不是就应该多为家里做点贡献？我和弟弟在外最盼着的就是你和妈别生气，能和和美美地把咱家的日子往好里过。高风鼻头一酸，眼里就汪满了泪水。

跟父母打了招呼，高风就去了县城。下了车，高风拐到就近的天天鲜菜市场买了准备糖拌的西红柿、麻酱的豆角、金针菇菠菜、芝麻粒黄瓜、花生米爆炒的家鸡丁、韭菜花炒的瘦猪肉、孜然羊肉烙馍、清炖的花鲢鱼头等几样淑贞平常爱吃的菜，还到小区对过的专卖店买了瓶解百纳高级干红葡萄酒，准备好好地给淑贞庆贺一下。尽管对两个人来说菜多得有些浪费，可一想要给淑贞来一个惊喜，菜多就不是事了，揣着高兴，高风在屋里“春风得意马蹄疾”，高风“即从巴峡穿巫峡”，高风“磨刀霍霍向猪羊”。

一切准备停当，客厅正墙上的石英钟已兴奋地奔向县二中的放学时间。放学时间到了，高风坐在沙发上想象着淑贞姗姗走下教学楼，牵着电动车虽表面上声色不动却满心里高兴着走向校门，想象着她到了校门口与才认识的同事道别时笑脸如花地抬起莲藕一样粉嫩修长的手背，摇动葱白一样纤细光洁灵巧的手指，想象着她满面春风地缓缓融入下班的人流，想象着她推门进家时满脸惊讶地愣住和随后眼笑眉飞地扑来……可一直到了下午上班时间，都没见淑贞进门，高风就打淑贞手机，又是一连三次无人接听，就胡乱打发了自己的肚子。

下午放学的时间又到了，高风又把能热的菜热了重新摆好，可淑贞还是没在应该到的时间回来。高风就打开电视心不在焉地等，直到晚上十点过了，淑贞才带着酒气推门进来，一起进来的还有王所长，两双眼睛惊愕地射向高风，高风一惊，不知道眼前是怎么一回事，正不知所以，淑贞像是酒醒了，把随身的包嘭地砸在桌上，盖着菜的碗惊得一个个腾地跳起，淑贞顾不得桌下一片灿烂，质问高风，你来干什么？谁让你来的？高风不理，瞅着王所长说，谢谢你把淑贞送回来，坐坐吧。王所长瞅瞅淑贞没说话，淑贞又瞪着眼对高风说，你给我滚，这就滚。高风仍旧没理，还是看着王所长，王所长没进来，又瞅了淑贞一眼退了出去。

高风把门关好，倒了一杯水递给淑贞，淑贞接过啪地摔在地上，高风赶紧往后一跳，玻璃杯已碎在一片汪洋里。淑贞指着地上说，看到了吗？这就是我们。高风说，你去休息吧，我来收拾。淑贞说，我休什么息？你在这，我能休息好吗？你给我滚，这就滚，滚得远远的，别让我看见。高风说，有啥不能好好说的？淑贞说，还有啥可好好说的？高风说，不就是那两件事还没办好吗？淑贞说，我现在已不需要那两件事，我现在需要的是你马上滚出去。高风说，你就不能冷静冷静？淑贞说，我一直都很冷静。高风说，才几天，你就变成这样，是不是酒喝多了？淑贞说，我没有喝多，我一直在变，无论我现在变成啥样都与你无关。高风说，你咋能说跟我无关呢？淑贞说，你现在一无所有知道吗？没有资格跟我说话知道吗？高风说，我咋就一无所有呢？淑贞说，你工作还有吗？高风说，我内退了不是更好吗？淑贞说，该内退的张旺为啥还干着？不该退的你为啥退了？高风说，我要求退的，退了工资也不少一个，何乐而不为？淑贞伸出手来说，你把工资拿出来我看看？高风一愣，这不是暂时的吗？淑贞说，连本加息再利生利，你啥时候能还清呢？两个孩子上学的所有开销就靠我一人能够吗？高风说，我不是还可以做第二职业吗？淑贞说，你除了会写写画画还会什么？如今谁还指望这个吃饭？谁还把这个当职业？这世上最让人看不起的就是作家，你知道吗？高风说，你以前可不是这样认为。淑贞说，文学以前也不是这个样，如今文学被影视渐渐取代了，从鼎盛走向末路了，从人心的中间位置走到了社会的边缘了，有识之士早就悬崖勒马浪子回头改弦易辙了，你却比以前更固执更迂魔在上面了。高风说，没想到你这段时间变成这样。淑贞说，我就要变得跟如今的这个钱权社会更零距离，更“与时俱进”。高风说，钱权难道就比什么都重要吗？淑贞说，是，在我心里，如今钱权比什么都重要，我还要告诉你，我其实对钱权很崇拜，只是我压抑得太久了，可一旦有了缝隙，我就要伸枝长叶红杏出墙，有了机会，我就要喜新厌旧彻底向过去告别把你蹬了！高风听了一下子想到了王所长，就问，你在哪喝的酒？淑贞说，我跟王所长在一起喝的酒。高风问，你咋能跟他一起喝酒呢？淑贞说，你要不让我上人家的车，我能感觉有车好吗？我要不感觉有车好，我能一而再再而三地跟着来回吗？不跟着来回，人家能帮我调到县城上班吗？不帮我调到县城上班，我能陪人家喝两杯吗？高风说，他说是他帮你调动的？淑贞说，我说是你帮我调动的你能吗？你现在混得连自己都找不到北了，还能帮我调动吗？高风说，你的调动纯属自然调动，是县里根据教师档案统一调整的。淑贞说，前两年就说按教师资格证和学历重新调整，咋没调？人家王所长趁工作之便往教育局跑了几趟，结果就跑成了，局里要调我能不找个说得过去的理由吗？我能不谢人家吗？高风高了声说，我不管你用什么方式谢他，可你要知道他是有妇之夫。淑贞哈哈大笑起来，笑完就眉一横说，我就要用你以为的方式去谢他这个有妇之夫。高风听了，又想起淑贞进门时的一幕，本想拍案而起，却出奇的静了下来，说，不论你做啥，你要记住两条，一是我们是夫妻，二是你不能在这里跟他做你想做的事，或者是他想要做的事。淑贞又哈哈大笑完说，我也告诉你两条，一是王所长七月底离的婚，二是如果你不想戴绿帽子的话，咱俩明天就去办离婚手续。高风问，你真想离？淑贞答，我真想离，你这个处处为别人着想的老好人我不想伺候了，我也不想再受你那弟媳的委屈了，孩子也都给你养到十八了，看在你我做了二十年夫妻的情分上，你就行行好让我过几天舒心日子吧。高风又问，就没有一点余地了？淑贞又坚定地说，没有了，一点也没有了，除非死！除非海枯石烂冬雷阵阵夏雨雪！高风说，等你酒醒了明天再说。淑贞说，没必要等到明天，我还要告诉你，师范时，你要是不当学生会主席，我不会甩了高中时就谈的朋友跟了你。高风说，既然这样，我成全你，你要是把家还安在这里，我回乡下。淑贞说，我们已看好了房，一结了婚，我就从这搬出去，我也保证搬出去之前，不让他在这里过夜。高风说，你也得保证在两个孩子大学毕业之前不能让他们知道这事。淑贞顿了顿说，行，我保证。随后淑贞又补充说，不管我跟他何时结婚，我都保证文文大学毕业之前都跟他们姐弟俩一起过春节。高风问，今晚，我可以在这过夜吗？淑贞说，不可以，你要是在这过夜我就出去。高风只好出了门，淑贞又追上来说了一句，明天上午九点民政局见，不能迟到，一定准时。

高风头也不回地走出小区，先是在街上逛，后来就躺在了中心广场的一条长椅上，透过花架上稀疏的常春藤，高风仰望天空，却看不到星星，忽然想起，七夕已过，再缠绵的相守终究要家破人散各西东。

从迷糊中醒来，早练的都陆续来了，要是以往，高风也早就兴致勃勃地往打太极拳的人群中一凑跟着练起来，可今天哪有兴致？早饭更不想吃，磨蹭到八点半，高风就步行去了民政局，九点在门前见到一脸严肃的淑贞问，就不能再考虑考虑？淑贞说，我不想再考虑。

在民政局办完手续出来，高风接到秀秀电话，秀秀问他去没去县城，高风说就在县城。秀秀又问妈现在高兴吗？高风瞅了淑贞一眼说你妈现在高兴着呢。淑贞听了头一昂就走了，高风收了电话就回了乡下。

秀秀大四那年，高风内退后写的长篇小说终于出版了。有一天，秀秀读完网购的这个长篇，就趁双休日回到了高风身边，推门走进高风的书房，见高风正拿着这本长篇出神，就对高风说，爸，实际上，你们闹别扭的那个暑假刚一开始，妈就跟那个王所长来往了，有一天我见妈接了个电话就急着出去，就问她啥事这么急？妈说去学跳广场舞，我说你不是不喜欢吗？妈说你爸总让我学，还逼命一样让我这个暑假就学。我说你这咋那么听爸的？她眼一瞪对我说，你是不是身上哪里皮痒痒了？我一伸舌头就收拾饭桌了，可没想到那晚快十一点了她才回来，后来就天天如此，有一次，都快十二点了，妈还没回来，我就和弟弟一起去找，可广场上只有跳交际舞的那不明不暗的地方还有人，我和弟弟就围了上去，我发现妈正跟那王所长搂抱着跟着音乐晃，便拽了还在四处找妈的弟弟就走，我才知道妈为啥不听我和弟弟的劝还恶声恶气地不让你回来的原因了，只是我没敢告诉你，也只是劝你多跟妈联系好好跟妈往好里过，万万没想到你们的婚姻结束得这么快。高风说，其实你妈跟那个王所长，早在暑假前一个多月就有来往了，还是通过我认识的。说到这，猛然想起西口小学的朱校长那次带他去镇中心校，又说，那段时间有个同事还暗示过我，可我没往这方面想。秀秀搂着高风的脖子说，爸，别伤心了，也别回忆了，妈离开了你，还有我和弟弟呢。高风抬起手抚了抚秀秀的头说，这事先别告诉你弟弟。秀秀听了，泪就下来了，说，我和弟弟那年春节就看出来了，以为你们还会复婚的，没想到……这又是后话。

回到乡下，高风把离婚证书藏好，就对着打开的电脑发起了呆。母亲推门进来问，你咋又回来了？淑贞在县城一个人咋吃饭？高风答，她只是早上在家吃。母亲又问，为啥不回家吃？高风说，二中时间赶得紧，来不及，又刚到那单位，总迟到影响不好吧？所以就都在学校食堂吃。母亲说，最起码你晚上能陪着她。高风说，这段时间，我要写个长东西，在那不方便。母亲笑笑说，看来你还是恋着我的老饭馆。高风也笑笑说，那还用说？

刚说完，高风的手机响了，一看是高亮的，就赶紧接。高风问有事吗？高亮说，你快到镇里来吧，我和高五让城管打了，高五被打得昏过去了。高风瞅了母亲一眼，关了手机拿了数码相机就往院里跑，牵了电动车就往镇里飞。

到了城管大门前，见高亮和高五打井用的宗申三轮车在里面，可不见人，问看大门的，看大门的摇摇头，就又打高亮的手机，手机一通，高风问你在哪？高亮说在派出所关着，哥，你快来，我头痛得厉害，他们不让我去医院。高风问高五呢？高亮说，被送到镇医院抢救去了。高风说了句你等着，就又去了派出所，见派出所门前很静，以为是高亮被送医院了，又转身去医院。等高风到医院，真凤正在医院门口骂着向两个城管要人，两个城管正要打，见高风来了，就住了手。真凤又要发疯，高风制止了她，说，高亮在派出所，你在这闹啥？真凤说，派出所的说了，是城管的人送来的，让找城管的，哥，你赶快找人让高亮也来医院，他刚才打电话跟我说头痛得厉害。高风转脸就问跟前那个高个子城管，把人打成这样了还送派出所，就不怕出人命吗？高个子说，那一个，是领导让送的，我们只服从命令。高风掏出手机，正想给王所长打电话，一想到他跟淑贞的事，便不想再打，就拨了郭书记的号，郭书记一听是高风，说了句正在开会就挂了。高风顾不得心寒，就心急火燎想办法，但以往能利用的都利用不上了，正愁无计可施，淑贞打来了电话，高风问，有事吗？淑贞说，你妈刚才来电话，说高亮和高五被城管打了，伤得咋样？高风答，高五正在抢救，高亮还关在派出所里。淑贞又问，高亮伤着没有？高风又答，也伤得不轻。淑贞说，那你赶紧去派出所找人呀。高风关了手机。不一会儿，淑贞又打过来说，我问他了，他说是郭书记让人送来的，你找郭书记吧。高风又打郭书记手机，郭书记问，高风有事吗？高风就问，被城管打伤的人是你让送到派出所的吗？郭书记问，是，又是你什么人？高风说，是我亲兄弟。郭书记又问，在医院抢救的那个呢？高风说是我本家的一个兄弟。郭书记说，你家咋都是这样的人呢？高风说，郭书记，凭你的身份不该说出这样的话，你还是高抬贵手，高亮在派出所头痛得都撑不住了，真要出了事，你是要负责任的。郭书记说，你高风即便离开单位了，也不应该这样说话吧？高风说，离不离开单位跟这没关系，你要再不让高亮去医院检查治疗，一切后果你要全部承担。郭书记说，我也告诉你，故意在镇里设施上乱写乱画，就是故意破坏镇区良好的生态环境，针对这样的不良分子就要下狠心出重拳从严处理，人是我让抓的，也是我让拘留的，我就是负全责，你又能怎样？高风说，身为镇里干部，故意知法犯法，就是犯罪。郭书记说，面对这样破坏社会环境的不稳定因素，我就要知法犯法，即使有点冲动，也是执法过当。高风说，看来郭书记法律法规学得相当好，那你就等着吧，我的手机是带自动录音的。说完就挂了。

可这样干等下去也不是个法子，高亮到底伤得啥样也不知道，此时高风才知道，一个小小文人在这个社会上是多么的无能为力，多么的让自己失望，平常自以为笔底生风豪气干云，自以为铁肩担道义妙手著文章，自以为致力于文学是多么的神圣崇高，可一遇到事，霎时像遭遇了阉割，像漏了气的皮球，再没了山舞银蛇的气概，再没了横扫一切的魅力。

父母和高五媳妇，还有高家男男女女二十多人坐着两辆机动三轮车匆匆赶来了，一听说高亮的处境，就都催高风赶紧想办法。可办法是那么好想的吗？高风的脑子在高速旋转，可速度越快越不知所以。真风说，哥，你还犹豫啥？你当律师的那个高中同学，不说是在省城吗？高风给牛洪打电话，牛洪问，老同学啥事？高风说，耽误你几分钟，问你点事。牛洪又问，是不是想打官司？高风又答，弄不好，还真得打官司。牛洪说，我啥都不会就会打官司，老同学别磨蹭，抓紧说，说了，就是不能打赢，我也想办法让你赢。高风问，要是真不能打赢呢？牛洪说，到我这里没有不能打赢的。高风就说了高亮被打的事，牛洪听了不再说案子，他对高风说，我还有事，你这案子我不能接。高风问为啥不能接？牛洪说，我父母都在咱县城住着，我跟你们那镇的领导都打过交道关系还不错，这事我不好操作，我真还有事，不好意思，挂了。高风把手机从耳朵旁拿下来盯着不说话，真凤问，你那同学咋说？高风摇摇头，真凤说，你赶快给你报社的朋友打电话，通过手机快把这事发到网上去。刚说完，那两个城管就走了过来，对高风说，高主任，你也是干部，你不能这样，你要真把这事捅出去，我们就是认识你，也会对你不客气。高风说，你们是不是想要挟我？如果这医院里正抢救的是你们的兄弟，如果被关在派出所还不知伤成啥样的是你们的亲人，你们会咋样？你们还会站在这里吗？你们还会这样阻止我吗？高个子城管说，我们是在执行公务，我们只能按我们领导安排的去做。真凤说，你们领导让你们打你爹你们也打吗？高个子城管没等真凤再继续，举起胳膊就要打，跟前站着的高家一大片哗的一声退得远远的。高风还看见人高马大的高六兔子一样上了楼，上了楼用他充一百元话费送的手机装模作样地抓拍。高风顾不得心里嘲笑他的手机没有这项功能就迅速挡在高个子城管前面说，不能跟她妇道人家一样。高个子的胳膊仍高高举着说，她骂人，高主任你要再不退到一边，我就连你一块打。高风说，执法人员不应该这样吧？高个子说，你到底让不让开？矮个子说，再敬酒不吃吃罚酒，就揍他。高风对真凤、高五媳妇和父母说，你们都让开，我看他们揍揍试试？高个子说，你还真敬酒不吃。话说到这，高个子举起的右胳膊突然向后划了个弧变成拳直向他胸部捣来，高风见拳到了，左手自下而上随着腰向外一云手，紧接着右手也自下而上从大个子右腋下向上扣住其肩对着从侧后冲上来的小个子顺势一转腰，大个子就一头把小个子顶了个四仰八叉，踉跄了几步的大个子一转身见高风慢悠悠对着他摆了个白鹤亮翅的架势，哼了一声说，不就是花架子太极吗，有啥了不起的！说完像发怒的狮子嗷嗷叫着冲了过来。因为有了刚才的教训，高个子这次没用拳，用的是腿，仗着腿长，距离还有两步远，就跳跃着踢出了左腿，飞出的脚尖如一把匕首直向高风面门，围观的见高风仍不躲不闪，纹丝不动，都一口气提到嗓子眼，一个个眼珠子瞪得那个大……眼看要踢中高风的鼻尖，只见高风猛一吸肚子，也就眨眼的工夫，扬起的右手就向外一转掌又向内一绕就抓住了高个子擦着鼻尖继续向上的左脚的脖子，腰又就势向右一转，不仅高风原来虚点地面的左脚踩住了大个子的右脚，那抓着大个子脚脖的右手借着大个子向上的力量往上一提就把大个子的两腿拉成了一条直线，说，我要是一使劲，是不是能把你给生劈了？说完见矮个子又冲上来，就左脚尖一抬又向外一扭立即着地，同时左手按在矮个子腰眼处，腰一挺，大吼一声，都给我滚出去。大个子从高风身边飞了出去，把矮个子又砸倒在地，两人滚成一团。高风两手合在一起搓了搓又拍了拍，见两人爬起又面向高风，就说，要是还想玩，我就再奉陪。两人互相瞅瞅，又要上，突然扑棱棱一只公鸡站到了高风右肩上，高风一看正是镇中心校里的那只，没想到它的冠子比以前更红更大了，嘴比以前更尖更长了，胸脯比以前更阔更挺了，红亮的羽毛更丰满更好看了，两只爪子更粗壮更有力了，就伸了左手抚了它一下说，好久没见了，下面你来吧。刚说完，那鸡又咯咯咯奓起了毛，两个城管再没敢动。高风掏出手机，做出拨号的动作，高个子又说，高主任，你要是往上打电话，就等我们走了再打。高风收了手机说，那好，你这就给你们领导打电话，要是不把我兄弟送来检查治疗，我就让省城报社和电视台的记者来。高个子一听，摸出手机远走了几步就打起来。没过五分钟，派出所一个看着面熟却叫不上名字的白胖警察就把车停在了高风的跟前，拉开车门，跟坐在后边的黑瘦警察把高亮扶出来问高风咋办？高风说送急诊室。两个城管也跟了过去。

高亮做完检查安置在病房等检查结果，高五也在抢救室醒了过来。高风问负责抢救的陈医生，高五伤得咋样？陈医生说，右大腿骨折错位已复位固定，肺叶受了重击致使胸部大量瘀血，如果输几天水还不消，就得用导管排，又不能手术，只能作进一步观察。高风又从真风手里拿过高亮的检查报告让陈医生看，陈医生说，脑颅出血，还有击伤痕迹。转脸见警察和城管远远在一旁小声嘀咕着什么，就低声说，这里条件差，还是赶紧往县医院转吧。一直跟在身后的高五媳妇就哭起来，高风就劝，见劝不住，又让真风劝。真风劝着劝着也跟着哭起来。

高风回病房用相机给两人从不同方位拍了照，就对跟过来的警察和城管说，抓紧让你们领导操办钱往县医院转。四人互相瞅瞅，小个子城管就跟着白胖警察走了。

高风又问高亮，打110没有？高亮答，哪还顾得上？高风让高亮现在就打。黑瘦警察听见阻止道，我们已有人在这里，还打啥110？高风仔细一看这黑瘦警察也是眼熟却叫不上名字，就说，不打110，这事能备案吗？不能备案，上边能知道吗？不能知道，伤者能保证得到最好的治疗和最满意的赔偿吗？黑瘦警察不再说话。高亮打完没五分钟，又一辆警车开进医院，黑瘦警察看见就跑了过去，拉开车门，王所长就走了过来，说，派出所已介入处理了，还打啥110？高风又重复了刚才对黑瘦警察说的，王所长冷笑道，高主任从哪里知道这么多？高风脸一寒，说，闲话少说，快按程序执行吧。王所长悻悻地做完笔录说，医疗费是城管的事，他们在操办，让我捎话来，你们先垫上，过后一起补。真风说，我们没钱，再不拿钱来，我们就上告。王所长瞅瞅真风说，你就等着吧，我回去跟领导汇报。说完就要走人。高风说，再给每人开一张法医伤情鉴定申请。王所长瞅瞅高风，没吱声，站着开完就回了。

高风收好法医伤情鉴定申请对高亮说，你现在就打120。真风说，他们要是不给钱，转到县医院，家里哪有这么多钱赔着？高风说，要是不转，真要打起官司来，赔偿就会大打折扣，真要治疗不到位，落了后遗症更没人帮你。高风又问高五媳妇，高五媳妇瞅着高五不回答，只管抹眼泪。高风又看着高五，高五就对真风说，还是听大哥的，先转了再说。高亮打完120，真风和高五媳妇就收拾准备，高风趁机找个借口把两人治疗记录拍了照又复印了收起来。才忙完，120就来了，真风引到病房，下来的医务人员就要把人抬走，留守的警察和城管不让，跟来的一个戴眼镜的男医生说，就是犯了死罪也得让救治，这点人道还不懂吗？让开，别耽误我们的事。两人不好再硬来，就各自向领导打电话。高风把妈扶上爸的电动三轮车，把自己的电动车交给了高六，见那只鸡站在身旁瞅着高风，高风就抱了它送到妈怀里，又拍了拍它的头，也跟着上了救护车。

到了县人民医院，姨弟把两人安排到他们病房，高风就拿着法医鉴定申请打的去了县公安局。第二天上午，相关法医从病房走后，淑贞就提了香蕉苹果到了病房，简单问了情况就把一千元钱给了真凤，说，工作太忙，不能给你们送饭了，就顺便买着吃吧。真凤瞅瞅高风，高风说，你就拿着吧，等处理好，我也得回家帮你们收稻种麦去。

高风把淑贞送出病区，淑贞就头也不回地走了。可等高风回到病房，那个高个子城管又来了，把高风叫到一边说，郭书记说了，你把手机录音和拍的照片交出来，就出钱给他们两人治疗。高风问，如果不交呢？那高个子城管答，郭书记说了，要是不交，就自己出医疗费，也不赔偿。高风说，你回去告诉郭书记，我们已做了法医伤情鉴定，如果郭书记滥用职权阻挠派出所按程序办案，如果今天上午十二点前不把医疗费和生活费拿过来，我就把所有材料都先传到网上去，再让省里的记者来。大个子城管说，高主任，都是熟人，犯不着把关系闹僵。高风说，既然知道是熟人，咋还这样？你回去把我说的转告你们郭书记，说完转身就走。没半小时，大个子城管又把高风叫出去说，医疗费已交了五千。高风说，你说清楚，是每人交了五千，还是总共交了五千。大个子城管说，是每人交了五千。高风又问，生活费呢？大个子又掏出四千说，先每人两千用着，不够，随时给我打电话。高风说，你去病房交给他们家人。大个子城管就去了病房把钱交给真凤和高五媳妇，并说，住院治疗费就不用你们管了，我已给住院交费处留了电话，我会及时补上。说完，又把高风叫出去说，郭书记让你把录音和照片妥善保管，在赔偿到位前不得私自外露。高风说，这要看他的诚心和你们的行动是不是能让我们满意。

大个子城管走后，高风回到病房，高亮邻床的问，到底是咋回事？平常大爷一样的城管咋这么听你们的？高亮说，我们那天早饭后就出去遛乡打压水井，刚出村就接到一个电话，说镇向阳路北头大桥附近有三个大井要打，我俩一听就去了，可到了指定地点，刚才来的大个子城管指着路边一根电线杆上的手机号码问是不是我们写的，我一看是高五昨天下午回家路过写上的，就意识到被他们骗了，大个子城管见我愣着不回答，一吆喝，他们十几个人就一起打起我俩来，虽然高五在电线杆上写打井联系电话不对，可他们不该用欺骗的手段打我们，再说了，不就是在上面写了个联系号码吗？如今哪里没有这样写的贴的？能犯了啥罪把我们打成这样还把我关起来？幸亏大哥懂法，不然连治疗的钱也没地方要。高风摆摆手让他停下，就对真风说，有啥事及时跟我联系，我回去了。

收拾完大田地头和零碎小块地点种的黄豆，小妹又打来电话说要回家，高风以为是谁把高亮被打的事告诉了她，她要回来看看，高风想，来看看就来看看吧。可高风又不敢肯定小妹是因为这事回来，就问，工程还没完回来干啥？小妹说，给王贝办喜事。高风说，给王贝办喜事？心里却道，幸亏没说高亮的事，真要说了，小妹不是又添了份心思？高风问，定哪天？小妹答，十月一，给你事先说一声。高风说，说不说都一样办。说到这，高风又猛然醒悟是不是又让准备钱？就赶紧问，是不是让我操办喜酒的钱？小妹说，不用了，刚拨了一大笔工程款，除了工程开销，余下的正好够。高风又问，啥时来？小妹说，二十八号回家。高风一算，就说，那就是后天了，家里收拾了吗？小妹说，都让人收拾好了，该定的也都按最高标准定下，就等着我们到家了。高风说，不就是结婚吗？也犯不着按啥最高标准。小妹说，一定尽我所能，一定跟大儿子王宝结婚时一样气派，我还要让村里那些狗眼看人低的都瞧瞧。高风说，你这不是跟人上劲，是跟钱过不去。小妹说，人家没钱还打肿脸充胖子呢，我有钱为啥不风风光光？高风说，再有钱，也要记着没钱的时候。小妹说，你总是这样泼冷水，就不会顺着说说，让我们高兴高兴？高风说，顺着你们说，你们更不知道天高地厚自己是谁了。小妹说，不就还有几万贷款吗？回去办完王贝的喜事就还上。高风说，我只是提醒你能省尽量省，现在省下了，以后真要有花钱的地方就不会犯难。小妹说，我知道。高风说，知道就好，来时可得安排好人看工地。小妹说，早安排好了，回来后正好都上班了，我们还要再办一次喜酒。高风说，你们想办几次办几次。小妹说，你跟二哥说说，这次可都得多准备几个，到时面子上好看。高风笑笑说，就尽力吧。

小妹家在龙兴村，这之前，高风虽因接到喜帖去龙兴村喝了不少次喜酒，可没想到现在这村里办红白事不仅专业化还服务一条龙。小妹说，村里大老执孙葛亮说话办事，别说以前的家族族长，就是现在土皇帝一样的村支书也没法比，不论村里谁家有事，只要跟他一说，把标准定好，请厨师、开菜单、买菜订烟酒，还有联系喇叭班艺术团，等等，你就只等着往外掏钱，其他就一切不必操心，按大老执的话说，你就是想操心，你也办不到自己如意，最多只能说将就，可他一出面，只一个电话，就全齐了，你会高兴得连做梦都想笑。高风听了说，别光顾着做梦笑，到时还是多长个心眼。小妹说，多长个啥心眼？不就是多花两个钱吗？高风不好再说。

按风俗，喜事的头一天，高风这娘家舅得去，还没到门前，远远地看见一个头戴黑色透明遮阳帽的老头拄着根拐杖指着高风问了妹夫一句，就招呼身边站着的两个人向高风迎了过来，两人面带笑容客客气气把高风迎进堂屋坐定，见高风不抽烟，又递上茶说，先歇歇听个曲儿吧。高风笑笑说，随便。其中一个就说，那就随心拿些点曲儿的吧。高风自然明白，就掏兜，另一个就掏出纸笔准备记。按照与真风事先的商量，高风就拿出了两千元，向高风要钱的接过说，您先坐着，我们这就去让他们唱您喜欢的。高风听了心里就笑，没问我想听啥，咋让他们唱我喜欢的？纯粹是客套而已，也不计较，就笑着看他们出去。两人一出屋没一分钟曲儿就开腔了，因为正跟小妹和妹夫说话，光听着外面很热闹，音乐震耳朵，也不知道唱的啥。低声才说完高亮的事，就开饭了，菜上来，酒瓶一开，知道了高风的身份，坐一桌的就向高风敬起酒来，没想到你敬我敬妹夫敬，两个外甥更是敬了又敬，高风先是晕乎后来就醉得什么都不知道了。等醒来时看了看墙上的钟已夜里两点多，摸出手机想看看有没有未接电话，却看到两条短信，一条宇文佳发来的，让高风十月一日晚上参加他和红袖一缕的喜宴，看罢不免感叹，这家伙还真离了又结了。另一条是淑贞发来的，她说她十月一结婚，过了十月一假，让高风去县城拿房子的钥匙。高风的心陡地沉了下去，像坠入无底深渊，整个头部也嗡嗡地往外胀，心里想的都是从前的日子。高风看见那个如花似玉身段娇美的淑贞在大学的校园里翩翩向他走来，高风看见穿着红嫁衣的淑贞跟着他在他们的婚宴上不停地穿梭敬酒，高风看见月子里满身乳香的淑贞指着怀里的秀秀对他说这孩子的一双眼睛多像你，高风看见一手抱着文文一手领着秀秀的淑贞在村外迎接参加笔会回来的他总是笑，高风看见工资发不上的日子里淑贞再难也保证他和孩子每天一个鸡蛋自己却从没吃过，高风看见每逢周末去县城看孩子的淑贞坐在他的电动车后座上无所顾忌地揽着他，向他不停地畅想着他们的未来……

高风不知道啥时候又睡着了，醒来已是第二天快吃午饭。真凤见高风起床了，就问淑贞呢，高风说淑贞有事不能来了，真凤说，那就快去交礼吧。高风神情木木地随着真凤到设的礼房处交了礼，参加完王贝的结婚典礼仪式又回到了床上，尽管迷糊中听到小妹很生气地叨唠，高风仍不想起床，后来再也听不下去，就对小妹说，事都办完了，你还说啥？小妹说，我为啥不说？有这么帮人办事的吗？二十多块一盒的苏烟随便他们拿还不说，头天晚上连一箱好几百元的“鄂尔多斯人诚敬酒”也给少了三箱，说好的菜买得够，又补买了一万多块钱的不说，最后一排席还是清汤寡水，也不知道菜都哪里去了。高风说，肯定闻讯前来贺喜的多。小妹说，不是来贺喜的多，是光带着嘴来帮忙的多。高风说，这可是好事，这说明你俩在村里有人缘。小妹说，可酒席还是那么多，多买的菜呢？妹夫说，都办完了，还说啥？咱不就是图个热闹吗？小妹说，再热闹也不兴这样不明不白的。高风说，你事办完就要走了，钱也花了，可别再让人把牢骚传出去。小妹说，哥，你不知道，经了王贝的婚事，我才明白，名义上这村里大老执和婚丧嫁娶理事会的人是为村里老少爷们无偿服务，其实他们已暗地里把这当成捞取钱财的一条门路，你看那孙葛亮，听人家说，平常塌着身子寡言少语牵只棕色虎头白山羊在村外河沟边转悠，跟村里同样年岁的老头并没啥两样，可村里一有事，他腰就挺起来了，如果一应事务全是他经手，他会给你操持得滴水不漏，要是菜是你自己买的，即使按开的菜单买得分量再足，也肯定不够，中间还得再买，如果厨师也是你自己请的，他会刁难得那厨师绝不会再来这村第二次。高风问，你不是说王贝的婚事都是他一手操办的吗？小妹答，可我们的规格高，他们又以为我们有钱，就从中捣了鬼想多捞点，早知道他这样，说啥也不请他办，听你的话联系“饭店下乡”，跟在饭店办一样光结账不操心，还一样热闹。高风说，现在知道后悔了。小妹说，不光后悔，还差点悔青了肠子，再说他联系的唢呐艺术团，比人家贵一千多块，原以为唱得好，没想到是跳艳舞，你说他请的啥艺术团？真伤风败俗到家了。妹夫说，我也问了大老执，大老执说了，现在农村就时兴这个，要是没有跳艳舞，根本没这么多人看。小妹说，没人看还省了呢。妹夫说，咱花钱干啥的？不就是图个热闹吗？又不是咱一家兴的，不就是多花几个钱吗？你看多好，连平常不来往的都来交礼了，光收的礼去掉开销还余好几万。小妹说，收得再多以后能不还人家吗？转脸又对高风说，还有那些来坐席的妇女，领孩子占了大人的座位也就占了，还菜一上桌就抢，挖掘机一样往自己跟前扒，扒就扒呗，还打架，真不知道丢人。高风说，驿庙也是这样，其他村也是这样，要想省心没有这些杂七杂八的事就去酒店，虽然花销多点，咱按标准量力而行，谁也说不了什么。小妹说，等秀秀文文他们几个结婚时一定去咱这里最好的酒店，一切我包了。高风笑笑没吱声，可一提酒店，高风又想到了淑贞。那个王所长又新官上任没多久，还是梅开二度，肯定排场不能小了，这时的淑贞，是在酒店的喜宴上来回不停地应付，还是跟那个姓王的双双走进了他们又买的新房？

宇文佳的喜宴高风没有参加，淑贞让拿的钥匙高风也没去拿。

收种完毕，转眼就进了十一月，高亮和高五拿到满意的赔偿感觉身体恢复得差不多了就出了院，高风用小妹给的钱还了信用社的贷款恢复了工资卡，又趁周末去闸口联系了张志成和王沛一起还了钱大爷的借贷。出了钱大爷的门，高风问张志成，你俩给学校贷的还上没有？张志成说，验收的专款一下来，就先把贷款还了。高风说，贷款还了就好，别秦玲走了再落个公贷私款的罪名。张志成说，秦玲没当成校长还辞了工作，我和王沛心里都惭愧死了，哪还能再给她添这麻烦？高风又问张志成有秦玲新的联系方式吗？两人都摇摇头。

跟两人说了再见，再没有事做。一下子闲下来，心里就空得厉害，想再找个事做，可手艺活不会，力气活吧，人家一听说是退下来的教师就直摇头。父亲说，都上了二十多年班了，你年前就在家好好歇着吧。母亲说，反正手里有工资，比大款咱不如，比起还上着班的，最起码不用天天来回赶时间，索性就在家写你的小说，你不说这比工资还强吗？高风听了想想也是，可书读不进去，想写的小说也没心情，每天就早早的起来，骑了电动车去闸口钱大爷那里练太极，要是心情好了，练完就跟钱大爷说东道西，有一次，不知为啥又想起淑贞和秦玲，心又突然沉了下去，钱大爷看见，以为高风是没事干无聊得烦恼又上了心，就建议高风在驿庙开个收破烂分店，见高风摇摇头，又让高风在驿庙开个私立学校，高风又摇摇头说，一没教室，二没资金，用啥开？钱大爷说，驿庙学校我本打算买下开分店的，你要是想用，我连校舍和资金都无偿提供。高风说，谢谢钱大爷，我想出去转转再说。钱大爷说，那就出去转转，竹杖芒鞋，一蓑烟雨，不仅仅是看了风景。高风笑笑说，那就从明天起，我去做一个幸福的人。钱大爷也笑笑说，就是面朝大海了，也不能一味沉浸在春暖花开之中，大丈夫在世，有所不为，也应当有所为。高风说，刑天舞干戚，猛志固常在，我当然要有所为。钱大爷问，打算干点啥？高风答，我还是去垂钓吧，像苏轼一样，用弯月作钓钩，江河作钓线，去钓取人生的大快乐。钱大爷说，还有以高山作钓台，星光作渔火，万物为钓饵，高主任真是好大的胸怀、好大的雅量。高风摇摇头又笑笑，我如此说，只是羡慕而已，哪能学得来呢？钱大爷说，事在人为。高风突然想起了网上一个文友说的，五十岁是人生的又一次开始，可来日可数，这之前精力充沛又雄心勃勃都没能混出什么名堂，如今人渐老身渐衰，又能干出什么呢？但时光毕竟不能虚度，就说，那好吧，我试试。

回家打开电脑上了QQ，像往常一样，到快乐教育群里浏览了一下群聊记录，接收了几个要求入群的，又把按要求事先写好的课题阶段研究小结改了改发到了省教育科研网上，回头见荷上风铃在线，就把自己想出外转转的意思告诉了她，她说，我正在连云港一家文化公司参与一项海文化活动，你要有兴致，我给你搞个名额，不论有没有收获，最起码咱能见一面，你不会不想见我吧？话说到这，不能不答应，就说，我等你的消息。

又过了几天，一直没见荷上风铃上线，以为她只是说说而已，或是忙得把这事忘了，就又想从别的网友那里寻找能成行的路线，才上了QQ，液晶屏幕的右下角铃铛一样的荷花又在闪烁，高风知道肯定是荷上风铃，打开一看果然是，没想到她QQ个性签名又换成了“我的笑容只为你灿烂，我的眼神只为你深情”，心一动，高风就看了她约定去连云港的留言，日期迫近，回复后就着手准备，毕竟是头一次看大海，毕竟……心里还有了一种莫名的激动、欣喜和向往。

按照约定，高风在连云港火车站下了车，就向写着“徐州留城高风”的牌子走过去，到了跟前，高风一下子就愣住了，说，咋能是你呢？荷上风铃说，咋能不会是我呢？高风问，你是不是有两个QQ号？荷上风铃答，一个工作用，一个私生活。

才说到这，高风的手机响了，母亲说，那只公鸡找不到了。高风说，就让它去吧。说完就盯着荷上风铃，似有千言万语，却不知从何说起。

一年之后，两人被连云港的一家私立学校聘任。又过了两年，高风的快乐教育研究课题结题，研究成果在全省推广，这年暑假刚开始，他们双双辞去了那家私立学校核心领导层的职务，回来跟钱大爷联合，本着宽进严出，在驿庙开办了一所快乐寄宿学校，钱大爷是学校董事会会长，他的四个儿女，还有他儿女好多朋友的公司以回报社会的方式加入了董事会，高风担任学校校长，荷上风铃负责教务工作，快乐教育群里的不少群友纷纷前来加盟，秀秀和丽丽不仅辞了职把她们的男朋友和大学里的室友带进了学校，还分别从徐州师范大学和她们的母校招聘来一群年轻人，慕名而来的学生也像公办学校的孩子一样，享受国家义务教育的一切权利。因为是省批县直十二年制实验学校，又能免除天天接送之苦，周边来送学生的家长很多，不仅家在驿庙的学生全部回来，龙兴镇及周边的学校都出现了学生不断减少，闸口小学甚至还出现了多个年级班里空堂。镇里县人大代表对镇中心校的学校管理提出强烈质疑，由县人大、县纪委和县教育局组成的联合调查组走进龙兴镇。郑校和张旺到县教育局去的频率越来越高。

一个周末晚饭后，两人在操场散步，荷上风铃说，不知道咱们这学校能存在多久。高风说，经了这么多风雨，我们才有了这梦想成真般的回归，我们的回归也无疑是对周边学校正常教学秩序的颠覆，意料不到的棘手问题可能会出现很多，只要我们不忘初心，尽心规范经营，就一定能在竞争中让梦想开花，就是不能存在下去，也必定能重新唤醒这一带学校的办学良知，我们的快乐教育理念就会在这里生根发芽壮叶开花结果，并进一步发扬光大。荷上风铃问，你还记得你的书院吗？高风答，当然记得，等咱们的学校一切走向正轨，我就开始操办。荷上风铃又问，给书院起个什么名字呢？高风说，你看呢？

这时，龙兴寺的钟声响起来，激越，深沉，悠远……

后记

小说创作多年，总想写部长篇，一直却没能够。

每到年底，看到文友们纷纷在博客、QQ空间或微信里亮出一年的创作成果，特别是发表或出版了长篇小说的朋友，更是让我敬慕不已，我在为他们高兴并祝贺之后，就回望自己的园子，遗憾的是，我的园子里除周圈的篱笆上格外醒目缠绕的枯藤，没有昂然的春色，也没有值得晒一晒的欣喜，于是，我开始反问自己这一年的忙忙碌碌都在干些什么，这一年的傍灯伴月又都做了啥。如此这般，年年雄心勃勃，年年收获欠丰，年年蹉跎，年年感叹，年年在生命的风里、岁月的雨中空余白发赫然，好在初心未忘，痴情没退，执着没减，并一直因为能坚持这种爱好而深感幸福无比。

也许是上天的眷顾，2012年不仅是我小说发表最多的一年，在心里磨悠多年的长篇像晴空中突来的闪电，也格外清晰起来，我开始做前期准备。可长篇小说创作是个马拉松式的相对持久的耐力活，一直游走在短篇小说创作中的我，又杂事缠身，有一段时间还真怀疑自己能不能把这活一气呵成，但灵感来了，稍纵即逝，特别是在淄博鲁中笔会活动中参观完蒲松龄故居，我就更坚定了写这个长篇的信心。

自这年十二月半开始旁无他顾地敲起键盘，写了部分后，由于参加市作协策划出版的我的小说集《你说我是谁》的首发式等相关活动停了下来。2013年春节一过，我就全力以赴，直到五月底初稿完成，我都再没写别的文字。其间，尤其是双休日，每当饭时，妻子轻轻推开门见我旁若无人地仍在键盘上铿锵不息，还时而涕泪滂沱，时而怒目而视，时而仰天狂笑，就悄悄退了出去。可只要我从书房出来吃过晚饭，她就劝我到村外走走，我摇摇头又回到了电脑前。自我与妻子婚后，每当我要写东西，她无论再忙都没打断过我，甚至有时该吃饭了见书房门还关着也不叫我，可一旦门打开，她就赶紧把保着温的饭菜端了出来。在如此美好的夫唱妻随中，我不知道，这是我此生的福气，还是我所写小说的幸运。

初稿后的修改和润色，对我来说更是一个熬心费力的大工程，有时改烦了或感觉个别情节无论咋处理都不满意时，就会想到那些一生别无他好的文友几经磨难完成的文稿找不到认同不说，生活还被弄得一团糟，便想放弃，可真要打算放弃了，心又不舍，随再继续。如此反复，这部长篇就像我刚出世的孩子，羽毛渐丰，让我越来越喜欢，尽管我不知道这个孩子的未来，更不知道我的付出将以什么形式得到回报。

转眼五年过去。五年里，除了游记、约稿和零星发表的几个短篇，我所有的精力都专注在这部长篇上，我甚至在2017年连一个短篇都没写，这不能不说是我从事小说创作以来最大的缺憾。

五年里，因为文学，我结识了县内外好多从岗位上退居二线的文友，他们与文学有的是一直业余坚持，有的是浪漫重拾，还有的是闲下来才猛然发现文学是那样的美好，那样的让人痴迷和钟情。他们对文学的一往情深抹去了彼此以往的陌生，像老友重逢掏心亮肺无话不谈，我也正是在这种情况下对他们有了更多的了解。每每阅改这个长篇时，我总会联想到他们，也可以说，是他们在职时“壮怀激烈”的经历、离位后“今非昔比”的感伤，让我看到了世道人心的卑微、生命潮汛的无情，从而荡开了我写这个长篇的蒙眼纱帐，以及作为一个书写者的责任与担当，更可以说，是他们或悲或喜的人生和当前的农村现状催生了我这部长篇的创作主题，确定了我这部长篇的叙述视角，成全了我这部长篇的纵情抒写，了却了我这部长篇的创作心愿。

五年里，不少文友在关注这个长篇的创作，总想尽早看到这部长篇。我也总是对他们说，再焐一焐吧，就像我们这一带的农家做豆瓣酱，无论制作工艺和配料，焐得相对越久味道就相对越好，更何况，我乡下农夫一枚，没有专业作家的手艺，更不是什么科班出身，仅凭着一腔热情和“今生偏又遇着他”的执迷，写长篇必须经过更多的灵性打磨和时光沉淀。

五年里，因为这部长篇的创作，我的眼泪多了起来，往日的坚强总是在被感动时溃败得一塌糊涂。我不知道，是这几年让人感动的事多了，还是在写这部长篇的过程中凸显了我内心的柔软。有时因为听到别人的一句话、一首歌或是看到的一个微视频、一句台词或是情境中触目的一个字，可更多的时候是因为这部长篇中的主人公，高风像个影子总是紧随在我的眼前身后挥之不去。一想起他，我总是情不自禁地泪水潸然。在止不住的潸然中，我还想到了高风的教育理想，他与贵州石门坎乡村教师梁俊在教育中所做的努力应该是异曲同工，在乌蒙山深处，梁老师为让山村的孩子们“穷且益坚，不坠青云之志”，他把清代南方大才子袁枚的诗《苔》谱上曲教孩子唱，当纯朴干净如天籁之音的歌声响彻在CCTV《经典咏流传》的舞台上，不仅让在场的一次又一次泪流满面，还通过微信等传遍大江南北长城内外。我在微信收藏里每点开一次，都热泪长流。“白日不到处，青春恰自来。苔花如米小，也学牡丹开。”一首被遮掩了三百多年的《苔》，经过梁老师和孩子们的深情演唱，呈现了夺目的诗性光芒，“梦是指路牌，为你亮起来，所有黑暗为天亮铺排”，在阳光照不到的阴暗潮湿处的小小苔藓凭着顽强的生命力和多彩的生活理想，展示了自己光彩的青春容颜和独有的精神风貌，梁老师呈现的教育魄力和孩子们为了理想像牡丹一样敢于绽放的勇气确实让人感动。与梁老师不同的是，高风面向的不仅仅是课堂，更主要的是对教育环境和体制的关照与颠覆。“世界是纯白，涂满梦的未来，用你的名字命名色彩”，我期待着高风能在追梦之旅中有更青春亮丽的展示，更期待高风能像梁老师一样被更多的人理解、被更多的人关注和支持。当然，我也奢望自己的小说能像《苔》一样穿越时空被后人拂去尘封所赏识。

尽管这种奢望是异想天开不知天高地厚，也尽管我在文学的道路上也有苔花一样的理想和意志，我也不相信我这个业余文学爱好者会打磨出什么传世巨著来，权作一种心灵长征,一种精神寄托，一种自娱自乐，一种蓦然回首的发现，一种长期纠结的释放，一种欲罢不能的纵情，一种喧嚣狭缝中的刻意经营，就像内行人说的那样，披肝沥胆述世间事、抒人间情、发心中慨叹、了此生所愿。所以总是以为，诗与远方，我在路上，梦在，追求就在，快乐也就无时不在。

让我欣喜的是，这个长篇经过五年的艰难跋涉，终于有了面世的机会，我衷心地感谢为此书的出版付出心血的老师、文友和编辑，是他们的热心和激励让这个长篇走向了更多的读者，走向了你。如果人生是一枝藤，这部长篇就是我藤上的一个异果，我不知道它在你心中的味道。如果苦涩，就请你随手丢弃吧，别让它占了你的空间，浪费了你的时间，败兴了你的胃口。如果芬芳，那就请你分出点柔情呵护一下，呵护一下这缕来自乡间草叶上久违的气息，这曲缭绕在草尖上的低吟浅唱。

刘学安

2018年2月11日